Recanto dos segredos

ROBYN CARR

Recanto dos segredos

Tradução
Natalia Klussmann

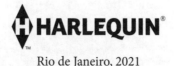

Rio de Janeiro, 2021

Copyright © 2007 by Robyn Carr. All rights reserved.
Título original: Whispering Rock.

Todos os personagens neste livro são fictícios. Qualquer semelhança com pessoas vivas ou mortas é mera coincidência.

Direitos de edição da obra em língua portuguesa no Brasil adquiridos pela Editora HR LTDA. Todos os direitos reservados. Nenhuma parte desta obra pode ser apropriada e estocada em sistema de banco de dados ou processo similar, em qualquer forma ou meio, seja eletrônico, de fotocópia, gravação etc., sem a permissão do detentor do copyright.

Direitos exclusivos de publicação em língua portuguesa cedidos pela Harlequin Enterprises II B.V./ S.À.R.L para Editora HR Ltda.

A Harlequin é um selo da HarperCollins Brasil.

Contatos: Rua da Quitanda, 86, sala 218 — Centro — 20091-005
Rio de Janeiro — RJ
Tel.: (21) 3175-1030

Diretora editorial: *Raquel Cozer*

Editora: *Julia Barreto*

Copidesque: *Lígia Gadia Uliam*

Revisão: *Julia Páteo*

Adaptação de capa: *Weslley Jhonatha*

Diagramação: *Abreu's System*

CIP-Brasil. Catalogação na Publicação
Sindicato Nacional dos Editores de Livros, RJ

Carr, Robyn, 1951-
    Recanto dos segredos / Robyn Carr; tradução Natalia Klussmann. - 1. ed. - Duque de Caxias, RJ: Harlequin, 2021.
    336 p.   (Virgin River; 3)

Tradução de : Whispering rock
ISBN 978-65-5970-027-1

1. Ficção norte-americana I. Título II. Série.

21-65169   CDD: 813

Aline Graziele Benitez – Bibliotecária – CRB-1/3129

A Michelle Mazzanti e Kristy Price, melhores amigas de uma autora.

Capítulo 1

Mike Valenzuela estava acordado e com as malas arrumadas em seu SUV bem antes de o dia amanhecer. A viagem rumo a Los Angeles seria longa, e ele queria começar cedo. Dependendo do trânsito que encontrasse perto da Bay Area, a viagem poderia durar entre oito e dez horas, saindo de Virgin River. Ele trancou sua casa, um motor home que estava na propriedade do bar e restaurante de Jack; Jack e Preacher ficariam de olho no veículo para ele, não que Mike esperasse ter qualquer tipo de problema. Esse era um dos muitos motivos por que ele escolhera morar ali: era calmo. Um lugar pequeno, tranquilo e lindo, sem nada que pudesse perturbar a paz de alguém. Mike já esgotara a cota de perturbação em sua vida anterior.

Antes de se mudar em definitivo para Virgin River, Mike tinha feito muitas visitas à cidade, localizada nas montanhas do condado de Humboldt, para pescar e caçar com os amigos que ainda eram próximos do antigo esquadrão da Marinha. Trabalhara no Departamento de Polícia de Los Angeles como sargento da repartição que lidava com gangues. Tudo isso chegara ao fim quando Mike foi atingido em serviço — ele levou três tiros e teve que se esforçar muito para que seu corpo voltasse à forma. Precisou da comida saudável de Preacher e da ajuda de Mel, esposa de Jack, para fazer fisioterapia no ombro. Depois de seis meses, Mike estava quase completamente recuperado.

Desde que se mudara para Virgin River, tinha voltado para casa apenas uma vez, para visitar os pais, irmãos e as respectivas famílias. Agora, planejava tirar uma semana de folga — reservara um dia para cada um dos trechos da viagem, tanto na ida quanto na volta, e cinco dias para aproveitar a companhia daqueles mexicanos divertidos e dançantes. Conhecendo as tradições de sua família, seria uma celebração ininterrupta. A mãe e as irmãs cozinhariam desde a manhã até a noite, os irmãos encheriam a geladeira com *cerveza*, amigos da família e colegas da polícia apareceriam por lá. Seria ótimo — uma festa de boas-vindas excelente depois da longa recuperação que enfrentara.

Ele já estava dirigindo há três horas quando o celular tocou, assustando-o com o barulho. Não havia sinal em Virgin River, então a última coisa que esperava era receber um telefonema.

— Alô.

— Eu preciso de um favor — disse Jack, sem qualquer preâmbulo.

Sua voz estava grave, como se ele tivesse acabado de acordar. Ele devia ter esquecido que Mike estava viajando para o Sul.

Mike olhou para o relógio do painel e riu. Não eram nem sete da manhã.

— Bom, claro, mas estou perto de Santa Rosa, então pode ser meio fora de mão dar um pulo em Garberville para buscar gelo para o bar, mas…

— Mike, é a Brie — interrompeu Jack. Brie era a irmã mais nova de Jack, sua favorita, que estava sempre com ele. Ela também era muito especial para Mike. — Ela está no hospital.

Mike literalmente deu uma guinada na estrada.

— Espere. Não desligue.

Ele parou o carro em um acostamento que parecia seguro. Em seguida, respirou fundo e disse ao amigo:

— Pode falar.

— Ela foi atacada ontem à noite — explicou Jack. — Bateram nela e ela foi estuprada.

— Não! — exclamou Mike. — O quê?

Jack não repetiu.

— Meu pai acabou de telefonar. Eu e a Mel estamos fazendo as malas… A gente vai pegar a estrada assim que der. Escute, preciso de alguém que conheça a legislação, criminologia, para me ajudar a entender o que está acontecendo com ela. Eles não pegaram o cara que fez isso… Vai ser preciso uma investigação. Certo?

— Ela está muito machucada? — perguntou Mike.

— Meu pai não deu muitos detalhes, mas ela saiu da emergência e já foi para o quarto, está sedada e semiconsciente, não precisou de cirurgia. Você consegue anotar uns telefones? Pode deixar o celular ligado, para eu poder ligar para você com umas perguntas? Esse tipo de coisa?

— Claro que posso — respondeu Mike. — Me passa os números.

Jack recitou o número do hospital, de seu pai, Sam, e o antigo celular de Mel, que eles carregariam a caminho de Sacramento para poderem usar.

— Tem algum suspeito? Ela conhecia o cara?

— Eu não sei de nada, só como ela está. Depois que a gente pegar a estrada, carregar o celular, sair das montanhas e passar pela floresta de sequoias, vou ligar para meu pai e ver o que ele pode me contar. Preciso desligar agora. Tenho que ir para lá.

— Certo — disse Mike. — Ok. Meu celular vai ficar no meu bolso o tempo todo. Vou ligar para o hospital e ver o que consigo descobrir.

— Obrigado. Eu agradeço muito — despediu-se Jack, desligando.

Mike ficou ali, no acostamento, olhando para o celular durante um minuto, atônito. *Ah, Brie não*, pensou ele. *Meu Deus, ela não!*

Em sua mente passavam imagens das vezes que eles estiveram juntos. Alguns meses antes, ela estivera em Virgin River para conhecer o novo sobrinho, filho de Jack e Mel. Mike a levara para fazer um piquenique na beira do rio — era um lugar especial, onde o rio era bem amplo, porém raso demais para que os pescadores quisessem ficar ali. Eles comeram encostados em um grande rochedo, perto o suficiente do rio para escutar a água correndo por entre as pedras. Era um lugar frequentado por jovens apaixonados e adolescentes, e aquela grande e velha pedra tinha testemunhado algumas coisas maravilhosas nas margens do rio; era guardiã de muitos segredos. Na verdade, até de alguns segredos dele. Naquele dia, ele segurara a mão de Brie por um longo tempo e ela não a puxara de volta. Foi a primeira vez que Mike percebeu que estava encantado com ela. Uma paixonite. Aos 37 anos, ele sentia que era a paixão de um velho, mas, meu Deus, aquilo com certeza se parecia muito com a paixão de um garoto de 17 anos.

Quando Mike conheceu Brie, alguns anos antes, tinha ido ver o irmão dela, Jack, que estava de licença. O amigo fora visitar a família em

Sacramento logo antes da última missão no Iraque. Na ocasião, Mike não imaginava que seu grupo da reserva seria acionado e ele acabaria se encontrando com Jack naquele país, servindo sob as ordens do amigo uma segunda vez. Brie estava lá, é claro, recém-casada com um policial de Sacramento. *Um cara legal*, tinha pensado Mike. Ela era promotora do condado, alocada em Sacramento, a capital do estado. Pequena, com cerca de um metro e sessenta, e um cabelo sedoso e castanho que chegava quase à linha da cintura, ela parecia uma jovem normal. Mas não era nada disso. Seu trabalho era tirar de circulação criminosos barra-pesada e ela tinha a reputação de ser uma das promotoras mais duronas do condado. Mike tinha se encantado na mesma hora por sua inteligência e determinação, sem falar na beleza dela. Na vida que levara antes de ser baleado, ele nunca tinha sido desencorajado pela mera presença de um marido, mas os dois eram recém-casados e Brie estava apaixonada. Para ela, não existia qualquer outro homem.

Quando Mike a viu em Virgin River depois que o filho de Jack nasceu, ela estava tentando se recuperar de um divórcio dolorido — o marido a abandonara para ficar com a melhor amiga de Brie, o que a deixara despedaçada. Solitária. Tão machucada. Na mesma hora, Mike quis tomá-la nos braços e consolá-la, pois aquilo doía nele também. Mas Brie, arrasada pela infidelidade do marido, estava determinada a não arriscar o coração de novo, e não queria nada com outro homem, muito menos com um fanfarrão que já tinha tido sua cota de mulheres na vida. Havia ainda outra complicação: ela era a irmãzinha de Jack, que era tão protetor em relação a Brie que beirava o ridículo. E Mike já não era mais um amante de sangue quente empolgado e despreocupado. Tinha uma deficiência física. Era alguém cujo corpo não funcionava mais direito.

Tinham se passado algumas semanas desde que ele a vira pela última vez. Brie tinha voltado a Virgin River com o restante da família para ajudar a erguer a estrutura da casa de Jack. Preacher e sua noiva, Paige, se casaram na casa ainda inacabada logo no dia seguinte. Para um homem que, seis meses antes, mal conseguia caminhar, até que Mike fizera Brie dar uns belos rodopios na pista de dança durante o casamento. Tinha sido uma festa fantástica — cheia da boa e velha comida do interior, churrasco na grelha, as cadeiras afastadas para trás e a banda montada em cima da fundação da casa ainda incompleta de Jack, a estrutura decorada com guirlandas de flores. Ele a abraçara, rindo, e a girara com desembaraço. Sempre que o ritmo permitia, encostava a bochecha na dela, sussurrando em um tom de diversão conspiratória:

— Seu irmão está franzindo a testa para nós.

— Eu me pergunto por quê — rebateu ela, rindo.

— Eu acho que ele não quer você perto de um homem tão parecido com ele — especulou Mike.

Aquilo pareceu diverti-la muitíssimo, pois ela jogou a cabeça para trás e deu uma gargalhada um tanto frenética.

— Não se iluda — disse Brie. — Isso não tem nada a ver com o seu sucesso com as mulheres. Você é um homem, e está perto da irmãzinha dele. Só isso já basta.

— Você não é uma menininha — argumentou ele, puxando-a mais para perto. — E acho que você está se divertindo um pouco demais com a situação, tentando deixar o Jack irritado. Você não notou que ele tem um temperamento perigoso?

Ela o abraçou mais forte, sem deixar margem para dúvidas.

— Não comigo — sussurrou ela.

— Tem uma diabinha dentro de você — disse ele, encarando a morte nos olhos ao beijá-la no pescoço.

— Tem um bobo dentro de você — respondeu ela, virando só um pouquinho a cabeça e oferecendo a ele uma área maior de seu pescoço.

Em outros tempos, ele teria dado um jeito de ficar sozinho com ela, seduzindo-a e fazendo amor de maneiras que a fariam sonhar com ele depois. Mas três balas tinham decidido algumas coisas. Mesmo se ele desse um jeito de afastá-la do olhar protetor do irmão, não conseguiria levar a cabo o restante. Então, ele disse:

— Você está tentando fazer com que eu leve mais um tiro.

— Ah, duvido que ele atire em você. Mas faz muitos anos que não participo de uma boa e velha briga de casamento.

Quando se despediram, Mike a abraçou rápido, sentindo o aroma suave de Brie embotando sua mente, o rosto dela colado no dele, os braços em volta da cintura dela, trazendo-a para mais perto. Um pouco mais que um gesto amistoso — fora um gesto sugestivo, ao qual ela retribuiu. Mike presumiu que ela estava se divertindo com o flerte, provocando um pouco as coisas, mas aquilo teve um significado bem mais relevante para ele. Brie passou a dominar os pensamentos dele de um jeito perturbador, sugerindo que, se ele conseguisse amá-la, ela aprisionaria seu coração e mente com tamanho poder que eliminaria todas as mulheres do passado de Mike. Ele não tinha mais como oferecer aquilo. Embora isso não o impedisse de ficar pensando nela, de desejá-la.

Ele não podia suportar pensar naquela mulher, toda espirituosa e audaciosa, deitada na cama de um hospital, agredida e violentada. Seu coração estava despedaçado, sofrendo por ela. Precisando saber se ela ficaria bem.

Engatou a marcha, deu uma olhada por cima do ombro e voltou à estrada. Enfiou o pé no acelerador e deu uma guinada, atravessando duas faixas com trânsito intenso para pegar a saída para Sacramento.

Quando Mike chegou ao hospital, algumas horas depois, ligou para o celular de Sam e deixou uma mensagem dizendo que havia chegado e queria saber onde eles estavam. Uma procuradora, vítima de um crime, não estaria no mesmo lugar que a população em geral — ela sem dúvida teria segurança.

Sam veio até a entrada do hospital, a mão estendida.

— Mike, que bom que você veio. Sei que Jack vai gostar disso.

— Eu estava indo para o Sul e já estava pertinho daqui mesmo. Brie é uma amiga especial. Vou fazer tudo o que puder.

Sam se virou e seguiu em direção aos elevadores.

— Infelizmente, não sei o que você pode fazer. Ela vai ficar bem. Em termos físicos. Não faço a menor ideia do que uma mulher passa depois de viver uma coisa dessas...

— Conte para mim o que vocês sabem até agora — pediu Mike. — Ela conhece o agressor?

— Ah, sim. Você se lembra daquele julgamento horrível do qual ela participou quando o filho do Jack nasceu? O do estuprador em série? Todo aquele circo midiático? Foi ele. Ela identificou o homem para a polícia.

Mike parou de andar e franziu o cenho.

— Ela tem certeza disso? — perguntou.

Era uma ação ousada e não premeditada para alguém que tinha acabado de sair livre de um julgamento. Brie havia perdido, e aquela tinha sido uma derrota pesada, sobretudo porque viera no encalço do divórcio. Era como se tudo tivesse desabado em cima dela. Além do mais, não era o tipo da coisa que um homem como aquele faria. No geral, eles fugiam, afastavam-se de qualquer um que tivesse a coragem de ir atrás deles, como Brie tinha feito.

— Ela tem certeza — respondeu Sam.

Mike não deixou de se perguntar: será que a acertaram na cabeça? Será que ela estava alucinando? Entrando e saindo da realidade por causa do trauma?

— E os ferimentos dela? — quis saber o ex-policial.

— O rosto dela foi espancado, tem duas costelas quebradas e os ferimentos que... — Sam fez uma pausa —... os ferimentos que são comuns em um estupro. Você sabe.

— Eu sei — disse ele. Rasgos, sangramentos, hematomas. — Algum especialista em estupro já veio vê-la? E a polícia?

— Já, mas ela quer a Mel. O que é totalmente compreensível.

— Claro — respondeu Mike.

A esposa de Jack, Mel, trabalhava como enfermeira-geral e obstétrica em Virgin River e tinha anos de experiência em um imenso centro de trauma de Los Angeles. Era especialista em agressão e estupro e, se ela poderia ser a responsável pela parte médica, de repente Mike poderia cobrir o lado policial da história.

— Eles me ligaram hoje às sete da manhã. Devem estar chegando daqui a duas ou três horas, dependendo de quando saíram de lá da cidade.

Mike reparou em um oficial uniformizado do departamento de polícia de Sacramento que se encontrava de pé na entrada do quarto. Sem dúvida era ali que Brie estava.

— Bom, vou falar com algumas pessoas, ver se consigo descobrir alguma coisa. Mas, antes, vou dizer oi para a família.

Ele foi até um grupo grande de pessoas na sala de espera, logo no fim do corredor. As outras três irmãs de Jack estavam lá com os respectivos maridos e algumas sobrinhas. Mike recebeu abraços e agradecimentos. A seguir, conversou com enfermeiras e pegou com o oficial que estava fazendo a escolta do quarto o número de telefone do detetive designado para o caso. Tudo que ele pôde dizer a Mike foi que o suspeito ainda estava à solta. O médico conversaria sobre os ferimentos de Brie, e era só isso. Mas parecia que, apesar de ter sido violentada de uma maneira terrível, ela se recuperaria fisicamente.

Quase três horas depois, Jack, Mel e o pequeno David chegaram. Jack abraçou o pai, então olhou surpreso para Mike.

— Você está aqui?

— Eu já estava por perto — respondeu ele. — Achei que deveria vir. Se eu puder ajudar, vai ser melhor estar presente fisicamente aqui.

— Ah, cara, eu não esperava que você fizesse isso — disse Jack.

— Mas que diabo, você fez muito mais por mim — argumentou Mike. — E você sabe quanto eu gosto da Brie — disse, esticando o braço para pegar David no colo. Então, continuou: — Mel, ela disse que queria ver você assim que chegasse.

— Claro — respondeu Mel, entregando o filho ao amigo.

— Acho que ela precisa de orientação da Mel sobre como a evidência do estupro foi coletada — explicou Mike a Jack. — Vá dar um abraço nas suas irmãs. Quando terminar, já vai poder entrar para vê-la.

— Você já a viu?

— Não. Só pode a família. Mas eu conversei com umas pessoas, estou tentando juntar qualquer fato que eles possam divulgar.

— Meu Deus — disse Jack, segurando o bíceps do amigo com força. — Obrigado. Mike, eu não esperava que você fizesse isso.

— Bom, deveria ter esperado. — Ele deu uma risada, apertando um pouquinho o pequeno David. — É assim que funciona com a gente, não é?

Jack se sentou ao lado da cama da irmã no hospital municipal por quase doze horas ininterruptas. Ele tinha chegado às onze da manhã e agora eram onze da noite. Do lado de fora da porta do quarto dela, no corredor, a família havia se reunido durante quase o dia todo, mas agora que a noite tinha chegado eles voltaram para casa, já que Brie estava fora de perigo e sedada. Mike levara Mel e o bebê para a casa de Sam, mas Jack não quis deixar a irmã. Brie era próxima de toda a família, mas era com Jack que ela sentia uma ligação mais profunda.

Jack ficou arrasado ao ver a irmãzinha. O rosto dela estava pavoroso, com hematomas e um inchaço terríveis. Parecia muito pior do que de fato era, o médico garantira. Não houve danos permanentes; ela recuperaria sua beleza. De tempos em tempos, Jack esticava a mão e acariciava o cabelo castanho-claro da irmã ou tocava sua mão. De vez em quando, ela se remexia no sono, mesmo sedada. Se não fosse pelas costelas quebradas, ele talvez a tivesse pegado no colo durante aqueles episódios de agitação, protegendo-a com seus braços fortes. Em vez disso, porém, ele se inclinava sobre a cama, tocava o rosto de Brie na região que não estava inchada, dava um beijo carinhoso na testa dela e sussurrava:

— Estou aqui, Brie. Você está segura agora, querida.

Quase à meia-noite, ele sentiu alguém pousar a mão em seu ombro e se virou, olhando fundo nos olhos pretos de Mike.

— Vá para casa, Jack — sugeriu ele. — Descanse um pouco. Eu fico aqui com ela.

— Não posso deixá-la — rebateu Jack.

— Eu sei que você não quer fazer isso. Mas eu dormi um pouco — mentiu Mike. — Sam me deu um quarto na casa. Vou ficar aqui, caso ela acorde, o que é provável que não aconteça, e a gente ainda tem o policial lá fora, no corredor. Vá. Descanse um pouco, assim você vai poder estar aqui amanhã para apoiá-la.

— Se ela acordar e eu não estiver aqui...

— Eles estão dando um sossega-leão bem forte direto na veia, para ela dormir a noite toda — informou Mike, com delicadeza. — Está tudo bem.

Jack deu uma risadinha.

— Quando você foi baleado, eu fiquei sentado ao lado da sua cama todas as noites durante uma semana.

— É — disse Mike. — Hora de pagar o que devo. Vá para casa ficar com sua esposa. Vejo você amanhã de manhã, bem cedinho.

Foi surpreendente para Mike que Jack de fato tenha ido embora. O ex-militar era o tipo de homem que, mesmo já estando exausto há muitos dias, superava o cansaço para se fazer presente a alguém importante. Mike tomou o lugar do amigo na cadeira ao lado do leito de Brie e começou a vigília. O rosto espancado de Brie não o chocou — ele já tinha visto piores.

Mas aquilo o machucou por dentro. Ele não conseguia imaginar que tipo de monstro poderia fazer uma coisa daquelas.

As enfermeiras entraram e saíram a noite toda, verificando o acesso venoso, conferindo a pressão sanguínea, às vezes trazendo um pouco de café para Mike do posto da enfermagem — um café muito mais saboroso do que o servido nas máquinas automáticas do hospital. Se ele pedisse, uma enfermeira ficaria sentada ao lado de Brie enquanto ele ia ao banheiro no fim do corredor — consequência de tomar muito café. Mas Brie ficou imóvel, a não ser por uma ou outra perturbação que fazia com que ela se remexesse periodicamente.

Mike carregara soldados feridos para longe do perigo, sentara-se ao lado de homens à beira da morte enquanto balas de franco-atiradores passavam assobiando perto de sua cabeça, mas nada se comparava ao que ele sentia ao olhar para Brie, machucada daquele jeito. Ao pensar no estupro que ela sofrera, sentia o corpo se encher de um tipo de fúria que nunca o dominara antes. Embora ela fosse uma mulher bonita e forte, essa imagem se misturava em sua cabeça à da mulher vulnerável com quem fizera um piquenique meses antes. Uma mulher linda e jovem que acabara de ser abandonada pelo marido, sentindo-se arrasada pela traição. *Que tipo de idiota terminaria com ela?*, pensou ele. Aquilo estava além da sua capacidade de compreensão.

O julgamento do estuprador tinha sido um dos mais difíceis da carreira dela. Brie passara meses preparando um caso contra um suspeito de estupros em série. As evidências forenses eram fortes, mas, no fim das contas, a única testemunha que não a deixara na mão tinha sido uma prostituta com um histórico ruim, e o cara acabou ficando livre. E agora ela havia identificado à polícia o homem como seu estuprador ao recuperar a consciência.

Nas primeiras horas da manhã, ela virou o rosto inchado na direção de Mike e abriu os olhos — ou ao menos tentou. Um deles estava semicerrado por causa do inchaço. O ex-policial chegou mais perto.

— Brie — sussurrou ele —, sou eu, Brie. Estou aqui.

Ela colocou as mãos no rosto e gritou:

— Não! Não!

Mike segurou os pulsos dela com delicadeza.

— Brie! Sou eu. É o Mike. Está tudo bem.

Mas ele não conseguiu tirar as mãos dela do rosto.

— Por favor — choramingou ela, miserável. — Eu não quero que você veja isso...

— Querida, eu já vi — disse ele. — Estou sentado aqui há horas. Deixe isso para lá — pediu ele. — Está tudo bem.

Ela permitiu que ele afastasse, devagar, as mãos dela do rosto espancado.

— Por quê? Por que você está aqui? Você não deveria estar aqui!

— Jack quis que eu o ajudasse a entender o que estava acontecendo com a investigação. Mas eu quis vir. Brie, eu quis vir aqui por você. — Ele passou suavemente a mão na testa dela. — Você vai ficar bem.

— Ele... Ele pegou minha arma...

— A polícia sabe disso, querida. Você não fez nada de errado.

— Ele é tão perigoso. Eu tentei prendê-lo... por isso que ele fez isso. Eu ia fazer com que ele pegasse prisão perpétua.

A mandíbula de Mike pulsou, mas ele manteve a voz tranquila.

— Está tudo bem, Brie. Acabou agora.

— Acharam ele? — quis saber ela. — Pegaram ele?

Ah, como ele queria que ela não tivesse perguntado isso.

— Ainda não.

— Você sabe por que ele não me matou? — indagou ela, uma lágrima rolando do olho inchado e passando pelo dorso do nariz arroxeado. De um jeito terno, ele a enxugou. — Ele disse que não queria que eu morresse. Queria que eu fosse atrás dele de novo e que eu o visse sair livre mais uma vez. Ele usou camisinha.

— Ah, querida...

— Eu vou pegar esse homem, Mike.

— Por favor... Não pense nisso agora. Eu vou chamar a enfermeira. Pedir mais um calmante.

Ele acendeu a luz e a enfermeira veio na mesma hora.

— Brie precisa de alguma coisa para voltar a dormir.

— Claro — respondeu a enfermeira.

— Eu vou acordar de novo — disse Brie. — E vou pensar nas mesmas coisas.

— Tente descansar — aconselhou ele, inclinando-se para beijá-la na testa. — Eu vou ficar bem aqui. E tem um policial do outro lado da porta. Você está totalmente segura.

— Mike — sussurrou ela, e segurou a mão dele por um longo tempo —, Jack pediu para você vir?

— Não — respondeu ele, tocando de leve a testa dela. — Mas, quando eu fiquei sabendo do que aconteceu, eu precisei vir — sussurrou. — Eu tive que vir.

Depois que foi medicada com um calmante intravenoso, Brie fechou os olhos outra vez, devagar. Ela escorregou a mão para fora da mão de Mike e o ex-policial se sentou na cadeira. Depois, com os cotovelos sobre os joelhos e o rosto enterrado nas mãos, ele chorou baixinho.

Jack voltou ao hospital antes do amanhecer. Não parecia muito descansado, embora estivesse de banho tomado e barba feita. Estava com olheiras, e seus olhos estavam iluminados com um brilho bastante assustador. Mike tinha irmãs amadas, ele podia imaginar a fúria que queimava dentro de Jack.

Mike foi até o corredor, em frente à porta de Brie, para conversar em voz baixa com o amigo, explicando que a noite fora calma e que achava que Brie havia descansado. Enquanto eles estavam ali, o médico responsável pelas rondas foi até o quarto, acompanhado da enfermeira auxiliar. Mike aproveitou a oportunidade para ir ao banheiro. Lá, se olhou no espelho; sua aparência estava muito pior que a de Jack. Ele precisava tomar um banho e se barbear, mas não queria sair de perto dela. Logo as pessoas da família voltariam, mas Mike não achava que eles manteriam Brie no hospital por muito mais tempo.

Ao voltar para o quarto, viu Jack conversando com um homem do lado de fora da porta. O policial que garantia a segurança da promotora se encontrava perto deles, gesticulando para pedir que os dois se afastassem um do outro. Foi quando Mike percebeu que aquele era o ex-marido de Brie, Brad, e que dentro de poucos segundos Jack mataria o homem apenas por uma questão de princípios.

Mike apertou o passo.

— Ei — disse ele, separando os dois, primeiro usando o braço, depois posicionando todo o corpo entre eles. — Ei — repetiu. — Nada disso. Qual é.

Por sobre o ombro de Mike, Jack vociferou para Brad:
— Que droga que você está fazendo aqui?

Brad olhou com maldade.
— Que bom ver você também, Jack — disse.
— Seu lugar não é aqui — afirmou Jack, em um tom de voz bem alto. — Você largou a Brie. Você não tem mais nada com ela.
— Ei — respondeu ele, pronto para a briga. — Eu nunca deixei de me importar com ela. E nunca vou deixar. Vou ver como ela está.
— Não vai, não — desafiou Jack. — Ela não está em condições de lidar com você agora.
— Não é você quem manda na lista de convidados, Jack. Isso é com ela.
— Qual é — interferiu Mike, com firmeza. — Não vamos fazer isso aqui.
— Pergunte se ele quer resolver isto lá fora — vociferou Jack em resposta.
— É, eu vou...
— Ei — repetiu Mike, aumentando o espaço que havia entre os dois homens. — Isto não vai acontecer aqui!

Brad chegou mais perto, empurrando o corpo de Mike, mas baixou a voz, com prudência.
— Eu sei que você está com raiva, Jack. Da situação como um todo e de mim. Não acho que esteja errado. Mas, se você engrossar comigo, vai ser pior para a Brie. E esse policial vai simplesmente prender você.

Jack travou o maxilar, empurrando o outro lado do corpo de Mike, que estava tendo dificuldades para mantê-los afastados.
— Eu quero muito bater em alguém — disse Jack por entre os dentes cerrados. — Agora mesmo, pode ser você ou qualquer outra pessoa. Você desistiu do casamento. Você deixou minha irmã enquanto ela estava montando o caso daquele filho da puta. Você tem alguma ideia do que você fez a ela?

Ai, cara, pensou Mike. Aqueles dois iam brigar a qualquer segundo, bem ali no corredor do hospital. Mike tinha um metro e oitenta e era bem forte. Só que tanto Brad quanto Jack eram mais altos, mais largos e estavam com mais raiva, além de não terem uma lesão no ombro. Mike seria massacrado quando os dois perdessem as estribeiras e começassem a se bater.

— É — disse Brad. — É, eu sei! Mas quero que ela saiba que ainda me importo com o que aconteceu com ela. Nós estamos divorciados, mas temos uma história. E uma boa parte dela é boa. Se eu puder fazer qualquer coisa agora...

— Ei! — disse Mike ao policial. — Ei! Ajuda aqui!

O policial enfim entrou na briga, colocando-se junto de Mike entre Brad e Jack.

— Certo, senhores — pediu o policial. — Eu tenho ordens de não deixar ter confusão do lado de fora do quarto da srta. Sheridan. Se vocês quiserem conversar sobre isso com calma, gostaria que vocês seguissem até o fim do corredor.

Essa não é uma boa sugestão, pensou Mike. Se eles fossem até o fim do corredor, não conversariam. Com cuidado, Mike afastou Jack alguns passos para trás.

— Respire fundo — pediu ele, com a voz baixa. — Você não quer fazer isso.

Jack olhou o amigo com fúria.

— Tem certeza disso?

— Se afaste — disse Mike com o máximo de autoridade que conseguiu reunir.

Bem nessa hora, uma enfermeira saiu do quarto de Brie, e Brad a alcançou rápido demais para que Jack conseguisse intervir.

— Senhora, eu sou o ex-marido da srta. Sheridan, Brad. Sou também um detetive da polícia — explicou ele, apresentando o distintivo. — Não estou de serviço. Você pode perguntar se ela quer me ver? Por favor?

A enfermeira deu meia-volta e entrou mais uma vez no quarto.

— O que é que ele está fazendo aqui? — perguntou Brad, indicando Mike com o olhar e projetando o queixo para a frente.

Ah, que erro, pensou Mike na mesma hora, ficando tenso. Brad estava louco? Irritando o cara que estava impedindo Jack de matá-lo? Ele sentiu o próprio punho se abrir e se fechar. O ex queria saber por que mais um homem estava ali? Ele largou a esposa para ficar com outra mulher, mas nenhum outro cara podia ficar com quem ele não queria mais? Mike conseguiu sorrir, embora de um jeito frio. *Que maluquice*, pensou. *Eu devia apenas deixar Jack bater nele.*

— Ele é policial — respondeu Jack, distorcendo um pouco a verdade.
— Eu pedi que ele viesse. Para ajudar.
— Ele pode ir embora — afirmou Brad. — A gente não precisa da ajuda dele.

Aquilo bastou. Bem rápido, Mike deu um passo na direção de Brad, mas foi parado por uma mão forte que pousou em seu ombro ruim e o puxou para trás. Foi o suficiente para chamar sua atenção; ele não faria Brie passar por aquilo. Mas se todos eles se encontrassem em algum outro lugar, como o estacionamento, ele não podia prometer nada. Naquele exato momento, Mike queria, tanto quanto Jack, enfiar a mão em Brad.

A enfermeira voltou de dentro do quarto e falou com Brad.
— Quando o médico concluir a visita, você pode entrar.

Brad teve o bom senso de não exibir um ar de superioridade. No entanto, ele não evitou o contato visual com os outros homens.

— Deixa eu perguntar uma coisa — disse Jack, dirigindo-se a Brad, tentando controlar a voz a fim de evitar ser retirado à força pelo policial. — Você estava trabalhando na noite em que isso aconteceu?
— Não.

Jack rangeu os dentes.

— Então, se você não tivesse abandonado Brie por causa de outra mulher, você estaria em casa naquela noite. Talvez esperando ela chegar. Talvez ali dentro, onde você poderia ouvi-la gritar. Sua "história boa" já era.

— Ei — começou Brad, claramente querendo discutir o assunto, mas Jack se virou e saiu caminhando pelo corredor.

Bem nessa hora, o médico saiu do quarto, olhando para o prontuário em mãos e passando direto pelos três homens. Brad ergueu o queixo, lançou um olhar breve e furioso para todos e entrou no quarto de Brie.

Mike expirou.

— Ia ser bem feio — comentou ele.

Foi até a cadeira que ficava ao lado da porta do quarto de Brie, no corredor, e se sentou. Jack ficou andando de um lado para o outro, impaciente. Andou alguns metros ao longo do corredor, afastando-se da porta.

Mike descansou os cotovelos sobre os joelhos e esfregou a barba, que estava pinicando. Percebeu que o policial estava de pé a seu lado.

— Isso deve ser difícil — disse o policial, dirigindo-se a Mike e indicando Jack, que estava a poucos metros dos dois com a mandíbula pulsando e as mãos fechadas na lateral do corpo.

Mike virou a cabeça e olhou na direção do jovem policial. Em seguida, olhou para o melhor amigo; Jack estava torturado, desolado.

— Você nunca está preparado para uma coisa dessas acontecer com uma mulher que você ama — comentou ele, baixinho. — Nunca.

Brie recebeu alta do hospital naquela tarde e foi para a casa do pai. Sam e Jack levaram-na de carro enquanto Mike seguiu o grupo no próprio carro, observando, preocupado. Ao longo de sua carreira policial, não tinha lidado com muitas vítimas de estupro, mas com certeza tinha visto alguns casos. Nunca vira, porém, uma vítima tão estoica, tão distante. Ao chegarem na casa de Sam, ela foi direto para o quarto que fora dela quando era mais nova. Logo depois, chamou Jack para que ele cobrisse o espelho.

Naquela noite, Brie levou seu jantar para o quarto em uma bandeja. As irmãs foram até lá visitá-la, uma a uma, mas não ficaram muito tempo. Eles eram em cinco irmãos na família Sheridan, todos casados, menos Brie. Duas das irmãs eram mais velhas que Jack, uma era um pouco mais nova e, então, vinha Brie, a raspa do tacho, onze anos mais nova que Jack. Suas três irmãs mais velhas tinham trazido para a família oito filhas, e Jack e Mel tiveram o único menino, o pequeno David. Então, quando a família se reunia, era uma multidão quase incontrolável. Uma aglomeração cheia de barulho e gargalhadas — Mike testemunhara aquilo em visitas anteriores. Não era diferente da família Valenzuela. Exceto agora. A casa estava silenciosa, como um mausoléu.

Mike jantou com Sam, Jack e Mel, todos quietos.

— Você devia ir a Los Angeles — disse Jack a Mike, depois que tiraram a mesa.

— Que nada. — Ele deu de ombros. — Posso ficar um ou dois dias, para ver se acontece alguma coisa.

— Não quero prender você aqui — disse Jack. Então, foi para o pátio e Mike o seguiu. — Eu posso ligar, se tiver alguma mudança.

Sam saiu também, segurando uma bandeja com três copos. Havia uma pequena dose de um líquido cor de âmbar em cada um deles. O homem mais velho pousou a bandeja na mesa que havia ali. Sem conversar, cada homem pegou um copo e bebeu em silêncio. O ar de junho estava abafado no vale de Sacramento, úmido, quase opressivo. Depois de alguns minutos, Sam se levantou e desejou boa-noite; em seguida, Jack terminou a bebida e também entrou. Aos poucos, as luzes do lado de dentro da casa começaram a se apagar, restando acesa apenas a da cozinha para Mike. Mesmo exausto como estava, não queria dormir. Por isso, se serviu de mais uma pequena dose, voltou para o pátio e acendeu a vela em cima da mesa.

Toda a família está em choque, pensou ele. Eles circulavam por ali em silêncio; estavam de luto pela inocência perdida de Brie. Todos que se encontravam debaixo daquele teto sentiam uma dor terrível; sentiam cada golpe cujas marcas ela carregava.

— Acho que agora você devia ir embora.

Ele ergueu os olhos e viu Brie em pé no vão da porta dupla que dava para o pátio e se encontrava aberta. Ela vestia as mesmas roupas de quando saiu do hospital.

— Brie — disse ele, levantando-se.

— Eu conversei várias vezes com os detetives. Jerome Powell, o estuprador, foi localizado bem longe, no Novo México, mas depois eles perderam o rastro — contou ela, muito objetiva. — Posso garantir, por experiência, que as chances de ele ter escapado são de pelo menos noventa e cinco por cento... Ele forçou uma restrição territorial. Vou começar a fazer terapia individual e em grupo logo... e decidi que não vou voltar a trabalhar por um tempo. Jack e Mel estão insistindo em ficar aqui pelo resto da semana, mas você deveria embora. Visitar sua família.

— Você quer vir se sentar aqui comigo? — perguntou Mike.

Ela balançou a cabeça.

— Eu vou falar com o procurador do distrito todos os dias, para ver se ele descobre alguma coisa nova. É claro que vou ficar aqui. Se eu precisar de alguma ajuda da polícia, tenho um ex-marido que está se sentindo bastante culpado. E muito prestativo. — Ela respirou fundo. — Eu queria me despedir. E agradecer a você por tentar ajudar.

— Brie — começou ele, dando um passo na direção dela com os braços abertos.

Ela ergueu uma das mãos, e seu olhar fez com que Mike parasse exatamente onde estava. Ela balançou a cabeça, sustentando a mão erguida em direção a ele.

— Você entende, não é — disse ela, prevenindo-o de chegar muito perto ou de tocá-la.

— Claro — respondeu ele.

— Dirija com cuidado — disse ela, desaparecendo dentro da casa.

Capítulo 2

Uma semana depois, Mel e Jack retomaram a rotina em Virgin River. Mel ia à clínica do doutor Mullins todas as manhãs, o bebê junto dela o dia todo. Se surgisse algo urgente, ela sempre podia levar o filho para Jack, no bar, ou, se ele não estivesse lá, Paige, Preacher ou Mike estavam mais do que dispostos a tomar conta do pequeno David. Mas, na maioria das vezes, o bebê ficava calmo enquanto Mel atendia pacientes em consultas de aproximadamente meia hora, desde que ela estivesse com a cadeirinha de descanso e ele não estivesse com fome ou precisando trocar a fralda. David ainda tirava duas longas sonecas por dia — uma durante a manhã e uma na parte da tarde.

Mel já tinha voltado de Sacramento fazia quase duas semanas quando uma adolescente de Virgin River foi até a clínica e pediu para se consultar com ela. Carra Jean Winslow tinha 15 anos e Mel nunca a vira antes. Na verdade, embora Mel vivesse e trabalhasse em Virgin River havia pouco mais de um ano, ela não conhecia os pais da menina. Ao notar a idade e estado ansioso da garota, Mel levou-a para ser examinada antes de perguntar do que ela precisava. Quando uma jovem de 15 anos que não está espirrando ou tossindo e sem o acompanhamento dos pais chega para se consultar com uma enfermeira obstétrica, as possibilidades parecem bastante limitadas e óbvias.

— Ouvi falar que tem uma pílula que não deixa a gente ficar grávida se, você sabe, a gente fez sexo com alguém — começou ela, falando bem baixinho, enquanto olhava para os pés.

— É a pílula do dia seguinte. Mas ela só é eficiente se a relação aconteceu há muito pouco tempo.

— Duas noites atrás — disse ela, sem força.

— É recente o suficiente — garantiu Mel, tentando deixá-la à vontade com um sorriso. — Algum problema? Dor? Sangramento? Alguma coisa?

— Sangramento. Estou com um pouco de sangramento.

— Primeira vez? — perguntou Mel, sorrindo com doçura. A garota fez que sim com a cabeça. — Você já fez um exame interno alguma vez?

Ela balançou a cabeça e olhou de novo para baixo.

— Eu gostaria de examinar você, para ter certeza de que está tudo bem. Não é tão horrível quanto você pensa — disse Mel, tocando o braço da garota com gentileza. — Qual a intensidade do sangramento?

— Não muito. Um pouco... está melhorando...

— Como é que você está se sentindo? Lá embaixo?

A menina deu de ombros e disse:

— Um pouco dolorida. Nada demais.

— Isso é bom. Imagino que, se você está interessada em contracepção de emergência, você não usou camisinha...

— Não — respondeu Carra.

— Certo, a gente vai cuidar disso. Você poderia tirar a roupa e vestir essa camisola?

— Minha mãe... Ninguém sabe que eu estou aqui.

— Tudo bem, Carra. Isso é entre mim e você. Eu só estou interessada na sua saúde. Está bem?

— Está bem — respondeu ela.

— Vou voltar daqui a uns minutos. Tire tudo, fique só de camisola.

Coitadinha, pensou Mel. A enfermeira sofria pelas jovens que tinham se metido nesse tipo de situação sem planejar, sem ter certeza de que queriam aquilo. E isso representava quase todas elas. No entanto, pelo menos Carra estava ali, evitando mais um desastre. Ela deu à garota tempo o suficiente para que ela se despisse, mas não deixou que esperasse demais, para que não ficasse muito nervosa, e então voltou à sala de exames.

— Primeiro, vamos tirar sua pressão e escutar seu coração — explicou Mel, sendo breve.

— Eu mesma vou ter que pagar a você — disse Carra. — Não quero que meus pais saibam disso.

— Carra, a confidencialidade é uma coisa importante neste consultório... você pode ficar tranquila — garantiu a enfermeira. — Vai dar tudo certo.

Ela, então, fechou a cinta do aparelho medidor de pressão, reparando que havia pequenos hematomas no braço da garota.

— Você está com uns hematomas aqui — observou Mel.

— Não é nada. Foi... no vôlei. Pode ser meio violento.

— Parece que alguém segurou você — sugeriu Mel.

A garota deu de ombros.

— Acontece.

Mel verificou a pressão sanguínea, que estava normal. Auscultou o coração de Carra, olhou nos olhos da menina, examinando a pupila. A não ser pelo batimento acelerado por causa do nervosismo, ela parecia estar bem. Mel, então, mostrou à menina o espéculo, explicou o procedimento e a acomodou com cuidado na posição para fazer o exame pélvico.

— Com cuidado e devagar, os pés bem aqui, chegue mais para baixo. Isso. Tente relaxar, os joelhos afastados, querida. Obrigada. Não vai ser ruim, então respire fundo algumas vezes e tente relaxar.

— Tudo bem — respondeu ela, e começou a chorar baixinho.

— Não chore agora — disse Mel com delicadeza. — Vai ficar tudo bem, porque você veio me ver logo.

Ela afastou os joelhos da menina com delicadeza e ficou imóvel. Os lábios vaginais da jovem estavam inchados e feridos, havia hematomas na parte interna de suas coxas que traziam uma semelhança impressionante com as manchas no braço de Carra. Marcas inconfundíveis de um polegar e de dedos. *Ai, que droga.* Mel se levantou do banco e olhou por cima do lençol, buscando o rosto da jovem.

— Carra, eu estou vendo que você está com muita dor. Machucada e inchada e tem até um pequeno rasgo. Eu gostaria de continuar o exame, dar uma olhada mais de perto, para ter certeza de que está tudo bem. Mas só se você topar. Você está bem?

A menina fechou os olhos com bastante força, mas concordou movendo a cabeça para cima e para baixo.

— Eu vou ser o mais gentil possível — garantiu Mel.

Ela vestiu as luvas, mas deixou o espéculo ao lado.

— Eu só vou examinar a sua vagina e seu útero, Carra... Não vou usar o espéculo porque você está com dor. Quero que você respire fundo para mim e, depois, expire bem devagar. Isso mesmo — encorajou ela. — Vai levar só um minutinho. Não se contraia. Relaxe os músculos, Carra. Assim mesmo, muito bem. Diga uma coisa, se eu pressionar aqui dói?

— Não muito — respondeu ela.

Por que essas coisas sempre vêm em série?, pensou Mel. *Eu não superei a Brie!* As paredes da vagina de Carra estavam rasgadas, arrebentadas; seu hímen estava rompido. Mel terminou o exame bem rápido e, embora não tivesse um kit de estupro à mão, ela tinha um cotonete estéril que usou para recolher uma amostra vaginal, ainda que pudesse ser tarde demais para recuperar qualquer DNA.

— Certo, Carra, vou ajudar você a se sentar.

Mel tirou as luvas e ajudou a garota a se acomodar com as pernas balançando para fora da mesa de exames.

— Estou preocupada com o que aconteceu com você, Carra. Parece que alguém machucou você. Quer me contar o que aconteceu?

Ela negou com a cabeça e algumas lágrimas escorreram pelo seu rosto. Carra era uma garota comum, com o rosto fino, sobrancelhas grossas e naturais e um pequeno problema de acne. E, naquele exato momento, enfrentava um caso bem sério de arrependimento, medo e ansiedade.

— Vai ser confidencial — insistiu Mel, com ternura. — Não são só os hematomas, Carra. Sua vagina está rasgada, rompida. Não tem danos sérios, vai sarar. Mas pelo que estou vendo...

— Fui eu. A culpa foi minha.

— Quando acontece uma coisa dessas, a culpa nunca é da mulher — consolou Mel, usando a palavra "mulher" de propósito, embora em sua frente estivesse uma menina. — Por que você não me conta o que aconteceu e a gente parte daí?

— Mas você vai me dar aquela pílula? — perguntou ela, desesperada.

— Claro que vou. A gente não vai deixar você ficar grávida. Ou doente.

A garota respirou fundo, mas isso só fez com que ela chorasse mais.

— Eu mudei de ideia quando já era tarde demais, só isso. Então, foi culpa minha.

Mel tocou o joelho de Carra.

— Comece do começo. Devagar e com calma.

— Não consigo — respondeu ela.

— É claro que você consegue, querida. Eu só vou escutar.

— A gente decidiu que ia fazer aquilo. Ele ficou todo animado... Quando acabou, ele pediu desculpas. Disse que a gente já tinha começado... que não podia parar.

— Ele podia — disse a enfermeira. — Eu consigo ver as marcas dos dedos dele nos hematomas, como se ele tivesse segurado você, afastado suas pernas. Consigo ver as marcas, os rasgos. Eu posso ajudar você.

— Mas eu queria.

— Eu sei, Carra. Até que você não quis mais. E você disse não para ele, não disse?

Ela negou, balançando a cabeça.

— Não. Eu queria.

— Se em algum momento você disse não, então foi um estupro, Carra. Um estupro em um encontro amoroso.

Carra se inclinou para a frente, em uma pose de súplica.

— Mas a gente fez coisas. Muitas coisas. E eu quis.

— Você já tinha tido relação sexual antes? — Ela balançou a cabeça. Não. — Você pode falar não no último minuto, Carra. É a lei. E não importa o que vocês fizeram antes. Me diga uma coisa... Ele é um namorado? Ou só alguém que você conhece faz pouco tempo?

— Eu conheço ele já tem muito tempo, da escola, mas ele só virou meu namorado há poucas semanas.

E vocês já fizeram um monte de coisas?, perguntou-se Mel.

— Carra, ele agiu muito rápido. Eu quero que você pense nisso. Poucas semanas. Esse cara está determinado. Quantos anos ele tem?

— Não — disse ela, balançando a cabeça. — Não, não vou contar mais nada para você. Eu não vou causar problemas para ele, não foi culpa dele. Eu que errei, mas ele se desculpou.

— Certo, escute... não fique irritada. Se você mudar de ideia e quiser conversar sobre isso, é só me ligar. Ou venha me ver. Não importa quando. Podemos pensar em anticoncepcionais hormonais para você e...

— Não. Eu não vou fazer isso de novo — declarou ela, mordendo os lábios de modo que sua boca virou uma linha fininha e deixando as lágrimas escorrerem por seu rosto.

Ah, ela foi estuprada. E, do jeito como ela fala, parece que não teve nem um encontro muito bom, pensou Mel.

— Carra, se você continuar a ver esse garoto, esse homem, isso vai acontecer de novo.

— Eu não vou fazer isso de novo — repetiu ela, com firmeza. — Preciso da pílula do dia seguinte, só isso.

— Só isso, por enquanto — disse Mel. — Quero que você volte aqui daqui a uma ou duas semanas, assim a gente pode fazer um teste para IST e ter certeza de que você está se curando. É cedo demais para aparecer qualquer coisa hoje, a exposição foi muito recente. Mas isso é muito importante, mesmo. Você vai fazer isso?

Ela acabou concordando, mas não aceitou começar a usar anticoncepcional hormonal. Em um tom muito pragmático, perguntou a Mel:

— Quanto é?

— Deixa quieto, Carra. Essa foi por conta da casa. Ligue para mim se você precisar. A qualquer hora. É sério... a qualquer hora. De dia ou de noite. Eu vou escrever o telefone daqui do consultório e o de casa. Está bem?

— Obrigada — agradeceu ela, de um jeito humilde.

No fim das contas, o que mais dilacerou o coração de Mel foi ver sua paciente ir embora de bicicleta. A garota não tinha nem idade para dirigir. E ela pedalava sem se sentar — de tão dolorida que estava.

Mike Valenzuela ligou para Brie. Ele não conseguiu se segurar. Já havia se passado duas semanas desde que escutara sua voz. Jack ficava mais do que feliz em mantê-lo atualizado sobre a recuperação e o estado da irmã, mas Mike precisava de mais.

— Como você está se sentindo? — perguntou a ela.

— Espinhosa. Meio nervosa e impaciente — respondeu. — Mas acho que é porque ainda faz pouco tempo.

— E fisicamente? — pressionou ele.

— Eu... ah... acho que o pior já passou. Os hematomas estão começando a sumir. Mas é incrível o tempo que leva para que as costelas fiquem boas.

— Jack me contou que você tirou uma licença maior da procuradoria — disse Mike.

— Ele contou o porquê? — perguntou ela.

— Não, e você não precisa me contar. Não quero que fique desconfortável.

— Não importa — respondeu ela, com frieza. — É porque não consigo trabalhar assim... quando eu processo um suspeito por estupro e ele foge. — Ela deu uma risada azeda. — E me fode em todos os sentidos.

— Ah, Brie — disse ele, compreensivo. — Meu Deus, eu sinto muito.

— Se eu tiver a chance, se acharem ele, vou enterrar esse homem. Vou colocar ele na prisão para sempre. Juro por Deus.

Mike respirou fundo.

— Você é uma das mulheres mais corajosas que já conheci. Tenho muito orgulho de você. Se tiver alguma coisa que eu possa fazer...

— Foi gentil da sua parte me ligar — respondeu ela, o tom de voz um pouco mais suave. — Além da minha família, são poucas as pessoas com coragem o suficiente... acho que elas têm medo do que podem ouvir. Jack sabe que você me ligou?

Não demoraria muito para Jack descobrir, pensou Mike. Sam tinha atendido o telefone e perguntado quem era antes de passar à filha.

— Eu não liguei porque você é irmã do Jack, mas porque você é minha amiga e queria saber como você está. Eu não estou nem aí se Jack vai gostar disso, só me importo com o que você acha.

— Por mim, tudo bem. Geralmente, ou acho graça da natureza protetora dele ou fico irritada. Mas não no momento — explicou ela. — Esse jeito dele agora parece um escudo.

— Se você fosse minha irmã, eu também seria protetor — admitiu Mike. — Eu mesmo estou me sentindo protetor, embora não possa fazer muito mais além de ligar e conversar. Acho que é isso que acontece com todos que se envolvem com o mundo do crime, Brie. Cada um de nós reage de um jeito... desde a vítima até os amigos e familiares dela. Faz parte do processo de cura. Vi meus amigos e familiares passarem por isso também. Foi um dos motivos pelos quais eu vim para cá... Estava ficando opressivo. A necessidade deles de me verem curado, para que pudessem se sentir melhor.

— Vivo esquecendo disso — admitiu ela. — Eu fiquei autocentrada assim. Você também foi vítima de um crime.

— Você tem que ficar autocentrada agora. Se proteger. Manter o foco.

— Foi o que você fez? — perguntou ela.

— Ahhhh. — Mike riu. — Você tinha que ver minha rotina. Eu começava o dia rastejando para fora da cama, inválido, com uma dor terrível. Tomava uma dose maior do anti-inflamatório, colocava compressa de gelo no ombro e na virilha, bebia o suplemento de proteína que a Mel me passava, tinha ânsia de vômito e então começava meus exercícios, com pesos de meio quilo... tão leves, eram quase nada. Dava vontade de chorar. Depois, eu tinha que me deitar. Levei dois meses para fazer um abdominal... e Mel tinha que me ajudar com a fisioterapia no ombro todos os dias, mas só de tarde, depois de eu tomar uma cerveja para amenizar a dor. Mel é pequena, você sabe, mas só na aparência... Ela consegue puxar, empurrar e judiar de um músculo ferido até você implorar feito um bebê. Minha vida girava em torno da recuperação do meu corpo.

— Eu queria que fosse só meu corpo que precisasse de recuperação — disse Brie, baixinho.

— Eu também tinha pesadelos — respondeu ele baixinho, de um jeito quase relutante. — E quero que saiba que não tenho mais.

Você só não consegue perceber ainda o quanto disso tudo vai acabar sendo a respeito do seu corpo, pensou Mike. Ele tinha uma vaga ideia do que as vítimas de estupro e violência sexual passavam. Demoraria bastante até que Brie pudesse ter um relacionamento sexual saudável.

Depois, Mike ficou bastante impressionado por Jack não ter comentado com ele sobre esse telefonema para Brie. Aquilo só poderia significar uma coisa: nem Brie, nem Sam contaram que ele ligara, e ele não tinha certeza do porquê disso. Considerou, por um instante, trazer ele mesmo o assunto à tona. Seria fácil de explicar sua preocupação: naquele momento, ele tinha algumas coisas em comum com ela e poderia oferecer apoio. Mas, no fim, acabou não falando nada. Não queria acabar em um triângulo esquisito, verificando com Jack a respeito de seus sentimentos por Brie. Nada mudara em relação a como ele se sentia sobre ela, só que, naquele momento, os dois estavam feridos.

Em meados de julho, o clima estava quente e úmido. Mike telefonava a cada dois dias e, ainda assim, Jack não comentava nada. Mike tinha a impressão de que Brie ansiava pelas ligações, pela maneira como atendia o telefone. Eles raramente falavam sobre o crime e sua recuperação, mas sim sobre coisas mundanas. Sobre a pescaria de Mike, o que ela estava lendo ou assistindo na TV, o clima, Sam e as irmãs e sobrinhas de Brie, cartas que Ricky — um garoto de Virgin River que tinha sido o pupilo de Jack e Preacher e que trabalhara no bar — estava mandando da Marinha, onde fazia seu treinamento básico.

Ela contou sobre suas novas fobias — escuro, espaços públicos, barulhos noturnos que nunca tivesse escutado antes. Colocara a casa à venda, já que não tinha qualquer intenção de voltar a morar lá. Achava que em algum momento voltaria a ser forte o bastante para morar sozinha, mas não na casa onde tudo tinha acontecido.

— Você não tem ido a lugar nenhum? — perguntou ele.

— À terapia individual e em grupo. Uma ida ou outra ao mercado, com meu pai — respondeu ela. — Não tenho vontade de sair de casa. Vou ter que dar um jeito de mudar isso, não vai demorar muito, mas por ora só quero me sentir segura. Já é uma objetivo difícil o suficiente.

Dava para ouvir que a voz de Brie ganhava força, apesar dos novos medos; ela ria com frequência, e aquele som o deixava em paz. Ele a provocava, contava piadas e até tocava violão pelo telefone, para que ela dissesse que ele estava melhorando.

Jack, porém, estava quieto demais. Mike o confrontou, perguntou como ele estava.

— Eu só quero tê-la de volta, cara — disse Jack, de um jeito sombrio. — A Brie... Ela sempre teve uma tremenda força vital.

Mike segurou o braço do amigo com firmeza.

— Ela vai voltar. Ela consegue.

— É, espero que você esteja certo.

— Eu estou certo — garantiu Mike. — Você precisa de mim para alguma coisa amanhã? Estou pensando em descer a costa, dar uma volta.

— Não, divirta-se — disse Jack.

Em geral, Mike não pensaria duas vezes sobre ir para Sacramento sem contar para Jack, mas as circunstâncias eram diferentes, e ele não era idiota — Jack gostaria de saber. Ainda assim, ele não falou nada; na verdade, até escondeu seu rastro, agindo como tivesse tirado o dia para dar uma volta por aí. Acordou bem cedinho, antes que Jack começasse a separar a lenha atrás do bar — o ritual que ele praticava até durante o verão, quando não havia necessidade de acender a lareira. Mike pegou a estrada rumo ao Sul, seguindo por Ukiah ainda antes do amanhecer, e chegou em Sacramento às dez da manhã.

Depois de tocar a campainha, viu uma sombra surgir atrás do olho-mágico e, então, alguém destrancou e abriu a porta.

— Mike? — perguntou Sam. — Eu não esperava sua visita.

— Eu decidi não ligar antes, senhor — disse ele. — Eu achei...

Brie apareceu, vindo de dentro da casa, e ficou atrás do pai.

— Mike? — perguntou ela, também surpresa.

Ele sorriu.

— Você está bem — disse ele, aliviado. — Ótima. Você está ótima. Eu estava dizendo que não liguei antes porque achei que se simplesmente viesse, talvez conseguisse tirar você um pouquinho de casa. Se eu tivesse telefonado antes, você pensaria em um milhão de desculpas.

Ela deu um passo para trás.

— Eu não sei...

— Que tal irmos a Folsom? — sugeriu ele. — Aproveitar as montanhas, dar uma volta pelas lojas, almoçar, quem sabe parar em uma ou duas vinícolas. Só umas horinhas, um pouco de ar fresco e, de repente, praticar um pouco essa coisa de estar em público. Em algum momento você vai ter que sair de novo no mundo.

— Talvez não assim tão cedo...

— Só é cedo porque você ainda não fez isso. Você vai estar segura, Brie.

— Claro, só que...

— Brie — interrompeu Sam. — Eu acho que você deveria aproveitar essa chance. Mike é um observador treinado, um policial com anos de experiência. Você não poderia estar em mãos melhores.

Mike acenou discretamente a cabeça na direção de Sam, em um gesto respeitoso.

— Obrigado, senhor. Se quiser, pode vir com a gente.

Ele riu.

— Não, acho que vou passar essa. Mas é uma boa ideia. Brie — disse ele, tomando a mão da filha, esfregando-a com as suas como se quisesse esquentá-la —, você devia sair por pelo menos uma hora, quem sabe duas. Mike veio até aqui...

Ela lançou um olhar penetrante para Mike. Havia, talvez, um lampejo de fúria em seus olhos.

— Você não contou para Jack que ia fazer isso, né.

Não era uma pergunta.

— Claro que não. Ele tentaria me convencer a não fazer isso. Se você precisasse que alguém que a arrancasse de casa, ele ia querer ser essa pessoa — sorriu Mike. — Eu não podia arriscar que isso acontecesse.

Ela pareceu considerar a questão por um instante. Enfim, disse:

— É melhor eu ir me trocar.

— Não, você está bem assim. Folsom não pede nada mais chique que seu short. Vamos lá. Você vai ficar fora de casa pelo tempo que quiser.

— Pai...?

— É uma boa ideia, Brie. Sair um pouco de casa. Almoçar, tomar uma taça de vinho. Eu vou estar bem aqui quando você voltar.

Mike a levou até o carro e eles partiram. Brie, como era de se esperar, estava quieta.

— Talvez você fique estressada por um tempo, mas acho que vai melhorar — comentou ele.

Mais alguns minutos de silêncio reinaram dentro do carro.

— Quando a gente sofre um trauma, a gente internaliza. Cultiva os sentimentos em silêncio, bem lá no fundo.

Mais uma vez, nada de conversa. Ela olhava diretamente para a frente, tensa, segurando o cinto de segurança com uma das mãos e tendo o outro braço cruzado por cima da barriga de um jeito protetor.

— Eu fui o quarto, de oito filhos, e tive três irmãos mais velhos — contou Mike, à medida que eles começavam a dirigir pelo sopé das Sierras. — Quando entrei no jardim de infância, já tinha três irmãs mais novas também, então, minha mãe era muito ocupada. Minha casa era cheia de valores e tradições antiquadas... Meu pai tinha dificuldade para alimentar todo mundo, ainda assim achava que tinha a faca e o queijo na mão com aquele bando de filhos homens, e tenho certeza de que ele queria mais. Mas era uma casa barulhenta e insana e, quando entrei na escola, meu inglês não era lá muito bom... A gente só falava espanhol e um inglês bem capenga na minha casa, na minha vizinhança. E, ainda que meu pai seja bem-sucedido agora, naquela época a gente era considerado pobre.

Ele olhou de relance para Brie.

— Eu apanhei de umas crianças mais velhas na minha primeira semana de aula. Fiquei cheio de hematomas no rosto e em outros lugares, mas não contei para ninguém o que tinha acontecido. — Mike se concentrou na estrada. — Nem mesmo para os meus irmãos, que ameaçaram me deixar com mais hematomas se não contasse quem tinha feito aquilo e por quê. Eu parei de falar completamente durante alguns meses.

Ela virou a cabeça, olhando para ele. E os olhos de Mike encontraram os dela.

— Quando trabalhei com crianças que foram vítimas de abusos, aprendi que isso é comum. Ficar assim, em silêncio. Também aprendi que está tudo bem se fechar antes de começar a falar.

— O que foi que fez você falar? — quis saber ela.

Ele deu uma risadinha discreta.

— Eu não sei se me lembro direito disso, mas acho que minha mãe me colocou sentado na mesa da cozinha, sozinho e disse: "A gente precisa conversar sobre o que aconteceu com você, Miguel. Eu não posso deixar você voltar para aquela escola até saber o que houve". Algo assim. Não poder voltar para a escola me fez ter mais medo do que apanhar, porque senti vergonha, pensando que aqueles garotos me achariam um covarde. Mesmo naquela época, o machismo cabeça-oca já estava presente.

Mike deu uma risada mais alta.

— Sua mãe falou com as autoridades? — perguntou ela.

— Não — respondeu ele, rindo de novo. — Ela contou para os meus irmãos. Ela disse: "Se ele vier para casa com um hematoma, eu vou bater em vocês e, depois, seu pai vai bater de novo".

— Nossa, que horrível — comentou Brie.

— Costume. Do Velho Mundo. — Ao dizer isso, Mike sorriu. — Não se preocupe, Brie. Foram muito mais ameaças do que surras. Eu não me lembro de apanhar. Meu pai batia na nossa bunda com o cinto, mas nunca machucou ninguém. Já minha mãe usava uma colher de pau. Não essa colherzinha de pau gringa de vocês, mas uma colher tão comprida quanto o braço dela. Jesus, se eles desafivelassem o cinto ou arrancassem a colher da prateleira, a gente corria feito o diabo da cruz. A geração seguinte dos Valenzuela desistiu desses métodos de educação infantil. Que, aliás, não é algo mexicano... É geracional. Não era um crime bater nas crianças se elas se comportassem mal.

Ela ficou um tempo quieta. A seguir, perguntou:

— Você se casou com mulheres hispânicas?

Ele a olhou, curioso.

— Sim. Nas duas vezes. Bom, elas eram parte mexicanas.

— Você sente uma atração por essa cultura... Uma atração bem forte...

— Eu amo as tradições da minha família, mas não acho que isso tenha alguma coisa a ver com casamentos. Saí com um monte de mulheres que não eram hispânicas. Meus casamentos foram breves fracassos da minha juventude.

— O que aconteceu?

— Bom, da primeira vez eu era muito novo e ela também. Eu estava no Corpo de Fuzileiros e ela trabalhava para o meu pai. Escrevi para ela, nos casamos enquanto eu estava de licença em casa, voltei depois que acabou meu serviço e descobri que ela estava interessada em outro cara. Eu poderia ter ficado indignado, mas a verdade é que... eu não também não era fiel. Aos 21 anos eu já tinha me casado e me divorciado. Minha mãe estava morta de vergonha de mim.

— E sua segunda esposa?

— Foi só uns anos depois. Uma funcionária da polícia de Los Angeles. Uma despachante. — Ele deu uma risadinha. — Uma tradição famosa há muito tempo... policiais e despachantes. Durou seis meses. Minha mãe tinha perdido completamente as esperanças em mim.

— Acho que você não é fiel a todas as tradições...

— Sabe de qual tradição da minha família eu sinto falta? Da comida da minha mãe, das habilidades e da ingenuidade do meu pai. Na maioria das vezes, meus pais cozinhavam para grandes grupos, no quintal... na churrasqueira e em grandes panelas que cozinhavam em fogo baixo. *Mole*, a antiga receita da família, *tamales* embrulhados em folhas de bananeira, *enchiladas*, *carne asada*. A *salsa* e a guacamole da minha mãe são tão boas que fariam você desmaiar. Ela faz um peixe com azeitonas fatiadas que é um espetáculo. O camarão com tomate, abacate e *tapatío* também é incrível.

— *Tapatío*?

— Molho picante. Bem picante. E meu pai consegue fazer qualquer coisa... Ele construiu um quarto na nossa casa, fez um gazebo e um muro no jardim, reformou a parte elétrica da casa, construiu uma garagem independente... Tenho certeza de que ele fez isso tudo sem licença da prefeitura, mas tive a bom senso de nunca perguntar. E o paisagismo sempre foi incrível. Ele trabalha com isso, paisagismo. Começou podando umas sebes e aparando gramas, mas, depois, começou seu próprio negócio. Agora é um negócio relativamente grande, que tem muitas empresas como clientes. Ele tem um milhão de parentes e filhos... então nunca fica sem empregado. Meu pai era um imigrante, mas não precisou se naturalizar. Como minha mãe é a primeira geração da família dela nascida aqui nos Estados Unidos, em Los Angeles, o casamento legalizou a situação dele. Mas o interessante é que é ela quem sustenta as velhas tradições na nossa família. Ele queria se adaptar logo aos Estados Unidos e realizar o sonho dos garotos pobres e que passam fome no México: ficar rico. E ele conseguiu, mas teve que dar muito duro para isso.

Ele entrou na cidade de Folsom, achou uma vaga e deu a volta no carro, para abrir a porta de Brie.

— E você, conte para mim como foi sua infância — pediu ele.

— Não foi nem de perto tão interessante quanto a sua — respondeu ela.

— Deixe que eu faça esse julgamento — rebateu ele, segurando-a pelo cotovelo e guiando-a para que atravessassem a rua e entrassem em uma lojinha.

Enquanto ele a conduzia por lojas, galerias de arte, antiquários e padarias, ela contou sobre como foi viver com três irmãs bem mais velhas, que a tratavam como uma criancinha, e Jack, que a paparicava constantemente até os 6 anos dela, e depois todas as vezes que ele voltava para casa, de licença. A casa onde morava não era muito diferente da dele, a não ser pelo fato de que a mãe dela não cozinhava no quintal, usando panelas e utensílios imensos, e o pai era um mago dos números e dos investimentos, e não da construção ou do paisagismo. A não ser por isso, a infância deles tinha sido bem parecida — uma família grande cheia de barulho e risadas, lealdade e brigas intensas entre irmãos.

— As meninas brigavam feito bichos — comentou ela. — Elas nunca brigavam comigo... eu era o bebê. E meus pais diziam que se Jack sequer encostasse em uma das meninas, ele morreria, então minhas irmãs iam atrás dele com vontade, sabendo que ele não podia fazer nada.

— Por acaso você não teria um vídeo disso em algum lugar, teria? — perguntou ele, em meio a risadas.

— Se tivesse tido um vídeo desses, Jack já teria destruído. Elas eram terríveis com ele. É incrível que ele as ame hoje em dia. Claro, ele se vingava um pouco. Vivia pregando peças nelas... mas, em sua defesa, ele nunca brigou fisicamente com elas. Para falar a verdade, seria mais uma questão de legítima defesa. Até voltar da primeira missão com os fuzileiros, acho que ele queria vê-las mortas.

Mike parou de andar quando chegou em frente a um pub de esquina e olhou para o relógio em seu pulso.

— Aposto que você está ficando com fome.

— Tem um restaurante mexicano um pouco mais à frente — avisou ela.

— Não, não existe restaurante mexicano no mundo que consiga me deixar satisfeito. Eu sou um filhinho da mamãe. Que tal um hambúrguer? — sugeriu ele.

Ela sorriu.

— Claro. Isso está sendo mais fácil do que eu esperava.

— A gente está indo devagar e com calma, e você se distraiu com a conversa — explicou ele.

— Isso soa tão profissional — comentou Brie, entrando no pub. — E eu aqui achando que você estava se divertindo.

Ele gargalhou.

— Ah, sim, está sendo um tremendo sacrifício... Claro que estou me divertindo, mas estou aqui em uma missão: tirar você de casa. E se eu conseguir me divertir enquanto faço isso, melhor ainda.

Ele a conduziu para uma mesa no canto, acomodando-a na cadeira que dava uma visão geral do restaurante, para que não se sentisse tão vulnerável, e sugeriu que ela pedisse uma cerveja ou uma taça de vinho. Havia poucas pessoas no pub, então Brie conseguia ver facilmente todo mundo que estava almoçando ali. Eles pediram hambúrgueres e continuaram a conversar sobre adolescência — as notas na escola, os namoricos, as confusões em que se meteram. Eles eram opostos: Brie, uma estudante excepcional, tinha tido alguns namorados bem educados e nunca se metera em confusão. Mike não conseguira se concentrar até os 20 anos, ficava com qualquer pessoa que quisesse sair com ele e se metera em muita confusão — até mesmo com a polícia, que o levou para casa tarde da noite mais de uma vez, acordando seus pais.

Quando já tinham comido mais ou menos a metade dos hambúrgueres, houve um pequeno tumulto no pub. Um homem gritava para o garçom:

— Não dá para aceitar isso!

Os olhos de Brie se arregalaram e Mike deu uma olhada por cima do próprio ombro. Havia dois casais do outro lado do salão, em uma mesa; eles pareciam ser casais de meia-idade. Um dos homens estava nervoso, enquanto o outro tentava aplacá-lo, pousando a mão em seu antebraço e falando baixinho. As duas mulheres estavam retraídas, se não por vergonha, por preocupação. O garçom se abaixou um pouco para falar com o homem irritado, e ele reagiu. Pegou seu copo de cerveja e o arremessou em direção ao bar, estilhaçando-o, o que fez com que a cerveja e os cacos de vidro saíssem voando. Se o pub estivesse mais cheio, aquilo seria perigoso.

— Não é o suficiente! — berrou o homem.

Brie ofegou e ficou tensa, com os olhos cheios de terror. Mike deu uma olhada para ela, voltou a olhar por cima do ombro e depois de volta para Brie. O pânico era evidente em seu rosto.

A seguir, o gerente entrou no salão e foi rápido até a mesa, falando baixinho, primeiro com o garçom, depois com o cliente insatisfeito, que respondeu, embora fosse impossível distinguir suas palavras. Era evidente que o outro homem que se encontrava à mesa tentava acalmar o amigo, mas sem sucesso. O homem irritado se levantou de repente e empurrou o gerente, fazendo-o dar uns passos para trás.

Mike olhou para Brie, apavorada, e pensou: *era tudo de que ela precisava*. Uma merda dessas acontecendo na primeira vez que ela sai de verdade para um lugar público. Mike colocou as mãos em cima das dela.

— Fique aqui e respire fundo.

Então, se levantou e foi com passos largos e firmes até a mesa onde estava acontecendo a confusão. Os funcionários da cozinha já estavam espiando pela janela que havia na porta vaivém.

Mike se colocou entre o garçom e o gerente, bem na frente do agressor, e deu graças a Deus por ser mais alto que todos eles, e mais jovem e mais em forma do que o homem irritado. Ele olhou nos olhos do gerente e disse com calma:

— Por favor, ligue para a polícia.

— Obrigado, senhor. Acho que a gente consegue administrar a situação a partir daqui.

— Se você me deixar usar seu telefone, eu mesmo faço a ligação.

O cliente furioso tentou empurrar Mike, para tirá-lo do caminho, e disse:

— Estou indo embora desta merda de espelunca.

Mike apenas endireitou a postura, pegou o pulso do homem para repelir o empurrão, bloqueou sua passagem e ergueu a palma de sua outra mão. Usou uma voz autoritária para dizer:

— Sente-se, por favor, senhor. Acho que o senhor não pagou sua refeição e bebidas — afirmou com educação, porém em tom firme.

Embora Mike fosse apenas alguns centímetros mais alto, era mais jovem e trazia uma expressão bastante determinada no rosto. O homem se sentou. Mike olhou para o gerente e disse:

— A polícia, por favor.

— Aqui — disse o amigo do outro homem, colocando-se de pé e abrindo a carteira. — Eu vou pagar por isso e...

— Sinto muito, senhor, mas seu amigo irritado vai se entender com a polícia agora. Arremessar um copo e agredir o gerente é contra a lei.

Então, Mike olhou por cima do ombro, ergueu as sobrancelhas para o gerente e acenou com a cabeça.

— Ligue para a polícia — instruiu o gerente, dirigindo-se ao garçom, e o jovem saiu em disparada.

Vinte minutos depois, a polícia local levava embora o cliente furioso, que ainda cuspia seu desagrado com a terrível refeição. No fim das contas, o que houve foi que o homem ficara insatisfeito com a oferta que o garçom fizera de substituir a comida ou dar um desconto, porque ele queria, a despeito dos protestos por parte de sua própria esposa e do outro casal, que o consumo de todas as quatro pessoas da mesa ficasse por conta da casa. Também ficou claro que ele estava um pouco bêbado e intratável. Não foi preciso algemá-lo, mas a polícia decidiu que seria melhor escoltar os visitantes para fora da cidade e garantir que todos saíssem com calma. O pub logo recuperou sua atmosfera silenciosa.

O gerente trouxe uma cerveja para Mike e, para Brie, uma taça do mesmo vinho que ela bebera no almoço.

— Recebam nossos agradecimentos — disse ele, sorrindo.

— Muito obrigado — respondeu Mike.

A seguir, virando-se para Brie, ele pousou a mão sobre as dela, com delicadeza, e disse:

— Meu Deus, eu sinto muito que isso tenha acontecido, Brie. Espero que você não esteja muito abalada.

Os olhos da mulher estavam, na verdade, cintilando. Ela sorriu e comentou:

— Isso que eu chamo de batismo de fogo.

— Justo hoje aquele palhaço decidiu encher a cara e armar uma confusão...

Mas a resposta de Brie foi uma gargalhada.

— Meu Deus. Por um minuto eu senti todos os tipos de medos histéricos... e, então, acabou. Chamaram a polícia, ele foi escoltado para fora e acabou. Além disso, ganhamos bebidas grátis — disse ela, erguendo a taça.

As sobrancelhas de Mike se uniram, demonstrando preocupação por ela ter ficado histérica.

— Eu vou compensar as bebidas na gorjeta. Espero que você não esteja muito traumatizada.

— Não. — E Brie deu outra gargalhada. — Eu já enfrentei umas pessoas bem assustadoras, mas, em noventa e nove por cento das vezes, elas são só fogo de palha. Ameaçam, fazem um monte de barulho, se exibem e, quando a polícia chega, choram.

Ela se debruçou sobre a mesa. A voz afundou em um sussurro.

— Há semanas que venho recitando esse mantra: já tem mais de dez anos desde que um oficial do tribunal foi, de fato, ferido por um réu, e o tal promotor público assistente não se machucou sério. Isso não resolve tudo, mas eu me lembrei... o que aconteceu comigo foi muito raro. O que aconteceu hoje é mais típico.

— Você lida com muitas porcentagens, suponho — provocou ele.

— Noventa e três e meio por cento das vezes — respondeu ela com um sorriso.

Todas as semanas, sem falta, Jack recebia uma carta de Rick, o garoto que fora sua sombra durante anos maravilhosos até resolver se tornar fuzileiro naval assim que terminou o ensino médio. A carta era sempre endereçada a Jack e começava com "Queridos Jack, Preacher, Mike e todo mundo". Era a melhor parte da semana.

Quando Jack chegara a Virgin River, comprara a cabana por causa do tamanho e da localização, bem no meio da cidade. Tinha cômodos amplos. Ele dormia em um cômodo enquanto trabalhava no outro, depois trocava a cama de lugar. Jack estava construindo o bar, sem saber muito bem se o negócio daria certo em uma cidade com apenas seiscentos habitantes. Acrescentou ao lugar o quarto no andar de cima e o apartamento que ficava atrás da cozinha, onde morou até Mel entrar em sua vida.

Ricky era um garoto que morava no fim da rua, um jovem sociável, cheio de sardas no rosto, com um sorriso luminoso e o temperamento de um filhotinho de cachorro. Quando Jack descobriu que Rick morava sozinho com a avó já idosa, ele o trouxe para perto de si, como se fosse um irmão mais velho ou um pai adotivo. Teve o privilégio de estar durante alguns anos em companhia do menino, vendo-o crescer e se transformar em um jovem admirável — forte, decente e corajoso. Jack o ensinou a pescar com mosca, a atirar e a caçar. Juntos, eles viveram momentos divertidos e momentos tristes. Quando Ricky foi embora, para servir à Marinha, com

18 anos, foi um dia tanto de admiração quanto de sofrimento para Jack. Parte dele estava transbordando de orgulho por Ricky estar indo para a Marinha, e a outra parte estava preocupada, porque ninguém melhor do que Jack para saber como aquilo poderia ser desafiador e perigoso.

Quando as cartas chegavam, ele as compartilhava com Preacher e Mike, depois ia até a casa de Lydie — a avó de Ricky. Eles trocavam notícias, já que Ricky escrevia pelo menos duas cartas por semana durante o treinamento básico — uma endereçada ao bar onde tinha trabalhado desde os 14 anos e outra para sua avó. As notícias de Lydie sempre vinham censuradas, pois Ricky evitava contar a ela as partes mais difíceis e pesadas de sua experiência. Mas Jack lia sua carta em voz alta e Lydie gargalhava, adorando escutar a versão completa.

As pessoas pipocavam no bar quando ouviam que tinha chegado uma carta. Connie e Ron, os tios da namorada adolescente de Ricky, sempre apareciam, sedentos por notícias. Doutor Mullins ficava ansioso como qualquer um, assim como Mel e Paige. Os Carpenter, os Bristol, Hope McCrea… Todo mundo sentia saudade de Ricky.

"Eles fizeram a gente correr na chuva e na lama com uma mochila de 13 quilos nas costas por muitos e muitos quilômetros, gritando e berrando que a gente tinha que pagar as nossas dívidas, ficar durões… e isso me fez rir", escreveu Ricky. "Eu fico pensando, irmão, isso não é nada. Eu já paguei minhas dívidas em Virgin River…"

Ricky e sua jovem namorada, Liz, tinham tido um bebê seis meses antes. Um bebê que não sobrevivera. Para começo de conversa, eles eram jovens demais e frágeis demais para ter um bebê; e jovens e sensíveis demais para uma tragédia daquelas. Jack também era pai, então não era difícil para ele imaginar como os rigores da Marinha poderiam parecer brincadeira de criança quando comparados àquilo.

Jack sentia saudade do garoto. Como um pai sentiria saudade do filho.

Mike aumentou a frequência das ligações para Brie, telefonando para ela quase todos os dias, e aquilo o fez se lembrar de quando ele era um garoto apaixonado. Passava muito tempo no telefone. Tantas horas gastas em conversas sobre o dia, as atividades, a família. Às vezes, eles se desviavam para terrenos delicados — religião e política. Em determinado momento,

Mike perguntou se ela já estava dirigindo, e ela respondeu que sim, um pouco. Até a casa das irmãs, às vezes até o mercado, bem rapidinho.

— E como você está se saindo no carro?

— Eu não tenho problema em dirigir. Mas me sinto vulnerável quando chego ao destino. Insegura. Tenho uma arma nova — informou ela. — Para repor a que eu perdi.

Ele ficou em silêncio por um minuto.

— Ah, Brie... Eu não queria que sua confiança dentro de um carro viesse do fato de que você planeja atirar no primeiro bom samaritano que parar para ajudar você a trocar um pneu.

— A intenção não é bem essa. Mas...

— Deixe para lá. Não quero me comprometer mais.

Brie deu uma gargalhada. Ela parecia rir com mais facilidade nos últimos tempos, pelo menos com ele.

— A arma faz com que eu me sinta mais segura, ainda que não tenha me servido para nada antes.

— Eu estava pensando... Você quer almoçar comigo de novo? Ir me encontrar dessa vez? Desde que você não precise ir muito longe e concorde em deixar a arma em casa...

— Onde? — perguntou ela.

— Talvez em Santa Rosa — sugeriu ele. — Eu adoraria ir a Sacramento, mas pode ser bom para você dirigir até um lugar que não seja logo na esquina.

— É uma bela distância só para ir almoçar — observou ela.

— Pratique — disse ele. — Expanda seus limites. Se exponha.

— Mas o que você ganha com isso? — perguntou ela, baixinho.

— Achei que estivesse na cara — respondeu ele. — Eu tenho mil motivos para querer ajudar na sua recuperação, e um dos principais é que eu gosto de você. E... eu já passei por isso.

Funcionou. O almoço em Santa Rosa foi em um pequeno restaurante italiano, onde eles comeram macarrão, beberam chá gelado e conversaram enquanto os clientes se comportaram direitinho. Ele segurou a mão de Brie sobre a mesa durante um tempo.

Era esquisito para Mike ter sentido atração primeiro por uma personalidade combativa e durona e perceber que agora, mesmo com ela falando manso e tendo dificuldades em manter contato visual, o que ele sentia não mudara muito. Ele ficaria feliz de ter a velha Brie de volta, se ela conseguisse se recuperar por completo, mas também percebeu que, mesmo que ela ficasse vulnerável como estava, o sentimento que havia nele era forte. Era algo do qual ele não conseguiria se livrar com facilidade.

— Onde foi que você disse para o seu pai que estava indo? — perguntou ele.

— Eu disse que ia almoçar com você — respondeu ela, dando de ombros. — Eu fiz questão de dizer em qual restaurante iríamos e quando voltaria. Ele ficou bem animado. Claro que ele quer que eu volte a circular. Ele não faz ideia de como eu estou longe disso. Isso já é alguma coisa... Bom, não é voltar para o mundo, mas é almoçar com um amigo. E isso é bom.

Duas semanas depois, eles se encontraram em Santa Rosa de novo, dessa vez no restaurante francês de uma vinícola, que também era um lugar pequeno, onde Brie conseguia ver cada cliente. E duas semanas depois, de novo em Santa Rosa. Ao vê-la, ele sentia vontade de correr até ela e levantá-la do chão em um abraço longo, mas sempre enfiava as mãos no bolso, sorria e acenava um "oi". Na sexta semana e quarto almoço, ela lhe deu um abraço ao se despedir.

— Obrigada — agradeceu ela. — Acho que isso ajuda.

Entre um almoço e outro, eles se telefonavam. Quando conversavam, ele se lembrava sempre da mulher ousada e sabichona por quem se apaixonara. Mas estava diante de uma mulher insegura; sua confiança tinha se estilhaçado. Embora, no fundo, ela ainda fosse a mesma mulher — honesta, engraçada, corajosa.

Era a primeira vez que Mike estava diante de um desafio do tipo. Agia com gentileza e bondade — o que não era difícil para ele, porque, acima de tudo, era um cavalheiro. Mas precisou se esforçar para parecer que não estava preocupado com ela; que não sentia pena de Brie, quando, na verdade, não havia nada mais difícil do que saber que uma mulher que ele admirava e com quem se importava tanto tinha sido brutalizada daquele jeito. Ele não poderia suportar que ela acrescentasse a dor dele à sua lista de obrigações — seu processo de recuperação já era complicado o suficiente. Não foi fácil evitar transparecer sua preocupação. Ela precisava de força agora, não de fraqueza. Ele não seria a fraqueza na vida dela.

Nenhum deles nunca mencionava Jack nas conversas, a não ser quando Brie falava sobre a família, a infância e como ela sentiu saudade depois que ele foi servir à Marinha. Até então Jack não mencionara os telefonemas e as saídas para almoçar.

O verão avançava. Mel e Jack tinham voltado de Sacramento em junho e, para Mel, a estação fora repleta de tensão. Ela não tirava sua paciente de 15 anos da cabeça, já que a garota não retornara ao consultório para fazer exames e determinar se contraíra alguma IST. Mel estava cuidando de duas grávidas, sem falar nos demais pacientes que passavam pela pequena clínica do doutor Mullins.

E fazia semanas que seu marido não a tocava.

A rotina de Jack consistia em ir para o bar bem cedo, cortar lenha, olhar a programação do dia, se reunir com Preacher e fazer o trabalho que fosse preciso no bar: — inventariar, abastecer, ajudar a servir nas horas das refeições. Então, se dava tempo, ele trabalhava na construção de sua nova casa.

Ele parecia se ocupar mais da última tarefa, porque lá podia ficar sozinho. E parecia que Jack, de repente, agora precisava de muito mais tempo sozinho do que precisava antes de sua irmã ser atacada. Ele não falava sobre o estupro de Brie; vivia em um silêncio pétreo.

Às vezes, quando não havia nada para fazer na clínica, Mel pegava o carro e ia com o bebê até a casa em construção, onde ficava observando Jack martelar pregos na madeira, aplainar, nivelar, erguer imensas tábuas de madeira em seus ombros largos. Em geral, quando ele a via, parava de trabalhar na mesma hora e passava um tempo com ela. Mas, nos últimos dias, nas últimas semanas, o silêncio o consumia.

Brie ligava todos os dias, porque, se ela não o fizesse, Jack telefonaria para ela. Ela estava melhorando, tanto em termos físicos quanto emocionais, mas Jack, não. Mel estava ciente de que aquele era o motivo pelo qual ele não fazia amor com ela havia tanto tempo, e para eles aquilo era uma eternidade. Eles faziam amor com frequência e era sempre muito bom; sexualmente, eles eram um par perfeito. Era uma das forças motrizes do casamento. Jack tinha desejos fortes, e Mel tinha se acostumado a depender dessa satisfação incrível que ele proporcionava. Nada poderia fazer com que ela se sentisse mais adorada do que o modo como Jack a tocava. E ela retribuía, fazendo tudo que pudesse para mostrar seu amor.

Sabendo que era o ataque à Brie que o atormentava, paralisando seu desejo, Mel procurou ter paciência e compreensão. Mas era difícil se deitar ao lado dele todas as noites e não receber as investidas de sempre. Ela entendia a dor, a raiva que ele sentia, mas também sabia que não deixaria seu homem ficar se remoendo para sempre.

Ela precisava dele de volta.

Um costume que tinham era de passar uma ou duas horas no bar, ao fim do dia, depois do trabalho, às vezes jantando, às vezes apenas bebendo uma cerveja ou uma xícara de café com alguns dos clientes antes de irem para casa e desfrutarem o próprio jantar. Naquele dia em particular, Mel simplesmente voltou para casa. Nem sequer parou no bar para se despedir. Alimentou o bebê e o colocou para dormir, tomou um banho, vestiu uma das camisas de Jack e se sentou no sofá, sentindo a brisa refrescante da noite atravessar a porta telada. Dava para sentir o cheiro de Jack na camisa — seu almíscar especial misturado com o aroma de madeira, vento e rio.

Ele telefonou e perguntou onde Mel estava, ao que ela respondeu:

— Resolvi vir direto para casa hoje.

— Por quê?

— Porque não tinha ninguém no bar para conversar — explicou ela.

— Mas eu estou aqui.

— Exato — disse ela. E, então, se despediu.

Claro que ele demorou uns vinte minutos para inventar uma desculpa para Preacher e chegar em casa. Mel sabia que, se tivesse confrontado a situação mais cedo, talvez Jack não tivesse tido o tempo de que precisava para resolver a questão. Na verdade, ela estava preocupada de ainda ser cedo demais, mas sentia-se bastante decidida a tentar. Fazia muito tempo. Tempo demais. A saúde do casamento significava tudo para ela.

— Qual é o problema? — perguntou ele, atravessando a porta do chalé.

— Eu estou me sentindo sozinha — respondeu ela.

Ele se sentou ao lado dela no sofá e deixou a cabeça pender. O que estava acabando com ela era aquele olhar deprimido junto ao silêncio que ele ostentava.

— Desculpe, Mel — começou ele. — Eu sei que já devia ter saído dessa. Eu mesmo esperava que isso fosse acontecer antes. Não sou um cara fraco, mas é a Brie...

— Jack, a Brie precisa de você, e quero que você esteja disponível para ela. Eu não teria me casado com um homem que não fosse assim. Só espero que tenha alguma coisa sobrando para mim aí dentro. Porque eu te amo. E eu também preciso de você.

— Eu sei que desapontei você, vou melhorar...

Ela se ajoelhou ao lado dele no sofá, encarando-o.

— Me dê um beijo — pediu ela.

Ele chegou os lábios para perto dos dela e pressionou a boca contra a dela. Ele até fez um nobre esforço para mover os lábios e abrir a boca para receber a língua de Mel. Mas não havia paixão nem desejo no gesto. Ele não colocou as mãos nela, não a puxou mais para perto, não gemeu com a vontade de sempre.

Ela ficou com medo de estar perdendo Jack.

— Venha comigo — pediu ela, tomando a mão do marido e conduzindo-o até o quarto deles. — Sente-se — disse ela.

Ela se ajoelhou na frente dele e se dedicou a tirar as botas de Jack. A seguir, ainda de joelhos, começou a desabotoar a camisa dele.

— Isso talvez não acabe do jeito que você está esperando — advertiu ele.

— Shhh. Vamos ver.

Ela abriu a camisa, desnudando os ombros dele, e começou a acariciar aquele tapete macio de pelos que cobria seu peito. Então, beijou-o ali, passando a língua de leve nos mamilos, um de cada vez. Empurrando-o de costas na cama, desafivelou o cinto, desabotoou a calça e abriu o zíper. A seguir, beijou a barriga de Jack. Com as mãos na calça jeans dele, ela puxou a peça até abaixo do quadril dele, das pernas. Não passou despercebido para ela que ele mal estava se excitando com aquilo, o que era impressionante quando se tratava de Jack. Ele logo ficava a postos diante da mera sugestão de que poderia haver sexo. Mesmo assim, Mel não se sentiu desencorajada. Tirou a cueca boxer e fez uma carícia no marido, o que o animou um pouco, e, na sequência, colocou a boca nele, do jeito que ele gostava.

Foi quando escutou o gemido que havia tanto queria ouvir. Aquele gemido profundo. Ele não pôde ficar passivo durante aquele que era um de seus prazeres favoritos. Pronto. Ele reagiu, talvez apesar de si mesmo, mas ela não se importou. Era um começo.

Nunca na vida Jack tivera um problema que o fizesse deixar de querer sexo. Na verdade, durante o momento mais estressante de sua vida, ele achara que o sexo era uma maravilhosa válvula de escape. Mas não daquela vez — daquela vez ele estava anestesiado. Mal percebera que aquilo estava acontecendo, só tomara conhecimento da coisa quando a esposa o procurara, exigindo uma resposta, e então, de repente, entendeu que não estava privando apenas a si mesmo em seu sofrimento. Sentiu a pequena boca de Mel envolvê-lo, e conseguiu separar corpo da mente. Fechou os olhos em êxtase. Ela, então, subiu em cima dele, quente e doce, e ele acariciou as nádegas e correu as mãos por debaixo da camisa que Mel usava, até alcançar seus seios fartos e ouvi-la murmurar de prazer.

— Ah, Jack... eu precisava tanto das suas mãos em mim.

Foi quando ele percebeu o quanto eles dependiam um do outro. Deveriam se ajudar durante momentos difíceis, não se fechar.

Ele tirou a camiseta de Mel e trouxe os seios da mulher até sua boca, saboreando aquela doçura. Depois, virou-se com Mel, posicionando-a sob seu corpo, preenchendo-a, escutando-a suspirar e murmurar.

— Meu amor, me desculpe — sussurrou ele. — Eu nunca quis me descuidar de você.

Ele se mexeu e ela dobrou os joelhos, erguendo o quadril para trazê-lo mais e mais fundo, as mãos nos ombros e braços de Jack, sua boca na dele.

Era isso que ele amava naquela mulher, sua esposa — que, sexualmente, era tão impulsiva quanto ele. Naquele ponto, eles combinavam muito, e foi preciso muita coragem da parte de Mel para trazê-lo de volta à vida. Antes, ele nunca tivera uma seca tão longa como aquela, e o fato de sua esposa não permitir que aquilo acontecesse, de que ela estava desesperada por ele, de que estava determinada a reconquistar o sexo no casamento significava muito para Jack. *Obrigado, Deus, por esta mulher*, pensou ele. Qualquer outra teria ficado mal-humorada, com raiva, teria se ofendido ou mesmo ignorado a situação. Mas não Mel: ela tinha um compromisso com ele. Um compromisso com a paixão que eles partilhavam. Ela não desistiria fácil.

Agarrando a bunda pequena e firme da esposa, ele a segurou e fez de um jeito gostoso, do jeito certo, a fricção perfeita que a fazia ofegar e gritar seu nome. Ele deu uma risadinha, um som profundo e áspero, porque ele amava isso em Mel — que ela não conseguia ficar em silêncio, que quando ele fazia as coisas que sabia que ela gostava, ela se deixava levar, entregue.

Quando ela escutou aquela risada sensual — o som que ele fez quando retomou o controle e concentrou-se somente em dar prazer a ela, fazendo o corpo de Mel flutuar —, ela enroscou as pernas no corpo de Jack e explodiu em um orgasmo tão caloroso e forte que ele estremeceu. Ao relaxar debaixo do marido, ela soube na mesma hora que ele se segurara. Ele se poupara. E repetiria a dose antes de se permitir gozar.

Ao tocar o rosto lindo e escultural do marido, Mel viu um sorriso nos lábios dele e, em seus olhos, um fogo abrasador e escuro. Então, disse:

— Bem-vindo, querido. Que bom que você voltou.

Brie precisou se arrastar para fora do sofá. Ela quase não saíra da casa do pai desde o acontecido. E, quando o fizera, quase todas as vezes tinha sido para ir ao psicólogo ou à terapia em grupo, além de um ou outro almoço com Mike. Ela aguardava aqueles almoços cheia de ansiedade e prazer. Sam, temendo piorar as coisas, agitar as águas já turbulentas, não dissera nada a respeito, mas ele sabia. E ela sabia que ele sabia.

Brad telefonava quase todos os dias, e embora Brie não estivesse de fato interessada em conversar com ele, ela sabia que ele diria a verdade a respeito do progresso da investigação. Aquela era uma das coisas que eles sempre tiveram em comum: os casos. Naquele momento, se Brad dissesse que Powell fora preso preventivamente, isso faria uma imensa diferença na vida de Brie. Mas é claro que isso ainda não tinha acontecido.

Outra pessoa que sempre telefonava era Christine, sua ex-melhor amiga e a nova mulher de Brad. Essas ligações, Brie se recusava a atender, mas nem mesmo o conselho de Sam, para que Christine parasse de ligar, tivera efeito.

— Ela diz que em algum momento você vai falar com ela, vai deixar que ela conte como tem se preocupado com você e como ela te ama — reportou Sam à filha.

Brie deu uma risadinha abafada.

— Ela ama um montão de gente, não é mesmo?

Com cada telefonema, ela revivia seu drama, impressionada com a maneira como tudo se desdobrara. Os casais tinham sido amigos desde antes de Brie e Brad se casarem; Glenn, o marido de Christine, também era um policial em Sacramento. Glenn e Christine tinham dançado no casamento de Brie e Brad. Christine era uma enfermeira de centro cirúrgico que trabalhava para um cirurgião que atendia em um consultório particular; ela e Brie tinham se tornado próximas. Na verdade, além das irmãs, Christine tinha sido a mulher mais próxima da vida de Brie. Elas conversavam quase todos os dias e se viam, com ou sem os maridos, pelo menos duas vezes na semana.

Brie sabia que Christine e Glenn tinham alguns problemas no casamento. Eles brigavam a respeito das coisas de sempre: sexo, dinheiro e criação de filhos. Com os dois empregados em carreiras que demandavam bastante, sendo pais de duas crianças e donos de uma casa grande demais, Brie achara que eles estavam destinados a ter certas disputas até que as crianças crescessem, até que eles amadurecessem e colocassem o orçamento no azul. Mas Brie estava errada — alguns anos depois que Brie e Brad se casaram, Christine e Glenn se divorciaram. E ficaram até mais amigáveis do que na época em que estavam casados. Não foi muito difícil ficar em cima do muro nesse caso; Brad via Glenn no trabalho e de vez em quando passava na casa do amigo para tomar uma cerveja, e Brie e Christine continuaram amigas. Depois que o choque por Glenn ter saído de casa passara um pouco, Brie tivera a impressão de que a amiga estava, em muitos sentidos, mais calma e feliz sozinha, administrando o próprio dinheiro e tendo uma folga das crianças durante alguns dias na semana, quando Glenn ficava com elas.

Houve alguns sinais que Brie não percebera. Christine não conversava sobre homens; um ano depois de se divorciar, as conversas por telefone entre as duas rarearam — mas Christine estava muito ocupada. Não era fácil ser uma mãe solo que trabalhava fora. E o trabalho de Brie exigia muito dela, com uma jornada de muitas horas, então era ela quem normalmente estava indisponível para passar um tempo com a amiga. Sendo honesta, Brie admitia que a maior parte dos telefonemas e convites tinha partido de Christine. O que ainda era impossível de compreender era como o comportamento de Brad aparentemente não mudara em nada.

Eles se ligavam várias vezes por dia, ficavam juntos todas as noites nas quais Brad não estava de plantão e faziam amor com tanta frequência quanto antes. Até o dia em que Brad anunciou que estava indo embora, que precisava de mais espaço, Brie não fazia ideia de que alguma coisa estava errada.

Ela não sabia como aquilo havia começado, mas Brad admitira que já fazia mais ou menos um ano.

— Eu não sei — dissera Brad, dando de ombros, um gesto desamparado. — Éramos duas pessoas solitárias, eu acho. Glenn tinha ido embora, você estava sempre trabalhando e Christine e eu, para começo de conversa, éramos bons amigos.

— Ah, você é um tremendo de um mentiroso! — afrontou ela. — Você nunca me pediu para tirar uma folga! O tempo que eu passava no trabalho era só do que você precisava para fazer isso!

— Se é nisso que você precisa acreditar, Brie — dissera ele.

A frase fora um soco no estômago. A única coisa pior do que a dor foi o choque e a descrença. Seis meses depois do fim do divórcio, ela achava que tinha feito um progresso importante para superar a situação, mas era como se o estupro tivesse trazido tudo à tona; a depressão por causa do divórcio parecia, de repente, novinha em folha. *Fui roubada, de novo e de novo*, era no que ela ficava pensando.

Na maior parte do tempo, tudo que ela fazia era assistir à TV, beliscar alguma coisa na cozinha, dormir e arrumar a casa. Sua capacidade de concentração não estava boa o bastante para ler um romance — uma atividade pela qual ela ansiava quando o trabalho tinha sido desgastante. Resolver uma palavra-cruzada estava fora de cogitação — ela não conseguia se concentrar. Antigamente, nas manhãs de domingo, antes mesmo de Brad sair da cama, Brie já havia resolvido à caneta o passatempo que vinha no jornal. Ela não conseguia nem ir ao shopping. Mas saiu para almoçar com Mike todas aquelas vezes, e passou a pensar nos encontros como seus almoços secretos. Era quase a única coisa que a afastava de si mesma, de todos os golpes que sofrera no último ano. O silêncio de seu pai em relação ao assunto a deixava intrigada; ela nem sequer tinha sussurrado a respeito desses encontros com as irmãs. Era como se isso fosse acabar com a mágica.

Ela não reconhecia a mulher em que tinha se transformado. Já fora tão valente. Algumas pessoas — a maioria delas homens — consideravam-na dura. Naquele momento, porém, estava fraca e assustada. Sentia-se paranoica e tinha medo de que isso jamais passasse. Já fazia alguns anos que ela vinha lidando com vítimas de crimes, algumas delas vítimas de estupros. Vira essas pessoas definharem, ficarem paralisadas, incapazes de agir em seu próprio interesse. Enquanto persuadia e treinava essas pessoas para depoimentos, sentia-se frustrada e furiosa pelo vazio de sentimentos que parecia esmagá-las. O desamparo. A impotência. E agora ela era uma delas.

Eu não vou desistir, ficava repetindo para si mesma. Ainda assim, ela precisou de semanas. Meses.

— Tenho que me exercitar — disse a Mike em um dos almoços. — Parece que eu não consigo sair da cama ou do sofá se não tiver um compromisso específico ou se não for para almoçar com você.

— Você já pediu ao médico um antidepressivo? — perguntou ele. — Eu achava que isso era praxe depois de um crime.

— Eu não quero seguir esse caminho, se puder evitar. Até agora, sempre tive tanta energia.

— Eu fui por esse caminho — admitiu ele. — Não achava que precisava, mas ficou bem claro que eu estava deprimido... Uma combinação de cirurgia de grande porte com ser vítima de um crime violento. Me ajudou.

— Acho que não...

— Então você vai ter que pensar em uma alternativa, ou essa coisa vai engolir você — disse ele. — Brie, lute. Lute!

— Eu estou lutando — respondeu ela, sem firmeza. — Sei que não parece, mas eu estou.

Ele tocou a mão dela com delicadeza e disse, de um jeito terno, porém franco:

— Lute mais! Não posso perder você para isso!

Bom, ela não conseguia mais correr — sentia medo de ficar sozinha na rua, mesmo em plena luz do dia. Não dava para ir à academia ou ao clube; atualmente, não suportava os homens olhando para ela. Lembrava-se com certa saudade de quando adorava ser olhada. Seu corpo era pequeno, compacto e firme, e seu cabelo, que prendia para ir ao tribunal, mas deixava solto no restante do tempo, era basto, sedoso e comprido. Isso lhe dava o poder intoxicante de atrair olhares de homens lindos. Mas agora, se um homem olhava para ela, sentia-se em pânico.

Apesar desse sentimento, ela não iria sucumbir sem lutar — então, matriculou-se em uma academia exclusiva para mulheres e começou a correr na esteira e a levantar pesos. Se não pudesse ter uma vida plena, pelo menos fingiria ter uma.

Eis a ironia: depois de algumas semanas de exercícios intensos, ela já estava dormindo e comendo melhor. Brie sentiu que isso a levou para um próximo estágio de recuperação, com cada dia sendo um pouco mais fácil do que o dia anterior.

Houve momentos em que ela pensou que, se não fosse pela atenção que recebia de Mike, estaria perdida. Ah, a família dela era incrível. Eles conseguiram segurar a barra dela, encorajá-la e se manterem constantemente disponíveis sempre que ela quisesse conversar. Mas Mike — embora fosse aquele mesmo homem que flertara com ela na primavera passada e que a fizera jurar para si mesma que nunca chegaria perto dele — era a única coisa em sua vida que fazia com que se sentisse como uma mulher. E, por isso, Brie seria para sempre grata a ele.

Tommy Booth era novo na cidade e acabara de se matricular para cursar o último ano do ensino médio no Colégio Valley. Seu pai, Walter Booth, acabara de se aposentar depois de servir ao Exército e dera a Tommy as seguintes opções: ir para a academia militar, ir para uma academia não militar particular ou estudar no Colégio Valley. O jovem escolhera viver com o pai por algumas razões: alguns anos antes, ele perdera a mãe em um acidente de carro e, desde então, tinha sido apenas ele e o pai, uma dupla de solteiros que se dava bastante bem, considerando-se que eram pai e filho. E sua irmã mais velha — casada, grávida e que estava longe do marido por causa do Corpo de Fuzileiros — viria morar com eles em Virgin River até que Matt, seu cunhado, voltasse do Oriente Médio. Ela teria o bebê ali — e Tom estava secretamente animado com isso. Além disso, havia os cavalos, que ele não poderia levar para uma escola particular.

O pai de Tom, um general de três estrelas agora na reserva, havia encontrado aquela propriedade uns anos antes. O general tinha uma irmã e uma sobrinha morando um pouco mais ao Sul, em Bodega Bay, que ficava a algumas horas dali, e tinha procurado por toda a Califórnia pelo lugar certo, que não fosse muito longe delas. Tia Midge estava doente fazia alguns anos, sendo que, nos últimos três, estivera confinada à cama. Na verdade, ela estava pior do que doente — encontrava-se em estado terminal com a doença de Lou Gehrig, esclerose lateral amiotrófica, e sua filha, Shelby, era sua cuidadora em tempo integral. Walt Booth quis se estabelecer em Bodega Bay para ajudá-la, muito embora ele preferisse florestas e montanhas a praias, mas Midge o convencera a não escolher Bodega Bay só por ela estar morando ali — afinal, ela não duraria mais do que alguns anos. Poderia, inclusive, já estar morta quando Walt se aposentasse do Exército, mas, se não estivesse, ele poderia ir visitá-la. Então, ele optou por Virgin River, perto o bastante para que ele fosse ver Midge e Shelby sempre que quisesse e o tipo de lugar no qual ele gostaria de criar raízes. E parecia que tia Midge estava certa: ela não viveria por muito mais tempo. Quando Walt e Tom chegaram em Virgin River, Midge já precisava de cuidados vinte e quatro horas por dia, e um hospital de cuidados paliativos não era uma opção que estava na mesa.

Enquanto Walt terminava seu último serviço no Pentágono, reformara a casa à distância, construindo um estábulo e um curral. Tommy tinha visto a propriedade apenas uma vez antes de se mudar de fato, mas adorou o lugar — com as árvores imensas, os rios, a costa, as encostas das montanhas e os vales pelos quais ele poderia cavalgar.

As aulas começaram no fim de agosto. Ele não estava tão animado assim com a escola. Os alunos certamente não eram tão sofisticados quanto os que estudavam na capital do país. Tom era tímido até conhecer alguém. Sendo aquela uma escola de ensino médio de uma cidadezinha, todas as panelinhas já tinham sido formadas muito tempo atrás e, portanto, se adaptar ali demoraria um pouco. Ele era um garoto grande, atlético, mas era tarde demais para entrar no time de futebol americano.

Conheceu um garoto logo de cara, no primeiro tempo de aula — Jordan Whitley, um sujeito engraçado. Um pouco magro e hiperativo, mas muito simpático. Eles saíram juntos depois da escola algumas vezes. Jordan morava bem perto da escola, enquanto Tom precisava vir lá de Virgin River em sua caminhonete vermelha. Além disso, os pais de Jordan eram divorciados, ele era filho único e sua mãe trabalhava fora — o que deixava a casa de Jordan vazia para que eles a aproveitassem até cerca de seis da tarde. Desde que chegasse em casa antes do jantar, a tempo de cuidar dos cavalos, Tom podia ficar ali até um pouco depois da escola.

Tom também descobrira que aconteciam festinhas em um posto de gasolina abandonado no limite de Virgin River. Festas que aconteciam nos fins de semana e das quais Jordan queria que ele participasse. Tom, porém, sempre dava uma desculpa. Ele não conhecia ninguém além de Jordan. E não contou nada a respeito de ter a própria casa só para ele durante alguns dias, mais ou menos a cada quinzena, quando Walt ia até Bodega Bay. Ele não queria acabar dominado por Jordan e sua tribo — se Walt descobrisse, ele estaria morto.

De algum modo, sempre que estavam na casa do amigo, Jordan conseguia arranjar cerveja para tomarem depois da escola. Tom tomava muito cuidado, pois, se o general sentisse o cheiro em sua boca, ele estaria frito. Mas outra coisa que rolava com Jordan eram as garotas. Parecia que ele estava sempre com uma diferente. Até então, Tom não vira ninguém que o deixara animado — Jordan não parecia atrair as que eram de fato bonitas. No entanto, era divertido ir até a casa do amigo e, por ser o cara novo por ali e nem um pouco feio, receber toda aquela atenção e ser paquerado.

— Vamos para a casa do meu amigo Brendan na sexta à noite — convidou Jordan. — Vou me dar bem.

— É? — Tommy deu um sorriso. — E você vai se dar bem com quem?

— Ah, tem uma garota que mal consegue se segurar de tanto que quer ficar comigo. E ela está tomando pílula.

— Então você quer que eu vá para ver você se dar bem? Acho que vou passar essa — disse ele, dando uma risada.

— Ela vai levar uma amiga — insistiu Jordan.

— Pode ser que eu vá tomar uma cerveja — concedeu Tommy. — Vou pensar. Não conheço esse tal de Brendan.

— Ele é legal — garantiu Jordan. — Ele se formou uns anos atrás e, quando a mãe dele viaja para fora da cidade, o que ela faz bastante, ele fica sozinho em casa. E, se a gente se der bem, a gente pode se dar bem a noite toda, se é que você me entende.

— Ah, sim — disse ele.

E ele estava pensando: *seus idiotas*. Você não transa com as garotas que dizem que estão tomando pílula. Ele não era idiota — era assim que você pegava coisas. Coisas ruins. Tommy estremeceu ao pensar numa cena em que contava ao pai que estava com gonorreia.

Mesmo assim, ele foi. Abriu duas cervejas, no total, e não terminou nenhuma delas. Ele sabia muito bem que não deveria beber de um barril de chope ou de uma tigela de ponche. Tinha um pouco de maconha circulando, mas nem todo mundo aceitava. Tommy nem chegou perto daquela droga. Era arriscado demais para um garoto que planejava ir para a Academia Militar de West Point; arriscado demais para o filho de alguém como Walt, que o esquartejaria antes de matá-lo.

A garota que estava destinada a Tommy, caso ele estivesse interessado, era agressiva demais e estava pronta para o que desse e viesse, e ele não conseguia ver aquilo acontecendo. Além disso, Jordan e Brendan estavam ocupados tentando fazer todo mundo encher a cara o mais rápido possível, e não tinha nada mais divertido do que assistir àquilo — embora, mesmo assim, uma hora tenha ficado entediante. Enfim, ele escapuliu por volta das nove sem que ninguém notasse.

Na segunda-feira seguinte, na escola, Jordan perguntou, todo animado:
— Para onde você foi, cara?
Tommy deu de ombros:
— Eu tive que ir para casa. Meu pai é bem rigoroso.
— É, mas a gente tinha cerveja e garotas!
— Eu bebi umas cervejas — garantiu ele. — E quanto às garotas... bom, não gostei muito de nenhuma das que eu conheci.
Isso fez com que Jordan risse de um jeito quase histérico.
— Bom, e daí? Você não é...? Você ainda é virgem, cara?
Na verdade, ele era.
— Claro que não — respondeu ele. Afinal, o que mais uma pessoa pode responder em uma situação dessas?

Tom não tinha transado com uma garota, mas não era porque não tivera a opção. Ele era muito cuidadoso, e ele e a ex-namorada, que ficara em Washington, mal tinham começado a dar uns amassos quando ele se mudara. Ele queria muito encontrar logo uma garota legal, mas precisava ser uma garota legal, não só uma pessoa qualquer que toparia transar. Na verdade, uma garota que topava transar assim de cara era meio broxante. E, se encontrasse uma garota legal, ele seria um cara legal com ela, e não um egoísta.

— Aparece lá em casa depois da escola — convidou Jordan. — Quem sabe a gente consegue descolar uma transa para você.

— Escute, Jord, eu sei que você só está tentando ser um bom amigo e arrumar uma transa para mim, mas que tal você se preocupar com você e eu tomar conta de mim?

— Ah, cara, você não sabe o que está perdendo!

Mas Tom tinha visto as meninas, a cerveja e a maconha, e pensou: *eu acho que sei muito bem o que estou perdendo*. Nenhuma das pessoas que Jordan o apresentara tinha despertado seu interesse. Por enquanto.

— Você se cuida... e eu vou me cuidar.

Ainda assim, Jordan era um dos poucos amigos que ele fizera. E Jordan adorava ir até o rancho e ficar às vezes por ali, com os cavalos. O general não gostava dele, mas não tinha uma boa razão para isso. Tom ficou um pouco dividido — grato por ter um amigo, mas esperançoso de que alguém com mais profundidade aparecesse logo.

Um jovem apareceu no bar e sentou-se no banco bem ao lado de Jack. Estava claro que tinha menos de 30 anos. Jack olhou para a camisa polo, a calça cáqui e os mocassins — aquele não era o estilo mais comum nas montanhas. Aquele cara não estava caçando, pescando ou cortando lenha. Jack, então, limpou o balcão e disse:

— O que você vai querer?

— Que tal uma cerveja?

— É a nossa especialidade — respondeu Jack, servindo um copo gelado ao homem. — Está de passagem?

— Na verdade, não. Pelo menos é o que espero... Acabei de começar a dar aula no Colégio Valley. Achei que seria bom conhecer o pessoal daqui. — E bebeu um gole de sua cerveja. — Você tem filhos no ensino médio?

— Prepare-se — disse Jack, erguendo sua caneca de café. — Eu tenho um bebezinho. Quando ele chegar ao ensino médio, vou estar usando um andador.

O homem riu e estendeu a mão.

— Zach Hadley.

— Jack Sheridan. Bem-vindo a bordo. Está gostando?

— Um pouco diferente da minha experiência, para dizer a verdade. Estou acostumado com escolas maiores, garotada da cidade. Mas queria experimentar viver numa comunidade rural. — Ele deu um sorriso. — Os jovens me acham bem interessante... Eles riem das minhas roupas.

Jack sorriu também.

— Por aqui tem muitos rancheiros, fazendeiros, vinicultores e esse tipo de coisa. Também tem o pessoal da caça e da pesca. — Então, acenou para o rapaz. — Não tem muito golfe.

— É o que parece? Que sou jogador de golfe? — Zack deu uma risadinha. — Que coisa.

Mel entrou no bar com o bebê no colo e o entregou por cima do balcão para Jack, que ergueu o bebê e disse:

— Senhor Hadley, este é David, seu futuro aluno. — David riu, colocou um dedo na boca e soltou um pum, o que fez Jack cair na gargalhada. — É, ele está só se preparando. Ele vai ser um daqueles palhaços, dá para ver.

Jack esticou a mão e tirou, de debaixo do balcão, o carregador de bebê. Com habilidade, deslizou David para dentro do acessório e colocou as alças nos ombros.

— Mel — chamou ele, enquanto ajeitava David. — Este é Zach Hadley, o novo professor de ensino médio aqui na cidade.

Eles se cumprimentaram com um aperto de mãos e Zach explicou que estava alugando uma casinha logo depois de Clear River e que só estava se familiarizando com o local, conhecendo os vizinhos e os pais dos alunos.

— Bom, você chegou em boa hora — comentou Mel. — Os moradores da região vão começar a chegar para tomar uma cerveja ou um café.

— Excelente — respondeu ele. — Você e seu marido administram este bar?

— Não. Eu sou enfermeira e atendo casos gerais e de obstetrícia. Trabalho do outro lado da rua, com o doutor Mullins, na clínica dele.

— Jura? — perguntou ele, intrigado.

— Pois é, o que *eu* juro é que os partos aqui nunca acontecem de manhã — comentou Jack, servindo um copo pequeno de cerveja para a esposa.

— Meu ajudante maravilhoso — disse Mel. — Quando cuido de um parto na clínica, Jack costuma ficar acordado, caso eu precise dele para alguma coisa.

Mike entrou no bar, sentou-se em seu lugar de costume, ao lado de Mel. Jack o apresentou como um ex-policial do Departamento de Polícia de Los Angeles que tinha servido com ele na Marinha. Depois foi a vez do doutor Mullins.

— Sabe, tem uma porção de profissões bacanas aqui neste barzinho. Aposto que seria bom para meus alunos escutarem vocês falando sobre as escolhas de carreira que fizeram. Que tal? — sugeriu Zach.

Mike respondeu:

— Na verdade, eu já fiz isso.

— Já? E como foi? — perguntou Zach.

— Hum — disse ele, balançando a cabeça. — Eles queriam saber duas coisas: se eu já tinha atirado em alguém e se já tinha levado um tiro. Minhas respostas foram "sim" e "ainda não". Logo depois, fui baleado. Acho que não vou conseguir nenhum recruta para o departamento.

— Eu adoraria conversar com os jovens sobre contracepção, doenças sexualmente transmissíveis e agressão sexual — disse Mel. — Tenho tentado achar um caminho para chegar à escola... este é um país muito conservador.

— Mel — advertiu Jack —, Zach estava contando que é novo e que espera não estar só de passagem.

Preacher entrou no salão carregando uma bandeja cheia de copos limpos.

— Preacher, este é Zach, o novo professor de ensino médio aqui na cidade. Ele está procurando uns voluntários para conversar com os alunos sobre as carreiras que escolheram.

— Ei, cara — disse Preacher, enfiando a bandeja com os copos debaixo do balcão, secando a mão grande e musculosa no avental e estendendo-a logo a seguir. — Prazer.

— Você pode falar sobre como é ser um chef — sugeriu Jack.

Preacher olhou para Zach, sorriu e disse:

— Nem por um decreto. Eu mal converso com minha própria esposa. Bem-vindo à cidade.

E, então, voltou direto para a cozinha.

Zach se debruçou sobre o balcão para olhar para o doutor, que estava atrás de Mike e de Mel.

— Doutor Mullins? — perguntou ele, cheio de esperança.

O médico ergueu o uísque do dia junto com as sobrancelhas brancas e grossas. Deu um gole, pousou o copo e disse:

— Nem em sonho, meu rapaz.

Zach pegou seu copo de cerveja e disse, ainda de bom humor:

— Deu muito certo.

— Você sabe o que encontrou aqui, rapaz — disse Jack. — Um ótimo lugar para beber cerveja.

— E você, Jack? Você vai lá conversar com eles, não vai?

— Com certeza, Zach. Eu vou lá contar para a garotada todas as vantagens de ser dono do próprio bar. Logo depois disso, Mel pode ensinar sobre responsabilidade sexual. É uma espécie de negócio familiar.

— É isso — concluiu Zach. — Um ótimo lugar para tomar cerveja.

Capítulo 3

Sue e Doug Carpenter e Carrie e Fish Bristol — todos eles melhores amigos — iam ao bar, algumas vezes na semana, tomar uma cerveja depois do trabalho desde que Jack o abrira, então Mel os conhecia bem. E Sue tinha telefonado para Mel para marcar uma consulta para sua filha de 16 anos. Durante o telefonema, informou:

— Ela está grávida e eu tenho que fazer alguma coisa.

Bom, aquele era o trabalho de Mel: prestar auxílio médico a mulheres grávidas, não importando qual fosse a idade ou o estado civil. Mas Sue ficou um pouco desconcertada quando Mel insistiu em ver a paciente primeiro sozinha.

— O que você tem, Brenda? — perguntou Mel, olhando para o prontuário.

— Acho que estou grávida — respondeu a garota. — Típico.

Mel tirou os olhos do prontuário. Brenda acabara de começar o ensino médio. Escutando as fofocas trocadas entre os Carpenter e os Bristol, Mel sabia que Brenda era uma aluna com excelentes notas, líder de torcida, diretora do conselho estudantil — uma líder. Destinada à faculdade; digna de bolsa de estudos. *A natureza com certeza não discrimina*, pensou Mel.

— Você sabe há quanto tempo sua menstruação está atrasada?

— Três meses. Dá para tirar?

Mel inclinou a cabeça, surpresa com o tom cáustico da pergunta da menina. Brenda sempre tivera a fala suave, doce. A tragédia normalmente era que essas meninas novas estavam prontas para jogar a vida no lixo, seus futuros promissores, por conta de algum romance imaturo com um garoto. Não parecia que Brenda estava sofrendo dessa síndrome.

— Você tem muitas opções, mas vamos por partes... Que tal eu examinar você para ter certeza do que está acontecendo?

— Tudo bem — respondeu a menina, secamente. — Tanto faz.

— Certo, vamos colocar a camisola. Tire tudo. Eu já volto. Pode ser?

Em vez de responder, Brenda arrancou a camisola da mão de Mel e nem esperou que a enfermeira saísse antes de começar a se despir.

Mel foi até a cozinha, bebeu um gole de refrigerante e repassou a situação na cabeça. *Talvez Brenda só esteja chateada com a mãe por ela ter descoberto. Talvez o menino tenha tirado o corpo fora. Talvez uma porção de coisas*, pensou. E lembrou a si mesma de se ater aos fatos por enquanto.

Ela deu a Brenda alguns minutos, sabendo muito bem que não deveria prolongar a situação. Brenda não precisava se acalmar; precisava terminar com aquilo.

— Você já fez um exame pélvico antes? — perguntou Mel.

— Não — respondeu ela, seca. — Só termine com isso logo.

— Pode deixar — respondeu Mel. — Mas vou tirar sua pressão e escutar seu coração antes, se você não se importar.

— Tanto faz.

— Brenda, desculpe, mas você está irritada comigo?

— Estou irritada com todo mundo — respondeu ela.

Mel se sentou no banco e olhou para a garota.

— Porquê...?

— Porque isso é uma merda.

— Bom, as pessoas erram. Você é humana...

— É? Eu poderia lidar com isso, se eu soubesse que estava cometendo um erro!

— Certo, vamos voltar um pouco. Você quer conversar sobre isso?

— Para quê? Só faça o que eu pedi, tá? Você só acharia que sou tão idiota quanto eu mesma já acho que sou.

— Experimente — encorajou Mel, cruzando as pernas e pousando os braços em cima do joelho.

— Eu fui a uma festa. Uma chopada. Fiquei bêbada. Acordei passando mal. Vomitando. O cara com quem eu estava disse que também apagou e que não tinha acontecido nada. Mas, se eu estou grávida, é claro que tem alguém mentindo.

Mel não conseguiu se conter. Ela abriu a boca:

— Brenda, você contou isso para sua mãe?

— Não até estar com a menstruação dois meses atrasada, porque como eu ia saber? Eu fiz um daqueles testes caseiros. Eu nunca achei que fosse dar positivo...

— Você ficou dolorida? Na vagina?

— Eu estava toda cheia de dor! Como se eu tivesse rolado um lance inteiro de escada! E tão enjoada que queria morrer. A última coisa em que pensei foi na minha vagina!

— Quando você acordou... você estava vestida? Alguma evidência de estupro?

— Estava completamente vestida. Com a camisa vomitada e tudo. E meu cabelo também — acrescentou ela, dando de ombros.

— Você estava lá com amigos? Alguém viu alguma coisa?

— Eu estava com umas amigas e um cara idiota. Todo mundo estava bêbado que nem eu. Eu nunca teria... Era a primeira vez que eu fazia uma coisa assim. Eu devo ter tomado uma ou duas cervejas antes, mas nunca tinha ido a uma chopada. Não sou de beber muito.

— Você se lembra de ter bebido muito? — perguntou Mel.

— Eu não me lembro de muita coisa. Uns caras disseram que eu estava bem mal. Completamente bêbada. E uma das minhas amigas jura que o cara com que eu estava ficando apagou na mesma hora.

— Já pensou que pode ter alguma droga envolvida nisso? Que colocaram alguma coisa na sua cerveja?

— Que tipo de droga? — perguntou ela.

— O que você acha que aconteceu? — quis saber Mel.

— Eu acho que fiquei trêbada e deixei algum cara... É claro que eu não estava em condições de tomar uma boa decisão. Além disso, são meus amigos. Bom, as meninas com quem eu fui são minhas amigas... Elas não mentiriam para mim. Não costumo sair com as outras pessoas que estavam lá.

— Todo mundo era amigo seu?

— Pelo visto alguém não... a não ser que tivesse um cara lá que também não se lembra.

Mel se inclinou para a frente. Ela queria perguntar se Brenda já tinha ouvido falar em impotência etílica.

— Uma realidade infeliz para a maioria dos homens é que álcool demais inibe a ereção ou a ejaculação. Quem quer tenha feito isso, se lembra do que fez.

— E está mentindo...

— Bom, alguém está mentindo... e se você está grávida e não consegue se lembrar de ter ficado assim, é provável que não seja você. Brenda, você pode ter sido estuprada.

— Ou... eu posso ter ficado tão bêbada que não sabia o que estava fazendo.

— O que, na minha cabeça, é a mesma coisa — disse Mel, dando de ombros. — Você conversou com a polícia?

— Ah, certo — riu ela, cheia de amargura. — Até parece.

Mel estendeu a mão para tocar o joelho de Brenda e a menina recuou. A enfermeira lembrou-se na mesma hora de Carra e sentiu como se estivesse se retraindo por dentro.

— Você tem dentro de você o DNA do homem responsável por isso, Brenda. Ele pode ser descoberto.

— Ahã. Isso daria bem certo. — Ela gargalhou de novo. — Supercerto.

— Escute, Brenda...

— Eu não quero saber. Quem quer que tenha sido vai dizer que eu quis. Por que ele não faria isso? E eu nunca poderia dizer que foi diferente, já que não faço ideia do que aconteceu. Enquanto isso, não só a escola, mas toda a cidade vai saber que a Brenda é uma piranha. Brenda engravidou, ela quer que todo mundo acredite que ela foi drogada. — Ela riu para Mel. — Quem queremos enganar? Hein?

— Será que vai ser assim mesmo? Deixe-me dizer uma coisa... Meninas que não são sexualmente ativas não costumam ficar bêbadas uma vez e acordar grávidas porque elas quiseram. — Brenda desviou o olhar. — Você é sexualmente ativa? Não que isso importe neste caso.

O olhar da garota voltou a Mel e a raiva esmoreceu.

— Eu tive um namorado ano passado que... Eu gostava muito dele. Mas a gente não fez tudo. — E, olhando para baixo, continuou: — Eu não queria ceder. Eu queria ter certeza, queria que fosse especial, sabe?

Os olhos dela se encheram de lágrimas, mas sumiram tão rápido quanto tinham aparecido.

Mel tocou na mão da menina.

— Ainda vai ser especial, querida — garantiu Mel, levantando-se. — Quando você estiver pronta, vai ser especial. Vamos fazer um exame, um teste para saber se você pegou alguma IST e tirar seu sangue para fazer um teste de HIV.

— O quê? HIV? — repetiu ela, chocada. — Ai, merda!

— Uma coisa de cada vez, Brenda. Você está com a vacina de hepatite B em dia, de acordo com o calendário da escola?

— Hepatite B? — perguntou ela. — O que é que isso tem a ver?

— Isso também é uma IST — explicou Mel.

— Ah, meu Deus — disse Brenda em um fiapo de voz.

— Calma, querida. Coloque os pés aqui, nos estribos, escorregue um pouco para baixo na minha direção, isso. — A enfermeira calçou as luvas. — Respire fundo, expire bem devagar e relaxe seus músculos o máximo que conseguir. Assim mesmo.

Mel deu uma olhada e notou que havia um pouco de inflamação, sensibilidade. Ela procedeu com o exame de Papanicolau e, a seguir, inseriu o cotonete na região do colo do útero para fazer um teste de clamídia e gonorreia.

— Vou deixar esse cotonete aqui um pouquinho. Escute, você se lembra das pessoas que foram àquela festa? E onde ela aconteceu?

Brenda colocou as costas da mão na testa e seu queixo estremeceu.

— Tudo que eu queria era tirar isso de mim e seguir em frente com a minha vida. A escola já começou e tudo mais...

— Eu entendo, mas estou preocupada. A gente não deve ignorar uma situação como essa. E se outra garota for atacada assim, ficar grávida sem ter feito sexo com consentimento?

— Ou sem se lembrar de que consentiu?

— Você se lembra de algum machucado? Nos seus braços, na sua pelve, quadris? Nádegas?

— Meu peito estava bem doído e também minha garganta. Eu achei que era de vomitar.

— Onde? — perguntou Mel.

Brenda colocou a mão na parte de cima do tórax, em seu esterno, logo acima dos seios.

— Do lado de fora? Como se você tivesse sido atingida no peito por... por uma bola de basquete ou algo assim?

— Isso — confirmou ela, surpresa por Mel ter feito uma analogia tão boa.

Mel terminou de examiná-la e ajudou a jovem a se sentar.

— Você quer conversar sobre isso com alguém? Talvez com uma das enfermeiras da clínica de planejamento familiar? Dar todos os detalhes de que se lembrar?

— Para quê?

— Para no futuro proteger alguma garota que não sabe quais são os perigos que espreitam em uma chopada — disse Mel.

Brenda olhou para baixo, triste.

— Sei lá.

— Ninguém vai expor você. Ninguém vai ser confrontado sem uma acusação formal. Mas, por ora... você merece mais do que não fazer ideia do que aconteceu.

— Eu não sei. Talvez. Tenho que pensar um pouco.

— Certo. Pode se vestir. Mas, antes... você pode me contar uma coisa? A chopada. Ela foi aqui, em Virgin River?

— Foi — respondeu ela. — Aqui mesmo.

Mel conversou por bastante tempo com a enfermeira na clínica de planejamento familiar em Eureka. Ela concordou que era muito importante conversar com aquela paciente, mas, antes que isso sequer pudesse acontecer, Brenda sofreu um aborto. Menos de uma semana depois, os testes para clamídia voltaram com resultado positivo.

Na mesma hora, Mel entrou em contato com Carra Winslow. Ela já estava um pouco preocupada, pensando se a mãe ou o pai da garota atenderiam o telefone, mas, para a sorte de Carra, ela mesma atendeu. Mel foi direto ao ponto: disse que havia uma doença venérea se espalhando e que era fundamental que Carra voltasse à clínica para fazer o teste.

Ela também testou positivo para clamídia. Mel receitou antibióticos e fez a jovem prometer que voltaria à clínica dentro de alguns meses, para acompanhamento. Carra recusou mais uma vez a pílula anticoncepcional; ela não estava mais vendo o namorado com quem ficara por duas semanas. E, muito embora ele tenha dado a ela uma infecção, a garota continuava inocentando-o e protegendo sua identidade.

No entanto, aquilo ficou martelando na cabeça de Mel. Ela temia que pudesse haver um problema sério na cidade.

Setembro e outubro eram uma época do ano da qual Mel não gostava, muito embora fosse um bom momento para o bar. Era temporada de caça de urso e cervo. Uma vez que não havia caça dentro dos limites da cidade de Virgin River, os caçadores que eles viam eram os que estavam de passagem, indo ou voltando dos chalés ou acampamentos em Shasta e nos alpes Trinity, algumas das melhores regiões para caça. Na maioria dos casos, era um grupo decente de homens, e até de algumas mulheres, muitos dos quais já tinham passado no bar de Jack nos anos anteriores e feito de lá um lugar para parar e saborear a comida de Preacher. E Preacher se esforçava um pouco mais, sabendo que eles viriam com dinheiro e expectativas altas. Eles não cobravam mais caro dos caçadores pela comida e pelas bebidas — tudo era vendido barato, servido primeiro à cidade. Mas Jack tinha um estoque de bebidas mais requintadas, como Johnnie Walker Blue, porque aqueles eram caras endinheirados que gostavam de beber. E eles sempre deixavam no bar e nas mesas muito mais do que fora cobrado.

Mel, que era uma garota da cidade, abominava a visão de um lindo cervo amarrado no teto de um SUV ou jogado na caçamba de uma caminhonete. Mas, por já ter passado por uma temporada de caça em Virgin River, e sendo esposa de um homem que gostava de caçar, aprendera a não falar muito sobre o assunto.

Jack e Preacher sempre atenderam caçadores e pescadores — era um dos motivos pelos quais Jack tinha construído o local. Durante a temporada, o bar ficava aberto até um pouco depois do horário habitual se houvesse clientes, e ainda assim abria logo ao amanhecer. Jack ficava para ajudar até cerca de nove da noite, e Mel ia para casa preparar David para dormir.

Naquele dia, em um horário que Mel já teria passado no bar e ido para casa, ela precisava visitar um paciente com o doutor Mullins, então levou o bebê para ficar com Jack. David, que já tinha mais de 5 meses àquela altura, forte e corpulento, era agora visto com mais frequência no carregador nas costas de Jack, em vez do *sling* frontal que usara nos primeiros meses. Enquanto ajudava o marido a colocar as alças do carregador nos ombros, Mel disse:

— Ele mamou e está com a fralda limpa. Não vou demorar.

Mike estava jantando no bar quando seis caçadores chegaram. Jack não os cumprimentou como se já os tivesse visto antes, então Mike presumiu que era a primeira vez que os homens vinham à cidade. Eram jovens, na casa dos 20 anos, e estava bem claro que se divertiam. Todos foram até o bar e fizeram algumas piadas sobre o bartender estar fazendo um bico de babá, o que Jack levou numa boa. Os jovens pularam o jantar e preferiram beber. Depois que Jack serviu seus shots e cervejas, eles foram para uma mesa, onde se divertiram recontando cada detalhe de sua caçada.

— Quem você acha que é o motorista da vez naquele grupinho? — perguntou Mike ao amigo.

Jack estava observando, mas não comentou nada. E Mike observava Jack, porque ele tinha um bom senso das coisas. As pessoas não estranhavam se você fosse um pouco barulhento e bagunceiro por ali, desde que você conseguisse manter a cabeça no lugar. Aqueles garotos estavam segurando as pontas, embora seguissem pedindo mais shots e cervejas; eles pediram um jarro de cerveja e uma garrafa de bebida, e ficavam mais barulhentos a cada dose.

Não demorou até que Paige saísse da cozinha.

— Você já perguntou se eles vão jantar? — quis saber a mulher, voltando-se para Jack.

— Da última vez que ofereci, eles não quiseram — respondeu o dono do bar.

— Certo, vou lá perguntar antes de fechar a cozinha.

Ela foi até a mesa para saber se eles queriam algo para comer.

— Meu marido faz uma lasanha ótima com pão de alho, mas também tem um esturjão cozido e recheado, recém-pescado, e legumes no vapor, se vocês quiserem.

— Marido? — perguntou um deles, disfarçando uma risadinha. — Droga, eu caço mal não importa onde.

Por instinto, ela deu um passo para trás, mas o homem esticou a mão para segurá-la, puxando-a de volta para perto dele.

— Será que você pode se livrar do seu marido, docinho?

Os amigos dele gargalharam com o desaforo, e Mike pensou: *merda, isso não é nada bom; você não quer mexer com a esposa de Preacher*. Ele olhou para os olhos estreitados de Jack do outro lado do salão. Ai, meu Deus.

Paige puxou a mão, sorriu com educação e não insistiu com eles sobre a comida. Quando ela voltava para a cozinha, Jack a fez parar e pediu que ela levasse consigo o pequeno David. O homem retirou as alças do carregador do ombro, entregando-o a ela, e um dos caçadores gritou para Jack:

— Essa é a sua mulher, amigão?

E a boca de Jack se curvou devagar em um sorriso enquanto, ao mesmo tempo, ele sacudia a cabeça — *não, você não quer conhecer o marido dela*.

Agora, o que nenhum daqueles idiotas sabia era que Jack não tivera um verão bom. O trauma de sua irmã não tinha acontecido havia muito e ele estava de mau humor constantemente. Existia uma parte de Jack que trazia só uma preocupação suave e reprimida, mas tinha outra parte que queria matar alguém. Uma vez que Jack se desvencilhou do bebê, um movimento revelador, Mike pensou que talvez valesse a pena tentar tomar a dianteira da situação. Ele se levantou, saindo do final do bar, onde comia sua refeição, e foi até a mesa dos jovens. Virou uma das cadeiras disponíveis na mesa ao lado e, sentando-se de pernas abertas com as costas da cadeira voltadas para seu peito, disse:

— E aí, caras. Vocês fizeram uma boa caçada?

Os jovens olharam para ele cheios de desconfiança. Um deles respondeu:

— Um cervo... jovem. Nada demais. Quem é você?

— Meu nome é Mike... Tudo bem com vocês? Escute, achei que devia vir aqui falar... é melhor vocês não exagerarem. Ainda mais quem estiver dirigindo.

Eles começaram a rir, se entreolhando, como se partilhassem uma piada que só eles conheciam.

— É mesmo? — perguntou um deles. — E quem foi que colocou você no comando?

— Eu não estou no comando de nada — respondeu Mike. — Mas, nossa, eu odiaria ver alguém machucado. Essas estradas... — continuou, ao mesmo tempo que balançava a cabeça. — Tem umas curvas bem fechadas na descida. E é bem, bem escuro. Nada de luz. Nenhuma grade de proteção.

Bem nessa hora, Mel entrou no bar, pendurou a jaqueta no gancho atrás da porta e se sentou em um banco bem diante do marido, os cotovelos sobre o balcão, inclinando-se na direção dele para beijá-lo.

— Puta merda — disse um dos homens. — Olha só aquela ali. Essa é uma caça que eu queria abater.

Jack endireitou a coluna antes de unir seus lábios aos da esposa. O olhar em seu rosto não era nada bom.

— Sabe — disse Mike, rindo de um jeito desconfortável —, uma coisinha a respeito das nossas mulheres. Vocês, garotos, não querem causar problema para nenhuma delas. Vão por mim,

Isso provocou uma série de gargalhadas hilariantes na mesa dos caçadores e um deles comentou, infelizmente, alto demais:

— De repente a garota quer ir para o abate. Acho que a gente deveria pelo menos ir lá perguntar a ela!

Oh-oh. Olhando por cima do ombro, Mike notou que Jack escutara aquilo. E provavelmente Mel também. E, depois do que aqueles dois tinham enfrentado no começo do verão, comentários como aquele não eram encarados com leveza.

Foi quando Mike se convenceu de que aqueles caras já estavam bem mamados antes mesmo de chegarem a Virgin River. Eles não tinham qualquer discernimento. Mike não gostava de caçar e beber ao mesmo tempo — era o tipo da coisa para a qual ele e os irmãos, tanto os mexicanos quanto os da Marinha, torciam o nariz. Beber depois da caçada, aí era outra história. Sobretudo se não havia mais tiros, as armas estavam descarregadas e guardadas, e tudo que a pessoa ia fazer era voltar para o próprio trailer no camping.

Ele olhou mais uma vez por cima do ombro, bem a tempo de ver Jack sussurrar alguma coisa para Mel, que pulou do banco e desapareceu nos fundos. *Ai, merda*. Mike se levantou.

— Certo, garotos. Fechem a conta e deem o fora. Enquanto vocês ainda conseguem enxergar direito. Pode ser?

— Relaxa, *chico*. A gente ainda está longe de acabar aqui.

Chico? Ele odiava quando as pessoas faziam isso. Não chame um homem mexicano de menininho.

Pelo canto do olho, Mike o viu. Ele sabia que o veria. Preacher tinha saído da cozinha e estava de pé ao lado de Jack, atrás do balcão, os braços cruzados sobre o peito musculoso, aquelas sobrancelhas grandes e espessas unidas, em uma expressão fechada que somente ele conseguia evocar com tamanha ameaça. O brinco de diamante em sua orelha parecia reluzir. Jack tinha pedido para Mel ir buscá-lo. Eles estavam prontos para criar confusão com os rapazes, para defender o lugar.

Mike, distraído, remexeu um pouco o ombro, relaxando a musculatura. Ele não se lembrava de ter ouvido falar em uma briga de bar ali. Com certeza não desde que Preacher tinha vindo para trabalhar em tempo integral. A pessoa precisava estar muito bêbada ou ser idiota para entrar em uma briga com ele.

Aqueles caras pareciam se enquadrar direitinho nisso. Em média, eram bem mais novos do que Jack, Preacher e Mike. Mas tinham bebido bastante, enquanto os três nem sequer tinham tomado a tradicional dose antes de o bar fechar. Os mandantes estavam na base do café.

Como Mike sabia, Jack odiava quando tinha confusão em seu estabelecimento. Faria o sacrifício se fosse ameaçado, mas ficaria bastante chateado. Talvez ele fosse ficar atrás do balcão do bar e apenas deixá-los ir embora. Ou quem sabe fosse curtir uma briguinha, depois do verão que teve.

— Vamos lá, garotos. Vão indo. Vocês não querem *mesmo* criar encrenca aqui... — disse Mike.

Os caçadores se entreolharam e, então, bem devagar, se levantaram. Eles começaram a se afastar da mesa, sem deixar qualquer dinheiro para pagar as bebidas, o que era uma pista de que lá vinha problema. O que estava mais perto de Mike se virou de repente, enfiando um soco bem na cara do ex-policial. O golpe fez com que ele deslizasse para trás, com a mão na boca, só parando contra o balcão do bar. Então, ele disse:

— Você vai se arrepender de ter feito isso.

Ele se aprumou e devolveu o golpe, usando a mão esquerda, o que fez com que seu agressor voasse para cima dos outros garotos, desequilibrando dois deles.

E a coisa começou. Preacher e Jack já tinham dado a volta no balcão antes mesmo de Mike dar seu primeiro soco. Preacher bateu duas cabeças, uma na outra; Jack deu um soco em uma barriga, em outra mandíbula. Mike agarrou o jovem que o atacou, jogou-o no chão de novo e, na sequência, o mandou para cima de outro cara, derrubando os dois de uma vez. Alguém tentou dar uma cabeçada em Jack, mas ele o segurou com facilidade, torceu o braço de seu agressor, passando-o para as costas, e então o jogou em cima dos demais garotos. Em menos de dois minutos, seis jovens caçadores parcialmente bêbados estavam no chão do bar, espalhados em cima de uns copos quebrados e em meio a algumas cadeiras tombadas e duas mesas. Todos eles gemiam. Os garotos nem sequer conseguiram fazer contato físico com os homens, a não ser pelo soco que um deles dera em Mike. O mais forte do bando se colocou de pé e Preacher o pegou pelo colarinho da jaqueta, tirando-o do chão, e perguntou:

— Você quer mesmo ser idiota assim?

Na mesma hora, ele ergueu as mãos e Preacher o soltou.

— Certo, certo, a gente vai embora daqui — disse ele.

— É tarde demais para isso, caras — respondeu Mike. E gritou: — Paige! — Ela enfiou a cabeça para dentro do bar. — Corda!

— Ah, qual é, cara — reclamou alguém.

— Só tire eles daqui, caramba — disse Jack, enojado.

— Não dá — respondeu Mike. Depois, voltando-se para os caçadores: — Que diabo, tentei avisar vocês. Vocês não querem mexer com as mulheres. Não querem brigar. Não aqui. Jesus — disse ele, contrariado. — Vocês têm merda na cabeça?

Mike explicou a Jack que não só aqueles garotos estavam bêbados demais para dirigir pela montanha, como eles também poderiam pegar a estrada e alegar que tinham sido atacados. E, como todos estavam cheios de machucados e os funcionários do bar tinham só os nós dos dedos doloridos, não seria inteligente arriscar assim. Agora seria melhor deixar que a polícia lidasse com as coisas. Quinze minutos depois, todos os jovens estavam amarrados às grades da varanda da frente e, meia hora depois, três delegados do xerife estavam de pé ao redor da entrada do bar, averiguando os danos.

— Deus misericordioso — exclamou o delegado Henry Depardeau. — Cada vez que eu viro de costas, alguém apanha ou leva um tiro por aqui!

— Pois é, Henry, a gente sente muito — disse Jack. — Nós quase nunca temos problemas.

— E o que foi desta vez? — perguntou o delegado, impaciente.

— Aquele ali — respondeu Jack, apontando. — Ele deu o primeiro soco. Bem mal-educado, não acha? Como você vê, só passou um pouco do limite, sabe?

— Você tem gastado muito meu tempo!

— Eu pago seu jantar dia desses, que tal? É só você e seus rapazes aparecerem a qualquer hora.

— Tá, tá. Tudo bem, vamos colocar eles na viatura. Espero que vocês, garotos, tenham licença e a permissão para o cervo.

Pelo jeito como os jovens deixaram a cabeça pender, parecia que eles teriam de pagar mais algumas multas, o que fez Jack rir.

— Ah, cara — disse Henry. — Caçador que não tem licença costuma ficar quietinho e ser educado, assim dá para entrar e sair sem ser notado. Eu devia fichar vocês por burrice.

Hope McCrea, uma senhora viúva nada discreta, visitava Jack quase todos os dias. Ela gostava de beber seu uísque e fumar um cigarro no fim do dia. Nessas ocasiões, sentava no bar, perto do doutor Mullins, mas às vezes Mike conversava um pouco com ela.

— Você sabe que fui eu que contratei a Mel, não sabe? — perguntou ela a Mike certa noite.

— É, ouvi falar — respondeu ele.

— Eu gostaria que você viesse até a minha casa para tratar de uma coisa. Tenho uma proposta.

— Ora, Hope. — Mike sorriu maliciosamente. — Isso parece bem interessante...

— É um trabalho, seu bobão — respondeu ela, ajeitando os óculos grandes demais sobre o nariz. Mas ela também sorriu para Mike.

— Eu não quero um trabalho, Hope — disse ele.

— Veremos. Jack vai explicar como faz para chegar lá. Amanhã. Quatro horas.

Ela apagou o cigarro e foi embora.

No dia seguinte, Mike pegou o carro e foi até a casa de Hope porque Jack disse que valeria a pena ir até lá para pelo menos escutar a proposta. Hope tinha 77 anos e era viúva havia vinte. Fora ela quem oferecera a Mel um contrato de um ano, pagando o salário do próprio bolso mais o chalé onde ela morava, agora com o marido e um filho. Depois que aquele contrato de um ano acabara, Mullins contratou Mel para trabalhar em sua clínica e eles conseguiram dar um jeito de pagar um salário modesto sem precisar da ajuda de Hope, o que tinha sido exatamente a intenção da viúva. Mike soube disso por meio de Jack.

Dessa vez, de acordo com Jack, o que ela queria era um policial local, e ela esperava propor um esquema parecido: ela lhe pagaria um salário durante um ano, usando suas economias e, então, a cidade perceberia que aquele fora um acréscimo positivo e daria um jeito de juntar dinheiro o suficiente para pagar o salário de Mike.

Hope morava cerca de oito quilômetros fora da cidade, em uma casa velha e grande com estilo vitoriano que ela e o marido tinham comprado cinquenta anos atrás. Eles nunca tiveram filhos e, por isso, tinham enchido o lugar de porcarias.

— Eu nunca entrei lá — comentou Jack com Mike —, mas corre o boato de que Hope nunca jogou uma única coisa fora em setenta anos.

Depois da morte do marido, Hope vendera parte do terreno a vizinhos para que eles criassem fazendas ou áreas de pasto.

Mike parou o carro em frente ao casarão extraordinário e encontrou Hope na varanda, com seu café, seus cigarros e uma pasta cheia de papéis. Quando ele colocou o pé na varanda, ela o saudou com um sorriso vitorioso e disse:

— Eu sabia que um dia te conquistaria.

— Não sei o que é que você vai conquistar, Hope. Não faço ideia de como ser um policial de cidade pequena.

— E quem faz? Mas você tem muita experiência com a legislação e, claramente, a gente precisa disso. Nos últimos tempos parece que nós temos tido nossa cota de problemas.

— Mas não com o pessoal de Virgin River.

— Que diferença faz? Se acontece em Virgin River, torna-se nosso problema.

— O que é que você tem aí? — perguntou ele, indicando a pasta.

— Só papelada. Eu precisei de uma ajudinha legal de um advogado do condado. Eis o que posso fazer: posso contratar você como o agente de segurança local. Embora você tenha se formado em uma das academias de polícia mais difíceis do país, você não seria reconhecido pelo estado como um agente da lei oficial, mas isso não importa de fato. Se você encontrar um infrator, você o prende e chama o xerife, igualzinho você tem feito. Você não é impedido de investigar. Aliás, qualquer detetive particular pode fazer a mesma coisa. Você deveria ir visitar o departamento do xerife, Pesca e Caça, Departamento Florestal da Califórnia, a Patrulha Rodoviária e algumas das nossas cidades vizinhas que têm departamentos locais de polícia. Apresente-se. Acredite em mim, eles vão gostar de receber qualquer ajuda, com todo o território que eles precisam cobrir nessas cidades rurais.

— E o que você espera que eu faça? — quis saber ele.

— Bom, você não tem que se preocupar em multar alguém por excesso de velocidade. — gargalhou ela. — Você vai descobrir. Avalie as necessidades da cidade. É um lugar que obedece às leis... não deveria ter muito estresse. Mas, como aconteceu algumas vezes há pouco tempo, se a gente tiver um problema de verdade, quero ter um policial experiente por perto.

Ela acendeu mais um cigarro.

— Você não tem que manter uma prisão. Você não vai precisar de lanternas ou colete à prova de balas.

— Quando você espera que eu esteja de serviço? — perguntou ele.

— Eu espero que, se você estiver por aqui, que esteja de serviço. Entendo que todo mundo precisa de uma folga, às vezes sair de Virgin River. Se você estiver por aqui entre cinco e seis dias por semana, a gente vai ter alguém entre cinco e seis dias a mais do que já tivemos. E vamos só torcer para que os nossos rompantes de crime aconteçam nos dias em que você esteja trabalhando.

O único compromisso fora da cidade que Mike conseguiu pensar foi no almoço em Santa Rosa a cada duas semanas. Um evento que ele esperava que se tornasse mais frequente.

— Parece umas férias pagas — disse ele.

— Com sorte — respondeu ela.

A seguir, a viúva abriu a pasta e mostrou a ele um contrato de um ano no qual se lia um salário patético.

— Isso não é exatamente umas férias pagas — comentou ele.

Mas ele estava procurando alguma coisa para fazer, e ele não precisava do dinheiro. Tinha a aposentadoria e a pensão por invalidez, além de algum dinheiro guardado.

— Por que é que você faz isso? — quis saber Mike. — Primeiro a Mel, agora eu?

— Ora, alguém tem que levar em consideração as necessidades deste lugar. Esta cidade é desorganizada... tenho que pensar no que fazer a respeito disso. E a gente está crescendo, mesmo que só um pouco. — Ela deu uma tragada. — Eu não vou durar para sempre, embora, às vezes, eu ache que eu deveria.

Ela deslizou um distintivo pela mesa na direção dele. Ali dizia Agente de Virgin River.

— Eu mandei fazer isso cinco anos atrás. Legal, não é?

— Você quer que eu use isso?

— Deixe no seu bolso até precisar. Você não tem que usar uniforme, nem nada disso. Você não seria o único cara na cidade carregando um revólver ou um rifle. Mas recomendo que você faça uns formulários para poder escrever os relatórios quando você de fato fizer alguma coisa. Deve haver registros. Você quer que eu compre um arquivo para você?

Ele deu um sorriso largo para ela.

— Quero, isso seria ótimo. Não precisa ser grande. E cartões de visita, por favor. Assim eu posso ter certeza de que as pessoas vão ter meu telefone, se precisarem falar comigo.

— Feito. — Ela sorriu de volta, estendendo a caneta. — Por ora, só precisa fazer rondas de carro. Fique sentado na varanda do bar e converse com as pessoas. Pesque um pouco e pense. Pense no que vai ser o seu trabalho... Você deve saber mais sobre isso do que eu.

Que coisa, pensou ele. *Um agente. Rá. Para cuidar de seiscentas pessoas completamente obedientes à lei.*

— Estou me sentindo um personagem de uma *sitcom* — disse ele.

— É um excelente começo — respondeu ela, apontando a caneta na direção dele.

Mas Mike não a pegou.

— Ainda não — disse ele. — Deixe-me explorar o terreno, depois a gente conversa sobre esse contrato.

— Você está planejando tentar negociar? — perguntou ela, desconfiada.

— Ah, tenho a impressão de que seria inútil. Mas, antes de me comprometer com você e com a cidade, eu gostaria de descobrir o quanto meus amigos policiais seriam receptivos a uma pessoa como eu entrando na história. Deixe-me fazer umas visitas por aí. Tem muito macho alfa nas profissões relacionadas à lei, Hope. Alguns deles não aceitariam que um cara como eu oferecesse uma corda nem se estivesse na areia movediça. Se for esse o caso, vou economizar seu tempo e seu dinheiro.

— Não dou a mínima para o que uma pessoa qualquer pensa de um cara como você.

Ele se levantou.

— Bom, você deveria. É provável que eu possa ajudar um pouco, mas os policiais não trabalham sozinhos. Você pode não ter uma polícia local, mas você não quer que essa sua novidade acabe com a cobertura que você tem. Uma coisa de cada vez.

Mike pediu o computador de Preacher emprestado para escrever um currículo e uma carta de apresentação bastante informais. Como a impressora de Preacher não era muito boa, ele salvou os arquivos em um *drive* e foi até Eureka para imprimir os documentos. Escolheu um formato simples, que apenas listava a experiência que ele tinha e fornecia um monte de telefones como referências.

Se Mike estivesse se candidatando a um emprego, ele detalharia os treinamentos, prêmios e missões especiais. Na verdade, ele se sentia orgulhoso das conquistas no Departamento de Polícia de Los Angeles, de sua experiência. E não conseguia ver a vantagem de minimizar o que ele sabia sobre lei e justiça criminal, mas, já que ele tentaria se misturar com os policiais locais, não queria parecer arrogante. Os limites eram muito tênues. O objetivo que tinha era se tornar um deles, e estava curioso para saber se eles o aceitariam. Mike era um cara da cidade grande, mexicano, rodado. Bem rodado. Uma coisa de que os caras da região nunca gostavam era um estrelinha chegando à cidade, agindo como se soubesse de tudo — e não importava se isso era em Los Angeles ou em Eureka. Vários ex-policiais eram arrogantes, ficavam doidos para tirar onda com histórias de guerra, mesmo que essas histórias muitas vezes fossem mentira.

Sua primeira parada foi no Departamento de Polícia de Fortuna. O comandante, Chuck Andersen, era um cara grande com as mãos enormes, careca. Não estava sorrindo. Mike teve a impressão imediata de que ele continha seus sorrisos, mantinha-os preso dentro de si para que nunca parecesse que estava de brincadeira. Mike cumprimentou-o com um aperto de mão e se apresentou.

— Obrigado por me receber, comandante — agradeceu ele, estendendo a ele algumas folhas de papel. — Recebi uma oferta de trabalho em Virgin River... para ser uma espécie de policial da cidade.

— Claro — disse o grandalhão. Ele indicou uma cadeira, mas não se sentou atrás da mesa, por isso, Mike continuou de pé. O comandante deu uma olhada rápida no currículo. — Há quanto tempo você chegou?

— Logo antes do Natal. Dois dos meus melhores amigos moram em Virgin River.

— Por que você não se candidatou para trabalhar em um dos departamentos por aqui?

— Eu não estava procurando emprego — respondeu Mike. — Isso foi uma surpresa. Eu acho que a mulher que preparou um contrato para um agente estava procurando alguém, mas eu não vim para o condado de Humboldt para trabalhar. Eu vim para pescar. Caçar.

— Não é muita gente que pode fazer isso aos... — Ele olhou de relance o currículo e continuou: — Aos 37 anos.

Mike deu uma olhada no escritório. Foto de família, esposa bonita, dois filhos lindos, um cachorro. Ele sorriu, sentindo um pouco de inveja.

— Não tenho família. Eu me aposentei do Departamento de Polícia de Los Angeles por invalidez.

Os olhos do comandante encontraram o rosto de Mike.

— Como foi que isso aconteceu?

— Fui baleado — respondeu Mike, sem constrangimento. — Durante esse último serviço aí no meu currículo — acrescentou ele, acenando a cabeça em direção à papelada.

— Divisão de gangues — comentou Andersen. Ele olhou como se já houvesse decorado o que estava escrito na folha. — Patrulha, narcóticos, gangues, assalto, gangues de novo.

— Eu trabalhei na divisão de gangues e, depois que passei no teste para virar sargento, fui designado para lá com meu antigo esquadrão. Eu amava aquela divisão. Odiava narcóticos — completou Mike, sem necessidade. — Eu era sempre bom na patrulha. Policiamento básico combinava comigo.

Enfim, o comandante se sentou, de modo que Mike também tomou seu lugar. E, ao fazer isso, o comandante levantou um pouco os olhos, talvez surpreso.

— Fuzileiro naval — disse.

— Sim, senhor. Na ativa por quatro anos, na reserva durante dez. — Então ele deu uma risada. — Eu já passei por muita coisa, e aí fui abatido por um garoto de 14 anos. — Mike deu de ombros ao falar. E continuou: — Não dei sorte.

Como o currículo descrevia, quando Mike terminou seu primeiro serviço com os fuzileiros, ele começou a frequentar a faculdade com ajuda do financiamento que fazia parte dos benefícios militares e recebeu seu diploma na área de justiça criminal enquanto trabalhava no Departamento de Polícia de Los Angeles.

O comandante leu mais um pouco. Em seguida, ergueu o olhar mais uma vez.

— Qual sua missão aqui?

— Aqui? No seu escritório ou em Virgin River?

— Certo, no meu escritório.

— Eu só queria dar um oi. Eu vou dar uma passada nos departamentos. Se o ponteiro do medidor apontar para "não queremos ajuda", então não assino o contrato. Se os policiais locais acharem que tudo bem ter um cara como eu ajudando em Virgin River, pode ser que eu vá em frente e veja o que posso fazer.

— Um cara como você?

— Ex-policial — explicou ele. — Conheço muito bem tanto policiais como ex-policiais. Sei que muitos de nós vêm com um monte de bagagem, uma porção de histórias. Eu ficava bem entediado com elas, bem cansado do drama. E aqui estou eu... agora sou um deles. Com drama. Com uma tremenda história. — Mike deu de ombros de novo. — Só estou me certificando de como isso se desenrolaria. É justo. Com vocês, caras.

— Este departamento não atua em Virgin River...

— Sempre existe uma chance de um problema em Virgin River se conectar com a cidade de vocês, com seu departamento... Nesse caso, eu gostaria de saber que tenho alguém com quem falar aqui.

O comandante pareceu pensar um pouco. E quase sorriu.

— E a invalidez?

— Eu estou quase cem por cento. Foi basicamente o ombro — explicou Mike, movendo um pouco o ombro. — Está tudo bem. Eu consigo atirar direito, com o ângulo certo, e tenho um braço esquerdo que está cada vez melhor.

— Mas você está recebendo a pensão, por causa da invalidez.

— Estou mesmo — disse Mike, anuindo. — Paguei por isso durante quinze anos e não foi a primeira vez que atiraram na minha direção. Eu sou só um trabalhador. Mas, sabe, tenho uma sorte do caramba... A cabeça funciona, o cérebro parece que está bom. Eu queria que você soubesse de uma coisa... se eu tivesse tido uma chance de usar minha lábia para não levar aquele tiro, teria tentado, mas não foi assim. — Ele indicou a papelada com a cabeça. — Tem um relatório aí, se você quiser ver. Eu fui meio que... Foi uma armadilha. Só isso. Foi uma batida que a gente deu numa gangue, e derrubar um sargento funcionou. Então... É isso. Achei que devia vir aqui e...

— Você consegue um emprego com um currículo destes. Tem um monte de lugar... iniciativa privada, penitenciárias, pequenos departamentos...

— É, obrigado — disse ele, dando uma risadinha. — Legal, eu agradeço. Vá em frente e ligue para uma das referências. Tem um monte de nome aí no currículo... E você consegue todos os telefones das pessoas que não estão no currículo. Se eu puder ser útil em Virgin River, ótimo. Se tiver algum problema... eu tenho um monte de peixe para pescar.

— Quanta coisa pode ter para fazer em Virgin River? — perguntou Andersen.

— Espero que não muita — respondeu Mike. Ele indicou com um aceno de cabeça as fotos em cima do móvel. — Bela família — comentou. — Cachorro bonito.

— É sua — disse o comandante. E, então, sorriu. — A cachorra.

Foi a vez de Mike sorrir.

— Você não daria essa cachorra — respondeu.

— Não, mas pode ser que eu a troque por bastante terra, para cobrir os buracos que ela faz no quintal. Faça sua proposta.

Mike gargalhou e estendeu a mão, que Andersen aceitou e apertou.

— Obrigado, comandante. Foi ótimo.

Eles se despediram com um aceno de cabeça e Mike foi embora.

Ser recebido com um pouco de desconfiança e relutância não foi inesperado, mas não foi uma experiência muito acolhedora. Mike ficou bastante feliz por não estar procurando um emprego. Precisou se controlar para não se sentir um pouco insultado; ele era um policial condecorado que tinha vindo de um departamento grande... não, imenso. Mas, então, ele lembrou a si mesmo de que aquela era a área deles. Ele era um intruso ali.

Apesar de ter sido uma experiência intimidadora e difícil, ele visitou o departamento de polícia de Eureka, o departamento do xerife, a polícia de Garberville, Grace Valley e mais algumas cidadezinhas que tinham polícia local, às vezes com apenas um ou dois policiais. A reação inicial era sempre a mesma. *É, você é esse cara bonzão? O que é que você está fazendo aqui, bisbilhotando? Por que não vai procurar um emprego de verdade?*

Uns dias depois, o comandante Chuck Andersen telefonou para ele.

— Achei que você talvez quisesse passar um tempo aqui — disse ele. — Fazer uma ronda, ver umas coisas. Ver como as coisas são diferentes em uma cidade pequena. Quem sabe nos dar um pouco de perspectiva...

— Isso seria ótimo, senhor. Eu quero, sim — respondeu Mike.

— Liguei para umas pessoas lá do Departamento de Polícia de Los Angeles — continuou Andersen. — Você tem um reputação e tanto lá.

Ele tinha uma *ótima* reputação por lá.

— Obrigado — respondeu ele. — Eu era melhor em umas coisas do que em outras. Era um policial correto.

— É o que parece — concordou Andersen. — É bom ter você ajudando por aqui. Faça uma ronda com um dos nossos caras. E, Valenzuela? Traga um travesseiro.

Mike riu.

— Obrigado, senhor.

O xerife ligou, depois o comandante de Eureka. Tom Toopeek, o comandante de Grace Valley, também entrou na história, mas houve cidades que nunca entraram em contato com ele. Não importava, o consenso foi que ele seria bem-vindo como um agente local. De acordo com os regulamentos do estado, ele não era considerado um policial, mas mais ou menos alguém do time, pelo menos do ponto de vista da maioria dos caras da região. Ele ficaria feliz em ajudar qualquer pessoa que pedisse, mas o que importava era que poderia recorrer a eles caso houvesse um problema na sua cidade. E Mike ficaria feliz de ter uma função de novo.

Ele assinou o contrato. A primeira pessoa a quem contou foi Brie.

Tom Booth conheceu uma garota na aula de física que achou que fosse a certa. Brenda. Ela era deslumbrante. Cabelo macio, brilhante, castanho-claro e encaracolado até a altura dos ombros, olhos azuis, linda de morrer, pernas compridas, um sorriso que conseguia deixá-lo em transe. Ela era mais bonita do que qualquer garota que ele tivesse encontrado em Washington, D.C., o que era uma espécie de milagre — as garotas de lá eram bem incríveis. Felizmente, ela parecia ser tão tímida na frente dos garotos quanto ele era na frente das meninas, o que poderia ser uma vantagem para ele. Tom puxou conversa com ela na aula e descobriu que ela ainda estava no primeiro ano, mas frequentava as aulas avançadas de matemática e ciência. *Puta merda. Bonita, inteligente, legal.* É, aquela era uma vencedora.

Eles conversaram sobre os planos dela para a faculdade, sobre os cavalos dele. Tom perguntou se ela gostaria de sair algum dia e ela respondeu que talvez.

— Não agora. Estou meio que me recuperando de uma gripe forte que me deixou de cama logo no começo do ano e ainda estou tomando remédio, então minha mãe está sendo um pouco superprotetora.

— Tudo bem — respondeu ele. — De repente a gente pode fazer o dever de casa juntos um dia desses, quando você começar a se sentir melhor. —

Então, ele deu seu sorriso mais sedutor e continuou: — Não me leve a mal por dizer isso, mas você com certeza não parece doente.

— Estou me sentindo bem melhor do que antes, pode acreditar.

— Então... de repente eu posso ligar para você num dia desses? Você está se sentindo bem o suficiente para isso?

— Estou — respondeu ela, sorrindo. — Isso tudo bem.

— O que é que você gosta de fazer? Quando você não está... você sabe... se sentindo mal?

— Sei lá. — Ela deu de ombros. — Jogar. Dançar. Ver filmes.

— Ótimo — disse ele. — Maravilha. Vou ligar para você um dia desses.

E ele pensou que, afinal de contas, aquele talvez não fosse um lugar tão entediante assim.

Ele telefonou para Brenda naquela mesma noite. Para que perder tempo?

Capítulo 4

O ar do outono estava refrescante e Mel, ainda preocupada com alguns de seus casos, foi até o bar à tarde, enquanto David tirava uma soneca sob os cuidados do doutor Mullins. Ela encontrou Mike sentado na varanda, os pés erguidos e apoiados contra o guarda-corpo, seu chapéu de caubói puxado para baixo em sua testa para proteger os olhos do sol, desfrutando aquele relaxante dia de outono. Ela se sentou na beirada da espreguiçadeira de madeira próxima a ele.

— Procurando seu homem? — perguntou ele.

— Na verdade, estava procurando você — respondeu ela. — O que é que está acontecendo aqui? — perguntou, apontando com a cabeça para dentro do bar.

— Preacher e Paige estão fazendo o jantar.

— Estamos sozinhos?

— Estamos. — Ele inclinou o chapéu para trás, tirou os pés do guarda-corpo e os pousou sobre as tábuas do chão da varanda, virando-se para Mel. Então, descansou os cotovelos em cima dos joelhos e se inclinou para a frente. — Qual é o problema? Você não parece muito feliz.

— Deixa eu perguntar uma coisa. Qual o grau de dedicação que você planeja ter sendo um policial por aqui? Se eu estiver suspeitando de um possível problema, você poderia dar uma olhada? Investigar, de repente?

— Bom, eu tenho experiência como detetive, mas estou acostumado a ter um laboratório criminalista me apoiando — sorriu ele. — Eu fazia parte da maior gangue de Los Angeles.

— Gangue?

— Departamento de Polícia de Los Angeles. Tinha muito apoio lá. Quer me contar o que houve?

Ela respirou fundo.

— Veja bem, não tenho nomes ou evidências para dar... só um forte pressentimento. E já tenho uma certa experiência.

— Manda ver.

Ela olhou dentro dos olhos pretos como carvão de Mike.

— Estou preocupada que a gente tenha um estuprador por aqui. Um garoto, que estupra garotas com quem sai, eu acho. Eu atendi duas meninas que claramente foram forçadas... mas nenhuma delas quis ou conseguiu admitir isso. As situações eram diferentes, mas as semelhanças são alarmantes.

— Continue — pediu ele, encorajando-a.

— A primeira veio me pedir uma pílula do dia seguinte. Disse que ela e o cara com que estava namorando há duas semanas tinham decidido fazer sexo e que no último minuto ela amarelou, mas ele não conseguiu parar. Ela estava machucada. Foi segurada. A vagina da garota estava ferida e rasgada. Era visível que estava chateada, mas insiste que não foi forçada. A segunda foi a uma chopada em algum lugar na cidade... Primeira festa que ela foi com bebida rolando, embora admita que já tinha bebido uma ou duas vezes antes. Ela desmaiou e não se lembra de ter feito sexo, mas a menstruação atrasou dois meses, ela fez um teste de gravidez caseiro e contou para a mãe o que tinha acontecido. A garotada da festa estava toda bêbada, segundo ela, e ninguém se lembra de nada...

— Até parece — disse ele.

— Eu expliquei isso a ela... que, para conseguir ter uma relação sexual, é muito provável que um deles não estivesse tão bêbado.

— Muito provável? Eu achei que isso fosse uma lei natural — disse Mike.

— Eu também achava — respondeu ela. — Óbvio que era tarde demais para detectar qualquer dano ou machucado... mas ela contou que ficou com muita dor no corpo todo, especialmente no tórax. — Mel colocou a mão sobre o próprio esterno. — Como se tivesse sido atingida no peito por uma bola de basquete.

— Ele deve ter a segurado enquanto ela se debatia — completou ele. — E tinha algum machucado na parte interna das coxas?

— Ela não se lembra de nada assim porque o fato de ela ter ficado com uma tremenda ressaca e enjoada desviou a atenção dela. Mas a primeira garota tinha marcas inconfundíveis de dedos na parte interna das coxas. As duas testaram positivo para gonorreia. A que engravidou teve um aborto espontâneo e, o que é compreensível, quer se esquecer da coisa toda. Se conseguir. Nenhuma delas quis me dar um nome ou mesmo a idade do garoto, ou garotos.

Mike estremeceu visivelmente, respirou fundo e revirou os olhos por um instante.

— Jesus.

— Eu não posso ir adiante com isso. Nem sequer tenho algo sólido para denunciar, só se pelo menos uma das duas ceder e admitir que pode ter sido um estupro. No segundo caso, a garota não se lembra de ter bebido muito... Estou me perguntando se teve alguma droga envolvida.

— Boa noite, Cinderela? — perguntou ele. — GHB? Isso pode ter deixado ela bem enjoada.

— Ela acordou coberta de vômito.

— Ela teve sorte de ter acordado. Um efeito colateral do GHB é a supressão do reflexo de vômito. Ela poderia ter aspirado o vômito e morrido — apontou ele.

— Isso está me consumindo, Mike. Não posso fazer nada. Bom, eu fiz uma coisa... Usei um cotonete para colher uma amostra de material da vagina da primeira garota, mas a relação tinha acontecido uns dias antes e eu tenho certeza de que ela tomou alguns banhos antes de vir me ver. Mesmo que haja DNA, pode ser que a gente nunca chegue tão longe assim.

— Ainda assim foi uma boa ideia. Alguma chance de você ter fotos dos machucados?

— Não, não tenho nada. Ela estava quase histérica e insistiu que não tinha sido estuprada. Se ela tivesse cedido, ao menos uma vez, e dito que tinha sido segurada e forçada, eu poderia ter feito a denúncia. Do jeito que ficou, me restou essa dor imensa no peito me dizendo que tem um adolescente por aí que está fora de controle.

— Parece que chegou minha hora de conhecer os jovens de Virgin River.

— Ufa. Que bom poder desabafar com você. Já estou me sentindo mais leve.

— Você contou para mais alguém?

— Contei, sim. Eu liguei para June Hudson em Grace Valley... ela e o parceiro, John Stone, vão ficar de olho nos pacientes, para ver se surge algum caso parecido. E a clínica de planejamento familiar em Eureka está ciente das minhas preocupações. Mas, Mike... o que me deixa mais enojada é que a segunda garota disse que isso aconteceu em Virgin River.

— Ou é um adolescente que acabou de começar a produzir testosterona, ou é um cara novo na cidade. Vale a pena dar uma olhada.

— Obrigada.

— É claro que se mais alguma menina aparecer na clínica...

— Com certeza. Eu vou contar para você.

— Vou começar a dar uma olhada, falar com as pessoas.

— Obrigada — disse ela, se recostando na cadeira, aliviada.

— Mel, eu queria conversar com você sobre outra coisa. Estou pronto para parar de tomar o antidepressivo que você me prescreveu depois do tiroteio, quando eu estava me recuperando.

Ela sorriu para ele.

— Está se sentindo bem? — perguntou.

— Mais forte, sim. Eu concordo, foi uma boa ideia na época. Mas...

— Claro, claro. A gente combinou que seriam alguns meses, não é? Está bem — disse ela. — Vamos retirar o medicamento devagar. Vou escrever um plano de redução de dosagem para você. A gente vai tirar o remédio em algumas semanas. Que tal?

— Perfeito.

John — Preacher para os amigos — tinha 33 anos e sabia muito a respeito de guerra e sobre cozinhar, caçar e pescar. Ele servira no Corpo de Fuzileiros Navais durante doze anos e fora com Jack a Virgin River, onde se tornou um dos melhores cozinheiros da região, ainda que pouco conhecido. No entanto, seu conhecimento sobre mulheres era recente.

Foi só quando ele conheceu e se casou com a esposa que sua educação sobre o assunto começou. Até aquele momento, tinha sido um homem que conhecera poucas mulheres e nunca tinha se considerado um grande amante. Na verdade, morrera de medo de Paige — ela era tão pequena e feminina, enquanto ele tinha mais de um metro e noventa, era musculoso, com mãos imensas e fortes e ombros tão largos que ele precisava se virar de lado para conseguir passar por algumas portas. Ele ficava apavorado com a possibilidade de machucá-la, de deixar um hematoma nela.

Mas ela o ajudou a lidar com isso, confiante de que ele era o homem mais gentil que ela já conhecera. Agora, Preacher não apenas entendia o corpo feminino, como também o venerava. Coisas que ele não sabia que existiam eram agora uma segunda natureza para ele, e sua esposa era seu tesouro, o presente mais incrível que ele recebera. Fazê-la se sentir incrível era uma de suas maiores obsessões. Ele sabia onde tocar e beijar cada zona erógena e, quanto mais prazer ela sentisse, mais ele gostava de sua própria experiência.

Durante o dia, ela era sua parceira no bar, trabalhando a seu lado na cozinha e na administração do lugar; à noite, em seus braços, ela era seu anjo. No meio-tempo, eles cuidavam do filho dela, Christopher, que agora tinha 4 anos de idade, e Preacher sentia um tipo de felicidade que por muito tempo achou que só existia na vida de outros homens. Só tinha um pequeno problema: ele e Paige queriam ter um bebê e, embora eles estivessem casados há poucos meses, ela já havia parado de tomar a pílula seis meses antes, e nada acontecera.

Se ele estava desapontado, ela estava ainda mais. Quando chegou ao bar, um ano atrás, ela estava grávida, mas depois de uma surra terrível que levara do então marido, Paige sofrera um aborto. Ela estava com medo de ter ficado com algum tipo de sequela em seus órgãos reprodutivos que a impediria de ter um bebê com John — e às vezes isso fazia com que ela se sentisse profundamente triste.

No fim de cada dia, ele limpava a cozinha do bar, desligava o sinal luminoso onde estava escrito ABERTO, lia para Christopher depois que o menino tomava banho, então seguia para o pequeno apartamento que dividia com a esposa e a amava. Renascia, noite após noite, nos braços de Paige.

Ele a encontrou no banheiro, vestida com uma de suas imensas camisetas e chorando baixinho. Fazia muito tempo desde que ele vira as lágrimas da esposa e isso o fez perder o ar. Ele não conseguia suportar aquilo.

— Ei, ei — consolou ele, puxando-a para dentro de um forte abraço.
— Você está chorando.

Ela enxugou as lágrimas do rosto e olhou para ele.

— Não é nada — garantiu ela. — Eu fiquei menstruada de novo. Eu não queria. Eu queria estar grávida.

— Você não estava nem atrasada — argumentou ele, que sabia tudo sobre Paige e seu corpo. Ela era regrada feito um reloginho.

— Nem uma hora atrasada — respondeu ela, e uma grande lágrima rolou.

— Está sendo difícil?

— Não, não é isso. Só que achei que finalmente...

— Certo, chegou a hora — disse ele, enxugando a lágrima. — Você devia falar com a Mel. Quem sabe com John Stone. Ver se a gente precisa investigar alguma coisa.

— Tenho a impressão de que tudo isso pode ser caro.

— Não se preocupe com isso — assegurou ele. — Nunca se preocupe com dinheiro... isso diz respeito à nossa felicidade. A gente quer um bebê, então temos que fazer o que for preciso, não é?

— John, me desculpe...

— Por que você está se desculpando? Você não está sozinha nessa. Isso diz respeito a nós dois, certo?

— Todo mês...

— Bom, agora a gente vai encarar o assunto de frente e pedir orientação. A gente vai conseguir ajuda. Chega de choro.

Mas ela deixou a cabeça tombar sobre o peito de John e chorou mesmo assim, o que despedaçou o coração dele. Ele não suportava ver Paige sentindo nenhum tipo de dor. Ele vivia para que ela fosse feliz; ela era seu mundo. Sua vida.

— Você está chorando por causa da TPM? — perguntou ele.

— Não, acho que não.

— Está com cólica? Quer que eu faça uma massagem nas suas costas?

— Não — respondeu ela. — Eu estou me sentindo bem. Sério.

Ele ergueu o queixo dela e a beijou com intensidade. Com amor. Com desejo.

— Quer que eu faça você se sentir um pouco melhor? Eu sei como fazer isso.

— Está tudo bem, John. Não precisa.

— Você não precisa ser tímida comigo. Nenhuma parte do seu corpo ou da sua vida me deixa desanimado. Eu amo cada pedacinho seu.

Ela suspirou fundo.

— Eu só vou tomar um banho e rastejar para a cama. Estou morrendo de pena de mim mesma.

Ele esticou o braço, alcançando o registro do chuveiro atrás dela, e abriu a água. Depois, passou a mão pela parte de trás da coxa dela, subiu por suas nádegas e entrou por debaixo da enorme camiseta que ela estava vestindo, acariciou suas costas e a puxou para mais um abraço e mais um beijo. Ao soltar os lábios de Paige, ele tirou, devagar, a camiseta dela. Ele adorava o jeito como ela ficava com as costas eretas e confortável ao ficar nua diante dele, quando ele enchia os olhos com a imagem dela. John baixou a cabeça, pousou os lábios em seu seio nu e sugou de leve o mamilo, o que fez com que ela deixasse a cabeça cair para trás e suspirar fundo. Se existia uma coisa que era mais do que magnífica na vida que John levava com Paige, era como tanto ela quanto ele logo se acendiam de desejo um pelo outro. O amor deles fazia com que ela sempre resplandecesse. E ele sabia exatamente como acabar com as lágrimas.

Ele abriu a cortina do chuveiro para que ela entrasse, e, então, desvencilhou-se das próprias roupas em um gesto rápido e juntou-se a ela no banho. Abraçou-a de novo, a boca em sua orelha, as mãos no corpo dela.

— Você não precisa fazer isso — sussurrou ela contra os lábios do marido.

— Eu nunca faço algo que não quero — respondeu ele. — Vou deixar uma lembrança feliz para você pensar depois. — Ele a beijou na testa. — Meu amor, eu te amo tanto.

Mel e Jack estavam no bar e tinham acabado de jantar quando Paige se aproximou da mesa.

— Mel, você tem um minutinho? Eu queria perguntar uma coisa. Uma dúvida médica.

— Claro — respondeu ela. — Podemos matar dois coelhos com uma cajadada só... eu tenho que amamentar o selvagenzinho. A gente pode ir para a sua casa, que tal?

Jack entregou o bebê.

— Eu fico com o bar — disse ele.

Mel nunca tivera muitas oportunidades de visitar o apartamento de Paige e Preacher atrás do bar, mas tinha doces lembranças das poucas vezes que fora até lá. Jack morava ali quando ela chegou à cidade; e sem dúvida tinha sido ali onde David fora concebido. Mel se lembrava tão bem daquela noite — ela desabara, ficando no meio da chuva, aos prantos, por causa do aniversário de morte do marido, e Jack a segurara. Depois, ele a secara, oferecera um conhaque e a colocara na cama. Algum momento depois, ele se juntara a ela e mostrara que havia uma vida e um amor que ela nunca soube que poderia existir.

Agora, o lugar exibia a influência de Paige — fotos de Christopher, alguns brinquedos no canto, flores sobre a mesa. Paige tinha entrado na vida deles quase exatamente um ano atrás. Era uma esposa espancada que fugira, mas, com o apoio de Preacher, se divorciara do marido abusador e o vira ser mandado para a prisão.

Paige se sentou no sofá e Mel se acomodou na poltrona grande, trazendo David para seu seio. Ele se aconchegou junto a ela, confortável, acariciando o peito de Mel com suas mãos gordinhas.

— John queria que eu conversasse com você... Desculpe atrapalhar sua noite, mas você não passou muito tempo na clínica nos últimos dias.

— Imagina. Você não está atrapalhando a minha noite. Ele está — respondeu ela, dando um sorriso. — Está mal-humorado hoje. Muito agito, acho. Isso sem falar nos biscoitos. O que está acontecendo?

— Não estou conseguindo engravidar — disse ela. — Parei de tomar a pílula tem uns seis meses mais ou menos, mas, na minha vida anterior, era como se eu não pudesse evitar engravidar. O que você acha que eu devo fazer?

— Bom, vejamos... suas menstruações são regulares?

— Como um reloginho.

— Acredito, então, que você está ovulando regularmente. Em geral, para fazer uma investigação para infertilidade, você começa com o pai... para ter certeza de que estamos lidando com a contagem adequada de espermatozoides. É o teste mais barato e mais rápido e, além do mais, não é ideal fazer exames completos na mãe até descartar o pai. Afinal de contas, a gente sabe que você pode engravidar.

— Bom, eu podia antes...

— Ainda assim, não existe indicação de que houve qualquer sequela além do aborto espontâneo — disse Mel. — O sangramento parou logo depois da curetagem e você não teve qualquer particularidade... tipo um fluxo menstrual muito intenso ou esquisito, teve?

— Não, não tive nada.

— E você tem tido relações frequentes?

Paige revirou os olhos.

— Você tem que se lembrar de que John acabou de descobrir que sexo existe — disse ela. A seguir, sorriu, um tanto tímida.

— Ah — respondeu Mel. — E isso quer dizer que...? — Mas então se interrompeu.

— Ele é insaciável — explicou Paige. — Mas, até aí, eu nunca tinha tido um companheiro amoroso de verdade, então não estou reclamando.

— Bom, pode ser esse o problema. Fazer muito sexo é um ruim para quem quer engravidar. Isso acaba com a contagem de espermatozoide. Antes de vocês fazerem qualquer teste caro, pegue o carro, vá até Fortuna, compre um kit de teste de ovulação na farmácia e peça a Preacher para se segurar. Um homem precisa de pelo menos quarenta e oito horas para recuperar a contagem. Faça ele esperar. Precisa haver um intervalo entre as relações de pelo menos dois dias. Um pouco mais seria melhor e, então, só uma vez... nada de maratonas. E você vai querer ter certeza de que ele vai ficar no gelo uns dias antes do grande dia. — Ela sorriu. — É claro que no dia da ovulação vocês podem aproveitar. Divirtam-se.

— Minha nossa — disse Paige, parecendo estar um pouco abalada.

— Com que grau de intensidade vocês querem um bebê? — perguntou Mel. — Para falar a verdade, pode ser que vocês não acertem em cheio logo de cara. Vocês podem precisar manter esse tipo de rotina durante dois ou três meses. Só porque vocês dois são férteis não quer dizer que você vai ficar grávida de primeira.

— Ah, meu Deus — disse ela. — Eu posso só imaginar quão feliz John vai ficar quando ouvir isso. Vou ter que lembrá-lo de que a ideia de pedir seu conselho foi dele.

— Se quiser, a gente pode fazer uma contagem de espermatozoides antes de fazê-lo passar por isso tudo... Mas, se for um número baixo, a recomendação vai ser esperar para ver se melhora, de qualquer forma. Por outro lado, se estiver bem alto mesmo depois de todo esse sexo, está tudo certo com ele. Não tem motivo para suspender as relações. Você gosta de apostar?

— Eu tenho um pressentimento de como isso vai acabar — disse Paige. — Ele vai querer fazer o que importa, mas...

Mel não pôde conter uma risada.

— É, ele tem estado feliz há meses. Acho que já posso me preparar para ver de novo aquela testa franzida e a cara amarrada. Meu conselho: tente isso durante três meses e então comece a fazer exames de fertilidade... começando com a contagem de espermatozoides. Tem certeza de que você quer fazer isso? — perguntou ela, tirando o bebê do seio e colocando-o no ombro para arrotar.

— Eu quero um bebê, sim — respondeu. — Mas John foi o primeiro a falar que queria ter filhos comigo.

— Você pode sempre esperar até o ano que vem — sugeriu Mel. — Passar o resto do ano vendo se você quer isso mesmo.

— Vou falar com ele — disse ela, de um jeito despretensioso.

Alguns dias depois, Mel foi almoçar no balcão do bar, com Jack do outro lado. Ele encheu um copo de água para ela.

— Quero perguntar uma coisa para você — começou ele. — E não faço ideia de qual vai ser sua resposta.

— Parece uma coisa assustadora — comentou ela, colocando na boca uma colherada da deliciosa canja de galinha de Preacher.

— Depende da perspectiva. Ricky está prestes a se formar no treinamento básico dos Fuzileiros e eu queria ir. Queria que a gente fosse.

Ela deu de ombros e disse:

— Claro, Jack.

— Eu queria que fôssemos sozinhos — completou ele.

Ela engoliu.

— Sozinhos?

Ele confirmou com um aceno de cabeça.

— Eu acho que é importante, Mel. A gente tem que achar um tempinho para nós dois, só eu e você.

— Você está se sentindo negligenciado? — quis saber ela.

— Nem um pouco. Na verdade, eu me sinto bem mimado. Mas ainda acho que a gente tem que criar esse hábito de tirar um tempo para nós de vez em quando, e ficar longe da cidade, do bebê, do bar, dos pacientes, de tudo. Com certa frequência.

Ela deu um meio-sorriso sedutor e ergueu uma das sobrancelhas.

— Ora, Jack...

— Nem se trata disso — rebateu Jack. — Bom, pode se tratar disso. — Ele deu um sorriso malicioso. Com as mãos apoiadas no balcão, ele se inclinou na direção dela. — Você é minha esposa, minha amante e minha melhor amiga. Eu quero ter você por inteira para mim de vez em quando.

— E o que eu vou fazer em relação à amamentação de David?

— Você vai dar um jeito. Você já tira leite extra de qualquer maneira, e ele com certeza não depende mais do seio... toma mamadeiras toda hora. Tem um monte de gente que ficaria mais do que feliz em cuidar dele por algumas noites, mas eu pensei em ligar para Brie. Ela ainda não está trabalhando e adora ter uma desculpa para vir para cá. Além do mais, faz muito tempo que eu não a vejo. Eu quero vê-la de novo... só para ver como ela está. Como está a aparência dela. Você sabe. — Ele se inclinou para a frente e beijou a testa da esposa. — Venha comigo, Mel. Só por algumas noites.

— Eu adoraria. Vou ligar para Brie hoje de tarde.

Mel deixou o bebê dormindo na clínica e foi até o canteiro de obras de sua nova casa. Estacionou e saiu do Hummer. Encostada no capô, observou Jack enterrar pregos nas placas de gesso da casa deles. Por um instante, ele parou e foi até onde ela estava. Ele abriu os braços e ela preencheu o espaço. *Que bom*, pensou ela. *Meu homem é meu agora*. Aqueles dias de silêncio e distanciamento pareciam ter ficado para trás.

— O que é que você está fazendo aqui? — perguntou ele.

— Queria contar uma coisa — respondeu ela. — Brie está vindo. Ela ficou animada de vir para cuidar de David. Ela vai ficar pelo menos uma semana, provavelmente duas. Na verdade, ela disse que não tem pressa para voltar a Sacramento.

Ela olhou para o marido e conseguiu enxergar o conflito em seus olhos. Ele queria Brie, queria tê-la por perto se ela própria achasse que seria uma boa coisa. Queria cuidar da irmã de todos os jeitos que pudesse, mas também desejava ter uma vida privada com a esposa. Uma vida privada que não fazia muito tempo que ele reivindicara. E não havia qualquer privacidade naquele chalezinho; todos escutavam qualquer som ali.

— Que bom que ela está vindo — comentou Mel. — Acho que ela precisa sair um pouco de Sacramento... vai fazer bem a ela. E quando a gente terminar esta casa, acho que a gente podia tentar comprar o chalé de Hope. Vai ser bom ter aquele lugar quando a gente estiver com a casa lotada. Você tem uma família enorme.

Ele sorriu para ela.

— Bom, sra. Sheridan, você está esbanjando dinheiro hoje, hein?

Ela deu de ombros.

— Nós temos bastante dinheiro. A gente devia pensar em contratar pessoal, avançar com esta casa aí. Se você ficar entediado, posso achar outra coisa para você construir.

— Eu queria fazer isso por você — explicou ele. — Queria mostrar quanto eu faria, quão longe eu iria. Como posso trabalhar duro.

— Não é possível que você ache que eu não sei disso tudo.

— Você não está falando sério — disse Preacher a Paige. — Não pode estar certo.

— Foi o que a Mel falou — explicou ela.

— Uau. Quem diria que para engravidar a gente não pode fazer sexo?

Parecia que ele estava prestes a deixar a cabeça tombar.

— John, é com você. A gente não tem que fazer isso. Não agora, de qualquer modo. Eu não estou insistindo...

— Não, a gente vai fazer. Queremos um bebê. Eu quero ter um bebê tanto quanto você, e você chora quando fica menstruada. Então, a gente vai fazer isso. — E, balançando a cabeça, continuou: — Como eu vou saber quando é a hora certa?

— Bom... é preciso de alguns dias de intervalo, sabe? E só podemos fazer uma vez, John, nesses dias. A não ser no dia da ovulação. — Ela deu um sorriso cheio de malícia. — Você pode pirar quando eu estiver ovulando.

— Droga, vou sentir falta — gemeu ele.

— John, eu não tenho dados que comprovem isso, mas eu acho que ninguém faz tanto sexo quanto a gente...

O olhar no rosto de John era de quem estava confuso.

— Bom, por que não?

Ela deu uma risada.

— Ai, John...

— Você comprou sua coisa? A coisa de ovulação?

— Eu vou passar em Fortuna depois para comprar umas coisas para o bar e vou comprar uns kits do tipo que a gente precisa, porque Mel disse que pode levar mais do que alguns meses para a coisa funcionar... se esse for o problema.

— Mais do que alguns meses? — perguntou ele, em um fiapo de voz.

Não ria, não ria, era o que Paige estava dizendo a si mesma.

— A gente tenta desse jeito por dois ou três meses — sugeriu ela. — Se não funcionar, então, a gente faz seu exame, ou quem sabe tenta outra coisa.

Ele apoiou a cabeça na mão e disse:

— Uau. — Então, ergueu a cabeça, com coragem, e continuou: — Tudo bem. A gente consegue.

Ela tocou o braço dele.

— John, eu vou ovular daqui a pouco, em umas duas semanas. Essa vai ser sua recompensa.

— Paige, prometo para você que eu vou fazer disso a sua recompensa. Juro.

Meu Deus, pensou ela. Aquilo seria interessante.

— Eu acho que quando eu estiver ovulando a gente vai precisar fechar o bar e arrumar uma babá para o Christopher.

Antes que Mel e Jack partissem para prestigiar a formatura de Rick no treinamento básico, uma recém-chegada apareceu em Virgin River. Os clientes que vieram ao bar para o almoço tinham se dispersado e Jack se encontrava atrás do balcão quando uma jovem entrou no lugar. Tinha cabelo loiro-avermelhado e aquele tom de pele dourado que sugere sardas. Seus lábios tinham cor de pêssego e seu sorriso era tão radiante que Jack inclinou a cabeça, devolvendo o sorriso, perguntando-se quem seria aquela mulher. Ela veio direto até o bar e se debruçou sobre o balcão.

— Jack Sheridan? — perguntou.

— Sou eu.

Ela estendeu a mão.

— Eu sou Vanessa Rutledge. Esposa de Matt Rutledge. Nós temos uns amigos em comum.

Ele apertou a mão da jovem.

— Aposto que temos, e um deles é seu marido. Como é que ele está?

— Ele voltou para o Oriente Médio, infelizmente. Já faz alguns meses. Eu vou ficar com meu pai enquanto ele está lá, mas Matt me disse que era melhor vir direto para cá, visitar você, descobrir quando seus rapazes estão vindo, porque o melhor amigo de Matt e nosso padrinho de casamento é Paul Haggerty.

— Isso mesmo — disse Jack. — Agora que você falou, eu me lembro. Esses rapazes estavam no meu esquadrão há um tempão... eles eram umas crianças. Paul, Matt, Preacher, Mike Valenzuela. Paul e os outros estavam no meu pelotão no meu último serviço no Iraque, e nós ainda somos próximos. Paul passou por aqui não faz muito tempo, e deve voltar em breve. A gente sempre tenta marcar uma caçada juntos durante a temporada, sempre com o maior número de fuzileiros possível.

— Paul e Matt estudaram juntos — esclareceu ela. — Eles se alistaram juntos, foram para o treinamento básico e serviram em algumas missões juntos. Na verdade, eles estavam juntos na noite em que eu conheci meu marido.

— Ah, Preacher e Mike vão adorar isso — disse Jack.

Ele se afastou do balcão e bateu na parede que separava o bar da cozinha para chamar Preacher.

— Ouvi falar muito do Preacher — disse ela. — Paul falava muito sobre vocês e este bar aqui. É uma coincidência bizarra que meu pai tenha encontrado este lugar para vir morar.

— Onde seu pai mora?

— Ele comprou um velho rancho no limite da cidade há uns anos, logo antes da última missão dele. Reformou o lugar antes de se aposentar, então trouxe meu irmão mais novo e os cavalos deles durante o verão. Eles vieram de Washington, D.C.

— Última missão?

— Ele se aposentou do Exército. Major General Walter Booth.

O rosto de Jack mostrou uma surpresa agradável.

— Um general de combate deixou a filha se casar com um fuzileiro conscrito?

Ela ergueu uma linda sobrancelha, com os olhos azul-esverdeados brilhando, e respondeu:

— Eu não aceito ordens de ninguém.

Os dois caíram na gargalhada.

Preacher saiu dos fundos do estabelecimento, a testa franzida por ter sido chamado daquele jeito. Ao se deparar com o sorriso radiante de uma bela ruiva que estava no balcão do bar, suavizou um pouco a expressão no rosto, curioso.

Vanessa não ficou assustada com o tamanho do homem ou com sua expressão carrancuda. Também não se surpreendeu quando a expressão dele se suavizou e passou a exibir um sorriso curioso.

— Você deve ser o Preacher — disse ela. E estendeu a mão. — Eu o reconheceria em qualquer lugar, só que eu ouvia falar que você era grande e careca. E agora você é só grande. Vanessa Rutledge... esposa de Matt Rutledge.

— Não brinca! — exclamou Preacher, apertando a mão da mulher. — Eu ouvi dizer que ele tinha se casado. Onde é que ele está?

Ela deu de ombros e deu um meio-sorriso.

— Adivinha. Iraque. Bagdá, pelo que soube da última vez.

— Ah, cara — disse Preacher, solidário. — E você está aqui?

— Meu pai acabou de se mudar para cá... Ele está no limite da cidade. Um bom lugar para ele e os cavalos. E meu irmão mais novo, Tommy.

— Meu Deus — disse Preacher. — Não acredito. Bem aqui!

— O mundo é um ovo — replicou ela, dando um passo para trás e abrindo a jaqueta para revelar sua barriga de gravidez. — Estou indo visitar a esposa do Jack. Vou precisar dos serviços dela.

— Uau — disse Jack. — Olha só. É o primeiro?

— É. Só faltam mais uns meses.

— Matt vai conseguir voltar para o nascimento? — perguntou Jack.

— Não, mas a gente calculou bem. Ele vai ter uma bela folga depois, quando o bebê tiver alguns meses. — Ela deu uma olhada ao redor, observando o bar, as cabeças dos animais expostas como troféus nas paredes, a madeira escura e brilhante. — Então é este o lugar, hein? Cara, eu ouvi falar muito daqui.

— Os rapazes adoram isso aqui — admitiu Jack. — Quando Matt for para a reserva, a gente vai trazer ele para ficar com o resto do pessoal.

— Ir para a reserva? Rá! Você acha que isso vai acontecer? Matt é um militar de carreira.

Mas, ao dizer isso, ela sorriu, claramente orgulhosa do marido. E, por ser filha de um general, ela estava mais do que familiarizada com os rigores da vida militar.

— Sem pressa — foi a resposta de Jack. — A gente vai ficar aqui por um bom tempo.

Eles chamaram Paige para ir até o bar conhecer Vanessa. Antes disso, Mike também apareceu e ficou muito contente de conhecer a esposa de Matt. Jack estendeu o convite ao general, dizendo para que ele aparecesse no bar e tomasse uma por conta da casa. E, por fim, prometeu que entraria em contato com Vanessa e seu pai antes que Paul participasse da próxima reunião dos Semper Fi, os companheiros do Corpo dos Fuzileiros, que aconteceria em breve.

— O que quer que você faça, não conte a Paul que a gente está aqui — pediu Vanessa. — Quero fazer uma surpresa.

Capítulo 5

Mike Valenzuela percebeu que por baixo da superfície de uma cidadezinha perfeita poderia haver crimes; alguns pequenos e previsíveis, outros de natureza insidiosa. Ele pensava bastante nas duas pacientes de que Mel falara enquanto fazia visitas casuais a vizinhos e à escola de ensino médio da cidade ao lado, frequentada pelos jovens de Virgin River, perguntando o que as pessoas faziam para se divertir por ali. A maior parte das vezes, ele recebeu as respostas esperadas: adultos tinham suas próprias reuniões, festas, piqueniques e afins. Eles frequentavam restaurantes, galerias de arte, vinícolas e casas noturnas na cidade e em cidades costeiras vizinhas, e claro que quase todo mundo caçava e pescava. A maior parte da socialização da comunidade girava em torno das funções escolares, desde eventos esportivos até atividades de bandas e corais, depois dos quais sempre acontecia uma grande reunião de pais e mães locais.

Zach Hadley ia uma ou duas vezes ao bar de Jack para tomar uma cerveja, e Mike aproveitou a oportunidade para conhecê-lo um pouco melhor — a ligação do homem com a garotada da escola se provou útil logo de cara. Ele disse que as socializações escolares dos adolescentes envolviam desde jogos até danças, mas alguns também caçavam. Havia festas, que aconteciam tanto com os pais presentes quanto sem eles por perto, e chopadas na floresta. Ele tinha ouvido falar sobre um antigo posto de gasolina isolado, atrás da Rodovia 109, onde havia algumas churrasqueiras públicas, banheiros e mesas de piquenique. A tal rodovia era bastante usada antes de a nova estrada ser construída, mas agora era um caminho usado mais durante o dia, e deixado para os adolescentes durante a noite. Um lugar perfeito, quando o clima permitia, para levar um barril ou um engradado de cerveja. Onde Mike crescera, em Los Angeles, a garotada fazia chopadas na praia ou no deserto, mas ali eles tinham a floresta.

— Desde que não entrem muito fundo na floresta, longe das cidades, eles provavelmente estarão a salvo de problemas com animais selvagens ou cultivadores de maconha — disse Mike.

Mas ele se perguntava se os jovens estariam a salvo uns dos outros.

— É verdade, então? — perguntou Zach. — Toda aquela plantação ilegal de que eles falam?

— É, sim — confirmou Mike. — Escute, se eu puder ajudar com qualquer preocupação que você tiver, fique sabendo que eu nunca vou revelar minhas fontes.

— Para falar a verdade — disse o professor, baixando a voz —, eu vi uma coisa... um pedaço de um bilhete... que me assustou. Chamou minha atenção... mas eu não tinha ideia de por onde começar.

— Comece por mim — sugeriu Mike.

— É só uma fofoca, sabe. Às vezes esses jovens podem falar as coisas mais chocantes... e ser tudo mentira. Mas o bilhete dizia alguma coisa tipo fique longe dessas festas. Tem um boato rolando sobre uma garota que acabou engravidando, apesar de ela não se lembrar de ter feito sexo.

Mike arregalou os olhos.

— Como foi que você descobriu isso? — perguntou ele.

— Alguém deixou o caderno na sala. — Ele deu de ombros. — Eu dei uma olhada.

Mike sorriu.

— Eu gosto do seu estilo. Bisbilhoteiro. De quem era o caderno?

— Não faço a menor ideia. Eu deixei onde o encontrei e ele desapareceu depois do almoço. Nunca mais vi o tal caderno, e eu fiquei de olho nos alunos, vi o que eles estavam levando para a sala. Mas acho que era de uma garota. Os desenhos rabiscados nele pareciam femininos.

— Você pode ficar de olho nisso? Ouvir com atenção — sugeriu Mike. — Pode ser uma informação importante.

— Eu sei que a garotada costuma beber umas cervejas — disse Zach. — Mas, se tem alguma verdade nisso, eles estão bebendo pesado.

— Pois é — concordou Mike. E pensou: *aposto que não foi a cerveja*. — Mantenha-me informado. Eu nunca vou contar que a gente conversou.

Mike perambulou pela escola, se apresentou, tentou se enturmar com a garotada, agindo da maneira mais amistosa e descolada que conseguia. Ele sabia que encontraria um pouco de maconha se procurasse mais a fundo. Havia umas conversas sussurradas a respeito de metanfetamina, mas nem um pio sobre Boa noite, Cinderela. Era uma grande vantagem ter Zach em seu time, mas ele esperava conseguir cooptar seu próprio informante entre os adolescentes, alguém que lhe daria alguns nomes. A polícia local e o departamento do xerife já estavam atentos a menores bebendo ou usando drogas ilícitas. Mas ele queria saber se alguma das garotas de Virgin River estava sendo estuprada e, a não ser que alguém tivesse preenchido um boletim de ocorrência, os agentes da lei não teriam conhecimento do caso. Mike já considerava que aquelas eram as suas garotas, sua cidade.

Ele deu uma volta pelo posto de gasolina na Rodovia 109 e encontrou umas garrafas de cerveja e camisinhas no lixo. Decidiu, então, que iria visitar o lugar com frequência, para ver quem aparecia ali. O que aparecia. Talvez ele até tentasse um pequeno monitoramento florestal. Mas o inverno chegava mais cedo nas montanhas, e ele suspeitava que sua chance de descobrir algo estava quase acabando.

Até onde Mike conseguiu averiguar, só havia um aluno novo por aquelas bandas: Tom Booth, de 17 anos, o irmão de mais novo de Vanessa e filho do general. Tom não estava na cidade há muito tempo, pelo menos não a ponto de causar qualquer dano. O general Booth, que dissera que Mike poderia chamá-lo de Walt, era viúvo e o apresentara a Tommy, que parecia ser um rapaz esperto e afável. Educado e sincero. Ele, provavelmente, seria popular entre as garotas, mas ainda não conhecia muita gente. Se Tom tivesse boas relações na escola, seria uma boa fonte, mas ainda não era o caso. Quando a segunda paciente de Mel acordou grávida depois de ir a uma festa, Tom ainda estava em Washington.

E havia ainda um bando de meninos que tinha passado dos 15, 16, 17 anos — e talvez sofrido algum tipo de dano cerebral grave causado por hormônios. Para isso, bastava um pouco de testosterona e falta de valores.

Como esperado, a pessoa com quem ele gostaria de poder conversar sobre o assunto era Brie. Mas, se o julgamento dele estava correto, ela não estava pronta para essa conversa. Não tinha se passado tempo suficiente desde seu próprio estupro.

Mike não esperava que fosse voltar ao departamento do xerife tão cedo, mas sentiu-se compelido a avisá-lo do que estava fazendo. Já que não havia vítima, suspeito ou evidência, ele esperava que o xerife agradecesse educadamente e solicitasse que Mike o mantivesse informado. Para sua surpresa, o xerife pediu para que um detetive chamado Delaney fosse até seu escritório e o apresentou como o representante de uma força-tarefa antidrogas articulada entre múltiplas agências, composta de agentes da lei de cada agência local, estadual e municipal.

— Nós temos um detetive trabalhando com estupro e assédio, mas me parece que isso seria colocar a carroça na frente dos bois. De qualquer modo, vou verificar com ele. Perguntar se ele ouviu alguma coisa a esse respeito — garantiu o xerife.

— Obrigado, senhor — agradeceu Mike. — Eu entendo que a maconha é uma grande questão aqui no interior — disse ele, dirigindo-se ao detetive Delaney.

— É, temos muito disso. Mas nós estamos com um problema crescente com drogas brancas e quero que nos concentremos nisso agora — disse ele.

Drogas brancas seriam metanfetamina, cocaína, heroína.

— Entendi — respondeu Mike. — Ouviu alguma coisa sobre ecstasy? Boa noite, Cinderela?

— Ecstasy, bem raro. Boa noite, Cinderela... não. Mas, Jesus, se você for atrás dessas coisas...

— Você pode nos manter a par? — interrompeu o xerife.

— Com certeza — garantiu Mike. — Com essa relutância por parte das possíveis vítimas em denunciar o caso, pode ser um longo processo.

— Mais uma razão para que eu fique feliz por você estar disposto a ir mais fundo — disse o xerife. — Sem vítima ou acusação, não tem como eu liberar um delegado para ir dar uma olhada nisso. Agradeço a ajuda. — Ele estendeu a mão. — Aquela cidadezinha rio acima tem sorte por ter você por lá.

— Obrigado — agradeceu Mike.

O que ele não disse, porém, foi que, naquele caso, sua motivação era mais profunda do que apenas pegar o vilão da história. A coisa estava se tornando um pouco pessoal. Havia Brie...

No dia seguinte, ele pegou o carro e foi até Eureka para comprar um notebook e uma impressora. Era hora de ficar on-line, usar a internet e seus contatos para fazer uma pesquisa.

Quando Brie chegou a Virgin River, passou dois dias com Jack, Mel e o bebê antes que seu irmão e sua cunhada saíssem bem cedinho, no terceiro dia, rumo a San Diego, para a formatura. Então, ela trocou os lençóis da grande cama que ficava no quarto ao lado do de David e ansiou pelos dias tranquilos que passaria no chalé. Deu um banho e alimentou o sobrinho, leu enquanto ele tirava a soneca da manhã, depois levou-o consigo à cidade, perto da hora do almoço.

David era um bebê que estava acostumado a ser levado a todos os lugares. Enquanto sua mãe e seu pai trabalhavam, ele ficava na clínica ou no bar, sendo cuidado por uma variedade de gente. Era um bebê dócil, mas, por causa da rotina agitada que seus pais mantinham, entediava-se com facilidade. Por isso, Brie foi passear.

Ela passou um tempo com Paige, ouvindo tudo a respeito da nova missão para engravidar. Depois, almoçou no bar e David comeu pedacinhos de comida que ela colocou sobre a bandeja de seu carrinho. Brie ficou um pouquinho na clínica, onde jogou um jogo chamado Gin Rummy com o doutor Mullins enquanto David tirava a soneca da tarde. Em seguida, visitou Connie na loja da esquina e assistiu, com Connie e Joy, à novela da tarde, cujo capítulo exibiu a gostosona principal transando com mais um cara novo, para o deleite das duas mulheres mais velhas. Já estava quase na hora do jantar quando ela voltou ao bar, que começava a se encher de gente. Brie pegou uma cerveja enquanto Preacher esquentava uns legumes cortadinhos para David e um pouco de leite para que ele tomasse em seu copo especial com canudinho. Todo mundo que entrava no bar dava um simpático "oi" para Brie, mas, então, logo se voltavam para David, beijando-o, apertando-o fazendo caretas para entretê-lo. Ele era um dos habitantes mais amados de Virgin River, e não só por ser charmoso e fofo, mas também por ser filho de Jack e Mel.

Às cinco horas, Mike chegou e, claro, foi direto falar com Brie. Bebeu uma cerveja enquanto ela terminava a sua e, então, jantaram juntos. Mike contou um pouco sobre como ele estava indo até as cidades ao redor, tentando conhecer as pessoas, aprender como elas passavam o tempo e tentando saber se ele poderia ajudá-las de alguma forma. Ele estava começando a entender que eles precisavam de um policial local e que aquele trabalho era parecido com qualquer ronda nos bairros de uma cidade. Logo depois do jantar, David começou a ficar agitado, provavelmente na hora de uma última troca de fralda e mamadeira.

— Tenho que ir — disse ela, levantando-se e pegando o carrinho do bebê.

Ele também se levantou.

— Você quer companhia essa noite? — perguntou ele.

— Obrigada, mas acho que vou me concentrar no meu trabalho. — E, sorrindo, continuou: — Quando a mãe e o pai dele voltarem, talvez a gente possa fazer alguma coisa.

— Vamos descobrir alguma coisa divertida para fazer — respondeu ele, também sorrindo. — Talvez dê para ver as baleias... elas devem migrar para o Sul muito em breve.

— Quem sabe a gente não tenta fazer isso? — disse ela.

Quando Brie levou David para casa, a primeira coisa que lhe ocorreu foi que estava muito escuro. Ela não tinha deixado qualquer luz acesa no chalé e, embora ainda não fosse nem sete horas, a noite estava caindo rápido. As árvores que assomavam ao redor da clareira projetavam sombras compridas. O lugar sempre lhe dera uma sensação de paz e segurança, então ela ficou bastante surpresa por se sentir tão nervosa como estava. Tentou ignorar a ansiedade dentro dela e conversou com o bebê, como se a companhia dele bastasse.

— Vamos lá, seu pestinha. Vamos colocar você na cama. Você teve um bom dia, não teve? É, teve, sim.

Então, houve o problema de que a porta tinha sido deixada destrancada; Brie sentiu o coração parar por um instante. Mas, mesmo assim, entrou, acendeu as luzes e trancou a porta da frente. Foi até a porta dos fundos e a trancou também. As duas primeiras noites que passara ali tinham sido tão relaxantes e tranquilas que ela nunca imaginara que ficaria nervosa depois.

Em seguida, embora David estivesse agitado e nada contente, ela o colocou no berço e buscou sua pistola 9 milímetros em sua bolsa. De arma na mão, vasculhou o chalé, ansiosa para acalmar sua mente. Dentro dos armários, debaixo das camas, no sótão. Não demorou muito para descobrir que não havia ameaças, felizmente, porque seu sobrinho estava aumentando o volume da reclamação e ficando impaciente em seu berço. Colocou a arma na mesa de cabeceira ao seu lado e foi cuidar de David, trocando sua fralda e aquecendo o leite materno que Mel tinha deixado para ele.

Brie se sentiu incomodada por não ter persianas ou cortinas que pudessem ser fechadas. Mas por que Jack e Mel se preocupariam com isso ali, no meio da floresta? Quem, a não ser um urso, espiaria para dentro da janela? Aquilo não a incomodara na noite passada ou na retrasada. Ainda assim, fez com que ficasse agitada e olhasse várias vezes ao redor, para as janelas expostas. Então se deu conta de que não passava uma noite sozinha desde junho.

— Em algum momento, você vai ter que fazer isso. Você tem que superar isso — disse ela em voz alta, para si mesma.

Depois que David estava de fralda trocada, alimentado e deitado no berço, ela não conseguiu imaginar o que faria, sentada na pequena sala de estar do chalé, sentindo como se todo mundo pudesse olhar ali dentro. A TV era cheia de chuviscos, pois Jack e Mel nunca tinham se dado ao trabalho de comprar uma antena parabólica. Então, Brie apagou as luzes e, no escuro, trocou de roupa para ir dormir, escolhendo um conjunto de moletom leve e sem decotes, lembrando-se com certa saudade dos dias em que dormia nua, confiante e sem medo. Desde aquela noite, ela não tinha mais dormido sem roupa. Embora ainda não fossem oito horas, foi para a cama. Seu coração batia bem rápido e ela conversava consigo mesma: *não tem ninguém querendo machucar você lá fora. Você está isolada na floresta, ninguém nem sequer sabe que você está aqui.*

Brie se deitou de costas, com os braços dobrados sobre a barriga e a arma na mesa de cabeceira. Forçou-se a fechar os olhos por um minuto, depois dois minutos, depois mais, pelo máximo de tempo que conseguisse. Pareceu levar uma eternidade até conseguir reduzir sua pulsação e relaxar um pouco; cada som que o vento provocava fazia com que ela tremesse. *Se eu conseguir passar por esta noite, então eu vou conseguir passar por outra,* disse para si mesma. Ela olhou para o relógio em sua cabeceira às oito e quinze, oito e meia, oito e quarenta e cinco.

Em algum momento, pegou no sono, porém acordou sobressaltada depois de levar um susto. Ela ofegou, sentou-se com as costas eretas na cama e notou que estava suando, arfando, seu coração disparado. Pegou a arma e a apontou para a frente, em direção à porta do quarto. E escutou com muita atenção. Havia um silvo e um gemido baixinho: o vento soprando entre os pinheiros. Havia ainda um som ligeiramente abafado vindo do quarto de David, então ela saiu da cama, a arma na mão e apontada para o teto, e entrou de mansinho no quarto do menino, para se assegurar de que não tinha ninguém lá. David se remexeu em seu sono, se aconchegando no cobertor, sonhando.

Meu Deus, pensou. Eu estou me esgueirando por aí, segurando uma arma carregada ao lado do meu sobrinho bebê! Lágrimas queimaram seus olhos. *Estou uma pilha de nervos*, pensou.

Em seguida, foi até a cozinha escura, pegou o telefone e ligou para Mike. Quando ele atendeu, ela disse em um fôlego só:

— Desculpe, estou com medo.

— O que está acontecendo? — perguntou ele, alerta.

— Nada. Nada que eu saiba. As portas estão trancadas, eu verifiquei a casa, mas estou rondando por aqui segurando uma arma carregada. Estou completamente louca.

— Você pode, por favor, largar a arma? — sugeriu ele, com calma. — Vou chegar aí em dez minutos.

— Tudo bem — respondeu ela, trêmula, sentindo que, de algum modo, havia falhado. Falhado com o irmão e com Mel, falhado consigo mesma.

— Por favor, deixe a arma de lado, eu estou indo.

— Tudo bem — repetiu ela.

Mas ela não fez isso. Deslizou até o chão, as costas apoiadas nos armários que ficavam no canto da cozinha, e se sentou ali, de onde conseguia enxergar todo o restante do cômodo. Se alguém viesse até ela, poderia atirar. E, então, pensou: *Meu Deus, que bom que David não sabe andar!* Naquele instante, poderia atirar em qualquer coisa que se movesse; estava tão nervosa que seria capaz de atirar no nada, e uma bala poderia ricochetear e machucar ou mesmo matar o bebê! Ela tentou manter o dedo relaxado ao longo do cano da pistola e longe do gatilho, enquanto repetia em sua cabeça: *não faça nada até ter certeza. Não faça nada.*

Quando se está com medo, dez minutos são uma eternidade. E não existe nada pior do que o medo, seja por algo específico ou não. Ela sentiu um gosto metálico na boca, provocado pela adrenalina, e seu coração batia em uma velocidade perigosa, alta. Enfim, depois do que pareceu ser uma hora, com os nós de seus dedos brancos por causa da força com que segurava a coronha da arma, Brie escutou o som do motor de um carro chegando à clareira. Na sequência, escutou uma leve buzinada — Mike avisando que era ele.

Ela se pôs de pé, pousou a arma na bancada da cozinha e destrancou a porta da frente. Quando ela a abriu, viu que ele estava ali com sua pesada jaqueta de camurça, com sua arma. O fato de ele ter trazido a arma fez com que Brie se sentisse melhor. Era como se ele tivesse a levado a sério. Como se o medo dela, embora irracional, pudesse ter algum fundamento.

— Meu Deus — disse ela, jogando-se contra ele, grata. — Eu estou com medo de nada!

— Não se cobre — consolou ele, fazendo um carinho nas costas dela. Ele a abraçou um pouco, com muito cuidado para que não fosse um abraço muito apertado. — Essas coisas levam tempo.

— Eu me sinto uma idiota.

— Bom, não se sinta. É muito compreensível, é quase de se esperar que você se sinta assim. — Ele se afastou dela, mas manteve suas mãos nos braços de Brie. — É sua primeira noite sozinha?

— É — respondeu ela. — Sinceramente, eu não esperava isso. Desde que cheguei aqui, eu estava me sentindo tão bem. Nunca dormi melhor.

— Você quer que eu verifique a casa para você?

— Apesar de eu já ter feito isso, sim — disse ela, acenando com a cabeça. — E de repente também lá fora.

— Com prazer. Sente-se. Respire fundo algumas vezes e tente relaxar.

Ele viu a arma em cima da bancada da cozinha e tocou a coronha. Ainda estava quente. Ela ficara tão apavorada que não conseguira soltá-la.

Ele deu uma volta pela casa e subiu no sótão, acendendo e apagando as luzes conforme avançava. Pegando uma lanterna no carro, verificou o terreno lá fora, onde encontrou tudo em paz — nada de pegadas, grama pisada ou arbustos amassados. Quando voltou para dentro de casa, trancou a porta, tirou sua arma e o coldre e os colocou sobre a bancada da cozinha, ao lado da arma de Brie. Em seguida, tirou a jaqueta e a colocou nas costas de uma cadeira, indo logo depois até a pequena sala de estar e se agachando em frente à lareira fria. Ele empilhou algumas achas em cima de umas pinhas, que usou para acender o fogo, e observou as chamas aumentarem. Esfregou as mãos em frente ao fogo e, na sequência, foi se sentar no sofá, ao lado dela.

— Obrigada — agradeceu ela, tímida.

— Não é nada, Brie. Você tem que se sentir segura para poder cuidar do David. É só isso que importa.

— Mas telefonei para você no meio da noite. Você deve estar irritado.

Ele abriu um lindo sorriso.

— Brie, não são nem dez horas.

— Ai, meu Deus! Eu não dormi nem uma hora!

Ele deu uma risadinha, inclinando-se para descalçar as botas, e disse:

— Agora você vai ter uma ótima noite de sono. Eu vou ficar aqui com você.

— Ah — comentou ela, nervosa. — Não acho que seja uma boa ideia...

— Relaxa, *cariño*. Eu não sei de tudo que você está passando para tentar retomar sua vida? Você não acha, de verdade, que eu faria algo para deixá-la se sentindo ameaçada, né?

— Bom...

— Não me insulte — disse ele. — Eu já fiz um monte de coisas imperdoáveis, é verdade, mas nunca fui grosseiro com uma mulher. Sou um cavalheiro. E você precisa dormir.

Ela ponderou por menos de um segundo.

— Eu sei que, se você for embora, vou desabar. Pelo amor de Deus, quando é que isso acaba?

— Eu não tenho certeza, mas sei que acaba. Só parece que é um pouco cedo demais para você. Não precisa se sentir insegura por causa disso. Não vamos comentar com ninguém. Ninguém fica de olho aonde eu vou ou deixo de ir. Ninguém fica observando este chalé para saber de quem é o carro que está estacionado do lado de fora.

Ela deu um suspiro e se recostou nas almofadas do sofá.

— Odeio o que isso fez comigo. Eu achei que fosse mais durona.

— Jesus, não faça isso com você mesma — pediu ele. — O que fizeram com você já é ruim o suficiente, não precisa acrescentar isso. Não é uma coisa fácil de superar, Brie.

Ela colocou os dois pés para o alto, apoiando-os na mesa de centro, e começou a massagear as têmporas com as pontas dos dedos.

— Dor de cabeça? — perguntou ele.

— Só um pouco de tensão — respondeu ela. — Vai passar. — Então, deu uma risada e continuou: — Eu estava ansiosa para vir para cá e me divertir um pouco. Antes de isso acontecer, eu estaria pensando em todos os jeitos possíveis de partir seu coração.

Ele inclinou a cabeça de lado e sorriu para ela.

— Ah, é? Que interessante. Agora já tenho algo pelo que esperar.

— Você ficaria arrasado. Liquidado — disse ela.

— Ah. E você quer me contar os detalhes?

— De jeito nenhum.

— Eu já estou arrasado.

Ele se levantou, foi até a cozinha, vasculhou um pouco a geladeira e voltou com duas garrafas de cerveja. Abriu-as, entregou uma a ela, ficando com a outra, e reassumiu seu lugar no canto do sofá. Ele esperava que não estivesse evidente em seu rosto que a simples visão de Brie, ali, à meia-luz do fogo, era uma delícia, um prazer. Com o cabelo todo bagunçado por ter se deitado antes, os pés descalços, as bochechas rosadas devido à ansiedade, ela quase tirava o fôlego de Mike. Ele sabia que ela estava arredia perto de homens, a ponto de não conseguir nem sequer frequentar uma academia mista, e ele não se iludia pensando que seria a exceção daquela categoria, nem mesmo depois de todo o tempo que passaram juntos. Bom, talvez só naquele momento, enquanto eles compartilhavam o mesmo sofá a poucos centímetros de distância um do outro. Mas se ele tentasse chegar mais perto naquela hora, ela surtaria. Fugiria. Teria um ataque de nervos.

— Talvez você devesse pensar em voltar ao trabalho — sugeriu ele.

— Eu pensei nisso, mas perdi o interesse em processar criminosos. Não perdi o interesse nas leis, mas não sei em que área. Minha experiência é toda em penal, e eu não quero voltar para nenhum tipo de direito penal.

— E que tal trabalhar com vítimas de estupro?

Brie respirou fundo antes de responder.

— Estou tentando não ser mais uma vítima de estupro. Estou tentando seguir em frente, mesmo sabendo que parte disso vai estar sempre dentro de mim. — Ela balançou a cabeça e continuou: — Eu passei anos treinando vítimas de estupro para os casos, e agora sou uma delas. Não quero ficar nesse ciclo. Deus, quero superar isso se eu puder!

— Faz sentido. De repente tem algum jeito de você usar sua experiência na promotoria para ir para o lado da defesa.

A expressão dela foi de choque.

— Eu nunca vou defender um criminoso de uma acusação. Muito menos agora.

— Tem que ter alguma coisa — insistiu ele. — Direitos humanos? Casos de discriminação? Direto trabalhista? Direitos das mulheres? União Americana pelos Direitos Civis?

Ela deu de ombros.

— Você está acostumada a ter uma missão, alguma injustiça que precise de você. Você sempre trabalhou duro. Não sei se ficar tanto tempo assim pensando é uma boa ideia.

Ela esticou as pernas e recolocou os pés sobre a mesinha de centro, para aquecê-los junto ao fogo brilhante, e ele fez o mesmo, sem tocá-la. Ela se perguntou, não pela primeira vez, se todas as mulheres que Mike enganara tinham sido primeiro suas amigas, como ela estava sendo. Será que ele passara horas, meses, conversando com elas de um jeito sensível e nada ameaçador antes de fazer sexo, se casar e, por fim, trair essas mulheres? Aquilo teria exigido muito tempo. Seria um grande investimento. Brie foi ainda mais adiante e se perguntou se ela poderia ser enganada do mesmo jeito que as outras mulheres também foram. E, pensando nisso, deu um longo gole na cerveja.

— Depois que Mel e Jack voltarem, se você não estiver com pressa de voltar para Sacramento, que tal a gente tirar um ou dois dias para ir até a costa? Não sei se vamos pegar as baleias, mas tem um monte de coisa por lá. Galerias de arte, degustação de vinho, trilhas para o promontório ou para a praia, ótimos restaurantes. Podemos ser turistas por um dia.

— Você encararia isso como um encontro?

Mike sorriu.

— Encararia, sim — admitiu.

Brie curvou os lábios em um sorriso.

— Pode ser — disse ela. — Você e suas esposas eram bons amigos antes de se casarem?

— Eu não deveria responder mais nada sobre isso. Sobre elas — disse ele.

Ela assumiu uma posição um pouco mais ereta.

— Por que não?

— Isso poderia lhe dar uma vantagem injusta na hora de partir meu coração. Quero igualar as condições no campo de jogo.

Aquilo fez Brie gargalhar. Ou a cerveja a fez gargalhar. Mas aquilo estava funcionando com ela: Mike não a levava muito a sério, e ainda assim ele a levava muito a sério. E ela confiava nele, o que a tranquilizava e preocupava ao mesmo tempo. Ela tirou os pés da mesa, sentou-se em cima deles e virou-se para ele.

— Vocês eram? — insistiu ela.

— Que nada. Eu já disse... eu estava sempre caçando.

— Tem mais coisa nessa história — constatou ela.

— Não muito.

— Estou tentando entender algumas coisas — explicou ela. — O estupro... isso não é difícil. Impossível de acreditar, mas completamente compreensível. Foi vingança.

— Uma emboscada — completou ele.

— Emboscada — repetiu ela, pensativa.

— Foi o que aconteceu comigo — acrescentou ele. — A única coisa da qual você não pode mesmo se proteger.

— Claro — disse ela, recostando-se no sofá de novo. — Claro.

— Para mim, essa foi a parte da equação mais difícil de resolver... o fato de que não tinha nada que eu pudesse ter feito de diferente. Ou de modo mais inteligente. Você está tendo dificuldades com isso?

Brie pensou um pouco, mordiscando o lábio inferior.

— Eu estou tendo dificuldades com tudo. Mas o que ainda me corrói é como eu estraguei as coisas com o Brad. Por algum motivo, desde o estupro, é como se a dor do divórcio tivesse se renovado.

— Por que você acha que ferrou as coisas com ele?

— Eu não fazia ideia de que ele era o tipo de homem que faria algo assim. Eu nunca imaginei que isso fosse acontecer. Eu relembrei as coisas desde o começo... do primeiro encontro. Todos os dias do casamento. Talvez eu tenha trabalhado muito... eram muitas horas. Eu poderia ter prestado mais atenção. De repente, minha dedicação à carreira era maior que minha dedicação a Brad. Eu nunca...

Mike tirou os pés do baú que servia de mesa de centro, colocando-os no chão, e disse:

— Brie, também pode ter sido ele quem ferrou com tudo, não você. Quando eu conheci você, anos atrás, o que eu vi brilhando em seus olhos foi confiança e dedicação. E amor. Meu Deus, você estava tão apaixonada por ele. E, para completar, você era uma grande vencedora, uma mulher de força, poder e coragem. E parecia que você nunca se cansaria dele, dando a ele toda a sua atenção. Se isso não bastou para Brad, a culpa não é sua.

— Conte sobre elas. Conte por que você se casou com elas, por que os casamentos não deram certo.

Ele estendeu a mão, com muito cuidado, e tocou o cabelo dela delicadamente.

— Querida, não é tão interessante assim. Isso não vai ajudá-la a entender Brad. A única coisa que tenho em comum com ele é que nós dois fomos idiotas.

— Conte mesmo assim — insistiu ela, baixinho.

Ele respirou fundo.

— Carmel tinha 19 anos quando foi trabalhar com meu pai como contadora novata e secretária, e a gente se conheceu quando eu estava de folga da Marinha. A gente trocou cartas... que eram solitárias e carinhosas e foram ficando mais românticas. Seis meses depois, quando eu estava de folga da Marinha de novo, nós dormimos juntos, e depois disso ela precisava se casar. Então, foi o que fizemos... nós nos casamos e eu fui mandado para o Iraque. Quando voltei para casa, ela estava pronta para seguir em frente. Ela partiu meu coração e salvou minha vida ao mesmo tempo, porque eu não a teria deixado e teria continuado a ser um marido horrível. Eu vivia o momento, me distraía fácil, estava sempre pensando em mim.

— E a outra? — perguntou ela.

Mike deu de ombros antes de responder.

— A gente se casou por culpa. Ela estava com outro homem quando a gente começou a se ver e ela terminou com ele para ficarmos juntos. Foi uma escolha dela... Não pedi para ela fazer aquilo. Mas, assim como foi com Carmel, ela precisava se casar logo em seguida. Acho que nenhum de nós dois conseguiu lidar com o que fizemos... Eu sinto muita culpa católica. Então, a gente se casou e tentou transformar uma aventura sexual em amor de verdade, e não deu certo. Em menos de seis meses ela tinha ido embora. Foi um erro desde o começo, mas levou um tempo para que eu aprendesse minha lição nesse quesito. Se uma mulher fosse calorosa e chegasse em mim... Eu ainda vivia o momento, pensava em mim. Não tem como justificar o que eu fiz com nenhuma das duas, mas eu só tinha 26 anos quando meu segundo casamento terminou, e eu ainda era um jovem burro. E a outra coisa era que eu não levei o casamento a sério. Achei que fosse encontrar uma esposa rápido. Era só mirar, atirar e pronto: eu estaria casado e teria uma penca de filhos. — Ele deu de ombros de novo. — Foi o que meus irmãos fizeram. E minhas irmãs. Eles namoraram com alguém, se casaram com esse alguém e o resto é história. Todos são felizes. Nunca imaginei que eles sabiam o que estavam fazendo.

— Você queria ter filhos?

— Com certeza. Felizmente, isso não aconteceu. Eu detestaria que meus filhos sofressem pelo meu erro de cálculo. Antes de levar o tiro, eu não tinha paciência e mal tinha qualquer escrúpulo. Eu teria dado em cima de você quatro anos atrás se não estivesse tão na cara que você estava apaixonada por seu marido.

— E como foi que levar o tiro fez você mudar?

— Você está brincando, não é? Eu quase morri. Fiquei muito tempo, muito tempo na cama, pensando em como eu tinha desperdiçado minha vida. Em todas as pessoas que eu tinha desapontado... inclusive a mim mesmo. Eu não era tão diferente de Brad... o tipo de cara que arriscaria demais, até coisas que alguém inteligente jamais arriscaria. E isso custou tudo a ele. Custou tudo a mim. — Ele deu um gole em sua cerveja. — Minhas ex-esposas... Elas podem não ter sido perfeitas, mas a culpa é toda minha.

— Está vendo? — disse ela, sentando-se com a coluna reta. — Seu coração precisa ser partido!

— É. Tenho certeza de que vai ser.

— Mas o que não consigo superar é a ideia do que isso pode acontecer de novo? E se eu me apaixonar por um homem, quiser ter uma vida com ele e parecer que está indo tudo bem. Maravilhoso. Perfeito. E então...?

— Ah, Brie. Não existem garantias nesta vida... Você sabe disso melhor do que qualquer pessoa. Depois de você ir devagar, descobrir o máximo que puder sobre ele e avaliar tudo da melhor maneira possível, pode ser que quem mude de ideia seja você. — Os olhos dele cintilaram à luz da lareira. — Ou talvez você esteja certa a respeito de tudo, sobre seus sentimentos e os dele, e isso está destinado a durar para sempre, a ser perfeito para sempre, e aí acontece alguma coisa que você não poderia ter previsto. Ele cai de uma montanha ou de um barco. — E, tocando o nariz dela, continuou: — Se você sentir essa tentação maravilhosa, acreditando que alguém vale o bastante para você se arriscar assim, a pessoa em quem você mais precisa confiar é em você mesma.

Eles conversaram até quase meia-noite, e Brie começou a bocejar sem parar. Enfim, Mike disse:

— Você está me deixando louco. Vá dormir. Vou ficar bem aqui, no sofá. Vou ouvir qualquer barulho, então pode dormir e me deixar no comando.

— Tem certeza?

— Tenho. Primeiro de tudo, este chalé é firme... está todo bem trancado. Segundo, se alguma coisa se mexer, eu vou acordar assim — disse ele, estalando os dedos. — Não tenho nem como controlar, é algo que vem de anos cochilando enquanto se está de vigia. E isso não é nada se comparado com como seu sono fica leve no Iraque.

— Hum. Eu posso acreditar nisso. É verdade, não é?

— É verdade. Ainda não menti para você.

Brie ponderou sobre todas as coisas que ele lhe contara a respeito de si mesmo — coisas nada lisonjeiras que com certeza evitariam que ela se envolvesse mais com ele, e então concluiu que ele não mentira.

— Tudo bem, então — disse ela, se levantando. — Obrigada. De verdade. Obrigada. Acho que ainda não consigo fazer isso... sozinha. Você quer um travesseiro ou alguma coisa?

— Não, estou bem.

Brie foi para o quarto. Ele a escutou escovar os dentes, andar, se acomodar na cama. Ele se deitou, mas, como suas pernas eram longas demais, ele as apoiou no braço do sofá. Os pés ficariam dormentes antes do amanhecer, mas tudo bem. Ele queria fazer aquilo por ela.

Não tinha passado muito tempo quando ele abriu os olhos e a encontrou de pé diante dele.

— Hum — começou ela, nervosa. — Você pode...? Isso é esquisito. Ainda fico muito incomodada de pensar em um homem olhando para mim na esteira, mas será que você pode deitar comigo na cama, de roupa, e dar um jeito de não fazer nada? Quero dizer, mesmo dormindo?

— Eu estou bem aqui, Brie. Não se preocupe comigo.

— Eu não estou preocupada com... Só pensei que esse sofá não é muito grande. E tem uma cama no sótão, mas não quero você lá em cima. E eu... Será que você pode se deitar do meu lado na cama sem...

— Eu não vou tentar fazer nada, Brie. Eu sei que você não conseguiria lidar com isso.

— Acho que não vou conseguir dormir se você não estiver... mais perto — admitiu ela, bem baixinho.

— Ah, querida...

— Então vem comigo — disse ela, voltando para o quarto.

Por um instante, Mike não se mexeu, pensando. Não demorou muito. Ele queria ficar perto dela, mas ele não precisava. No entanto, se ela precisava dele, ele estaria ali. Mike se levantou, tirou o cinto por causa da fivela grande, mas manteve todo o resto. E foi para o quarto.

Ela estava deitada e toda encolhida debaixo das cobertas, deixando espaço para ele. Assim, Mike se deitou por cima das cobertas, para dar a ela essa segurança.

— Tudo bem? — perguntou ele.

— Tudo bem — murmurou ela.

A cama era de casal simples, então não era muito grande, e não dava para deixar muito espaço entre eles. Ele se enroscou também, o corpo se encaixando no dela, o rosto no cabelo da mulher e o pulso descansando no quadril dela.

— Tudo bem? — perguntou Mike de novo.

— Tudo bem — murmurou ela.

Ele se acomodou e sentiu com a bochecha aquele cabelo cheiroso e sedoso, seu corpo colado ao dela, embora os dois estivessem separados por camadas de roupas e colchas. Demorou muito até conseguir dormir. Só pelo jeito como ela respirava, Mike sabia que Brie estava descansando tranquilamente, e isso fez com que ele se sentisse bem.

Quando acordou de manhã, ela havia se virado durante o sono e estava deitada na dobra de seu braço, bem aconchegada junto a ele, com os lábios semiabertos e respirando contra seu rosto um ar que saía manso e morno. Ele pensou, *Ai, droga, ela tem razão... Isso vai partir a porcaria do meu coração.*

Jack e Mel foram até Eureka e pegaram algumas conexões até chegarem em San Diego na noite anterior à formatura de Rick. Isso fez com que tivessem um pouco de tempo sozinhos em um hotel bacana. Eles nadaram, uma coisa que nunca faziam em Virgin River. Depois, desfrutaram um jantar excelente e uma noite incrível e longa como marido e mulher. Nessa primeira noite longe de casa, eles conseguiram se concentrar apenas neles mesmos, mas logo de manhã Mel telefonou para Brie para ter certeza de que o bebê estava bem.

— Estou com tanta saudade dele — reclamou.

— Eu sei que está — disse Jack. — Também estou. Obrigado por fazer isso por mim — agradeceu ao mesmo tempo que a puxava para dentro de um abraço.

— Não fiz só por você. Fiz por mim também. Mas estou com muita saudade dele.

— São só duas noites, amor. Depois a gente vai para casa, e vamos ficar com ele por um bom tempo.

Ver Rick em posição de sentido enquanto ingressava no Corpo de Fuzileiros Navais fez Jack se encher de orgulho. Ele se formou como o melhor aluno da turma, um jovem líder, um homem forte e inteligente. Quando a companhia foi dispensada pelo oficial no comando, todos os jovens fuzileiros recuaram um passo, deram uma meia-volta e gritaram:

— Sim, senhor!

Mel segurou o braço de Jack, recostou-se nele e chorou. No campo, havia apertos de mão e abraços, os jovens agradecendo ao sargento que os treinou, grandes sorrisos e gargalhadas. Jack passou o braço por cima dos ombros da esposa e a puxou para perto de si. Eles ficaram na beirada do campo, esperando que Rick os encontrasse.

Quando ele chegou, Jack apertou a mão de Rick com firmeza e o puxou para abraçá-lo.

— Muito bem, cara — disse Jack. — Bom trabalho. Estou orgulhoso de você, filho.

— Obrigado, cara.

Mel, no entanto, apenas o abraçou e chorou.

— Ei, Mel — disse Rick, rindo e fazendo um carinho nas costas da mulher. — Calma, hein?

— Ah, Rick, você está tão lindo. Olha só para você. Você está tão bonito.

— Rick, você tem algumas opções — disse Jack. — A gente pode pegar suas coisas. Nós temos dois quartos, não dormitórios. Podemos ir jantar uma coisa gostosa e pegar nosso voo juntos amanhã de manhã. Ou, se você tiver planos com seus rapazes antes de sair daqui, a gente pode vir buscar você de manhã para levá-lo para casa.

— Eu já não aguento mais esses rapazes.

— Deve ter alguma coisa hoje à noite. Para comemorar?

— Tem, com certeza. Mas estou pronto para dar o fora da base. Gosto da sua primeira ideia.

Jack desconfiava que alguns dos jovens fuzileiros também alugariam quartos no hotel, mas eles iam querer ficar bêbados e ir atrás de garotas. Depois de tudo que Rick tinha passado no último ano com sua garota, era provável que não estivesse interessado naquilo. Então, Jack fez o check-in, levou-os para uma churrascaria e ouviu todas as histórias sobre o treinamento básico. Depois do jantar, ele deixou Mel na cama e foi até o quarto de Rick com um pack de cerveja gelada. Ele bateu à porta e foi recebido pelo garoto, que tinha acabado de sair do banho e estava vestindo uma calça de moletom, sem camisa.

— Ei, você é meu melhor amigo — disse Rick, olhando para a cerveja.

Jack ficou um tanto impressionado com o físico do rapaz, que tinha sido esculpido pelo treinamento básico. Ele era forte e magro quando entrou, mas agora ele estava todo definido e musculoso. A barba estava ficando mais espessa; o cabelo no peito tinha engrossado. Jack deu uma risada e balançou a cabeça.

— Caramba, garoto. Você com certeza não parece mais que tem 18 anos.
— Eu também não sinto que tenho 18. Sinto como se tivesse uns 110. — Ele pegou uma das cervejas e brindou com a que estava na mão do homem mais velho. — Obrigado por ter vindo, Jack. Foi muito importante para mim.

— Foi ainda mais importante para mim — respondeu Jack, sentando-se a seguir em uma das cadeiras que ficavam em frente à pequena mesa do quarto. Rick sentou-se na beirada da cama. — Alguns dos rapazes vão aparecer para pegar um pouco da temporada de caça ao cervo. Eu queria que você viesse com a gente.

— Seria ótimo. Mas tenho que fazer algumas coisas antes — explicou ele. — Tenho que passar um tempo com minha avó. E preciso ir até Eureka — e ao dizer isso, baixou os olhos. — Quero ver como a Liz está.

— Você teve notícias dela?

— Tive, algumas. Mas geralmente só quando ela estava passando por uma situação difícil. Eu fico dizendo para mim mesmo que não é tão ruim, caso contrário receberia mais cartas. O que a Connie conta?

— Não muita coisa. Que ela está levando, algo assim. Como você está?

— Foi a coisa certa a fazer, Jack. Me alistar. Consegui pensar um pouco em outra coisa. Me deixou tão cansado e, na maior parte do tempo, tão assustado que eu não pensava.

— E como você está se sentindo a respeito dessas coisas agora?

Ele deu de ombros.

— Estou quase conseguindo conviver comigo mesmo. Mas Lizzie é só uma criança. Dezesseis anos agora… e está ficando mais velha, apesar de tudo. Ela passou por poucas e boas, para uma garota da idade dela.

Jack não pôde deixar de pensar que Rick era apenas dois anos mais velho, e ainda assim estava assumindo toda a culpa, como se fosse o único responsável. E ele também passara por poucas e boas.

— Eu vou dizer isso mais uma vez, filho. Não foi sua culpa que aquele bebê não tenha sobrevivido.

— Foi minha culpa que tenha existido um bebê — rebateu ele, e bebeu um longo gole de sua cerveja.

— Nós somos homens, Rick. Somos idiotas. Pergunte para Mel — disse ele.

Rick deu uma gargalhada.

— Pois é.

— Cuide do que você precisa, depois venha caçar um pouco com a gente. Pode ser que receba um monte de conselho não solicitado dos rapazes. Eles acham que você é um deles agora... nada vai segurá-los.

— É. Você vai caçar? — perguntou o jovem.

Jack estufou um pouco o peito.

— Vou. Vou desafiar minha rainha e levar um rifle para a floresta. Mas, se eu acertar qualquer coisa, vou colocar a culpa em você.

Capítulo 6

Já estava quase na hora do jantar quando Mel, Jack e Rick chegaram em Virgin River. O garoto era um dos moradores mais queridos da cidade e todo mundo estava ansioso para revê-lo, então eles passaram na casa da avó apenas para buscá-la e levá-la para o bar. Lydie era uma cliente rara de se ver por ali, porém aquela se tratava de uma ocasião especial.

Ainda estava cedo, mas já tinha bastante gente ali, esperando para ver Rick. Brie e o bebê já tinham passado a maior parte da tarde na cidade e, quando David viu Mel, começou a mexer os braços e dar gritinhos estridentes de animação. Ela correu para abraçá-lo e mal podia esperar para amamentá-lo, então escapou até a casa de Paige, para ter um tempo com seu menino.

Preacher tinha feito um bolo grande e retangular enfeitado com um medalhão dos fuzileiros notavelmente fiel. Ele também serviu uma porção de petiscos e preparou um imenso churrasco com uma grande cesta de pães, além de salada de batata e feijão, todas as comidas preferidas de Rick. Não demorou muito para que o lugar se enchesse com amigos e vizinhos. Mike chegou poucos minutos antes de Rick e Lydie, e, quando o jovem fuzileiro entrou no bar, irromperam gritos de comemoração. Houve muitos abraços, tapinhas nas costas e um clima de celebração.

Era o tipo de noite que sempre deixava Jack contente por ter aberto o bar — rodeado de amigos e vizinhos, as paredes vibrando com tanta felicidade. Em noites como aquela, a comida não era cobrada — um pote de vidro era colocado no balcão para que as pessoas deixassem ali quanto pudessem pagar, mas todo mundo era bem-vindo. Havia muita cerveja e refrigerante de graça; as únicas coisas cobradas eram os drinques.

Depois de ter passado um tempo a sós com sua mãe, David aguentou muito bem a festa, passando de mão em mão. Rick também segurou o bebê e ficou impressionado com como ele tinha crescido em um intervalo tão curto de tempo.

Quando Brie estava sentada em frente ao bar e Jack estava em seu lugar favorito atrás do balcão, ele perguntou:

— Como foi, Brie?

— David foi um anjo. A gente ficou bem ocupado, visitando as pessoas por aqui.

— E você está bem?

— Claro — respondeu ela, sorrindo. — Eu me diverti. Quando precisar de uma titia, sou a pessoa certa.

Ele se debruçou no balcão e beijou a testa da irmã.

— Obrigada.

— E como foi sua escapadinha? — sussurrou ela.

— Perfeita. Minha esposa estava morrendo de saudade do bebê, mas, até aí, eu também.

Depois de um grande jantar e muitas visitas, os fazendeiros, donos dos ranchos e comerciantes começaram a desaparecer — já estava tarde para eles. Os animais não davam folga; as pessoas dali acordavam muito cedo. Rick subiu em um banco do bar, com um sorriso no rosto.

— Fantástico, Jack — disse ele. — É muito bom estar de volta. Vou levar minha avó para casa... Ela dorme bem cedo. Depois, vou para Eureka.

— Hoje à noite? — perguntou ele, surpreso.

— É — respondeu ele, exibindo uma discreta coloração nas bochechas. E deu de ombros sem muita vontade. — Tenho que ver aquela garota. Você sabe.

— Você vai chegar meio tarde — frisou Jack.

— Aposto que ela vai estar acordada — disse Rick. E, estendendo a mão, completou: — Obrigado por tudo.

— Claro — respondeu o outro. E quis acrescentar: *Por favor, tome cuidado.*

Ele seguiu Rick com os olhos conforme o garoto acompanhava Lydie para fora do bar.

Mel estava ao lado do marido, com o braço direito abraçando a cintura dele enquanto segurava o bebê com o outro, apoiando-o no quadril.

— Rick está indo para Eureka hoje à noite — comentou ele.

— Vai ficar tudo bem, Jack — assegurou ela.

Ele estremeceu e olhou para Mel.

— Droga, seria muito melhor se eles envelhecessem uns dez anos, bem rápido.

— Eu sei. Você é muito protetor. Mas acabei de passar dois dias com Ricky e não estou preocupada com ele. Ele está prestando atenção. Eu acho que vou na frente, levar David para casa, colocá-lo na cama. Estou exausta... Foi um dia bem longo. Fique o quanto quiser.

Ele se inclinou e deu um beijo na cabeça da esposa.

— Vejo você um pouco mais tarde.

Brie pulou de seu banco.

— Eu levo você, Mel — ofereceu.

Então, Jack reparou em uma outra coisa. Muita coisa tinha acontecido por ali, ao que parecia. Enquanto Mel saía pela porta com David, Brie desviou-se um pouquinho da rota, indo encontrar Mike, que estava conversando com Paige do outro lado do salão. Ela pegou a mão dele e, segurando-a, disse algo que o fez sorrir. Ele se inclinou na direção dela, deu um beijo em sua bochecha e também um breve aperto no braço; a seguir, ela saiu porta afora.

Isso pode não ser bom, pensou Jack. Brie não conhecia Mike como Jack conhecia.

Uma vez que o convidado de honra tinha ido embora, o bar esvaziou. Paige foi colocar o filho para dormir no quarto em cima do bar, deixando os três homens sozinhos lá embaixo. Jack dispôs de três copos. Serviu Preacher com uma dose do seu uísque favorito e escolheu um puro malte para si mesmo.

— Mike? — perguntou.

— Sim?

— Como foram as coisas enquanto estávamos fora? — perguntou Jack enquanto servia uma dose a Mike.

O amigo deu de ombros e respondeu:

— Parece que foi tudo bem. Preach?

— É — respondeu o grandalhão. — Até onde eu saiba. Tudo bem. O garoto está com uma aparência boa, Jack. Ao que tudo indica, os fuzileiros não tiraram o couro dele.

— Acho que ele se acostumou um pouco — respondeu Jack.

— Sem dúvida — concordou Preacher. Ele virou o copo, bebendo tudo. — Vocês podem trancar o bar quando forem embora?

— Claro — disse Jack.

Preacher atravessou a cozinha para ir ao seu apartamento e Jack pegou a garrafa de novo, completando a dose em seu copo e no de Mike.

— Eu não planejei isso — começou Jack. — Mas já que você está aqui... fale sobre Brie.

— Falar o quê, Jack?

— Quando ela estava indo embora... Parecia que tinha alguma coisa...

— Desembucha logo.

— Você e a Brie?

— O quê?

Jack respirou fundo, nada feliz.

— Você está ficando com a minha irmã?

Mike deu um gole no uísque.

— Vou tirar o dia de folga amanhã... Eu e ela vamos pegar a Pacific Coast Highway, passar por Mendocino para ir ver as baleias, visitar as galerias de arte, talvez almoçar uma coisinha.

— Por quê?

— Ela disse que queria fazer isso enquanto está aqui.

— Tudo bem, mas você sabe aonde quero chegar...

— Acho que é melhor você me contar, assim eu não interpreto errado.

— Quero saber quais são as suas intenções em relação à minha irmã.

— Você acha mesmo que tem o direito de fazer isso? De perguntar isso? — interpelou Mike.

— Só quero saber o que aconteceu entre vocês enquanto eu estava fora.

— Jack, é melhor você afrouxar um pouco o laço. Brie é uma mulher adulta. Da minha parte, nós somos bons amigos. Se quiser saber como ela encara isso, acho que você tem que perguntar a ela. Mas eu não aconselharia... ela pode ficar ofendida. Apesar de tudo, ela costuma se ver como uma adulta.

— Não é segredo para você... Ela teve um ano bem ruim.

— Não é segredo — concordou Mike.

— Você está fazendo isso ficar bem difícil, cara...

— Não, acho que é você quem está fazendo isso. Você passou um tempo com ela hoje à noite. Pareceu que tinha alguma coisa errada? Como se ela estivesse chateada ou alguma coisa assim? Porque eu acho que está tudo ótimo e que você se preocupa demais.

— É, eu me preocupo. Fico preocupado de que ela de repente vá procurar você em busca de um pouco de conforto. Alguma coisa para ajudá-la a passar por isso. E fico preocupado de você tirar proveito disso.

— E...? — instigou Mike, levantando o copo, mas sem beber.

— E quem sabe usar essa sua mágica latina com ela e depois dar o fora. — Jack bebeu seu uísque. — Não quero que você faça isso com ela.

Mike deixou o copo sobre o balcão sem bebê-lo.

— Eu jamais machucaria Brie. E isso não tem nada a ver com o fato de ela ser irmã de quem é. Boa noite, Jack.

E foi embora.

Mike precisou vasculhar a memória para se lembrar de como ele se sentia a respeito das próprias irmãs, tentar deixar bem claro em sua cabeça que parte daquele comportamento estava além do controle do amigo. Se Jack olhasse para uma de suas irmãs mais novas do jeito que Mike provavelmente estava olhando para Brie, era capaz de ele ficar irritado. *Irmãos mais velhos, como Jack e eu, podem ficar possessivos.* Não era certo, mas era um fato.

Aquilo deixou Mike muito irritado. No entanto, mais do que isso, o deixou preocupado. Por uma série de motivos, ele não queria pensar que tinha muita chance com Brie, mas ele não queria que um desses motivos fosse seu melhor amigo.

Desejou ter terminado aquele uísque.

Demorou muito até que Mike conseguisse dormir, mesmo depois das duas últimas noites maldormidas. Ele queria que Mel e Jack tivessem ficado fora um pouco mais. Ele tinha se deitado ao lado de Brie durante duas noites maravilhosas. Ela dormira juntinho dele. Tinha sido platônico, mas incrível. Enquanto dormia, ela se aproximava, se aconchegava nele, deixando que ele a embalasse na segurança de seus braços. Confiando nele. Acreditando nele. O perfume dela ainda perdurava em sua mente, forte o bastante para que de vez em quando Mike sentisse uma lufada tão vívida que era quase como se ele pudesse esticar o braço e tocá-la.

Mas naquela noite ele estava sozinho. E, quando enfim o sono chegou, foi um sono inquieto e repleto de sonhos, do tipo que fazia tempo que ele não tinha.

Mike viu o corpo dos dois do alto — a tez alva e cor de mármore dela em contraste com a pele marrom-clara dele, suas mãos grandes pressionadas contra as nádegas perfeitas dela, segurando-as com firmeza. Bem perto. Embora a cena fosse vista do alto, ele conseguia sentir cada sensação: os dedos suaves de Brie emaranhando-se no cabelo preto dele, os lábios dela em seu pescoço, seu peito, seu ombro. Ele sentia o sabor daquela pele, trazia punhados do cabelo macio e cor de mel para seu rosto. Ele estava dentro dela, que trazia os joelhos erguidos e o quadril em ângulo, para que ele a penetrasse mais fundo enquanto os dois balançavam em um ritmo delicado, porém intenso. Os gemidos de Brie enchiam o quarto; ele sussurrava palavras de amor ao ouvido dela, encorajando-a, dizendo quanto ele queria satisfazê-la.

Ele viu as delicadas mãos da mulher subindo e descendo por suas costas, seus ombros largos outra vez, recuperados. E, conforme ele dizia que a amava, a adorava, que nunca teria uma vida se ela não fizesse parte dela, ela devolvia as palavras de amor em espanhol. *Estas en mi corazón.* Você mora no meu coração. *Te quiero.* Amo você. *Te quiero mucho, Miguel.* Amo tanto você, Miguel... Mike.

Ele ouviu seus gritos, sentiu-a ficar mais apertada ao redor dele com uma força tão sensual e incrível que todo o seu corpo estremeceu em uma convulsão. Enquanto ela gritava o nome dele repetidas vezes, Mike explodiu em um imenso clímax, o mais fabuloso de que ele se lembrava já ter sentido em sua vida.

Acordou de repente, arfando, o coração disparado e tão ensopado de suor que os lençóis estavam grudando. Sozinho. Mas não de todo; ela tinha estado com ele, debaixo dele naquela fantasia noturna que se transformara em felicidade. E ele pensou: *Meu Deus! Não estou morto, no final das contas!*

O pensamento que veio logo depois foi que ele se sentia muito grato pelo sonho não ter acontecido enquanto ele estava dormindo com Brie no chalé. Aquilo a teria deixado apavorada.

Brie se levantou cedo; era desafiador ter três pessoas disputando o chuveiro. Quando ela estava se secando, pôde ouvir Mel e Jack no quarto, conversando baixinho com o bebê, que fazia barulhinhos e dava risadinhas. Enquanto se vestia no sótão, o chuveiro foi aberto mais uma vez — Mel e Jack se levantando para encarar o dia. David tinha voltado para o berço, para tirar uma soneca bem leve, quando Jack a encontrou em frente à cafeteira. Brie já estava segurando uma caneca fumegante.

Jack olhou para ela de cima a baixo, avaliando a saia, a camisa e o colete — não era o estilo que ela usava por ali. Estava vestida para um encontro. Aquilo corroeu suas entranhas. Ele se serviu bem devagar de café.

— Mike comentou que ia levar você para Mendocino — começou ele.

— É — respondeu ela. — A gente vai dar uma de turista por um dia.

— Escute, Brie, tem uma coisa que você precisa saber sobre Mike. Ele já foi casado duas vezes.

— Eu sei — disse ela.

Mel chegou à cozinha bem a tempo de escutar aquela última parte da conversa. Ela colocou uma caneca sobre a bancada, ergueu a cafeteira e olhou para o marido, suspirando fundo. Jack a ignorou por completo.

— Ele é famoso por... bom, por rodar bastante por aí. No que diz respeito a mulheres.

— Sei disso também — confirmou ela.

Jack pousou sua caneca.

— Escute. Conheço ele há séculos. Ele tem uma fama com as mulheres.

— Ah, é? — Ela deu uma gargalhada. — Ele tem ido atrás e partido o coração das boas mulheres de Virgin River?

Jack fechou a cara para a irmã.

— Ele estava fazendo uma pausa, se recuperando. Agora já está bem.

— Jack, não se meta nisso — advertiu Mel.

Brie apenas riu do irmão.

— Relaxa, Jack. Eu estou bem com o Mike, ele tem sido um bom amigo. Temos nos falado bastante desde junho. A gente já até se encontrou algumas vezes para almoçar. Ele tem me apoiado bastante em algumas coisas dessa confusão pela qual tenho passado.

A expressão no rosto de Jack era de puro choque e pareceu que, por um instante, todo o ar tinha sido sugado de dentro dele.

— O quê? — perguntou.

— Ele me ligou para saber se eu estava bem, nós conversamos, depois conversamos mais um pouco, ele foi até a cidade para me tirar de casa por uma tarde e, acredite em mim, isso fez diferença. Nós temos algumas coisas em comum, sabe. Nós dois fomos vítimas de crimes violentos.

— E ninguém me contou isso? — perguntou ele, visivelmente abalado, sentindo-se traído.

— Mike entende algumas coisas pelas quais eu tenho passado. Coisas que seriam difíceis para qualquer outra pessoa entender — explicou Brie.

— Por que ninguém me falou disso? Ele é meu amigo. Você é minha irmã.

Ela deu de ombros.

— Talvez ninguém quisesse lidar com um dos seus acessos de raiva.

— Papai sabia? — perguntou ele, descrente.

— Jack! — advertiu Mel mais uma vez. — Não se meta nisso!

— Claro que papai sabia — respondeu Brie. — Eu não sairia de casa sem dizer a ele para onde estava indo. E Deus sabe que eu não atendo ao telefone!

— Brie, escuta, eu confiaria minha vida àquele homem, mas não necessariamente minha irmã — disse ele, com sinceridade e desespero.

— Você não confiaria sua irmã nem ao papa — argumentou ela. — O que é que você sugere, hein? Se não fosse o Mike, eu ainda estaria deitada no sofá, assistindo a novelas, morrendo de medo de sair de casa no meio do dia!

— Eu disse que, se você precisasse de alguma coisa, qualquer coisa que fosse...

— Que meu irmão mais velho viria correndo até Sacramento para me resgatar — devolveu Brie, gritando. — O que é que faz você pensar que eu sabia do que eu precisava? Sou muito grata por Mike ter pelo menos um palpite!

Mel foi até a varanda com sua caneca de café e ficou por ali, nada feliz por escutar a discussão que estava acontecendo lá dentro. Em cinco minutos eles acordariam o bebê. E em meia hora, talvez menos, a própria Mel mataria Jack.

— Ele tem um dom para isso — explodiu Jack. — Para saber direitinho o que uma mulher está procurando.

— Procurando? Seu imbecil, eu não estou procurando nada! Estou tentando seguir em frente com a minha vida!

— Ótimo, isso é ótimo, mas se você pelo menos conversasse comigo sobre como você está considerando fazer isso...

— Eu sei que você esteve na guerra com ele algumas vezes, e caçou com ele tantas outras, mas o que você acha que sabe sobre o Mike que eu não possa descobrir em alguns meses? — perguntou Brie, em um tom de voz um tanto alto. — E como é que ele é tão diferente assim de você, que também agiu assim com as mulheres por quase vinte anos?

Mel deu um gole no café e tentou, desesperada, lembrar a si mesma de que irmãos brigavam. Ela e Joey não tinham tido um bom pega pra capar desde que o primeiro marido de Mel fora assassinado, mas o fato de terem crescido e se tornado adultas não colocou exatamente um ponto-final em todos os desentendimentos.

— Eu nunca cheguei a me casar! — disparou Jack de volta.

— Provavelmente graças ao bom senso da outra parte, não seu! — retorquiu Brie, bem alto.

O SUV de Mike surgiu na clareira e Mel sorriu e acenou para ele. Então, entrou no chalé.

— Brie, sua carona chegou — disse ela, em um tom de voz mais calmo do que realmente sentia.

Brie olhou para o irmão e agarrou a bolsa de cima da bancada da cozinha.

— Aquela sua arma nova está aí dentro da bolsa? — perguntou Jack, sarcástico.

— Não. Está lá em cima, na mala. Se estivesse à mão, você provavelmente estaria sangrando e com um buraco na sua cabeça, idiota.

Ela deu meia-volta e se afastou deles, saindo porta afora.

Deixada sozinha na cozinha, Mel encarou Jack durante um segundo antes que ele se afastasse dela, virando-lhe as costas. Ele tinha acabado de levar uma surra da irmã; não estava no clima de brigar com a esposa.

O bebê resmungou.

— Imbecil — disse Mel, saindo da cozinha para ir cuidar de David.

Quando Brie entrou no carro de Mike, estava um tanto agitada.

— Uau — disse Mike. — Quer conversar?

— Não! — cortou ela. A seguir, respirando fundo, disse: — A gente... bateu, bateu boca, Jack e eu. Sobre minha arma nova, que não está aqui comigo, então pode relaxar.

Ele engrenou o carro e sorriu para ela.

— Eu vou relaxar se você relaxar.

— Vou precisar de uns cinco minutos — disse ela. E respirou fundo algumas vezes.

Então, algo foi crescendo devagarinho dentro dela: ela tinha lutado! Não tinha sido fraca ou chorosa, não ficara com medo nem tímida... Brie partira para cima dele! Claro que era só Jack, não um predador homicida, mas ainda assim... Ela sempre buscava a aprovação de Jack e, daquela vez, ela o enfrentara, o idiota. Seus lábios lentamente se abriram em um sorriso. Talvez nem tudo estivesse perdido. Quem sabe ela conseguiria recuperar a vida dela. E Brie relaxou, encostada no banco.

— Ah — disse ela. — Eu preciso de um dia de folga. Um dia longe.

Do bundão do meu irmão, completou ela em pensamento.

Mel tinha decidido deixar Jack esfriar um pouco a cabeça e aceitar que Brie tinha saído com Mike para passar o dia fora, mas no fim das contas foi ela quem precisou de um tempo. O marido a deixara muito furiosa. Ela estava cuspindo fogo.

Quando David tirou sua soneca da manhã no berço que Mel mantinha na clínica, ela deixou o Hummer por lá e pegou a velha caminhonete do dr. Mullins para ir até o terreno onde estava sendo construída sua casa. Se Mullins tivesse que sair, ele chamaria Paige para cuidar do bebê. Quando Mel chegou à propriedade, Jack estava lá dentro, em um lugar onde ela não conseguia vê-lo, embora pudesse ouvir a serra elétrica enquanto estacionava. Saltou do carro bem em frente da casa, em seguida, agarrou uma tábua bem firme para se içar para cima da fundação e ficou ali, olhando para as costas dele. Jack não se virou e o sangue dela começou a ferver; ele sabia que ela estava ali. Ele sempre sabia. Quando a serra parou de rodar, ela gritou:

— Não ouse fingir que você não sabe que eu estou aqui!

Ele se virou devagar. Tinha a audácia de ainda estar com a mesma expressão carrancuda e teimosa, os olhos estreitos, como se fossem duas pequenas fendas.

— Jack Sheridan! Chega disso!

— Ela é minha irmã. Passou por poucas e boas — disse ele, com a voz rouca e impaciente.

— Isso mesmo... e ela tem direito de aproveitar. De fazer as próprias escolhas. É importante que ela faça as próprias escolhas! Se ela quiser passar um tempo com Mike, ela não precisa da sua autorização.

Jack deu um passo na direção da esposa.

— Você não entende. Eu já vi Mike com as mulheres!

— É, aposto que já viu! Mais ou menos na mesma época que ele estava vendo você com as mulheres!

— É diferente! Aquilo acabou quando eu conheci você!

— Talvez tenha acabado para ele!

— Rá! Você não entende! Aquele cara troca bem rápido de mulher, sem nem sequer piscar...

— E qual a diferença dele para você?

— Ele ferrou dois casamentos! Brie já passou por um divórcio doloroso, sem falar na outra merda horrorosa que ela aturou! Eu não quero que ela se machuque!

— Então é melhor você parar de se meter para não ser a pessoa que vai machucá-la!

— Eu nunca a machucaria! Eu quero protegê-la!

Mel colocou as mãos na cintura e ergueu uma sobrancelha bem arqueada.

— Do jeito que você queria proteger Preacher de Paige e quase fez o homem perder a maior alegria da vida dele?

— Eu admito... Eu estava errado naquilo.

— Você está errado nisso! Não importa como vai terminar, você não pode se meter nos relacionamentos que as pessoas escolhem ter. — Ela deu um passo na direção dele. — Jack, ela está solitária e machucada... Deixe ela em paz. Deixe ela livre. Se ela encontrar um pedacinho de felicidade, não é seu trabalho medir isso.

— Se ele a machucar, eu não sei o que vou fazer. Eu vou matá-lo, é isso que eu vou fazer!

— Então vamos avisar que ela tem que ir embora. Vamos tirá-la daqui antes que a gente precise ver a dor mais uma vez no rosto dela. Esqueça a ideia de dar a Brie a chance de ser feliz de novo, de ficar bem. Vamos contar a verdade a ela: que você não aguenta vê-la tropeçando por aí e tentando descobrir o que é a coisa certa para ela. — Mel tomou fôlego; ele olhou para os pés. — Como eu fiz — completou, com a voz mais suave. A cabeça dele se ergueu na mesma hora. — Assim como eu, Jack. Eu vim para esta cidade ignorando o fato de que você esteve com cem mulheres e nunca se comprometeu com nenhuma. Se eu tivesse tido um irmão mais velho disponível para me alertar... eu teria perdido toda essa felicidade.

As lágrimas escorreram por seu rosto.

— Mel — disse ele, chegando perto dela.

Ela o afastou com um gesto, balançando a cabeça.

— Eu nunca fui estuprada — continuou ela —, mas eu já fiquei bem machucada em termos emocionais. — A voz de Mel passou a um sussurro enquanto ela sacudia a cabeça com tristeza. — Isso nunca deveria ter funcionado com você. Logo você! Jesus, você deve ter sido tão ruim quanto Mike, se não pior! Você teve suas mulheres... que você usava, jogava fora e depois metia o pé na estrada. Sem compromisso. Você nunca amou nenhuma delas. Você teria feito isso comigo. Mais uns meses e você ficaria entediado, seguiria em frente...

— Mel — disse ele. Dessa vez, ele não aceitaria ser mantido à distância. Ele esticou os braços e a puxou para dentro de um abraço. — Meu Deus, meu amor, de onde veio isso?

— Mas eu engravidei! Você não podia pular fora, podia?

— Ah, pelo amor de Deus, Mel...

Ela olhou para ele.

— É o Mike — argumentou ela, em um sussurro. — O homem que fez você ficar dez longos dias sentado ao lado da cama onde ele estava, esperando que ele acordasse, se sentasse e falasse. Ele que protegeu seu esquadrão dos insurgentes em Faluja. Ele veio a Virgin River para se recuperar perto de nós... Você acha mesmo que ele vai ser desrespeitoso com Brie? Fazer alguma coisa ruim com ela? Meu Deus, ele considera você um irmão! O que houve com seu cérebro?

Ele a abraçou com mais força, segurando-a ali contra seu corpo.

— Neste momento, não faço a menor ideia. — Ele beijou o topo da cabeça de Mel. — Diga uma coisa: você acha mesmo que vou ficar entediado? Cair fora? Você acha que a gente só está aqui por causa de David? Responda.

Ela olhou para o marido e negou com a cabeça, as bochechas molhadas de lágrimas.

— Mas se eu soubesse a seu respeito o mesmo tipo de coisa que você sabe sobre o Mike... teria saído correndo.

— Mas eu contei, Mel. Eu nunca menti para você. Tudo mudou no segundo que vi você. Diga que acredita nisso. Diga que eu mostrei isso.

Ela esticou o braço para tocar o rosto dele.

— Eu acredito em você. Você nunca me deu motivos para duvidar de nada.

Ele suspirou aliviado e a abraçou bem forte mais uma vez.

— Meu Deus, não faça isso comigo. Não jogue assim na minha cara meu passado de merda... Você sabe que não tenho como justificar nada daquilo.

— Mas eu sempre vou falar quando achar que você está prestes a fazer uma besteira. Você não pode fazer isso com sua irmã. Cabe a ela decidir.

— Eu entendo. É difícil, mas entendo o seu ponto.

Ela o abraçou pela cintura, encostou a cabeça em seu peito e chorou. Jack fez um carinho no cabelo dela, depois beijou-a na cabeça e a embalou nos braços dentro da estrutura inacabada de sua futura casa. Ele dizia coisas como:

— Está tudo bem, meu amor. Você sabe que é tudo para mim. Você e David.

Mas ele estava pensando que aquilo era uma coisa bastante inusitada para sua esposa. Ela não hesitava em ir atrás dele, mas não ficava perturbada. De vez em quando ela chorava, mas em geral isso acontecia em eventos que fariam as pessoas mais duronas cair em prantos — a perda de um bebê, o aniversário de morte de alguém amado. E, então, ele pensou: *Ah, não. Tem alguma coisa bem errada aqui.*

Por fim, ela parou de chorar. Ergueu a cabeça para encará-lo e Jack secou as lágrimas em seu rosto.

— Desculpe — disse ela. — Você me deixou tão louca que eu achei que fosse te matar.

— Pois é, bem-vinda ao clube. Brie também me ameaçou de morte. — E, dizendo isso, ele sorriu para ela. — Obrigado por não me matar. Você tem razão... Tenho que parar de sufocá-la, de questioná-la. Ela é adulta, e mais inteligente do que eu. Vou tentar me empenhar mais.

— Tentar, não — disse ela. — Se liberte. Quando ela vier procurar você, abra seus braços maravilhosos para recebê-la, mas, quando ela estiver tentando seguir em frente com a própria vida, faça um brinde a ela. Comemore. Deixe-a. E, pelo amor de Deus, por favor, lembre-se de que você pode confiar no Mike.

— Você tem razão — concordou ele. — Eu aprendi minha lição. Vou escutá-la agora.

— Não é fácil ser a pessoa mais sábia em um relacionamento — provocou ela.

— Imagino que deva ser uma pressão terrível — respondeu ele, sorrindo.

Ela esticou a mão para tocar com a ponta dos dedos o cabelo que crescia nas têmporas dele.

— Você está ficando meio grisalho aqui. Não muito, mas um pouco. Acho que é culpa minha.

— É bem provável. Mas eu sou bem durão... consigo aguentar.

— Ah, Jack — disse ela, se apoiando nele. — Por favor, eu nunca mais quero brigar com você.

Ele usou o dedo para erguer o queixo da esposa.

— Não seja molenga. Você brigou bem. E, a propósito, você ganhou.

— Mas foi horrível. Desde que tudo isso aconteceu com Brie, tem vezes que você fica distante. É só... Isso me deixa com medo.

— Nunca tenha medo. Não enquanto você for minha esposa. É meu trabalho garantir que você nunca sinta medo.

— Então, saiba disso... tudo o que quero é morrer nos seus braços. Não posso viver um único dia sem você. Entendeu?

Ele concordou, mas disse:

— Nada de morrer. A gente vai envelhecer e ficar cheio de rugas juntinhos. Eu insisto.

Tommy sabia que estava sendo bem óbvio, ligando para Brenda todas as noites. Quando ela entrava na aula de física, ele não conseguia conter um grande sorriso — sentia a empolgação da cabeça à sola dos pés. Ele também conseguiu descolar uma sessão de dever de casa em Virgin River, onde ela morava, que podia muito bem ter sido um encontro no Ritz, de tão animado que ele ficou. Quando ela desceu da caminhonete dele, segurou a mão de Tommy por alguns minutos.

Brenda andava bem devagar, e ele gostava disso. Qualquer dia desses ele a abraçaria e a beijaria. Ela devia ser a garota mais bonita da escola. Talvez do mundo.

Ele queria acompanhá-la na escola até a porta das salas de aula, mas, assim que a aula de física terminava, ela era rodeada pelas amigas e batia em retirada, então ele se contentava com aqueles telefonemas e encontros para fazer o dever de casa depois da escola.

— A gente deveria sair — sugeriu ele. — Você parece ter ficado boa daquela gripe forte.

— Vai ter um baile daqui a algumas semanas — respondeu ela.

— Então temos um encontro — prometeu ele. — Mas detesto ter que esperar tanto tempo. Quem sabe a gente não possa fazer alguma coisa antes disso? Tipo um aquecimento para o encontro?

Ela riu.

— Você é engraçado. Pare de olhar para mim e olhe para seu dever de física.

A mãe de Brenda ficou terrivelmente perto enquanto ele estava na casa delas, então não houve qualquer possibilidade de eles ficarem confortáveis. Mas estava tudo bem por Tommy, porque, quando Brenda o acompanhou até a caminhonete, houve um momento em que, ali na varanda da casa, ela permitiu que ele se aproximasse. Ele passou um dos braços em volta da cintura da garota. E ela se apoiou um pouco nele, então ele roçou os lábios no rosto dela.

— Isso é bom — disse ele. — Você sabia que seu cabelo tem cheiro de baunilha?

— Claro que eu sei — respondeu ela.

— Você com certeza faz o dever de casa ser mais divertido do que era.

— Fico feliz de poder ajudar — disse ela.

— Ei, você quer ir a uma festa?

— Onde?

— Ouvi falar que tem alguma coisa acontecendo naquele posto de gasolina...

Brenda deu um pulo, afastando-se dele com tanta rapidez que ele se assustou. A expressão no rosto dela transparecia puro terror.

— O que houve? — perguntou ele.

— Eu não vou àquelas festas.

— Certo. Tudo bem. Eu só achei que...

— Você vai àquelas festas? — perguntou ela, furiosa.

Ele deu de ombros.

— Ainda não fui, só ouvi falar. Por quê? São ruins?

— Muita cerveja. Um monte de gente fica bêbada. Bêbada de vomitar.

Ele fez uma careta.

— Eca. Parece bem divertido. Certo, que tal um cinema em Fortuna?

— Talvez.

— Ei, qual o problema? Eu disse alguma coisa errada?

— É só... Aquelas festas lá no posto de gasolina, elas têm uma reputação muito ruim. Eu não quero ter essa reputação.

Tommy sorriu para ela.

— Pelo que posso ver, você já tem uma reputação, e é bastante boa. Então — ele deu de ombros — a gente deixa para lá essas festas no posto de gasolina...

— Você bebe cerveja? — perguntou ela.

— Eu costumo beber uma ou duas — respondeu ele. — Mas nada mais do que isso. Você tem que conhecer o meu pai, Brenda. — Tommy riu. — Você vai entender na mesma hora que eu não quero deixá-lo irritado.

Ela pareceu relaxar um pouco.

— De repente eu vou ao cinema com você. Mas a gente tem que levar mais um casal junto.

— Tipo quem?
— Quem sabe uma das minhas amigas e o ficante dela?
— O que fizer você feliz. Mas eu quero sair com você dia desses... porque todo esse dever de casa está me deixando tão inteligente que eu mal consigo me aguentar.

Ela sorriu e disse:
— Tudo bem, Tommy. Ligue para mim depois.

Capítulo 7

Brie não conseguia acreditar que passara a vida toda na Califórnia, mas nunca visitara a costa de Mendocino. O lugar a encantou logo de cara — as vistas de tirar o fôlego, os vilarejos vitorianos, a arte, a comida. Ela reconheceu Cabot Cove, onde foi filmado *Assassinato por escrito*. Eles almoçaram em um restaurantezinho adorável, com vista para o mar e binóculos sobre as mesas. Antes de terminarem a refeição, compartilharam os binóculos para ver um grupo distante de baleias que migravam para o Sul.

— Na primavera, durante a migração com os filhotes, elas chegam muito mais perto da costa. A gente volta para recepcioná-las — disse Mike.

A desculpa para aquela visita tinha sido as baleias, mas havia bem mais que isso na costa. Eles visitaram galerias de arte, provaram vinhos em salas de degustação, caminharam ao longo das escarpas costeiras, desceram por trilhas que davam em piscinas que se formavam de acordo com a maré e em praias particulares. Visitaram o jardim botânico, subiram ao topo de um farol e se sentaram sob uma árvore em um parque, comendo pipoca. Eles gargalharam, brincaram, deram-se as mãos. Cedo demais, o dia acabou.

— A gente devia ficar pelo menos para ver o pôr do sol — sugeriu Mike. — Não tem nada como o sol se pondo no Pacífico. Quer fazer isso?

— Quero. Você acha que é melhor a gente ligar para o Jack? Para avisar?

Mike deu de ombros.

— Eu não sei qual tipo de acordo vocês têm. Ele ficaria preocupado se você não chegasse em casa antes de escurecer?

Lembrando-se do mau humor do irmão pela manhã, do jeito como ele tentou alertá-la a respeito de Mike, Brie quase respondeu que Jack estaria mais preocupado que o costume naquela noite. Mas, em vez de falar isso, disse:

— Por uma questão de gentileza, vou ligar para ele. Eu estou me divertindo muito para voltar agora.

Mike tocou seu rosto com o nó de um dedo.

— Está, Brie? — perguntou ele, baixinho.

Ela sorriu.

— Nem precisa perguntar.

— Tem um telefone ali — disse ele, apontando para o outro lado da rua. — Você tem trocado?

— Bastante.

— Vou buscar umas bebidas para nós. A gente pode ir até as escarpas e assistir ao pôr do sol de lá.

Jack atendeu o telefone do bar e Brie contou que estava tendo um ótimo dia e que eles planejaram ficar para ver o sol se pôr no oceano antes de voltar. Embora ela tenha tentado manter a voz neutra e sair da defensiva, estava esperando algum tipo de discussão. Mas, em vez disso, o irmão disse:

— Brie, por favor me desculpe por hoje de manhã. Eu passei dos limites. Não era meu direito... Eu quero que você se divirta. De verdade.

— Nossa, Jack — respondeu ela, achando graça. — Você mudou de ideia bem rápido.

— Eu sei — concordou ele. — Fazer o quê, eu sou um gênio.

— A Mel deve ter esclarecido muito bem as coisas para você — provocou ela.

— Isso sempre me faz ficar dez vezes mais inteligente.

— Eu te amo. — Ela riu. — Vamos voltar mais tarde.

Brie ainda estava rindo quando atravessou a rua para se juntar a Mike.

— O que foi que ele disse?

— Divirta-se — respondeu ela, rindo de novo.

— Qual a graça nisso?

— Bom, hoje de manhã, quando eu estava saindo, ele veio me alertar sobre como você era irresponsável com as mulheres... mas, agora, ele está manso como um carneirinho, pedindo desculpas, dizendo para que eu me divirta.

— Ele está começando a me irritar quando fala essa coisa sobre as mulheres — confessou Mike, segurando-a pelo cotovelo e virando-a de frente para a escarpa. — A gente já resolveu isso. Ele já pode largar o osso. Jack teve um milhão de mulheres antes da Mel. Dois milhões.

Ela gargalhou e disse:

— Você nunca contou para ele que a gente passou um tempão juntos durante o verão.

— Eu disse... não era porque você é irmã de Jack. A gente se conheceu por causa dele, mas eu me importo com você por você.

— Você contou que, quando ele estava fora, dormiu na cama dele?

Mike deu uma gargalhada.

— Por acaso eu estaria conseguindo andar hoje se tivesse contado? Você sabe que isso ia deixá-lo de mau humor.

— Você poderia ter explicado... que eu pedi para você ir até lá, para ficar.

— Seria a irmãzinha de Jack Sheridan. Ele teria esperado que eu ficasse lá fora, montando guarda na varanda.

— Você não contou a ele que eu fiquei com medo?

Ele deslizou o braço de leve, com cautela, ao redor da cintura dela.

— Se você quisesse que ele soubesse, você mesma teria contado.

— Quem é que você está protegendo, hein? — perguntou ela, dando risada.

Mike estava ciente de que ela não se afastou de seu corpo.

— Nós dois, nossa privacidade. O que acontece entre nós não é da conta dele. Se você quer saber... ele perguntou. Eu não sei como ele farejou isso, já que, aparentemente, ninguém dedurou. Acho que devo estar perdendo meu talento... me tornei uma pessoa óbvia. Eu era mais ardiloso. Mas ele quis saber se estava acontecendo alguma coisa entre nós.

— E você disse que...?

— Eu disse que jamais machucaria você e que, se ele quisesse saber qualquer coisa, deveria perguntar a você. Sugeri que ele tomasse muito cuidado com isso, porque você se considera uma adulta.

Aquilo fez com que ela risse alegremente.

— Ah, aposto que isso deixou ele bem irritado.

— Ele vai superar. Ele *me* deixou irritado.

Os dois caminharam pela trilha do promontório que levava à escarpa e encontraram um lugar na pequena elevação coberta de grama para se sentar. O sol já estava seguindo seu caminho rumo ao descanso e Brie se pegou desejando que ele se demorasse. Eles não estavam sozinhos ali; muita gente passeava por perto, crianças corriam ao redor, casais paravam para se abraçar e se beijar.

Mike se sentou com as pernas esticadas; Brie dobrou as pernas, sentando-se sobre elas, e se apoiou em um dos braços, perto dele.

— Aqui — disse Mike, puxando-a com cuidado para que ela se recostasse no peito dele. — Fique confortável.

Aconchegada no peito largo de Mike, ela se sentiu relaxada de um jeito que não experimentava havia meses. Com aquele interlúdio fechando o dia daquele jeito, foi o mais perto que ela chegou de se sentir despreocupada em muito tempo. Sentir a força de Mike atrás dela era como ter uma base de apoio. Não fazia mal que ela tivesse dormido ao lado dele por duas noites e que ele tivesse sido perfeito. E ela começou a perceber que estava errada sobre o que conseguia sentir. *Eu consigo sentir coisas*, pensou. Proximidade e confiança, para começar. Segurança. Mike fazia com que ela se sentisse segura, e não só segura do perigo. Ela não tinha o menor receio de que confiar nele poderia ser tolice.

O sol se pôs bem devagar, o número de pessoas diminuiu conforme escurecia e logo era como se eles estivessem sozinhos. Eles se deitaram no terreno levemente inclinado e permaneceram ali, em silêncio, por muito tempo, até que estivesse quase noite. A escuridão não parecia mais incomodá-la, porque ela estava com Mike.

Enfim, Brie disse, bem baixinho:

— Tem alguma coisa acontecendo entre nós?

— Ah, acho que tem muita coisa acontecendo.

— Conte para mim...

— Bom, eu estou determinado a fazer qualquer coisa que puder para apoiar você, e você está determinada a partir o meu coração. Essa coisa de partir o coração é muito séria.

Ela deu uma gargalhada. A seguir, sentiu a cabeça dele pousar em seu ombro e se esfregar em seu cabelo. Ela sentiu a mão dele apertar com muita delicadeza seu braço esquerdo, e ele disse:

— Brie... *tu creas un fuego en mi corazón*. — Brie, você incendeia meu coração.

Ela se endireitou um pouco, mas não se afastou.

— O que você falou? — sussurrou ela.

— Você é linda. Você mexe com meu coração — respondeu ele, puxando-a para perto de si mais uma vez.

Então, ele deslizou um dos braços ao redor da cintura dela, com delicadeza, com carinho, segurando-a com cuidado contra seu corpo, de um jeito que ela não se sentisse presa.

— *Te mereces sentir manos amorosas sobre ti.* — Você merece sentir mãos carinhosas em você.

O coração de Brie bateu um pouquinho mais rápido, e ela sabia que o que sentia não era medo. Ela queria dizer "*Deja a que sean sus manos*". *Que sejam, então, suas mãos*. Mas ela não estava pronta. Por isso, em vez disso, ela comentou:

— A língua que você fala é linda.

— *Te tendré en mis brazos* — disse ele. — *Terei você em meus braços*.

— Conte para mim o que você falou — pediu ela.

— Nada, na verdade. Só palavras de carinho. É uma língua muito romântica.

Brie poderia contar que era fluente na língua dele, que sabia que ele estava mentido. Mas não queria quebrar o encanto que ele criara ao achar que ela não podia compreendê-lo. Mike abria seu coração ao pensar que ela não entendia de seus desejos.

— Diga alguma coisa para mim... algo sincero — pediu ela, sem se virar.

Ele tocou o cabelo na têmpora de Brie, enroscando o dedo nos fios que estavam ali.

— *Te he deseado por más tiempo de que sabes.* — Eu desejo você há mais tempo do que imagina.

Ela deixou seus olhos se fecharem.

— O que foi que você disse? — perguntou, bem baixinho.

— Que você merece toda a felicidade — respondeu ele, uma mentira.

Brie abriu um sorriso discreto. Ele não a enganava.

— *No te merezco. Te quiero en mi vida.* — Não te mereço. Quero ter você na minha vida.

— Eu acho que você seduz as mulheres falando sua língua.

— Você precisa saber que, quando estamos juntos, eu me importo com você do mesmo jeito com que me importo com minhas irmãs. Ou minha mãe, que é a rainha do mundo.

Ela riu um pouco.

— Eu não sei muito bem se isso foi um elogio.

— Eu quero que você acredite que está completamente segura e protegida quando está comigo. Eu prometo, Brie, você não tem por que ter medo de mim. Nunca.

— Acho que você está me manipulando.

— Ah, jura? — perguntou ele, com um toque de humor na voz.

— Você está criando uma falsa sensação de segurança, para que eu me esqueça do plano que tenho, que é partir seu coração em mil pedaços.

Mike riu, passando a mão na longa madeixa que descia pelas costas dela.

— Eu sei que você é uma mulher muito determinada e, se a sua meta é partir meu coração, você não vai descansar enquanto não conseguir fazer isso.

— Eu vou fazer picadinho de você — garantiu ela.

— Não tenho a menor dúvida.

Ela se virou para encará-lo. Estava escuro o bastante para que enxergasse o brilho nos olhos dele. Ela se inclinou em sua direção e encostou os lábios nos dele, bem de levinho. O beijo foi bem hesitante. Breve. Cauteloso.

— Acho que vou precisar conquistar a sua confiança antes.

— Uma boa ideia — concordou ele, ciente de que sua voz estava rouca. — *Tienes labios que gritan besame.* — Seus lábios imploram para serem beijados.

E ele se inclinou na direção dela, devagar, com cuidado, para tocar sua boca e sugar, de um jeito doce e sensual, seu lábio inferior. Queria tocá-la, mas não tinha certeza de que ela conseguiria suportar o gesto. Ele deixou que uma de suas grandes mãos encostasse na cintura de Brie, com delicadeza, mas sem pressionar o local ou puxá-la para perto.

— Acho que gosto disso... de você conquistar minha confiança. Eu sabia que valeria a pena esperar por essa coisa de partir o coração.

— Eu não sabia que eu podia fazer isso — disse ela, um pouco sem fôlego.

— Eu sabia — respondeu ele. — Eu disse. Era só uma questão de tempo.

— Você vai meter a gente em problemas...

— Não, Brie. Não tem problema nenhum aqui, nada. Está tudo bem.

— Você soa muito confiante.

— Eu não estou preocupado com nada — garantiu ele. — Não vou deixar nada acontecer com você.

— Você não está tentando virar o jogo? Tentando partir meu coração antes que eu parta o seu?

— *Tú eres mi corazón.* — *Você é meu coração*, foi o que ele disse. — Vá em frente. Faça o seu pior. Eu sou forte, recebo a dor de bom grado.

— Eu quero que você me beije — pediu ela. — Me beije uma vez, como se você não achasse que eu vou quebrar.

— Ah. — Ele deu uma risadinha, um som rouco. — Você tem certeza disso?

— Só uma vez — repetiu ela, em um fiapo de voz.

Ele abraçou-a pela cintura e a puxou para perto, trazendo-a para seu colo e contra seu peito. As mãos dela repousaram nos ombros dele, esperando. Por um instante, ele se aproximou dos lábios dela, sem tocá-los, e, devagar, dando tempo para que ela mudasse de ideia, pressionou sua boca na dela. As mãos de Brie percorreram, aos poucos, o pescoço dele, chegando até sua nuca e segurando-o ali, contra sua boca. Com um gemido de desejo, ele avançou com paixão sobre a boca dela, abrindo os próprios lábios. Ela também abriu os lábios, aceitando a língua de Mike. Ele queria morrer, o sabor era tão doce, tão delicioso. Ele a abraçou com mais força, sentindo os seios firmes dela afundarem em seu peito.

E, então, aquilo aconteceu. Ele ficou excitado. Foi a primeira vez em muito tempo que ele respondera assim, de modo que, por um segundo, ele quis agarrá-la, deitá-la no chão e pressionar seu corpo contra o dela. Mas a desgraça da situação era que ele não podia fazer isso com ela. Brie estava testando a temperatura da água e ainda se sentia muito insegura, assustava-se facilmente. Aquele beijo, maravilhoso, profundo e molhado, era um passo gigante para ela. Era possível que, deitada sobre o colo dele como estava, ela estivesse sentindo o desejo dele crescer sob seu corpo. E ele não queria que ela ficasse com medo.

Mike ouviu o suspiro que ela deu, uma respiração suave contra seu rosto, e se desvencilhou daqueles lábios.

— Brie, desculpe, eu não consigo — sussurrou ele.

— Não consegue?

— Não consigo beijar você assim. É tentador. E você não está pronta para um homem que esteja sendo provocado desse jeito. Eu tenho que levar você para casa.

Ela se sentou, deslizando de cima do colo dele e, um pouco desconcertada, alisou a saia.

— Ufa — disse ela.

Ele fez um carinho que partiu do ombro de Brie e chegou até o braço.

— Tudo bem?

— Hmm — respondeu ela. — Tudo bem.

— A gente tem que ir. Está escuro. E a gente teve um dia cheio.

Era bem cedo e Jack estava cortando lenha quando Mike saiu de seu motor home. Com as mãos enfiadas no bolso, indo em direção ao bar para buscar uma caneca de café, ele disse ao passar pelo amigo:

— Bom dia.

— Mike — chamou o outro. Mike se virou e Jack encostou o machado no toco de árvore. — Acho que preciso falar alguma coisa sobre aquela noite — explicou Jack. — Só não sei bem o quê.

Mike não pôde conter um sorriso.

— Que pena. Eu adoraria ouvir o que você ia inventar.

— Que tal: eu não vou me meter nas suas coisas.

— Eu não acredito, mas gostei.

— Você tem irmãs. Você sabe de onde veio aquilo.

— Sei — respondeu Mike, dando um passo na direção do amigo. — Eu entendo.

— Eu me importo com ela. Me preocupo.

Mike chegou mais perto e estendeu a mão para um aperto. Quando Jack aceitou o cumprimento, Mike disse:

— Eu não vou conversar com você a respeito dela. Ponto-final.

— Os rapazes vão chegar para caçar daqui a alguns dias — comentou Jack. — Estou indo comprar suprimentos em Eureka.

— Precisa de ajuda?

— Não. Vai precisar de alguma coisa enquanto eu estiver lá?

— Estou bem — respondeu Mike.

Jack acenou com a cabeça.

— Obrigado — agradeceu ele.

— Pelo quê?

— Por se recusar a conversar sobre ela. Significa alguma coisa. — Ele encostou uma das mãos no ombro de Mike, empurrando-o na direção do bar. — Vamos tomar um café.

Uma hora depois, Jack tinha partido para Eureka e o Hummer de Mel estava estacionado na frente da clínica. Mike saiu da cidade para dar uma volta de carro. Ele achou que Brie talvez estivesse na clínica com Mel, mas não parou para verificar, pois não queria dar bandeira. Parou na clareira do chalé e deu três buzinadinhas. A seguir, saiu do carro e se encostou na porta do motorista. Em poucos instantes, ela apareceu na varanda, o cabelo úmido caindo por cima de um dos ombros enquanto ela o secava com uma toalha. Ela estava com uma calça jeans justa e sapatos mocassim. Parecia tão jovem, tão vulnerável. Sorriu ao vê-lo.

— O que é que você está fazendo aqui?

Ele levantou a aba de seu chapéu.

— Checando como você está hoje.

Ela jogou a toalha sobre a espreguiçadeira da varanda e desceu os degraus, indo na direção dele.

— Bem. Muito bem.

— Você parece ter 15 anos — comentou ele, sentindo cada um dos 37 anos que tinha.

Ela chegou mais perto e colocou as mãos dele em sua cintura; as mãos dela foram para os braços dele e ela o encarou. Ele entrelaçou as mãos às costas dela, puxando-a um pouco mais para perto. Então, segurou-a pela cintura e a ergueu, até que os rostos dos dois ficassem no mesmo nível. As mãos dela repousavam nos ombros dele, com leveza.

— Senti saudade — disse ele. — Estava pensando em você.

— Estava, é? Você está dando em cima de mim?

— Brie, eu venho fazendo isso há seis meses — respondeu ele. — Como tenho me saído?

— Você não é nada discreto.

— Não consigo evitar. Não tenho *savoir-faire*.

Ela riu e arrancou o chapéu da cabeça dele, segurando-o atrás de Mike.

— Eu acho que você tem mais do que merece. O suficiente para ser perigoso.

— Com você, eu sou inocente. — Ele tocou os lábios dela com um beijo bem de leve. Provocando. — Meus dias sendo um perigo para as mulheres acabaram.

— É mesmo? E quando foi que isso aconteceu?

Ele deu de ombros.

— Uns meses atrás eu comecei a perder o interesse em outras mulheres. Há algumas semanas, isso acabou. Só existe você.

— Você está me cortejando.

— Sim, estou tentando.

— Se isso é sério, então você deveria me beijar — argumentou ela.

— Ah, eu estava torcendo para que você dissesse isso.

Ele cobriu os lábios dela com um beijo apaixonado, abraçando-a bem junto de seu corpo. A boca de Brie se abriu na mesma hora sob seus lábios e ele a provocou com a língua. Ela não apenas o deixou entrar, como o recebeu de bom grado, os lábios sensuais e cheios de urgência, segurando-o com firmeza. Até onde Mike podia sentir, ela estava adorando o beijo; ela gemeu baixinho e começou a perder o fôlego. Ele não conseguia se lembrar de quando tinha sido a última vez que beijara uma mulher antes de Brie. Fazia mil anos, com certeza. O sabor dela era de mel, tão doce e puro.

Ele odiou que aquilo fosse acabar, e, quando acabou, ela sussurrou:

— Você quer entrar?

— Não. — Ele deu um sorriso. — Você não está pronta de verdade para que eu entre.

— Você me faz ter dúvidas se estou pronta ou não.

Ela o beijou de novo. Um beijo profundo e apaixonado.

— Quando você não tiver mais dúvidas, a gente conversa — respondeu ele, em um sussurro contra os lábios dela.

— Você pode tirar proveito da minha fraqueza — disse ela.

Ele a recolocou no chão e deu um beijo de leve em sua cabeça.

— Eu não vou tirar nada, *mi amor*. Só vou dar.

— Ah, minha nossa. Agora eu sei por que é tão fácil para as mulheres se casarem com você.

Ele tocou o nariz dela.

— Brie, nunca foi assim.

— Não acredito em você — respondeu ela.

— Eu também não acreditaria em mim, mas é verdade.

Ele a abraçou de novo e ela se apoiou nele, descansando a cabeça em seu peito e passando os braços em torno da cintura dele. Os dois ficaram assim, quietos, por um bom tempo, apenas aproveitando aquela proximidade. Ele fez um carinho nas costas dela e deu uma série de beijinhos em seu cabelo molhado, sentindo-se mais vivo do que tinha se sentido havia muito, muito tempo. Estava todo orgulhoso por ela não ter ficado tensa ou trêmula enquanto ele a abraçava. Ela se acostumara, aos poucos, a seu toque, seu abraço, e sabia que em seus braços estava segura e era amada. Mesmo que nada mais acontecesse, ele sentia que já tinha ganhado o prêmio.

— Você conhece os rapazes que estão vindo caçar? — perguntou ele.

— Conheço. Jack está se preparando para recebê-los. Você vai caçar?

— Claro. O que significa que não vou estar pela cidade durante o dia. Se você precisar de mim por algum motivo, vai ter que me avisar com antecedência.

— Eu estou ajudando a Mel em um projeto grande que ela está elaborando. Alguma coisa sobre mamografias de graça para as mulheres daqui.

— Então eu vejo você mais tarde?

— Sim, mais tarde.

Ele deu um selinho nela e a empurrou com delicadeza para longe de si, tirando seu chapéu da mão dela e, na sequência, entrando no carro e indo embora. Ele ficou olhando pelo espelho retrovisor e viu que ela ficou do lado de fora, na clareira em frente ao chalé, até que ele sumisse de vista.

Quando Mel foi até o bar para tomar seu café matinal, com David contente em seu carrinho depois de tomar o café da manhã, ela encontrou Paige sentada em uma das mesas com o jornal aberto diante dela.

— Tudo bem? — perguntou Mel, estacionando o carrinho de David perto da mesa para pegar uma caneca e um pouco de café.

— Tudo bem — respondeu Paige. — Oi, fofura — disse ela para o bebê, fazendo-o sorrir.

De maneira automática, ela pegou a beirada de uma torrada de seu prato, que estava quase vazio, e a ofereceu para que ele roesse. David adorou.

Mel trouxe sua caneca de café para a mesa de Paige e se sentou. Notou que David roía a torrada e sorriu.

— É gostoso, não é? — perguntou, dirigindo-se ao bebê. — Cadê todo mundo? — perguntou ela a Paige.

— Hmm, acho que Jack foi até Eureka para comprar algumas coisas. Eu me ofereci para ir, os rapazes vão chegar logo, mas ele disse que estava tudo bem. Depois, quando vi, já não estava mais por perto. John está lá atrás, organizando o almoço, como sempre, com Christopher agarrado em suas pernas.

— E Mike? — perguntou ela.

Paige deu de ombros.

Preacher saiu da cozinha com uma bandeja cheia de copos, que guardou debaixo do balcão do bar sem muito cuidado.

— Ei, Preach — disse Mel. — Cadê o Jack?

— Eureka.

— E o Mike?

— Não é meu dia de cuidar dele — respondeu ele, ríspido, e voltou para a cozinha.

— Nossa — comentou Mel. E, olhando para Paige, deu de cara com os olhos cintilantes da amiga. — Alguma coisa engraçada?

— John parece estar um pouco tenso. É incrível como ele sobreviveu tantos anos sem fazer sexo todos os dias.

— Todos os dias? — perguntou Mel. — Bom, caramba, a contagem dele devia estar quase zerada! — Ela deu uma olhada por cima do ombro para ter certeza de que as duas estavam sozinhas. — Como ele está lidando com a seca?

— Ele está um pouco tenso — respondeu Paige, achando aquilo engraçado. — Eu fico dizendo que, se ele estiver achando que é demais, a gente pode fazer uns ajustes. Mas ele quer fazer direito.

— Tomara que ele não exploda — comentou Mel, distraída.

— Ele perguntou se a gente pode fechar o bar quando eu estiver ovulando.

Os olhos de Mel se arregalaram em uma expressão de surpresa e as duas rolaram de rir.

Fazia alguns dias que Jack não via Rick. Ele tinha acabado de chegar de Eureka quando o garoto apareceu. Alguns caçadores estavam sentados em uma das mesas, tomando um café da manhã tardio, então Rick se sentou em um dos bancos do balcão e Jack o serviu com uma caneca de café.

— Bem-vindo de volta — disse Jack.

— A festa foi ótima, Jack. Obrigado de novo por tudo que você fez.

— Eu não fiz nada. Esta cidade tem o hábito de se arrumar para pessoas importantes.

— Fui ver como a Liz estava — disse Rick. — E ela está ótima. Você não acredita como está bonita. Linda, na verdade. — Ele deu uma gargalhada. — Eu achava que não tinha como ela ficar mais linda.

— Parece que essa visita fez bem para você — disse Jack, erguendo sua caneca. — Seu rosto parece um pouco mais desanuviado.

Rick deu uma risada e baixou um pouco a cabeça.

— A coisa é assim, Jack: eu e Liz... a coisa não está definida. Eu vou terminar o serviço militar sozinho. Nós não vamos prometer nada um para o outro até que esse tempo acabe. — E, dando de ombros, continuou: — Vamos esperar a Liz ficar mais velha, terminar a escola, ver onde estamos. Quero que ela tenha uma chance, sabe. Se isso, ficar comigo, não for certo para ela... então quero que ela tenha espaço e tempo para seguir em frente. Por enquanto nós ainda estamos muito ligados um ao outro. Você entende, né? Depois de tudo... Bom — disse ele, levantando a caneca e bebendo um gole de café —, a gente tem uma ligação muito forte. Ela pode contar comigo pelo tempo que precisar... É o mínimo que posso fazer. Não vou dizer a ela que ela não pode sentir isso, que ela precisa superar isso.

— E você?

— Ah-ah. — Ele deu uma gargalhada. — Eu estou muito bem. Aquela garota faz com que eu me sinta assim. Sempre fez. Só vai levar um tempo para saber se isso é permanente ou se foi só uma coisa que aconteceu entre nós.

— Vocês não estão dando mole, estão?

— Claro que não. Estou falando sério, sem chance. Não quero que você se preocupe. Não quero que você ache que eu sou um completo idiota que nunca ouve uma palavra do que você diz.

Jack colocou uma das mãos no braço de Rick e falou:

— Eu não acho isso.

— Obrigado. — Rick ficou em silêncio por mais um minuto. Então, continuou: — É bom, Jack. Quando não tem sofrimento, quando ninguém chora. É bom.

— É — concordou Jack. — Você vai caçar com a gente? Ou vai passar toda a sua licença desanuviando esse rosto?

Rick deu um sorriso.

— Eu vou caçar. — E bebeu mais um pouco do café antes de completar: — A gente não vai caçar muito, vai?

Toda a cidade de Virgin River ansiava pela visita dos irmãos da Marinha — eles traziam um tremendo clima de companheirismo e celebração. O primeiro a chegar no começo da tarde em sua caminhonete *camper* foi Zeke, que veio de Fresno. Apenas algumas horas depois chegaram Joe Benson e Paul Haggerty, juntos, trazendo um trailer atrás da caminhonete — eles eram bons amigos que trabalhavam juntos; sempre que possível Paul construía as casas projetadas por Joe. A seguir chegou Corny, que veio dirigindo do estado de Washington, embora tivesse nascido em Nebraska. Os próximos foram Josh Phillips e Tom Stephens, ambos de Nevada, logo depois das Sierras. Às seis da tarde, todos estavam ali, até Rick, e a barulheira do bar foi crescendo até alcançar um recorde de volume.

Doutor Mullins estava no meio do grupo, aproveitando seu uísque diário com os rapazes, David estava circulando no colo dos fuzileiros, que o balançavam para cima e para baixo como se estivessem pesando o garoto, Rick estava recebendo uma porção de conselhos ruins e gratuitos e Mel, Brie e Paige estavam sendo tão abraçadas que sentiam seus ossos sendo moídos. Claro que outras pessoas da cidade também deram uma passadinha por lá, querendo fazer parte da reunião pelo menos um pouquinho, mas sem se intrometer. Connie e Ron e os amigos Joy e Bruce deram as caras, Harv apareceu para tomar uma cerveja depois do trabalho, assim como Doug Carpenter e Fish Bristol.

Paul passou o braço por cima dos ombros de Mel e perguntou:

— Por que essa cara? Não está se divertindo?

— Eu odeio caçadas. Pato tudo bem, mas cervo, não. Quero dizer, não quero julgar ninguém... só queria que meu marido não atirasse em um cervo.

— Ah, Mel, não se preocupe. A gente já caça com seu marido tem um tempo... Os cervos estão a salvo.

— Melinda, a gente vai comer carne de caça o inverno todo. Você vai adorar — garantiu Jack.

— Não se preocupe, Mel — sussurrou Paul. — Ele nunca pega nada. Os bichos sentem o cheiro dele se aproximando.

Algumas pessoas entraram no bar e Mel reconheceu na mesma hora sua mais recente paciente, Vanessa. O senhor que a acompanhava devia ser seu pai. A enfermeira saiu de perto de Paul e foi até a mulher, recebendo-a, e foi apresentada a Walt, seu pai.

Paul ficou ali onde estava, com os olhos brilhando e um sorriso distante nos lábios. Vanessa! A esposa de seu melhor amigo. Então, Vanessa o notou ali e foi até ele na mesma hora, com os braços escancarados. Eles se abraçaram e ele a balançou um pouco para a frente e para trás. Em seguida, afastou-a, ainda segurando-a pelos braços, e admirou sua barriga, que estava ficando grande e redonda.

— Eu não fazia ideia de que você estaria aqui — disse ele, recusando-se a parar de abraçá-la.

— Eu queria fazer uma surpresa. O rancho onde meu pai vai passar a aposentadoria fica no fim da estrada e eu vou ficar lá enquanto Matt estiver no Iraque. Vou ter o bebê com a Mel.

— Quando?

— Daqui a poucos meses. Nossa, é tão bom ver você. A gente não se vê desde...

— Desde o casamento — completou ele. — Meu Deus, Vanni... você está linda. — E, tocando a barriga dela, continuou: — Jesus, ele me chutou.

— A gente ainda não sabe qual o sexo.

— Vai ser um garoto — afirmou ele.

O pai de Vanessa se juntou a eles e estendeu a mão para cumprimentar Paul.

— General, que bom vê-lo de novo, senhor — disse Paul. — Vou apresentá-los aos outros.

Muitas das pessoas ali conheciam Matt, mas a única pessoa no bar que já conhecia Walt, o general Booth, era Mike. Por causa da investigação sobre os adolescentes, ele tinha ido à casa deles. E, embora o general tivesse dado autorização para que todos o tratassem pelo primeiro nome, apenas as mulheres pareciam inclinadas a fazê-lo. Para os fuzileiros, as altas patentes tinham seus privilégios. O general Booth declinou o convite para se juntar ao grupo da caçada, dizendo que talvez os acompanhasse na próxima vez. Depois de cerca de vinte minutos de apresentações e conversas, Paul pegou a mão de Vanessa e a arrastou até a mesa mais próxima à lareira, fazendo-a se sentar para que conversassem e colocassem o papo em dia. Ele queria saber tudo sobre Matt, sobre o irmão mais novo dela, Tommy, e se ela estava gostando de viver ali, tão longe de tudo.

E ela queria saber tudo que estava acontecendo com ele. Paul, agora com 35 anos, a mesma idade de Matt, tinha deixado o Corpo de Fuzileiros depois de quatro anos e permanecera na reserva, ao passo que o amigo se mantivera na ativa. Paul havia se formado na faculdade e ido trabalhar na empresa da família, em Grants Pass, Oregon, não muito distante da fronteira da Califórnia.

— E você está saindo com alguém? — perguntou ela, segurando a mão do amigo por cima da mesa.

— Na verdade, não. Até aparecer uma mulher tão bonita quanto você, vou continuar procurando.

— Você sempre foi tímido demais. Você deveria estar casado e ter uma penca de filhos. Você daria um ótimo pai.

— É, deveria mesmo — concordou ele.

— Senti saudade sua, Paul — disse ela. — Vou ver você mais vezes agora? Enquanto eu estiver aqui?

— Com certeza — respondeu ele. — É, venho aqui de vez em quando.

Por volta das oito da noite, a multidão diminuiu um pouco. Mel e Brie levaram o bebê para casa, dando a Jack a ordem estrita de ir dormir no motor home que estava estacionado atrás do bar caso ele bebesse demais com os rapazes. Paige já tinha subido para dar banho em Christopher e colocá-lo na cama e o general levara a filha para casa, prometendo passar no bar na noite seguinte para beber uma cerveja e saber como tinha sido a aventura. Rick foi para casa com a avó e prometeu que estaria de volta às quatro da manhã, para acompanhar o grupo na caminhada até Trinity, onde eles caçariam.

Quando sobraram apenas os fuzileiros, as cartas, o dinheiro e os charutos entraram em cena. Hora do pôquer. Por volta das dez, Paige atravessou a fumaça e deu um tapinha no ombro de Preacher. Ele passou a vez, já que não tinha nada mesmo, e disse:

— Já volto.

— Meu Deus, que coisa esquisita ver o Preacher agindo como um maridinho — comentou Stephens.

— Maridinho?

— Você entendeu o que eu disse. Tudo que Paige tem que fazer é levantar o mindinho que ele fica de quatro.

— Você está enxergando bem, cara? Se ela levantasse o mindinho, até eu ficaria de quatro — disse Joe.

— O maridinho pode fazer você virar pó — provocou Jack.

— Eu quis dizer, se ela não fosse casada. Vocês estão começando a agir como se estivessem na coleira.

— É porque nós estamos — respondeu Jack. — E é ótimo. É muito, muito bom.

Preacher voltou, pegou seu charuto e deu um trago.

— Não vou caçar amanhã — anunciou. — Vou precisar ficar aqui.

— Por quê?

— É o dia da ovulação — respondeu ele, com uma expressão neutra no rosto.

— É o quê? — perguntaram três homens em uníssono.

— É a porcaria do dia da ovulação, seus tapados. A gente está tentando engravidar e, se eu perder o dia da ovulação, sabe-se lá quanto tempo vou ter que esperar. E eu não quero esperar. Já estou esperando há muito tempo.

A explicação dele encontrou um silêncio completo e perplexo — ninguém na mesa sabia a respeito daquela missão, nem mesmo Jack. Mas, depois do momento de choque silencioso, veio uma gargalhada tão forte e selvagem que quase fez os homens caírem de suas cadeiras.

Quando o grupo se controlou um pouco, Preacher perguntou:

— Tem alguma coisa engraçada a respeito do dia da ovulação? Porque eu não acho engraçado.

— Não, não é engraçado, Preach — disse Joe. — É fofo, só isso.

— Mas sério, Preach, você devia ir caçar e me deixar aqui... eu provavelmente faria um bebê mais bonito do que você — provocou Zeke.

— Você já fez bebês demais, seu tapado — rebateu Preacher. — Sua esposa manda você vir aqui caçar porque quer dar um tempo de você. De quem é a vez, afinal?

Enquanto eles jogavam mais umas partidas, Jack reparou que Paul parecia não estar rindo tanto quanto os outros, embora estivesse bebendo mais. Paul passou sua vez, deixou o jogo, serviu-se com uma dose de uma garrafa que estava no bar e se sentou em um banco. Jack esperou ser eliminado da partida e foi para trás do balcão. Paul olhou para ele com os olhos avermelhados e marejados.

— Ah, Deus — disse Jack. — Você vai se odiar.

— E eu não sei disso? — concordou ele, com a voz um pouco arrastada, e mesmo assim bebendo outra dose.

— Quer me contar o que está acontecendo?

— Com relação a quê?

— Acho que tem alguma coisa a ver com a Vanessa — disse Jack.

— Matt é meu melhor amigo. Isso seria errado.

— O que foi que aconteceu?

— Não aconteceu nada. Não comigo, pelo menos.

E pousou o copo vazio sobre o balcão.

Jack tinha certeza de que Paul já tinha bebido demais, mas ainda assim o serviu.

— Certo, agora eu só estou tirando vantagem de você — disse Jack. — Porque eu fiquei curioso. Ela disse que você e Matt estavam juntos na noite que eles se conheceram.

— Estávamos. Eu devia ter parado de sair com ele anos atrás. Eu fui o primeiro a vê-la.

Jack levantou um pouco as sobrancelhas.

— Então, como foi que ele ficou com ela?

Paul virou sua bebida.

— Eu acho que o filho da mãe disse "Primeiro da fila!".

E, na sequência, ele deitou a cabeça no balcão do bar e dormiu.

Então foi assim que tinha acontecido. Porque se Matt tinha sido o primeiro a chegar perto dela, falar com ela, e se ela ficou impressionada o bastante para sair com ele, um fuzileiro não mexeria com a mulher de um irmão. Nem mesmo Valenzuela faria isso. Aquela era uma linha que mesmo Mike nunca tinha cruzado, nem com seus irmãos mexicanos, nem com seus irmãos fuzileiros. Porque ele não queria perder sua vida...

Uau, que droga, pensou Jack. E agora ela estava casada, grávida e Paul ainda se sentia miseravelmente atraído por ela. Aquilo doía.

— Estou indo para casa — disse ele para os rapazes. — Volto para cá às quatro. Alguém tem que colocar o Haggerty na cama. — Ele vestiu sua jaqueta. — Tentem não colocar fogo no lugar, tá?

Capítulo 8

Mel tinha pedido que Brie a ajudasse com um projeto importante no qual ela vinha trabalhando desde que David nascera. Embora Brie se sentisse feliz de ajudar Mel com qualquer coisa que ela pedisse, estava um pouco surpresa com o quanto tinha gostado daquele projeto em particular.

Durante o tempo cm que Mel ficara em casa com seu recém-nascido, ela se conectava à internet pelo notebook, além de fazer ligações enquanto ele dormia. A maioria das mulheres da cidade não tinha seguro-saúde. Elas pagavam com o que conseguiam para ter acesso a cuidados médicos, em geral com bens e serviços. Alguns dos rancheiros e fazendeiros tinham um seguro que cobria doenças catastróficas ou acidentes, mas que não cobria consultas de rotina, que incluíam exames como o Papanicolau e as mamografias. Mel conseguira aumentar o número de exames de Papanicolau feitos ao cobrar apenas os custos laboratoriais e indo um pouco atrás das mulheres. Mas, quanto às mamografias, que ela acreditava serem necessárias todos os anos para as pacientes acima dos 40 anos, a maioria das mulheres estava se virando somente com o autoexame. Noventa e duas das habitantes da cidade tinham mais de 18 anos, e quarenta e oito delas estavam acima dos 40 anos. Pelo menos quarenta dessas mulheres não estavam fazendo sua mamografia anual.

Ela estava de olho em uma unidade móvel que era administrada por uma ONG, e, com a ajuda da dra. June Hudson, de Grace Valley, elas estavam tentando organizar uma visita da tal unidade às duas cidades. Elas poderiam fazer um dia da mamografia, transformar o evento em uma festa e garantir que todo mundo passasse pelo exame.

— A gente pode conseguir fazer com que eles venham e ofereçam os exames a baixo custo, mas a gente ainda vai precisar levantar um dinheiro.... Provavelmente um valor mais alto do que minhas pacientes conseguem pagar — dissera Mel.

June tivera a ideia perfeita para subsidiar os custos. Faltava pouco para o festival de outono em Grace Valley — o evento aconteceria no segundo fim de semana de outubro. Elas planejaram montar uma barraquinha e vender itens caseiros típicos de uma cidadezinha, que iam desde bordados até confeitos, bolos e pães. Muitos moradores da cidade grande lotavam o festival à procura de itens com aquele ar de cidadezinha do interior. A missão de Mel seria circular por Virgin River, passando por ranchos, fazendas e casas da vizinhança, pedindo a doação de itens que pudessem ser vendidos na barraquinha que patrocinaria o projeto das mamografias.

Brie foi de grande ajuda, e Mel também se divertiu apresentando sua cunhada às pessoas. Nos dias em que os fuzileiros foram caçar, Mel e Brie dirigiram pelas estradinhas vicinais de Virgin River, visitando todas as mulheres que Mel conhecia — aquelas que tinham ido a seu chá de bebê e às festas no bar, mulheres que tinham sido suas pacientes ao longo do último ano. Aquele era o primeiro contato de Brie com muitas delas e, mesmo assim, ficou imediatamente encantada pela natureza acolhedora delas, pelo jeito como a recebiam, como se estivesse ali havia anos. A cada parada, as duas bebiam pelo menos uma caneca de café, em geral acompanhada de biscoitos ou finas fatias de bolo, por isso, quando o dia estava prestes a terminar, elas estavam tão empanturradas que nem sequer pensavam em jantar. E, claro, David ficava o tempo todo com elas, o que significava que ele recebia vários abraços por toda a cidade. Abraços e açúcar, já que as mulheres do interior não sossegavam até colocar um biscoito em sua mão gordinha.

As mulheres de Virgin River eram fantásticas — até aí, nenhuma surpresa. Elas prometeram de tudo, de tortas a colchas de retalhos, e tudo seria recolhido na véspera do festival ou levado até Grace Valley pelas próprias mulheres.

Quando voltaram à cidade, os caçadores já tinham chegado, e Mel ficou feliz por não ver qualquer evidência de animais selvagens assassinados nas caçambas das caminhonetes ou amarrados ao trilho do capô. Mas a alegria durou pouco, porque ao entrar no bar descobriu que eles tinham matado dois cervos adultos, e ambos já tinham sido levados para o açougueiro.

— Ah — gemeu ela, com a voz sentida. — Quem foi que fez isso?

Jack olhou para os próprios pés, mas arriscou:

— Acho que foi o Ricky.

Mel olhou nos olhos de Rick e o garoto ergueu as mãos, as palmas voltadas para ela. Não tinha sido ele. Mel se encostou no marido e, inesperadamente, começou a chorar. Jack balançou a cabeça, em negação, abraçou a esposa e os dois se afastaram da multidão, indo em direção à cozinha. Enquanto isso, David pulava nos braços de Mel, balançando os bracinhos com vigor e se jogando para o pai.

— Melinda — começou Jack. — Você sabia que a gente ia caçar. A gente não torturou o cervo. Vamos ter carne de caça.

— Eu odeio isso — disse ela, choramingando.

— Eu sei que você odeia, mas não é uma coisa cruel. Talvez seja mais humano do que o modo como o gado é abatido.

— Não tente fazer com que eu me sinta melhor em relação a isso.

— Jesus, longe de mim fazer isso — respondeu ele. — Qual é o seu problema?

— Sei lá — lastimou-se ela. — Estou chorona.

— Jura? Aqui, me passa ele. Ele está louco.

— Açúcar — explicou ela. — Eu devia ir amamentá-lo.

— Daqui a pouco ele vai de bicicleta até seu seio.

— Ele não quer largar.

— Compreensível. Mas você está esgotada. Talvez você devesse ir para casa dormir.

— Eu não durmo até ele dormir. E ele não vai dormir até se desintoxicar do açúcar.

— Certo — disse Jack, pegando o filho. — Vá chorar, lavar o rosto, dormir um pouco ou outra coisa assim. Eu fico com esse pequeno selvagem até ele se acalmar um pouco. — E, dando um beijo na testa da esposa, continuou: — Você está muito esquisita. Mesmo por causa de um cervo.

— A propósito, você está fedendo — disse ela.

— Obrigado, meu amor. Você está muito cheirosa. Eu vou me limpar antes de passar meu cheiro para o restante do seu corpo, que tal?

Ela entregou o filho ao pai e foi até o banheiro enquanto Jack e David voltavam para junto do grupo.

— Ela está bem? — perguntou Brie.

— Ela vai ficar bem. Ela só adora cervos.

— Quer que eu fique com ele?

— Não, está tudo bem. Ele precisa gastar a energia que acumulou de tarde. Deixe-me adivinhar: vocês pararam em cada fazenda e rancho de Virgin River e ele comeu cinquenta biscoitos.

— Talvez não cinquenta...

Ele olhou para o rosto do filho. Os olhos estavam vidrados, o sorriso largo e cheio de baba, os braços se agitavam no ar.

— Alguém deveria estar controlando — comentou ele. — Beba uma cerveja, Brie. Na verdade, a gente devia dar uma cerveja para este rapazinho aqui... ele está elétrico. Meu Deus.

Assim que ele sugeriu isso, Mike trouxe uma cerveja para Brie. Quando ela aceitou a bebida, ele passou um dos braços por cima dos ombros da mulher, em um gesto íntimo. *Mike não precisa conversar comigo a respeito dela*, pensou Jack. Ele estava se empenhando em comemorar as conquistas dela, como tinha sido instruído a fazer, mas o que quer que estivesse acontecendo entre Mike e Brie, estava causando um brilho nos olhos dos dois. E Jack estava tentando relaxar diante desse fato.

— Então... você fez o bebê hoje? — gritou alguém para Preacher.

— Acho que sim — respondeu ele, estufando o peito.

Paige trouxe um grande prato de asinhas de frango para o bar e disse:

— Cala a boca, John.

— Bom, eu acho que fiz o bebê. Você não acha?

Ela olhou para ele, balançou a cabeça em um gesto de desaprovação e respondeu:

— Você com certeza fez seu melhor.

E, virando-se de costas, voltou para a cozinha.

Mike puxou Brie de lado e disse:

— Você é a única mulher no bar que não está chateada com o parceiro. Quer dar o fora daqui comigo, agora mesmo? Antes que eu faça alguma coisa idiota?

Ela deu um sorriso para ele e provocou:

— Quer dizer que você pensa que é meu parceiro, hein?

— Bom, eu estava torcendo...

Um total de três cervos foram mortos, mas eles não capturaram nenhum urso. Os fuzileiros foram embora de Virgin River, Ricky voltou ao serviço militar e a semana seguinte chegou com o festival de outono de Grace Valley. Um cartaz foi afixado na porta do bar: FECHADO. E, embaixo, havia um mapa com instruções para chegar a Grace Valley.

Caminhonetes, carros e SUVs foram carregados com itens para a barraquinha de arrecadação de fundos. Mel, Brie e Jack saíram cedo com o bebê e uma caminhonete cheia de doações. Eles se encontraram com Paige, Preacher e Christopher já no local e começaram a montagem. Ao longo do dia, mulheres de Virgin River foram chegando com mais artigos para serem expostos e todo mundo se revezou trabalhando na barraquinha — os itens estavam vendendo feito água. Mel não precisou se sentar ali em nenhum momento do dia, mas ficou de olho no dinheiro, que não parava de aumentar.

O dia foi repleto de visitas de velhos amigos e encontros com novos.

Quando a noite começou a cair e a maioria das barraquinhas já estava fechada, Mel estava tão cansada que parecia que até seus ossos estavam doloridos. Eles não tinham mais nada para vender no domingo.

— Vou deixar aqui amanhã a faixa e um pote de vidro para receber doações — disse June. — Mesmo que a gente ganhe só uns dólares a mais, tenho certeza de que estamos bem perto de ter a quantidade necessária para trazer o trailer com os equipamentos para as mamografias.

— Tem certeza de que você não se importa? — perguntou Mel. — Eu estou destruída.

— Eu vou ter que ficar aqui mesmo... A gente mantém a clínica funcionando durante o festival. Não vai ser incômodo algum.

Quando o sol se pôs, a banda se instalou atrás da cafeteria e as pessoas dançaram e assistiram à queima de fogos. Aconteceram sorteios e alguém tinha alugado um tanque de mergulho, daqueles que existem nos parques de diversão e que funcionam com alguém acertando o alvo para derrubar quem estiver sentado no banquinho em cima da água. A atração parecia estar divertindo toda a população de Grace Valley, que assistia às celebridades locais se revezarem no brinquedo.

Mel estava com David no colo observando as pessoas dançando quando Jack se aproximou, deslizou os braços em volta dela e, então, deu um rodopio quase decente com ela na pista, com o bebê e tudo.

— Quem diria que você é um dançarino — comentou ela.

— Isso nem é dançar, mas você levou numa boa. Você está exausta — sussurrou ele. — Assim que estiver pronta, vamos para casa.

— Foi um longo dia. Talvez a gente devesse ir atrás da Brie.

— Eu já sei onde ela está — disse ele. — Estou tentando celebrar as conquistas dela...

Mel seguiu o olhar do marido e viu que do outro lado da pista de dança improvisada no asfalto estava a cunhada, girando com Mike.

— Quando foi que ele apareceu? — perguntou Mel.

— Há pouco tempo. Ele passou a maior parte do dia em Virgin River, cuidando da cidade enquanto a maioria do pessoal estava aqui. Acho que ele deve ter vindo por uma única razão.

— Isso pode ser bom para nós — disse Mel. — Ele pode dar uma carona de volta para ela.

— Eu vou dar uns minutos a ela, então, e perguntar — informou Jack.

Do outro lado da pista de dança, Mike segurou Brie mais perto do que o necessário para uma dança *country*, movendo-a com mais habilidade do que ela demonstrava ter, fazendo com que ela gargalhasse. Então, para sua felicidade, a música passou para um ritmo mais lento e eles acompanharam com a dança. Ele tentou evitar, mas não conseguiu e baixou a cabeça até o pescoço de Brie, inalando o aroma inebriante de seu cabelo macio.

— Ah, *cariño* — murmurou ele contra o pescoço da mulher.

A seguir, ele a beijou no rosto, depois nos lábios. Ela segurou o rosto dele com as mãos e o trouxe mais para perto, abrindo a boca contra a dele, deixando-o tonto de desejo.

— Mike — disse Brie, baixinho. — Eu vou para casa amanhã.

Ele a afastou, em choque, e a encarou com mil perguntas nos olhos.

— Você ia se despedir? — perguntou ele.

— Eu estou me despedindo — respondeu ela. — Tenho que passar um tempo com a minha família, e Mel e Jack precisam de um tempo a sós... sem visitas.

— Você vai voltar?

— Ah, com certeza, em algum momento. — Ela deu de ombros. — Ainda não sei onde quero ficar. Ou o que quero fazer.

— Eu me iludi achando que poderia ser aqui — disse ele. — Não foi nada que você fez ou falou, meu amor, só uma esperança louca. Eu posso ligar enquanto você estiver por lá? De repente fazer uma ou duas visitas?

— Eu ficaria desapontada se você não fizesse isso. A gente se fala quase todos os dias.

Ele tocou o cabelo dela.

— Você ganhou uma força incrível durante o tempo em que ficou aqui. Sua risada está um pouco mais solta, um pouco mais viva. Suas bochechas estão coradas e você está com uma fisionomia saudável.

— Grande parte disso se deve a você. Seus beijos. Seu carinho. Vou sentir saudade disso.

— Você sabe que eu vou estar bem aqui, sempre que você quiser vir. O que espero que seja logo. Enquanto isso, se quiser que eu vá ao seu encontro, é só me avisar.

Jack, com o filho no colo, os interrompeu, dirigindo-se à irmã:

— Estou levando Mel para casa. Você quer ir depois?

— Não — respondeu ela, afastando-se do abraço de Mike. — Eu vou com vocês. Só um instante. — Conforme Jack se afastava, Brie se inclinou para a frente e, na ponta dos pés, deu um beijo no rosto de Mike. Ele a segurou pela cintura por um longo tempo, os olhos fechados. Mas então, ela se desvencilhou do abraço dele e disse: — Vou sentir saudade.

Ela se virou, indo atrás de Jack.

— Não mais do que eu — sussurrou ele para as costas dela.

Alguns dias depois, Jack acordou com os ruídos de David resmungando, mas em vez de escutar a esposa dizendo bobagens com a voz suave, como de costume, ele escutou um som diferente. Um bem desagradável.

De alguém tendo ânsias de vômito. Ele se sentou, encontrou a cueca boxer no chão e a vestiu, indo até o quarto do filho e tirando-o do berço.

— Bom dia, amigão — disse ele ao filho, carregando-o até o trocador para tirar a fralda que o bebê tinha usado a noite toda. — Deve ter uns cinco litros de xixi aqui. Não sei como você faz isso.

Ele limpou as partes íntimas do garoto, colocou uma fralda nova e foi com ele até a porta do banheiro.

Mel estava ajoelhada em frente ao vaso, segurando o cabelo para trás com uma das mãos.

Com David no colo, Jack usou a mão livre para molhar e, depois, espremer o excesso de água de uma toalhinha, entregando-a à esposa.

— Vamos lá, Melinda. Você não pode evitar isso para sempre. Nós dois sabemos que você está grávida.

— Argh — disse ela, aceitando a toalha fresca e úmida, que pressionou contra o rosto, a testa e o pescoço.

Ela não tinha mais nada a dizer.

Mas Jack sabia. Tinha tido o choro, a exaustão, a náusea. Ela o olhou com os olhos cheios de lágrimas. Ele deu de ombros e disse:

— Você reduziu a amamentação, um óvulo se desprendeu e eu o acertei em cheio.

Os olhos dela se estreitaram, como se ela dissesse que não tinha gostado da explicação. Ele estendeu a mão para ajudá-la a se levantar.

— Você tem que desmamar David — sugeriu ele. — Seu corpo não consegue nutrir bem duas crianças. Você vai ficar fraca. Já está exausta.

— Eu não quero engravidar agora — disse ela. — Eu mal saí de uma gravidez.

— Entendo.

— Não, você não entende. Porque você nunca esteve grávido.

Ele pensou que provavelmente seria uma má hora para contar a ela que ele entendia, sim, já que tinha convivido com uma mulher grávida e escutado com atenção cada uma das reclamações.

— A gente deveria ver o John agora mesmo, assim você fica sabendo há quanto tempo está grávida.

— Há quanto tempo você suspeitava? — perguntou ela.

— Não sei. Umas semanas. Foi um pouco mais difícil dessa vez...

— Ah, é?

— Bom, sim. Já que você não menstrua desde que a primeira vez que eu coloquei a mão em você. Meu Deus, para uma mulher supostamente estéril, você com certeza é bastante fértil.

Então, ele sorriu, sabendo que teria recebido um tapa se não estivesse segurando o bebê.

Em um gesto rápido, ela se desviou dele e foi se sentar na cama, então colocou as mãos no rosto e começou a chorar. Bom, não era bem isso que ele estava esperando que fosse acontecer. Mel vinha chorando muito nos últimos dias e ele sabia que ela ficaria irritada. Ele se sentou ao seu lado, passou um dos braços sobre os ombros dela e a trouxe para perto de si. David fez um carinho na cabeça da mãe.

— Vai ficar tudo bem — garantiu ele. — Eu não vou ajudar no parto desse aí, quero deixar isso bem claro.

— Não tente ser engraçadinho — pediu ela em meio a lágrimas. — Acho que já estou com dor nas costas.

— Você quer que eu pegue alguma coisa para você? Um refrigerante? Um biscoito? Arsênico?

— Muito engraçado. — Ela virou a cabeça para olhar para ele. — Você está chateado?

Ele negou com a cabeça.

— Sinto muito que tenha acontecido tão cedo. Sinto por você. Eu sei que tem horas que fica desconfortável demais e queria que você tivesse uma trégua.

— Eu nunca deveria ter viajado com você.

— Não, você já estava grávida. Quer apostar?

— Você já sabia antes da viagem?

— Eu me perguntei por que você estava tão sensível, e esse era um motivo plausível. Nunca acreditei naquela sua história de ser estéril. Mas isso não é um problema para mim. Eu queria mais filhos, gosto da ideia de ter uma família maior do que nós três. Venho de uma família grande.

— Eu posso garantir que não seremos cinco — afirmou ela. A seguir, quase o fuzilou com o olhar. — Vamos passar a faca.

— Você não vai me culpar por isso, Mel. Eu sugeri métodos anticoncepcionais. Algumas vezes, diga-se de passagem. Foi você quem disse que essas coisas nunca acontecem duas vezes. E depois me explicou toda aquela coisa de não ovular enquanto está amamentando. Como é que isso tem funcionado para você, hein?

— Vá se catar — disse ela, sem muita doçura.

— Bom, é claro que...

— Eu queria que você entendesse que eu não estava contando com essa coisa da amamentação. Eu sou uma enfermeira obstétrica... sei que não é cem por cento garantido. Eu de fato não achava que... merda — disse ela, e suspirou fundo. — Eu acabei de entrar de novo na minha calça jeans...

— É, aquela calça jeans. Puxa, que droga. Aquela calça faz mesmo isso comigo. Você veste uma calça jeans como ninguém.

— Você não está de saco cheio de ter uma esposa gorda?

— Você não está gorda. Você está perfeita. Eu amo o seu corpo, grávida ou não. Sei que você está tentando me provocar, mas não vou cair nessa. Pode passar o dia inteiro tentando brigar comigo, mas não vou entrar no seu jogo. Não seria uma briga justa... você está de marcação comigo e nós dois sabemos disso. Você tem pacientes hoje de manhã?

— Por quê?

— Porque eu quero ir a Grace Valley para fazer uma ultrassonografia. Quero saber até quando preciso terminar a casa.

Ela reclamou com ele ao longo de todo o caminho até Grace Valley, ameaçando-o com consequências nefastas se, por acaso, ele ficasse todo cheio de si e se achando o garanhão a respeito daquilo. Era fácil para ele levar a situação numa boa — ele tinha dado à luz a quantos bebês de quase quatro quilos mesmo? E, se ele brincasse com aquilo, mesmo que só uma vez, ela o faria pagar. Talvez pelo resto da vida.

Jack teve algumas premonições. A paciência dele passaria por um teste duríssimo nos próximos meses. Ele não faria muito sexo. John Stone, o obstetra de Mel, acharia aquilo hilário. Talvez ele precisasse matar John.

— Ora, Melinda, sua safadinha — disse John, sorrindo.

Ela pousou as costas da mão em cima dos olhos enquanto John e Jack analisavam a ultrassonografia, examinando aquele coraçãozinho batendo em uma massa que mal se mexia. John apontou para pequenas saliências, que era onde estariam nascendo braços e pernas.

— Quando foi sua última menstruação? — perguntou o médico.

Ela retirou a mão de cima dos olhos e fulminou o marido com os olhos.

— Hum, ela nunca chegou a menstruar, na verdade.

— Hein? — disse John.

— Pelo menos que eu saiba — completou Jack, dando de ombros.

— Um ano e meio atrás, tá bom? — disse ela, ríspida. — Mais ou menos. Eu estive amamentando. E estive grávida. Fui lançada ao inferno e vou viver o resto dos meus dias com peitos doendo e tornozelos inchados.

— Nossa. A variação de humor está a pleno vapor, hein? Certo, para mim, parece que está com cerca de oito semanas. Esse é um bom chute. Estou pensando entre meados e fim de maio. O que acham?

— Oh, céus — respondeu ela.

— Perdoe minha esposa — disse Jack. — Ela ainda estava achando que era infértil. Talvez isso faça ela, enfim, desistir dessa ilusão.

— Eu avisei que se você fizesse uma piada...

— Melinda — interrompeu Jack, com a expressão firme —, eu não estava brincando.

— Eu queria saber como isso é possível! — esbravejou ela. — David foi uma espécie de gravidez milagrosa e, antes mesmo que eu o desmamasse, já tenho mais um aqui no forno.

— Você nunca ouviu que a gravidez cura a infertilidade? — perguntou John.

— Já! — disse ela, contrariada.

— Você sabe do que eu estou falando... talvez melhor do que eu. Acho que você não pensou que se aplicaria a você, né?

— Do que é que você está falando? — perguntou Jack ao médico.

— Diversas condições que causam infertilidade melhoram com uma gravidez... uma delas é a endometriose. Em geral, quando você enfim consegue engravidar pela primeira vez, o resto acontece com mais facilidade. E, quando você troca de parceiro, você troca a química. Vocês vão querer se lembrar disso — garantiu ele. Depois, sorrindo, dirigiu-se a Mel: — Você quer continuar amamentando?

Havia lágrimas nos olhos dela.

— Eu não estava muito pronta para parar — respondeu.

— Mel vai amamentar até ele ir para o treinamento básico do Exército — provocou Jack.

— Eu achei que ele seria meu único bebê e não queria apressar as coisas — explicou ela com as lágrimas escorrendo.

Ela estava com uma expressão patética no rosto.

Ao notar isso, Jack se inclinou e, sustentando-a por trás, ajudou Mel a se sentar e a abraçou. Ele tinha uma habilidade única de saber quando isso funcionaria e quando isso acabaria mal para ele. Bem naquele instante, ela precisava de um pouco de contato humano, de apoio de seu companheiro.

— Então que tal a gente avaliar suas taxas de vitamina, acrescentar uns suplementos e, de repente, reduzir a quantidade de vezes que você amamenta David por dia, deixando só as mais importantes... aquelas que trazem mais conforto para vocês dois. É melhor você aumentar a ingestão de água, você também precisa ter fluidos para o feto. — John segurou a mão dela. — Um passo de cada vez, Mel. Você está saudável, teve um parto muito bom e um tempo atrás teria dito que isso era a resposta a suas preces. Tente não fazer Jack se sentir um lixo.

Naquela noite, deitada nos braços do marido, ela perguntou:

— Eu fiz você se sentir um lixo?

— Só um pouquinho. Eu não enganei você. Pelo que eu me lembro, você foi uma cúmplice bastante cooperativa. — Ele suspirou e repetiu: — Bastante.

— Eu só estou chocada. Atordoada. Não tão pronta.

— Eu sei. Você faz alguma ideia de como você fica linda grávida? Você fica iluminada, cheia de luzes a sua volta. Seus olhos ficam mais brilhantes, suas bochechas coradas, você sorri e passa a mão na barriga o tempo todo...

— Você sorri e passa a mão na minha barriga o tempo todo...

— Eu não acredito que estou ganhando tudo isso — comentou ele, pensativo. — Você e duas crianças. Uns anos atrás eu achava que ficaria sozinho pelo resto da vida.

— Você sabe quantos anos você vai ter quando David se formar na faculdade?

— Que diferença faz? Para você, Sam é velho? Eu acho que consigo aguentar firme.

— Vamos passar a faca — disse ela.

Ele se virou na cama, deitando-se de costas, e olhou para o teto.

— Todo mundo em volta de mim está de mau humor — comentou ele.

— É mesmo?

— Bom, tem o Preacher... Ele fica muito irritadiço quando Paige não está ovulando, coisa que você poderia ter me avisado que ia acontecer...

— Isso é confidencial.

— Ora, não mais. Acho que Paige pode ter se sentido um pouco exposta por ele ter contado para todos os rapazes que ele ia ficar em casa para transar.

— Você acha? — perguntou ela, não conseguindo evitar uma gargalhada.

— E Mike está mais do que mal-humorado. Acho que é porque minha irmã não está aqui... e, acredite em mim, não sei como lidar com isso. Quero que Brie seja feliz. Seria bom ver Mike animado, mas não se ele estiver se animando para cima de Brie, se é que você me entende. Estou comemorando, estou comemorando — disse ele antes que Mel pudesse repreendê-lo. — E agora essa surpresinha afetou seu humor, se você não se incomodar com esse comentário.

— Eu me incomodo — informou ela.

— Eu só espero que as coisas voltem ao normal — disse ele.

Mas Mel pensou: *quando foi que as coisas foram normais para nós?*

O caderno que Jack vinha usando para fazer os cálculos referentes à construção estava ficando surrado e arqueado. Ele o dobrava ao meio para que coubesse no bolso de trás de sua calça enquanto trabalhava na casa, e alguns números estavam se apagando. Entretanto, era apegado ao caderno. Naquele momento, era o que tinha em mãos, junto com sua calculadora e sua caneta, enquanto falava ao telefone. Puxara um banco até a bancada da cozinha e tinha telefonado para uma série de empreiteiros de uma lista, todos muito bem recomendados, homens cujo trabalho ele tinha visto uma ou outra vez.

Todos, pelo visto, estavam muito ocupados. Sem espaço na agenda.

Ele ligou para Paul Haggerty, em Grants Pass, Oregon.

— Eu sei que é um tiro no escuro, Paul, mas existe alguma chance de você me ajudar com isso? Estou literalmente correndo contra o tempo aqui e não consigo achar um empreiteiro ou equipe disponíveis.

— O que você já tem?

— Bom, a estrutura da casa está pronta, as paredes de gesso foram instaladas, passei os encanamentos, a parte elétrica está quase terminada, já tem telhado… e Melinda tem algo no forno.

— Uau! Olha só! Parabéns, meu chapa!

— Valeu, cara… mas ela está bem chateada. Ela precisa de uma casa.

— Entendi. Vou dar uns telefonemas e ver o que posso fazer. Quem sabe a gente consegue terminar isso antes que o tempo vire.

— Vou pagar extra. Vou vender minha alma.

Paul deu uma gargalhada.

— Calma aí. Eu não aceitaria sua alma… Tenho certeza de que está maculada. Mas o dinheiro extra pode ajudar com alguns prazos curtos.

— Eu agradeço muito por isso. Vou esperar você me ligar.

Quando Jack desligou, Preacher parou de cortar os legumes para a sopa e se virou:

— O que é que está acontecendo, cara?

— Eu preciso terminar aquela casa.

— A Mel está ficando impaciente?

— Não. Ela está com mais um a caminho.

— Hein?

— Ela está grávida de novo, Preach.

— Ah! Uau, isso é ótimo, cara! — disse ele, estendendo a mão.

— Obrigado. Mas, só para deixar avisado, ela ainda não está animada. Cuidado onde pisa.

— Ah, é? Por que não?

— David ainda é um bebê e ela está sentindo como se tivesse acabado de ficar grávida. E ainda está mal-humorada, exausta, vomitando e acha que eu fiz isso de propósito.

— Ahhh — comentou Preacher. — Certo. Mas e você? Está bem?

— Ei. — Jack sorriu. — Eu estou ótimo. Eu teria mais cinco. Mas não viveria para falar deles.

— Isso nunca fez você se sentir… Você sabe. Velho?

— De jeito nenhum. Toda vez que a deixo grávida, eu me sinto uns dez anos mais jovem. E, se você contar a ela que eu disse isso, nós dois vamos morrer.

— Tudo bem, então. A gente pega leve com a Mel. Mas, ei, estou feliz por você, cara.

Quando policiais são designados a uma nova área ou rota de ronda, uma das primeiras coisas que fazem é se familiarizar com o local. Aprendem todas as ruas, casas, veículos e pessoas. Na cidade, onde a população é densa, isso demora um tempo, mas, aos poucos, cada jardim e cada rua de fundos, cada prédio e loja, cada figura suspeita se torna parte de uma paisagem familiar.

No interior, nas montanhas, há muito mais território para cobrir, mas a população, os prédios e os veículos são um pouco mais esparsos. Mike passava algumas horas por dia, todos os dias, dirigindo e fazendo trilhas nos arredores rurais de Virgin River e das cidades vizinhas. Ele passava pelo velho posto de gasolina, mas parecia que não tinha nada de diferente por ali — ele tinha esperado ver um monte de lixo no lugar onde a festa tinha acontecido havia pouco tempo.

Conforme se aproximava da zona rural e das montanhas ao redor de Clear River, viu algumas estruturas das quais decidiu não chegar perto: uma parecia ser uma casinha pré-fabricada bem pequena e a outra era um barracão de depósito. As duas construções exibiam marcas recentes de pneu próximas a eles — marcas de um veículos 4x4, talvez quadriciclos ou Jeeps. Mas nada do tipo estava à vista, embora eles pudessem estar escondidos em meio às árvores e às plantações; poderia muito bem ser uma escolha dos donos, para não serem importunados. Mas, como havia uma chance de que um dos lugares, ou os dois, fosse de plantação ilegal de maconha, Mike manteve distância — às vezes, empreendimentos assim eram cheios de armadilhas. E, para além de querer saber o que havia ali, aquilo não era de sua conta. Fazia apenas parte do reconhecimento da configuração do terreno, e se tratava de um trabalho solitário.

Havia uma porção de sinalização interessante por ali. Placas de NÃO ULTRAPASSE e PROIBIDO CAÇAR eram bem comuns por ali, mas de vez em quando ele via umas como INVASORES SERÃO RECEBIDOS A TIROS, CUIDADO: CÃES DE GUARDA SOLTOS NA ÁREA e CAÇADORES SERÃO CAÇADOS. Placas assim não eram vendidas nas lojas de ferragens — eram feitas à mão, com estêncil ou tinta spray. Uma das placas dizia PROIBIDO

PORTAR ARMAS DE FOGO NESTA ÁREA e estava furada com marcas de tiro de calibre grosso.

Com frequência, Mike parava no lugar que ele passou a chamar de Recanto dos Segredos, perto de um grande rochedo, o lugar onde ele estivera com Brie na última primavera. Ele havia estacionado seu SUV rio acima e caminhado ao longo das margens. De tempos em tempos, surgia um ou outro pescador, embora as águas ali fossem muito rasas para uma boa pescaria. Ele tinha visto um jovem casal dividindo um cobertor aberto no chão, fazendo, ao que parecia, o dever de casa. Quando ele surgira na clareira, os dois olharam para cima, surpresos, talvez um pouco nervosos com sua presença repentina; mas então Mike sorriu, acenou e voltou para a parte de cima do rio, deixando-os em paz.

Ele gostava de ficar ali no fim da tarde, quando o sol estava brilhando. Quase conseguia ver Brie recostada naquela grande pedra, os olhos se fechando, a boca sorrindo o sorriso misterioso dela. Um dia, ele ficou um pouco mais do que de costume, até o sol se pôr. Estava pensando em como era louco de fazer isso sem uma lanterna quando escutou o motor de um carro. Presumiu que seriam jovens namorados, já que aquele não era um lugar para se ficar no escuro — não havia luzes e era uma região bem afastada da estrada principal. Antes que pudesse ser visto, começou a subir o rio, voltando para seu carro, mas algo o fez parar. O veículo tinha estacionado na clareira, as luzes continuaram acesas, mas Mike não escutou o barulho de porta batendo. Então, parou e ficou escutando por um instante. Se fosse jovens namorados, teriam desligado os faróis. Que outra coisa havia para fazer ali, naquela curva de rio isolada, depois que o dia escurecia?

Ele esperou; o motor continuava ligado, as luzes, brilhando. Mike venceu a pequena distância que o separava do lugar onde estivera há pouco, olhou por entre as árvores e viu a silhueta de um único homem dentro da caminhonete. Aguardando. Mike estava curioso e continuou vigiando.

Passaram-se uns dez minutos até um segundo veículo estacionar; outra caminhonete. Ambos os motores permaneceram ligados, os faróis iluminando a clareira, mas, quando o segundo veículo chegou, um homem saiu de cada caminhonete.

Em seguida, a coisa ficou interessante. Da primeira caminhonete saiu o detetive Delaney e, da segunda, um homem que Mike reconheceu: era um conhecido dono de uma plantação ilegal. Era um cara grande, pouco mais de um metro e oitenta, e usava seu distinto chapéu de caubói. Ao longo do último ano, Mike, Jack e Preacher tinham lidado com situações inesperadas envolvendo aquele indivíduo. A primeira vez tinha sido antes de Mike chegar a Virgin River; o homem levara Mel a uma plantação ilegal para que ela ajudasse em um parto. Mais recentemente, o homem mostrara a eles aonde Paige tinha sido levada como refém pelo ex-marido abusivo; era bem provável que o cara tivesse salvado a vida dela. Ele era, portanto, um enigma: sem dúvidas um criminoso, mas, ao que tudo indicava, com um lado humano.

Os homens ficaram cara a cara; Delaney se encostou no capô de sua caminhonete, e o dono da plantação manteve as mãos enfiadas nos bolsos. Eles não trocaram um aperto de mão ou se cumprimentaram como se fossem amigos, e não trocaram dinheiro ou mercadorias — não se tratava de uma compra de drogas. Em menos de cinco minutos, eles voltaram para suas respectivas caminhonetes e deixaram a área.

Havia uma série de possibilidades, mas a mais factível era que Delaney tinha seu próprio informante dentro do comércio ilegal de maconha.

Capítulo 9

Paul Haggerty ajudaria Jack sempre que pudesse — aquilo era óbvio. O fato de ser um empreendimento rentável para ele tornava a situação ainda mais agradável. Mas, no fim das contas, o fator decisivo foi que Vanessa estava morando em Virgin River.

Ele encontrou seis homens que estavam prontos para começar de imediato, então esboçou um contrato para Jack e mandou. Depois, alugou um grande motor home, que foi enviado para o local da obra junto com um banheiro químico e grandes caçambas de entulho para o terreno. A equipe poderia dirigir até lá e dormir no trailer durante a semana, voltando para casa nos finais de semana, se quisessem. Ele levaria seu próprio trailer. Trocaria de equipe ou acrescentaria profissionais conforme eles progredissem na casa. Jack precisaria servir de mestre de obras porque Paul não conseguiria ficar o tempo todo em Virgin River. Ele estava deixando a administração da empreiteira familiar com o pai e dois irmãos para tocar esse projeto, e teria que passar algum tempo em Grants Pass para fazer sua parte do trabalho por lá.

Enquanto a estrutura estivesse sendo completada, Paul pesquisaria pintores, colocadores de carpete, azulejistas, colocadores de papel de parede e marceneiros da região. Assim que Mel escolhesse tudo, Jack não teria problemas com a instalação dos acessórios de iluminação, metais hidráulicos e eletrodomésticos. A construção da casa começara na primavera anterior, e Jack havia progredido bastante, mas, sozinho, ainda levaria um ano para finalizar. Com a equipe, eles conseguiriam terminar a casa em alguns meses. Se o tempo não os atrapalhasse muito, isso se daria, pelo menos, até o começo da primavera.

E durante aquele tempo Paul veria Vanessa. A ideia quase lhe causava uma urticária. Ele adorava ficar perto dela, adorava sua energia e seu dinamismo. O problema era que ele a achava tão sensual e atraente grávida quanto tinha achado naquela primeira noite, quando Matt dera em cima dela. Ele se perguntava se não estava simplesmente arranjando para si mesmo uma porção de noites longas e perturbadoras, nas quais ficaria pensando nela e se afundando na autocomiseração. Ele jamais, nem sob ameaça de morte, tocaria a mulher do amigo, mas se sentia culpado por sequer querer.

Aquele, porém, seria seu segredo: ele a desejava e a idolatrava. E, enquanto Matt estivesse na guerra, Paul a visitaria de tempos em tempos, para ter certeza de que ela estava aguentando firme.

Ele e Matt eram como irmãos. Tinham frequentado a mesma escola no ensino médio no estado de Oregon, passaram uns anos juntos na faculdade, se alistaram e serviram juntos no Corpo dos Fuzileiros. Mas Matt era confiante em relação às garotas, enquanto Paul sempre fora relutante, um pouco tímido. Era difícil para ele tomar a iniciativa; ele sempre tinha que pensar muito antes de conseguir se aproximar de uma mulher. Ele já havia melhorado muito naquele aspecto, mas não o bastante. Ele nunca tivera a agilidade, o charme e a confiança do melhor amigo.

Ele se lembrava daquela noite, que acontecera poucos anos antes, como se fosse ontem. Matt estava de licença e eles se encontraram em São Francisco para visitar lugares interessantes da cidade. Tinham saído para beber quando avistaram um grupo de comissárias de bordo em um dos bares durante a folga temporária entre as escalas dos voos nos quais trabalhariam. Paul dissera:

— Ai, meu Deus, olha só isso! Olha para ela!

— Qual? — perguntara Matt.

— A de pernas compridas com o cabelo ruivo e a pele dourada. Eu vou desmaiar.

— Eu vou lá buscá-la para você.

— Não! Meu Deus, não faça isso. Espere até eu pensar em alguma coisa...

E Matt sorriu e disse:

— Três, dois, um... fui.

Mas ele não a trouxera de volta. Em vez disso, acenara, chamando Paul, e tentara fazer com que ele ficasse com uma das amigas de Vanessa. E Paul tinha ido na onda, afinal, o que mais ele poderia fazer? Se tivesse um pingo de coragem, teria dito: "Não! Eu a vi primeiro! Ela é minha!". Desde aquele dia, se arrependia de não ter agido assim.

Antes que o fim de semana terminasse, Matt e Vanessa estavam apaixonados. Como ela era isenta de pagar as tarifas aéreas e ele estava alocado nos Estados Unidos, durante um ano ela passou todos os fim de semana com ele. Mais um ano depois disso, Paul foi o padrinho do casamento deles. Ele jurou que, se alguma vez visse outra mulher que o atraísse daquele jeito, ele a agarraria na mesma hora, provavelmente levando os dois ao chão, e nunca mais a deixaria escapar.

Pelo que conseguia se lembrar, aquilo nunca acontecera com ele antes. E com certeza nunca mais acontecera desde então.

Quando Paul chegou a Virgin River, foi direto para a área da construção para ter certeza de que tudo estava no devido lugar. O trailer havia chegado direitinho e estava pronto para os membros da equipe. Seu braço direito, Manny, traria os materiais com o grande caminhão e os demais trabalhadores viriam a seguir. Ele desconectou seu próprio trailer, que ficou ali, no canteiro de obras, e foi dirigindo sua caminhonete até a casa da família Booth. Estacionou o carro, mas, na mesma hora, ficou inseguro — deveria ter telefonado antes para Vanessa. Mas, se tivesse ligado, não seria um indício de que ela era relevante na ida dele para lá, para fazer aquilo por Jack? Não seria bom. Então, ele simplesmente bateu à porta.

Foi Walt quem abriu, com os óculos na cabeça e o jornal na mão.

— Paul! Caramba, garoto! O que é que você está fazendo aqui?

— Estou aqui para fazer um serviço, senhor — respondeu ele, rindo. — Vamos precisar manter segredo por enquanto... Acho que a notícia ainda não foi divulgada.

— Que notícia? — perguntou ele, abrindo a porta. — Entre, entre! Você pode contar tudo para nós. Vanessa! Você não vai acreditar nisso!

Paul entrou no vestíbulo da casa e deu uma olhada ao redor, apreciando. A casa não parecia lá grande coisa do lado de fora — apenas uma casa de rancho estreita e comprida. Mas, do lado de dentro, era espaçosa, com teto abobadado e muitas janelas voltadas para o estábulo e para o curral, de modo que eles conseguiam ver seus cavalos dali de dentro. Parecia que o general pusera a casa abaixo e empreendera uma reforma completa no local. O vestíbulo dava para uma sala espaçosa com uma lareira impressionante e muitos móveis macios e estofados com couro. Ao entrar naquele salão, Paul viu que a sala de jantar ficava à sua direita e, então, inclinou-se um pouco para dar uma espiada na cozinha imensa e moderna. No fim do corredor, ele supôs, ficavam os quartos. Do lado de fora, ele via através das janelas do amplo salão os cavalos espalhados pelo pasto e pelo novo estábulo e a paisagem com as montanhas e o rio. Não era difícil entender por que o general tinha escolhido aquele lugar. Ele era um caçador, um pescador e um esportista que amava seus cavalos.

Mais para trás, com um dos pés em cima da cerca do curral, observando os cavalos, se encontrava um jovem. Aquele devia ser Tommy. No casamento, uns anos antes, Paul tinha gostado muito do senso de humor do garoto. Era um adolescente inteligente, bonito e também engraçado, mas com um jeito cuidadoso, resultado da criação típica de uma família estrita, comandada pela mão firme de um general do Exército.

Vanessa atravessou o corredor, vindo na direção dele, seu rosto iluminado pela surpresa.

— Ah, meu Deus! — exclamou ela, abrindo um largo sorriso. — O que você está fazendo aqui de volta tão cedo?

— Conto para você daqui a pouco. Como você está? Você está fantástica!

— Estou começando a ficar bem gorda — respondeu ela, dando uma gargalhada.

— Você está perfeita. Acho que nunca esteve tão linda. Você está tirando muitas fotos, para mostrar depois ao Matt?

— Toda semana meu pai tira uma nova foto da minha barriga. Para acompanhar o crescimento.

— Que ótimo!

— Que tal uma cerveja, Paul? — perguntou Walt.

— Claro, por que não? É o Tommy lá fora?

— É, ele está tendo um dia ruim. Vou pegar sua cerveja, sente-se.

— Vem — chamou Vanessa, tomando a mão do amigo e puxando-o para dentro do grande salão.

Ela o levou até uma cadeira estofada e um pufe perto da janela que se abria para o curral.

Antes que Paul pudesse se acomodar na cadeira em frente à Vanessa, o general apareceu com um copo comprido cheio de cerveja gelada. Ele também tinha se servido e disse:

— Vanni, eu não peguei uma para você, querida. Eu nem pensei.

— Não tem problema, pai. Eu vou buscar uma água já, já. Nossa, essa cerveja está com uma cara ótima! Preciso confessar... mal posso esperar.

O general tinha pelo menos um metro e oitenta, ombros largos e cabelo grisalho, sobrancelhas pretas, rosto quadrado, e tinha por volta de 60 anos; tinha tido uma carreira magnífica no Exército que durara trinta e cinco anos. Sua esposa tinha falecido havia algum tempo, foi quando ele encerrou as atividades no Exército. Sem sua grande parceira — uma mulher enaltecida com frequência, mas que Paul nunca conhecera —, ele não se interessava mais por qualquer desafio militar.

— O que houve com Tommy? — perguntou Paul, dando um gole em sua cerveja.

— Ah, adolescentes — comentou o general. — Ele está andando com um garoto de quem eu não gosto. Tommy se meteu em uma pequena confusão... participou de uma chopada proibida na floresta. Descobri que ele tem bebido cerveja de vez em quando depois da escola e percebi que as notas dele começaram a cair em algumas disciplinas. E acho que a culpa é desse garoto.

— Não é só isso. Papai não vai com a cara dele.

— Quê? — perguntou Paul.

O general balançou a cabeça.

— Esse garoto, ele tem um olhar esperto, um sorriso manipulador. Quero dizer, todos nós já tivemos 17 anos, não é? Bebemos nossas cervejas, dirigimos nossos carros em alta velocidade, tentamos sair com as garotas. Mas esse garoto é diferente. Acho que ele é de foder, e eu não quero que ele foda meu filho. Desculpe, Vanni.

Ela deu uma gargalhada.

— Bom, é a primeira vez que eu ouço essas palavras pesadas.

— Só sei que consigo ver que ele não é coisa boa — respondeu o general.

É provável que consiga mesmo, pensou Paul. O general tinha passado anos olhando para a cara de jovens soldados e aprendera a fazer uma leitura bastante boa deles. Paul assentiu com a cabeça.

— E aí? O senhor o deixou de castigo, foi isso?

— É, ele está de castigo, mas eu disse que queria que ele fizesse amigos melhores, porque, se ele mentir para mim de novo, já era. Vou mandá--lo para outra escola... uma particular. Eu achei que este lugar fosse ser calmo... que a garotada daqui fosse ser tranquila. Acho que eles são mais rebeldes do que os garotos da cidade. Pelo menos esse moleque com quem Tommy tem saído. O garoto é má influência. Mas vamos deixar os problemas da nossa família para lá... O que é que você está fazendo aqui?

Paul olhou para Vanni e disse:

— Eu contei para seu pai que a gente precisa guardar segredo até que eu consiga descobrir quanto da história já foi divulgado... mas eu estou aqui para ajudar Jack a terminar de construir a casa. Eu contratei uma equipe, instalei um trailer lá no canteiro de obras e a gente vai tentar terminar a construção o quanto antes. Porque a sua enfermeira obstétrica está grávida, então eles precisam de mais espaço.

— Sério? Uau!

— Meu informante disse que ela está muito chateada com a forma como as coisas se desenrolaram... Ela ainda não estava pronta para ter mais um bebê. Por isso, Jack, sendo o príncipe encantado que é, está pagando hora extra para todos os meus rapazes para conseguir terminar aquela casa.

— Ah, isso é muito fofo. Você quer dizer que eles ainda não contaram para as pessoas sobre a gravidez?

— Não tenho certeza, mas não quero ser a pessoa que vai contar. Então, não vamos comentar nada. E eu não sei se Mel sabe o que Jack está fazendo.

— Mas onde é que você vai ficar enquanto estiver na cidade? — perguntou ela. — Ela não vai se perguntar por que você está aqui?

— Bom, eu tenho certeza de que Jack vai contar o mais rápido possível para ela sobre a minha equipe de construção, porque, pelo que entendi, ela sempre vai até a construção para ver como as coisas estão. Ela vai reparar nas pessoas, no trailer... e eu trouxe meu trailer também.

— Não! Fique aqui! Com a gente!

— Com certeza — reforçou o general. — Nós temos muitos quartos.

— Eu não posso — protestou Paul. — Vou ficar entrando e saindo, meus horários serão esquisitos, tenho certeza de que vou passar um tempo com Jack e Preacher na cidade...

— E daí, quem liga? Entre e saia quando quiser! A gente faz uma chave para você. — Vanessa deu uma risada. — Não que as pessoas se lembrem de trancar a porta por aqui.

— Vou precisar viajar... Deixei meus irmãos com a empresa, lá em Grants Pass. Eu vou e volto, mas, sério, isso vai ser...

— Não gosto nem de imaginar você em um trailer durante semanas, e não estou nem aí para o seu horário de trabalho! — argumentou Vanessa.

— Para dizer a verdade, Paul, eu agradeceria uma ajuda — disse Walt. — Estou indo a Bodega Bay quase toda semana passar uns dias por lá. Ou, pelo menos, semana sim, semana não. Você se lembra da prima de Vanessa, Shelby, que estava no casamento?

— Claro — afirmou ele, sentando-se com a coluna mais ereta.

— A mãe dela, minha irmã, está incapacitada. De cama agora.

— Sinto muito, senhor... Eu tinha me esquecido. Doença de Lou Gehrig, não é?

— Isso mesmo. Sinceramente, ninguém esperava que ela fosse ficar viva tanto tempo assim, mas ela ainda está entre nós. É a pessoa mais corajosa que eu já conheci. Mas, já que não consigo convencer Shelby de que ela ficaria bem em uma casa de repouso, vou até lá sempre que posso. Para ajudar, para visitar, para oferecer apoio moral. Vanni também vai de vez em quando. Com certeza eu ficaria mais tranquilo se tivesse alguém aqui para ficar de olho nas coisas enquanto eu estiver fora.

— Ficar de olho no Tom, foi o que ele quis dizer — esclareceu Vanessa. Em seguida, sorriu e completou: — Tenho certeza de que ele vai preferir ser cuidado por você do que por mim.

— Conte comigo no que eu puder ajudar, senhor — disse Paul. — Sinto muitíssimo por sua irmã.

— Obrigado. Ela não está sentindo dor alguma. A parte mais difícil é que minha sobrinha assumiu todos os cuidados, em tempo integral, e ela é só uma menina.

— Shelby está fazendo exatamente o que quer — argumentou Vanessa. — Ela é muito teimosa em relação a isso. Se fosse minha mãe ali, eu faria a mesma coisa que minha prima.

— Tenho certeza de que a gente consegue ajustar nossas agendas, general — afirmou Paul. — Se o senhor fizer sua viagem para a costa enquanto eu estiver trabalhando na casa, e não lá no Oregon, ficarei feliz de ficar por aqui. Para garantir que ninguém faça nenhuma loucura.

Ele deu um sorriso, mas seu coração acelerou um pouco. Estar debaixo do mesmo teto que Vanessa enquanto o pai dela estava fora não o ajudaria a dormir como uma pedra.

— Você é um bom homem, Paul — afirmou Walt.

Paul pensou: se eu fosse um bom homem, eu não estaria pensando essas coisas, sentindo essas coisas.

Jack apareceu na clínica por volta das onze da manhã e encontrou Mel sentada na frente do computador, com David não muito longe dali, no cercadinho.

— Ei — disse ele. — O que você está fazendo?

— Nada demais — respondeu ela. — Estou marcando a visita da unidade móvel de mamografia. E você, por que está aqui?

— Tenho uma coisa para lhe mostrar... se você puder parar um pouco.

— O que é?

— Não pode ser uma surpresa?

— Eu sou muito ruim com surpresas — disse ela.

— É, eu sei. Você devia trabalhar nisso. Cadê o doutor?

— Está por aí, em algum lugar.

— Bom, ache ele e avise que você vai dar uma saída. Vou pegar o David. Vamos dar uma volta. Acho que você vai gostar.

— Jack — disse ela, levantando-se —, detesto quando você faz isso.

— Eu ainda não fiz nenhuma surpresa ruim para você — argumentou ele, tirando o filho do cercadinho. Quando ela lhe olhou feio, ele disse: — Nenhuma! Eu faço bebês maravilhosos e, se você ficou surpresa com isso, a culpa é sua!

— Ok, você não precisa esfregar isso na minha cara.

Mel precisou de poucos minutos para se aprontar, avisar o dr. Mullins, pegar a bolsa com materiais médicos que ela carregava para tudo quanto era lado e vestir o casaco. Jack colocou David na cadeirinha do carro — ele estava contentíssimo de estar indo a algum lugar. Qualquer lugar.

Quando eles saíram da via principal e pegaram a estradinha que tinha se tornado a entrada de carros que levava à nova casa deles, ela ficou um pouco animada. Talvez até feliz.

— O que está acontecendo?

— Espere para ver. Você vai gostar. Você vai voltar a gostar de mim.

— Eu te amo... Só não fico muito animada com o fato de você ser, ao que parece, tão potente assim.

Quando Jack parou no topo da colina, em meio às árvores, ela se endireitou no banco ao ver toda aquela atividade ao redor da casa. Era um canteiro de obras a pleno vapor, completo, com trailers, veículos, banheiro químico, homens trabalhando. Bem em frente ao maior dos trailers, usando um capacete de segurança, ela reconheceu Paul.

— O que está acontecendo? — perguntou ela de novo.

— A gente está terminando a casa, Melinda. Paul trouxe uma equipe do Oregon e estamos finalizando a construção. Vamos precisar ir a Eureka para escolher os acabamentos, tintas, carpete, piso, armários. Vamos dar uma acelerada.

— Jack — ofegou ela, virando-se para ele e pousando a mão sobre a dele.

— A gente vai deixar você instalada antes de o bebê chegar. Vou fazer de tudo para facilitar as coisas para você. — Ele deu de ombros e continuou: — Se eu pudesse, carregava o bebê no seu lugar. — E, sorrindo, completou: — Ainda bem que não posso fazer isso. Mas, depois que este bebezinho nascer, vou fazer o que for preciso para garantir que você tenha tempo para aproveitar seus filhos. Da próxima vez, vamos tentar o meu método contraceptivo em vez do seu. Eu sinto falta da ver você feliz. Do seu sorriso.

— Eu sorrio — protestou ela.

— Você tem estado bem irritada.

— Desculpe, Jack, querido. Não é você... Sou eu. Eu me sinto uma idiota. Sinto como uma daquelas adolescentes que chegam até mim já com cinco meses de gravidez sem nem desconfiar, porque não queriam estar grávidas. É bem constrangedor, considerando a minha profissão. Eu achei de verdade que David fosse um milagre, e o único milagre que eu teria. Pessoas como eu não deveriam entrar nesse tipo de negação. Não sei o que deu em mim...

— Você tem ideia do quanto eu te amo? Mel, eu nunca faria alguma coisa para machucar você, para deixá-la desconfortável. — Ele sorriu e continuou: — Eu só não consigo ficar longe de você.

— Eu sei, Jack — disse ela. — A coisa é que também não consigo resistir a você.

— Então... o único problema que a gente tem é que você é muito mais fértil do que achava que era. A gente consegue lidar com isso. Eu quero um beijo.

Ela se inclinou na direção dele, colocou a mão na nuca do marido, puxando-o para junto de sua boca aberta com paixão, provocando-o com um dos beijos mais lascivos que ela já lhe dera. Ele a envolveu com seus braços e gemeu de prazer. Quando o beijo acabou, ele disse:

— É disso que estou falando. Seu gosto é tão bom. Vem, vamos lá ver o que o Paul está fazendo.

Mel saiu do carro enquanto Jack tirava David da cadeirinha. Assim que Paul os viu saindo da caminhonete, ele veio encontrá-los, abrindo os braços para Mel e dando um abraço bem apertado nela.

— E aí? Seu marido fez de você uma mulher feliz hoje?

— Eu não acredito... você é maravilhoso!

— Não sou maravilhoso, é ele que está pagando uma grana boa. Mas vai ficar bonito, Mel. Eu garanto. Vocês também têm trabalho para fazer... Precisam ir a uma loja de eletrodomésticos e acessórios agora mesmo. Eles demoram muito para entregar algumas coisas.

— Vamos fazer isso imediatamente. Você vai ficar com a gente enquanto estiver aqui na cidade?

— Todo mundo está me oferecendo casa, mas tenho o meu trailer, que, acredite ou não, eu gosto. Acho que, quando eu não estiver aqui com os rapazes ou de volta a Grants Pass, vou passar um tempo na casa do general.

— Bom, isso é perfeito — disse ela. — A gente vai ver um dia nesta semana para você ir jantar com a Vanessa, a família dela e todos os seus rapazes lá no bar. Certo, Jack?

— Com certeza. O que você quiser.

Ela sorriu.

— Eu gosto quando ele diz isso. Ele já contou a novidade?

— Que novidade? — perguntou Paul, fingindo-se de desentendido.

Ela lhe deu um tapa de brincadeira no braço.

— Pare com isso... Eu sei que você sabe. É por isso que está aqui.

Ele passou o braço por cima dos ombros dela e disse:

— Se eu sei, é só porque você está radiante. De novo.

— Não confio muito nisso — respondeu ela. — Fico verde de enjoo até umas nove da manhã.

— E logo depois ela fica radiante — concordou Jack.

— Não tem nada mais bonito do que uma mulher grávida — afirmou Paul.

— Ah, céus — comentou ela.

— Até que você faz o trabalho direitinho — disse Paul a Jack.

— É... e se um dia eu descobrir quem foi que a deixou assim... — acrescentou Jack, gargalhando e recebendo um olhar furioso que fez os dois homens rirem um pouco além do que seria prudente.

O trailer com os equipamentos para exames de mamografia apareceu em Virgin River na manhã de uma segunda-feira e se instalou na clínica do dr. Mullins. Todas as mulheres que Mel tinha chamado vieram cedo, em bando, algumas acompanhadas por crianças e todas trazendo consigo comidas e bebidas. Elas se reuniram na sala de espera e organizaram uma festa que durou o dia todo, indo uma de cada vez para realizar o exame. Foi um dia longo, exaustivo, mas gratificante para Mel e para o dr. Mullins — olhando de perto, a careta no rosto dele quase parecia um sorriso.

No dia seguinte, a unidade foi a Grace Valley, para a clínica de June Hudson, onde as mulheres de lá acima de 40 anos ou as mais jovens que estavam no grupo de risco para câncer de mama puderam fazer suas mamografias.

O terceiro dia foi dia de consultas na clínica e Mel teve três pré-natais para fazer — sendo que o terceiro deles era de Vanessa Rutledge.

Mel não estava surpresa pelo fato de suas duas primeiras pacientes darem preferência a um parto domiciliar apesar de terem à disposição o hospital e a epidural — elas vinham de famílias rurais e suas famílias tinham partos domiciliares há muitas gerações. Mas quem a surpreendeu de verdade foi Vanessa, que era uma típica garota da cidade. Ela planejava dar à luz na casa do pai.

— Faltam apenas três meses — informou Mel. — E você está perfeitamente saudável. Que tal dar um pulo em Grace Valley para fazer uma ultrassonografia? Nós temos que ter certeza agora de que não teremos nenhuma complicação óbvia. Você quer saber o sexo do bebê?

— Seria ótimo... assim posso contar para Matt. Ele se sente tão excluído.

— Que tal na semana que vem?

— Não tenho nada na agenda — respondeu ela, dando de ombros.

— Deve ser difícil ter seu marido tão longe enquanto você está grávida.

— É, sim, mas parece ser a história da família Booth. Meu pai não estava por perto nem quando eu, nem quando meu irmão nascemos. A carreira militar pode mesmo estragar o melhor dos planos.

— Eu não sei como você consegue — disse Mel.

— Jack não foi do Corpo de Fuzileiros por vinte anos?

— Um pouco mais de vinte, mas eu só o conheci há pouco tempo. Eu vim de Los Angeles para trabalhar com o doutor Mullins, e foi quando conheci e me casei com Jack. Ele já estava na reserva.

— E vocês tiveram um bebê logo depois!

— Nem me diga — disse Mel, tocando a barriga que ainda não tinha crescido. — E adivinha só? Ele me engravidou de novo. — Ela balançou a cabeça. — Vou precisar colocá-lo na casinha de hóspedes lá nos fundos.

Vanessa deu uma gargalhada.

— Escute, amanhã à noite nós vamos fazer uma coisa bem especial lá em casa... e nós gostaríamos que você, Jack, Preacher, Paige e Mike aparecessem, se der. Claro, Paul também vai estar lá. Meu pai inscreveu a gente em algum tipo de programa chamado "Vozes de Casa". Nós vamos receber uma ligação on-line do Matt... em tempo real, com vídeo direto de Bagdá. Vamos transformar isso em uma festa... e, depois de todos terem falado com ele, vamos ter um grande jantar. Vocês podem vir?

— Vanessa, você não quer um tempo a sós com ele? — perguntou ela, tocando a mão da mulher.

— Parte de mim quer, mas estou pensando nele... Matt está lá longe, e nós estamos aqui com as pessoas de quem ele mais gosta. Você não faz ideia do quanto ele falava sobre Jack, Preacher e Mike. E falar com o Paul vai ser quase tão importante para ele quanto vai ser falar comigo. Eu vou atravessar a rua assim que sair daqui para convidar os rapazes. Vamos lá, diga que vai.

— Você tem certeza absoluta disso, querida? Porque é compreensível se você...

— Tenho certeza! Só queria saber o sexo do bebê para poder contar na chamada por vídeo. Seria a cereja do bolo.

Mel sorriu.

— Bom, minha amiga, nisso posso ajudar você. Tenho alguns contatos. Você consegue ir lá hoje ou amanhã de manhã?

O rosto dela se iluminou.

— Posso, sim! Você consegue mesmo fazer isso?

— Pode apostar que sim. É o mínimo que posso fazer por você.

No dia que eles fariam a chamada de vídeo com Matt, Tommy estava no estacionamento da escola, a caminho de sua caminhonete, quando Jordan o segurou pelo braço.

— Ei, cara, por onde você andou?

— Por aí — respondeu ele, não muito animado.

Ele vinha evitando Jordan. Brenda o deixara curioso sobre aquelas festas no velho posto de gasolina, por isso, quando ela teve um compromisso com uma amiga, Tommy deu uma passada em uma das festas. A coisa, como ela dissera, estava bem fora de controle. Não tinha muita gente e o tempo estava frio, mas estavam rolando uns negócios de que ele não gostava nem um pouco. Jordan e seu amigo pareciam levar os jovens para longe da multidão durante um curto espaço de tempo; Tommy não conseguia ver o que estava acontecendo, mas eles não se afastavam tempo o suficiente para fumar um baseado e voltavam com uma expressão alegre demais. Tommy suspeitava de algum tipo de droga. Ecstasy, ele pensou. Ou alguma coisa um pouco mais forte, tipo metanfetamina.

Tommy bebera uma cerveja e voltara para casa. Só seu pai estivera esperando acordado por ele e sentira seu hálito. Foi assim que ele se meteu em confusão.

— Não tenho visto você. Quer ir lá para casa? A gente toma uma cerveja, se diverte um pouco.

— Não, não estou nessa.

— Desde quando?

— Desde que dei uma passada na sua festinha no posto de gasolina e me encrenquei com meu velho. Tenho que ir... tenho um compromisso.

— Qual é seu problema? Você me corta assim, sem dizer nada? Tem uma garota que eu quero que você conheça.

— Eu já tenho uma garota, Jordan. Tenho que ir.

— Calma. Quem?

— Eu estou vendo uma menina. Do segundo ano. O nome dela é Brenda. A gente tem saído. E tal.

— Brenda? Carpenter? — perguntou ele, seus olhos se iluminando. — É, conheço a Brenda. — E balançou a mão na frente do rosto, como se estivesse abanando um calor repentino. — Eu conheço Brenda muito bem. Muito, muito bem.

A expressão de Tommy se fechou. Ficou sombria.

— Não, você não conhece.

— Conheço. — Ele gargalhou. — Ah, se conheço. Ela é gostosa. Gostosa mesmo.

Tom parou de raciocinar na mesma hora. Um apagão cerebral. Começou a soltar fumacinha pela orelha. E partiu para cima de Jordan, chegando bem perto do rosto dele.

— Do que é que você está falando?

— Nada, cara. Foi há um tempão. Nada demais. A gente se divertiu um pouco juntos.

Tommy o agarrou pela frente da camisa.

— Não. Vocês não se divertiram.

— Tudo bem. — Jordan riu de novo. — Como você quiser.

Tommy se afastou e deu um soco na cara de Jordan, derrubando-o no chão. Mas o garoto se levantou na mesma hora e devolveu o soco, que foi surpreendentemente forte para o baixinho e magrela que ele era. E a briga começou. Eles se bateram, rolaram pelo chão, deram socos, se xingaram — e, então, foram separados por dois professores.

Na sala do diretor, Tommy contou na mesma hora o que tinha feito ele partir para cima de Jordan, que foi tão rápido quanto o outro para dizer que estava só falando coisas sem importância e que nada daquilo era verdade. Aquela era uma diferença entre o interior e a cidade: as pessoas ali meio que esperam que você lide com uma situação como aquela dando um ou dois socos. O diretor disse a Jordan:

— Parece que você estava pedindo que isso acontecesse, filho. Se você tivesse dito isso a respeito da minha garota, eu teria batido muito mais em você. Agora, quero que vocês, rapazes, fiquem longe um do outro, porque, se isso acontecer de novo, os dois vão ser suspensos.

O problema foi que a conversa levou muito tempo para chegar até aquele ponto e Tommy estava com pressa para chegar em casa. Ele não queria perder a oportunidade de conversar com Matt.

Havia, sem dúvida, um ar de animação na casa da família Booth à medida que a hora da ligação com Matt se aproximava. O general tinha levado para a sala de estar o computador com a câmera instalada em cima do monitor, que era novo, maior que o anterior e de tela plana, comprado para aquela noite especial, de modo que a imagem do rosto de Matt pudesse ser projetada, assim como os rostos das pessoas que conversariam com ele seriam projetados para ele. Vanessa estava andando por ali, nervosa, preocupada com o cabelo e a maquiagem, enquanto Jack e Mike estavam na cozinha ajudando o general a servir as bebidas e os aperitivos. Jack fechara o bar para comparecer àquele evento e Paige e Mel ficaram o tempo todo garantindo a Vanessa que ela nunca estivera mais bonita. Preacher estava com Christopher no colo, mantendo-o sob controle enquanto David dormia calmo no cercadinho instalado em um dos quartos no fim do corredor.

Conforme a hora do encontro se aproximava e o general conectava o computador, a tensão foi se multiplicando por dez na casa. Foram minutos longos e estressantes à medida que o horário marcado chegava e, depois, passava. Então, de repente, uma voz ressoou no salão:

— Ei! Alguém em casa?

Vanessa projetou-se para a frente e ficou muda por um tempo, olhando para o rosto do marido na tela. Ela esticou a mão na direção dele.

— Ei! — repetiu ele. — Vanni? Você está aí?

— Matt — respondeu ela, bem baixinho. Então, ligando a câmera e tomando coragem, repetiu, mais alto: — Matt! Meu amor!

— Ah, Vanni... olha só você! Me deixe ver, quero ver sua barriga.

Ela se virou de lado diante da pequena câmera.

— Uau, Vanni! Você está ficando grande! Você está produzindo um bebê maravilhoso para mim!

— Matt, tenho tantas surpresas para você. Primeiro de tudo, eu descobri hoje de manhã que o bebê é um menino. Um filho, Matt!

Houve um silêncio ensurdecedor.

— Ah, Vanni! — disse ele com a voz embargada. — Eu te amo, querida. Eu te amo tanto.

— Eu te amo, Matt! Você está bem? Está tudo bem?

— Estou bem, Vanni, está tudo bem. Estamos trabalhando duro, mas foi para isso que eu vim para cá. Não vai demorar muito mais. Você está linda, meu amor.

— Você emagreceu? — perguntou ela.

Ele deu uma risada.

— Amor, todo mundo emagrece aqui. Não acho que vou ter problemas para engordar de novo. Mal posso esperar para abraçar você.

— Eu também, Matt. Quando você chegar em casa, você vai poder abraçar a nós dois. Pense em um nome, está bem?

— Vou pensar. Como você está aí? Se sentindo bem?

— Eu estou me sentindo ótima, querido. E tenho mais surpresas para você. Adivinhe quem está aqui? Jack, Preacher, Mike, venham aqui!

Eles colocaram o rosto na frente da câmera, um de cada vez.

— Uhul — disse Jack, sorrindo.

Logo os outros dois homens se juntaram a ele. Preacher fez uma cara séria e disse:

— E aí, fuzileiro?

Mike sorriu e disse:

— Vou pagar uma cerveja quando você voltar, parceiro.

— Ah, cara! — disse Matt, rindo, dando um tapa em sua testa com a surpresa. — Que droga, vocês estão ótimos, rapazes! Vocês não devem precisar trabalhar para viver, estão com uma cara ótima! Meu Deus, eu estou muito feliz que a Vanni esteja aí... Eu disse que ela ia amar! Como está o general? Vocês estão cuidando dele?

Walt abriu caminho para aparecer também.

— Quem disse que preciso de alguém cuidando de mim?

— Ei, cara! Como o senhor está? Está cuidando do seu neto?

— Quando você chegar em casa, já vou ter ensinado ele a ficar em posição de sentido!

Matt deu uma gargalhada, adorando a pequena reunião.

— Tommy está por aí? — perguntou.

— Parece que ele está atrasado, Matt. Não sei o motivo... Ele estava ansioso por esta ligação. Tem mais alguém aqui — disse Walt, puxando Paul para dentro do enquadramento.

— Haggerty! Mas que diabos você está fazendo aí? — perguntou Matt.

— Estou terminando a casa nova do Jack. Ele tem um filho e mais um a caminho...

— Jack tem um filho?

— Tem, dá para imaginar algo mais doido que isso? Ele precisava de um pouco de ajuda. Como estão as coisas por aí, cara?

— Ah, uma merda. Que surpresa, não é mesmo?

— Estão fazendo algum progresso?

— Um progresso devagar e miserável. Você vai ficar um tempo por aí?

— Uns meses, talvez, indo e voltando. Mas nunca estou muito longe, você sabe disso. Quando você voltar para cá, eu vou vir...

— Ei, Paul... Cara... Escute, se alguma coisa acontecer...

— A gente não fala nisso, qual é.

— Paul, se alguma coisa der errado, você cuida da Vanni, ok? Acho que ela sempre gostou mais de você mesmo. — Então, Matt deu mais uma risada. — Vai dar tudo certo aqui, não se preocupe.

— Não estou preocupado. Ei, a gente não quer roubar o tempo da sua esposa, por isso vamos sair e deixar vocês dois a sós, certo?

— Obrigado, meu chapa. Paul? Ei, você sabe que eu te amo, cara.

— Uhul — respondeu Paul. — Aguente firme aí. Não dá mole para eles! Vanni, volte aqui — chamou Paul.

E, como em um êxodo, todos saíram do salão e foram para a cozinha para que Vanessa e Matt pudessem passar o tempo que ainda restava sozinhos. De lá, eles conseguiam escutar as vozes deles ao fundo. Walt distribuiu as bebidas em silêncio enquanto todos sussurravam.

— Ele parece bem — comentou Jack.

— Para um fuzileiro — brincou o general. — Tommy deveria estar aqui. Atrasado de novo. — Então, voltando-se para Mel, ele disse: — Você foi perfeita arranjando a ultrassonografia antes da chamada de vídeo.

— Eles não tinham nada disso na época que eu servi — queixou-se Preacher. — Isso é bom, essa coisa de chamada de vídeo. Que pena que eles não podem conversar todos os dias ou toda semana.

Ele pôs um dos braços por cima dos ombros de Paige, puxando-a para perto de si. Era evidente que ele não conseguiria suportar ficar longe dela, os dois separados como Matt e Vanessa.

Depois de alguns minutos, não se ouviram mais as vozes vindas do outro cômodo. Paul parecia ter estado alerta e foi o primeiro a enfiar a cabeça para fora da cozinha para espiar. A tela estava escura e Vanessa estava sentada diante dela, com a cabeça baixa e apoiada nos braços dobrados, chorando.

Paul se aproximou dela.

— Vanni, vamos lá — disse ele, ajoelhando e a envolvendo com os braços. Ela aceitou o abraço e, com a cabeça no ombro do amigo, apenas chorou. — Ah, querida, foi difícil, não foi? Mas ele está bem... Você viu isso! Ele é forte, Vanni. Ele vai ficar bem. Quando você menos esperar, ele vai estar em casa.

Ela levantou a cabeça e olhou nos olhos de Paul.

— Pelo menos não desabei enquanto ele estava on-line — comentou ela.

— É, você fez bem. Vamos lá — disse ele, levantando-a. — Vamos lavar o seu rosto. Eu não quero você toda chateada. A gente não quer que essa criaturinha fique chateada. Vamos — insistiu ele, passando um braço sobre os ombros dela, guiando-a para longe do computador e pelo corredor, em direção ao banheiro.

Walt foi o próximo a sair da cozinha.

— Ela deve levar uns minutos — concluiu ele. — Eu sabia que a coisa toda seria boa e ruim ao mesmo tempo. Mas, com todos vocês aqui, ela vai se recuperar mais rápido, aproveitar, sentir coisas boas só por tê-lo visto de novo, por ter visto que ele está bem.

A porta da frente se abriu de repente e Tommy entrou correndo.

— Eu cheguei a tempo? — perguntou ele, olhando para o grupo ali reunido.

— Você perdeu, filho. Por onde você andou?

— Ah, cara, eu sinto muito, pai. Eu tentei voltar...

Walt foi até o filho, franzindo o cenho. O jovem era tão alto quanto o pai, embora mais magro. Ele estava com um corte no lábio e as roupas um pouco sujas.

— O que é isso? Você andou brigando?

— Não foi bem isso — respondeu Tommy. — Talvez um pouquinho. Pai, sinto muito que eu tenha perdido a ligação dele. Vou explicar depois, mas juro que não vou decepcioná-lo de novo. Juro.

— Só me diga uma coisa: isso tem alguma coisa a ver com Jordan Whitley?

Tommy deu um sorriso.

— Tem. E ele ficou pior do que eu. Já deu para mim, essa coisa de ser amigo dele, pai. Sério.

— Bom, acho que isso já é alguma coisa.

Paul estava passando algumas noites na casa do general depois da ligação de vídeo enquanto Walt estava em Bodega Bay e decidiu dar uma de irmão mais velho. Ele achou Tommy no estábulo, limpando a baia.

— Ei, cara — disse ele. — Beleza?

— Tudo bem. E você?

— Estou me mantendo longe da cozinha. Acredite em mim, Vanessa não vai querer que eu tente preparar comida nenhuma. Eu estava me perguntando...

— O que?

— Eu não quero me meter, então você me avisa se isso não for da minha conta. Você está tendo algum problema na escola?

— Tipo...?

— Do tipo que faz você brigar.

— Ah, isso. O que meu pai contou para você?

Paul deu de ombros.

— Ele disse que você está andando com um garoto de quem ele não gosta. É só isso que eu sei.

— No segundo que ele o viu, ele o odiou, e eu ainda não entendi. Não sei como é que você pode olhar uma vez para um cara e saber que ele é um babaca.

— Bom, o general olhou para um monte de garotos ao longo dos anos. E, afinal, ele estava certo?

— Estava — respondeu Tommy, dando um sorriso e, na sequência, tocando o corte em seu lábio, que começou a doer. — Não conte a ele que disse isso. Ele já acha que sabe tudo.

Paul retribuiu o sorriso antes de dizer:

— Seu segredo está seguro comigo, cara. Como foi que você acabou ficando amigo dele?

— Síndrome de novato — respondeu Tommy, apoiando sua pá na parede da baia. — Eu cheguei aqui no verão, mas era tarde demais para entrar no time de futebol americano e não tinha nada melhor para fazer. Achei ele um pouco esquisito, mas, você sabe… ele sempre conseguia descolar umas cervejas ou um lugar para dar uma festa. — O jovem deu de ombros antes de continuar: — Você sabe como é.

— Acho que sei — disse Paul, embora seu último ano no ensino médio tivesse sido bem tranquilo. — E aí, ele acabou se revelando que tipo de babaca?

— O típico babaca. Ele é um mentiroso, gosta de tirar onda sobre as garotas que pegou.

— Esse tipo de coisa acontece bastante no vestiário.

— Eu sempre aprendi que um homem de verdade não tira onda a respeito disso. Além disso, não tenho nada do que me gabar.

— Isso não é vergonha alguma, Tommy. Essa é uma ótima época para tomar muito cuidado, se é que você me entende.

— Eu sei exatamente o que você quer dizer, Paul — disse ele, sorrindo com mais cuidado. — Não se preocupe. Meu pai já teve essa conversa comigo umas mil vezes. Mas Jordan me tirou mesmo do sério… Ele estava falando de uma garota com quem tenho saído. Eu só saí com ela umas vezes, e tem a escola e as lições que faço na casa dela. Ela é uma garota legal. Uma garota certinha, sabe? Ela vai bem, bem devagar. Do jeito que aquele babaca falou, parecia que ele tinha transado com ela. Ele não conseguiria nem segurar na mão dela. Fui obrigado a dar um soco nele, entende?

— Ufa — comentou Paul. — E agora você cortou relações com ele?

— Ah, cortei. Toda vez que eu o vejo, quero bater na cara dele.

— E como estão as coisas com a garota?

— Estão bem. Você tem que ver como ela é... linda. E não dá nem para acreditar no quanto ela é inteligente. Acho que ela meio que gosta de mim.

— Quem não gostaria?

— Isso me surpreende um pouco — confessou Tom, desviando o olhar.

Paul riu da modéstia do rapaz. Ele já tinha perto de um metro e oitenta, ombros bem largos, braços fortes por praticar esportes e cuidar todos os dias de um estábulo com quatro cavalos. Espalhar bolas de feno por aí era melhor do que musculação.

— Ei, você tem algum tempo livre? E quer ganhar um dinheiro?

— Eu sempre quero ganhar um dinheiro.

— É, se você vai sair com garotas bonitas, precisa de dinheiro. — Paul riu de novo. — Eu tenho um trabalho lá no canteiro de obras, se você estiver interessado. É sujo e difícil... É para limpar o lugar. Mas Jack está pagando hora extra. Eu poderia passar para você algumas horas depois da escola e nos finais de semana.

— Eu quero — respondeu Tom, sorrindo.

Capítulo 10

A rotina de Brie em Sacramento não era desafiadora, mas, ainda assim, ela não sentia vontade de voltar para o escritório da promotoria. Tudo que fazia era malhar todas as manhãs, arrumar a casa do pai e preparar o jantar para os dois. Ela lia quando se sentia relaxada e conseguia se concentrar — nada de textos jurídicos ou de não ficção, mas sim romances escapistas. Finalmente se sentia confortável para frequentar alguns lugares na cidade — mas só se estivesse de dia. Sentia-se segura no mercado e na academia exclusiva para mulheres, mas não na biblioteca; aqueles corredores estreitos com livros arrumados bem juntos uns dos outros faziam-na se sentir claustrofóbica. Então, comprava seus livros pela internet, para receber em casa. Estava ansiosa a ponto de variar a hora em que saía de casa para ir à academia ou para se exercitar de manhã, ciente de que os criminosos que observavam suas vítimas estudavam seus hábitos para usar a rotina contra elas.

Ela ia até a casa das irmãs e, às vezes, elas vinham até a casa de Sam. Os jantares de domingo, com toda a família se reunindo na casa de Sam, eram bem típicos. Todo mundo tinha reparado que, embora a rotina de Brie não tivesse mudado muito, seu humor estava diferente. Ela estava mais leve; sorria e gargalhava com mais frequência.

— Eu acho que Virgin River fez bem para você — comentou sua irmã mais velha, Donna. — Não é a primeira vez que você vai até lá depois de uma crise e volta melhor.

— Não é a cidade — admitiu ela. — E não é por causa de Jack.

Quando ela fora a Virgin River depois do julgamento e do nascimento de David, estivera se sentindo vazia por dentro. Oca. Tinha acabado de se divorciar e de perder o maior julgamento de sua carreira, se sentia como se fosse um nada. Um zero à esquerda, uma não pessoa; uma mulher que não conseguira segurar o marido, uma advogada que não pudera vencer o caso. Mas bastara um piquenique, uns minutos de dança no casamento, um pouco de flerte e ela começara a se sentir mulher outra vez. Então, o estupro a fizera regredir um ano; ela estava em mil pedaços. Mas com alguns telefonemas e almoços, braços fortes ao redor dela e lábios encostando nos dela, Brie recomeçara a se sentir mulher. Na verdade, aquele era o único lugar onde ela se sentia uma mulher e não uma vítima: nos braços dele.

Desde que voltara para Sacramento, tinha visto Mike duas vezes ao longo de algumas semanas — eles saíram para almoçar em Santa Rosa, dando as mãos por cima da mesa. Na hora de se despedir, deram beijos longos e profundos. Ela conversava com ele quase todas as noites, em seu quarto; por cerca de uma hora eles contavam o que tinha acontecido no dia. Ele a mantinha informada a respeito de todas as notícias, desde a chamada de vídeo que fizeram na casa do general até quem tinha ido jantar no bar de Jack. Ela ficou impressionada com a forma como se sentia sedenta por qualquer minúscula informação sobre aquela cidadezinha.

Então, conforme a conversa se encaminhava para o fim, eles baixavam e suavizavam o tom de voz e suas palavras ficavam mais intensas.

— Estou com saudade de você, *cariño* — dizia ele, com a voz rouca. — Mal posso esperar para que você ameace partir meu coração outra vez. Acho que você está falando da boca para fora e na verdade já perdeu o interesse nele.

Ao que ela respondia:

— Nada disso... partir seu coração ainda é uma grande prioridade para mim. Eu vou voltar.

— Não cedo o suficiente.

— Sinto falta dos seus beijos — disse ela.

E ele respondeu:

— *Te tendré en mis brazos.* — Eu vou segurá-la em meus braços. — *Te he deseado por más tiempo de que sabes.* — Eu lhe desejo há mais tempo do que você sabe. Mike traduziu incorretamente: — Eu vou beijar você o quanto você deixar.

E aquilo a fez estremecer.

Novembro chegou trazendo dias frescos e noites frias para o vale de Sacramento, e ela ficou sabendo que tinha nevado nas montanhas. A passagem que ligava Red Bluff a Virgin River através do Trinity Alps poderia estar fechada naquele momento e qualquer viagem até a região precisaria ser feita saindo de Sacramento até Ukiah e seguindo até o vale de Mendocino. O que era uma sorte — a Rodovia 36 era perigosa e lenta até no melhor dos climas, mas era espetacular. Brie passou muito tempo pensando sobre qual caminho ela escolheria seguir quando, eventualmente, decidisse que era hora de voltar a Virgin River.

Ela contou às irmãs a respeito dele, para uma de cada vez, e às vezes em sussurros que ela sabia que soavam um pouco esbaforidos.

— Ele fala comigo em espanhol, em um tom de voz baixinho e sensual, e depois mente sobre o que disse, porque acha que não entendo.

— O que é que ele fala? — perguntou Jeannie.

— Ele fala alguma coisa tipo "Eu quero ter você nos meus braços e fazer amor com você", e finge que disse que queria me beijar.

— Você acha que consegue viver isso de novo? Uma intimidade desse tipo? Você está pronta para isso?

— Estou bem nervosa, mas estou louca por isso — respondeu ela. — Eu o quero.

— Você confia nele o suficiente?

— Quando estou com ele, me sinto muito segura. Cuidada. Protegida. Ele não me apressa... É muito gentil. Muito cuidadoso. Ele é o único tipo de homem com o qual consigo lidar no momento, e ele sabe disso. — Ela estremeceu e continuou, em um sussurro: — Mas tem um fogo dentro dele. Eu consigo sentir. — Brie respirou fundo.

Ela chegara de Virgin River havia um mês e estava começando a pensar em voltar para passar o fim de ano por lá. Mas então Brad veio visitá-la com uma proposta que virou seu mundo de cabeça para baixo mais uma vez. Era de tarde, e Brie estava pensando no que prepararia para o jantar quando escutou o pai ir até a porta. Ela sempre estremecia um pouquinho quando a campainha tocava, mesmo em plena luz do dia, sentindo medo de quem poderia estar em pé do outro lado e de que Sam pudesse se esquecer de olhar pelo olho mágico.

Sam entrou na cozinha e disse, de um modo sombrio:

— É Brad.

Ela secou as mãos em um pano de prato.

— Aqui?

Sam confirmou com um aceno de cabeça.

— Eu vou para o meu escritório.

Quando ela entrou na sala de estar, ele estava de pé ali, ainda usando a jaqueta de couro que ela tinha dado de presente para ele dois Natais atrás. Com as mãos enfiadas nos bolsos, ele trazia a cabeça baixa. Brad era tão alto quanto Jack; e também tinha os ombros largos, com o peito forte. Olhando-o de costas, Brie percebeu que quase poderia ser Jack ali, e por uma fração de segundo ela se perguntou se teria se casado com ele por causa das muitas semelhanças que trazia com seu irmão. Aquele cabelo castanho-claro, o rosto anguloso, as pernas longas, a compleição física poderosa.

Mike não se parecia em nada com os homens da família Sheridan — tinha um e oitenta e dois, o que era bem alto para o um metro e sessenta de Brie, mas não chegava nem perto da altura de seu pai e de seu irmão, que eram altos como Brad. Tinha o cabelo bem preto e macio, ossos malares proeminentes, olhos também pretos, a pele curtida e dentes tão brancos que eram quase assustadores. Suas mãos eram macias e seus dedos compridos e delgados. Ela ainda não o vira sem camisa, mas sabia que seu torso era forte e musculoso, quase sem pelos. Pegou-se imaginando que, abaixo da cintura de Mike, havia mais pelos escuros, descendo em espirais. Suas pernas eram fortes e esculpidas, como as pernas de um corredor; ela se lembrava de ter sentido as coxas dele quando se deitou em seu colo para receber um beijo.

Brie precisou se sacudir um pouco para focar no presente.

— Brad, o que você está fazendo aqui?

Ele levantou a cabeça e se virou, sorrindo ao vê-la. Então, esticou os braços, como um velho amigo faria, mantendo-os abertos. Ela permitia breves abraços, mas logo se desvencilhava.

— Eu preciso falar com você, Brie. Você pode agora?

— Pode ser. Aqui, sente-se — disse ela, indicando o sofá.

Depois que ele se sentou, ela escolheu a poltrona, mas optou por não ficar ao lado dele, preferindo se sentar em um ângulo mais diagonal.

— Isso é difícil — começou ele, deixando a cabeça pender, olhando para baixo. — Já tem meses que venho tentando descobrir como fazer isso.

Ele olhou para o chão por um instante.

— O que é, Brad? — perguntou ela, impaciente.

Ele respirou fundo antes de responder.

— Eu e Christine. Não estamos mais juntos. Nós nos separamos. Uns meses atrás. Não muito depois de você... do incidente com você.

Ela levou um segundo para absorver aquilo. Em seguida, deu uma risadinha abafada e disse:

— Eu não sei o que você quer que eu diga. Que sinto muito?

Ele esticou os braços para pegar nas mãos dela, mas só conseguiu segurar uma delas.

— Brie, fui um idiota. Cometi um erro terrível, não sei no que estava pensando. Eu sou ridículo. Mas ainda te amo, nunca deixei de te amar.

Ela puxou a mão e o olhar em seu rosto era de incredulidade.

— Você não pode estar falando sério.

Ele esticou a mão de novo, mas ela se afastou.

— Eu sei... é uma loucura. Eu e Christine nos separamos meses atrás, mas, antes disso, nós já não estávamos ficando juntos fazia um tempo. Nós tentamos manter a relação em nome de tudo que fizemos nossos parceiros e nossas famílias passarem. Brie, isso nunca foi a resposta, mas levou um tempo para que eu enxergasse isso. Meu Deus, eu sinto muito.

Brie estava chocada diante do que ele acabara de falar — e Brad nem tinha se dado conta do que acabara de revelar. *Fazer com que nossos parceiros passassem por aquilo tudo...?*

— Ela ainda não tinha se divorciado quando tudo começou — disse Brie, baixinho. — Ela não tinha, não é mesmo?

— Eu não sei — respondeu ele. — Na verdade, não. Você sabe que, de qualquer maneira, eles estavam com problemas. Eles não iam conseguir. Glenn não sabia a respeito de nós — argumentou ele, dando de ombros.

— Não tinha muito o que saber. Na verdade, tinham todas aquelas outras coisas.

— Christine e Glenn se separaram por sua causa! — afirmou ela, ficando de pé e se afastando dele. — Foi mais do que um ano. Meu Deus, você roubou a esposa do seu melhor amigo! E ele nem sequer sabe disso?

Ela se virou de costas para ele.

Ele se aproximou e pousou a mão em seu ombro.

— Não, não foi bem assim — argumentou ele. — Talvez tenham tido os sentimentos. As tentações, eu acho. Um ou dois beijos. Mas eu contei a verdade sobre quando a gente se envolveu. Fisicamente... sexualmente... Eu só não voltei até o comecinho porque, juro por Deus, não sabia onde tudo tinha começado, ou para onde aquilo estava indo. Jesus, Brie...

Ela se virou para encará-lo de novo.

— Você me deixou um ano atrás. Você estava dormindo com ela um ano antes disso. Mas ficou de caso com ela por mais tempo ainda, mentindo para mim cada vez que me dava um beijo de boa-noite, cada vez que me tocava...

— Era uma coisa física... Eu não sei descrever... Era como se eu não conseguisse me controlar.

— Um coisa física? — Ela deu uma gargalhada. — Ah, meu Deus! Você estava dormindo com nós duas! Pelo menos ela terminou com o Glenn, mas você não! Você teve duas mulheres! Duas mulheres que amaram você, que desejaram você! — Ela riu de novo, uma gargalhada cínica e cruel. — Você deve ter ficado nas nuvens! Você acha que esse é o tipo de coisa que eu vou superar?

— Desculpe. Não existe uma boa explicação, fui um idiota.

— Eu tenho pagado sua pensão. Mesmo estando desempregada.

— Eu guardei tudo, não gastei nada.

Ela balançou a cabeça, descrente.

— Nunca imaginei que isso pudesse ficar pior.

Ele deu mais um passo na direção dela.

— Se você me der uma chance, eu só queria uma chance para mostrar a você que eu... Eu sinto muito, Brie. Será que a gente pode...? A gente pode tentar de novo? Sair junto? Ver se conseguimos recuperar um pouco do que a gente tinha? Eu sei que vai levar um tempo... Se a gente não puder, vou culpar só a mim mesmo, mas será que não podemos apenas...

Ela deu um riso curto, debochado e disse:

— Coitadinho. Você tinha duas mulheres que adoravam você e agora não tem nenhuma. Você não está transando, está? Você é ridículo!

— Eu sei que você está com raiva... Você tem o direito de estar se sentindo assim. Vou recompensar você de algum jeito. Só me dê tempo, dê tempo para nós...

— Não! — gritou ela. — Não! — E, em seguida, começou a rir de novo. — Meu Deus, você não sabe quanto tempo esperei para você falar isso! Mesmo enquanto eu ainda odiava você, eu o teria aceitado de volta! — Ela sacudiu a cabeça, sem acreditar. — Jesus! Obrigada, Senhor, por não ter feito isso acontecer antes.

— Brie...

— Pelo amor de Deus, quero lá ter alguma coisa com um homem que é capaz de trair a mulher porque sente algo físico? Algo que você nem consegue explicar? Você vai me desculpar, mas eu achava que nós tínhamos alguma coisa física!

— Nós tínhamos. E vamos ter de novo.

— Não. Não. Vá embora. Saia daqui. Você me deixou para ficar com a minha melhor amiga e agora quer ver se a gente pode reatar alguma coisa? Você é um idiota. O que foi que eu vi em você? Como foi que não fiquei sabendo disso a seu respeito? Vá embora!

— Não, Brie, tem mais coisa.

— Eu não aguento mais nada — replicou ela.

— Eles o encontraram.

Ela ficou atordoada por um segundo. Não conseguia respirar.

— O quê? — perguntou ela. — O que foi que você falou?

Ele respirou fundo.

— Eles o encontraram... Jerome Powell. Ele está na Flórida, está preso lá, sob custódia. Eles estão trabalhando na transferência. Acho que você vai receber um telefonema amanhã do procurador do distrito. Eu ouvi isso no trabalho.

Ela deu um passo na direção dele.

— Por que essa não foi a primeira coisa que você me contou? — perguntou ela em um sussurro furioso.

— Porque eu queria que você soubesse que eu te amo. Quero estar junto de você nesse momento, quando eles o trouxerem de volta. Quero cuidar de você.

— Ai, meu Deus — disse ela de uma só vez. — Você achou que eu o aceitaria de volta por medo? Por desamparo? Você é um idiota, é isso que você é! Um grandessíssimo e maldito idiota!

Ele deixou a cabeça pender.

— Você não acha que eu me sinto muito mal pelo que aconteceu? Tenho estado por perto desde que aquilo aconteceu. Você não acha que isso está me matando? Que droga, Brie... Isso foi, provavelmente, o que fez com que eu e Christine nos separássemos.

Ela começou a rir mais uma vez, embora, dessa vez, lágrimas queimassem seus olhos ao mesmo tempo.

— Isso é sobre você, não é, Brad?

Ao dizer aquilo, Brie escutou uma doce voz em sua cabeça. *Eu não vou tirar nada,* mi amor. *Só vou dar.*

— Eu quero uma chance para consertar isso — pediu ele.

— Bom, você não pode. Ninguém pode consertar isso, sobretudo você. Você fez sua escolha, Brad, e está preso a ela.

Então, ela saiu correndo da sala, foi até seu quarto e bateu a porta.

Brad estava prestes a segui-la quando ficou cara a cara com Sam, que bloqueou o corredor.

— Acho que é melhor você ir embora, filho — afirmou o homem, de um jeito paciente porém firme.

— Você escutou?

— Cada palavra ridícula. Adeus, Brad — insistiu ele.

Brad se virou para ir embora e Sam o acompanhou, trancando a porta depois que o homem saiu.

Em seu quarto, Brie já estava dobrando as roupas em pilhas bem arrumadas em cima da cama. Ela estava pensando na insinuação patética de Brad de que ele cuidaria dela durante aquela situação. Ele não sabia o que significava cuidar de sua mulher.

Alguém bateu de leve à porta.

— Pai?

— Sim, Brie.

— Entre — convidou ela. Quando ele abriu a porta, ela preencheu seus braços. — Ah, pai.

— Está tudo bem, Brie. Nós vamos passar por isso.

— Pai, eu estou indo para Virgin River. — Ela levantou os olhos para encará-lo. — Estou indo encontrar o Mike. Quero estar lá, estou indo agora mesmo.

— Quer que eu leve você? — perguntou ele, sorrindo para ela. — Não preciso ficar por lá, mas posso levá-la, para você não precisar ir dirigindo sozinha até lá.

Ela balançou a cabeça, negando, mas retribuiu o sorriso do pai.

— Não, fico bem dentro do carro. Mas, se não for agora mesmo, posso perder as estribeiras. Pai, diga a verdade para mim... Você acha que estou fazendo besteira de ir atrás dele? De confiar nele?

Sam fez uma expressão de confusão.

— Mike? Por que eu deveria me preocupar com Mike?

Ela deu de ombros antes de responder:

— Jack tinha me alertado sobre o jeito como ele trata as mulheres, sendo volúvel e inconstante com elas. Jogando, ele disse.

Sam deu uma risadinha.

— Ah, Jack, tão puro quanto o primeiro floco de neve que cai. Rá. Eu acho que eles se conhecem muito bem, Mike e seu irmão — disse ele, passando a mão grande no cabelo da filha, colocando uma mecha atrás da orelha dela. — Brie, posso estar errado. Eu já errei antes, mas não consigo pensar em nenhum motivo que me faça não acreditar em Mike, ou desconfiar dele. — Ele sorriu, olhando-a nos olhos. — Seu irmão confiou nele por muitos anos... Tendo isso em vista, ele deve ser um homem bom. E é nítido que se preocupa com você.

— Ele faz com que eu me sinta uma pessoa — disse ela, baixinho. — Como uma mulher. Eu não me sinto como uma mulher desde que Brad... e depois... — Ela parou de falar. — Tenho que ir antes que eles tragam aquele monstro de volta para o julgamento. Antes de eu encará-lo e não conseguir mais imaginar um toque amoroso.

— Você acha que é isso que está esperando você em Virgin River? — perguntou Sam.

Ela concordou, balançando a cabeça.

— Acho que sim. Eu espero que sim. Se eu estiver errada...

— Você está fazendo as malas — observou Sam. — Você não acha que está errada. — Ela balançou a cabeça, dizendo que não. — Você é minha filhinha, e tem 31 anos — disse ele, sussurrando. — Eu não quero que você fique sozinha e com medo. Quero que você tenha amor na sua vida. É a ordem natural das coisas. E acho que Mike dá isso a você. — dando um beijo na testa da filha, ele completou: — Vá, eu acho que você já experimentou o suficiente do lado duro da vida. — Ele a abraçou. — Não fique longe muito tempo, vou sentir saudade.

Quando Brie parou o carro em Virgin River, ainda havia carros e caminhonetes ao redor do bar, embora já estivesse de noite e quase na hora de Jack e Preacher fecharem o lugar. Ela parou seu Jeep bem em frente ao motor home, estacionando ao lado do SUV de Mike. Poderia falar com Jack pela manhã; agora precisava ser envolvida pelos braços de Mike. Jack não interpretaria errado a presença dela ali, embora ele talvez não fosse ficar feliz com a decisão da irmã. Ela até deixou as malas na parte traseira do Jeep quando foi até a porta do motor home.

Mike abriu a porta e a viu parada ali, olhando para ele. Então, ele arfou, surpreso, e saltou para fora do veículo.

— Brie! — disse ele em um só fôlego, agarrando-a em seus braços, erguendo-a bem acima do chão e enterrando seu rosto no pescoço dela.

O mundo de Brie balançou e um calor se espalhou em seu corpo; tudo ficou no lugar, bastou apenas sentir os braços dele ao seu redor. De repente, todas as coisas estavam onde deveriam estar. Ela o abraçou bem forte, sentindo os lábios dele, a respiração em seu pescoço.

— Brie — murmurou ele. — O que é que você está fazendo aqui? Por que não me avisou que estava vindo?

Ela o olhou bem fundo nos olhos pretos dele.

— Decidi de repente — explicou ela. — Eu vim ficar com você, se estiver tudo bem.

Ele passou as costas do dedo no rosto dela, descendo pela bochecha até chegar ao queixo, que ele então ergueu.

— Qualquer coisa que você queira está bom para mim. Você só precisa me dizer o que quer.

Ela viera pensando no assunto durante a viagem de cinco horas que fez, e tinha planejado mil maneiras de abordar aquilo de um jeito delicado. Mas, no fim das contas, disse:

— Preciso que você faça amor comigo.

Em vez de se mostrar chocado ou animado com a perspectiva, ele perguntou:

— Qual o problema, querida? O que foi que aconteceu?

Ela balançou a cabeça e, olhando para ele com lágrimas nos olhos, respondeu:

— Brad. — O som saiu como um suspiro. — Ele veio pedir uma segunda chance. E, na mesma conversa, me contou que eles encontraram o estuprador e que iriam transferi-lo para a Califórnia, para o julgamento.

Ele ficou em silêncio durante um tempo, com um meio-sorriso nos lábios. Então, perguntou:

— E você acha que eu consigo fazer isso tudo desaparecer?

— Não — respondeu ela. — Mas eu sabia que se não viesse aqui logo... Mike, eu não estou inteira, você precisa saber disso. Tem sido uma longa jornada, e tem sido muita coisa... Acabei de descobrir que meu marido passou muito, muito tempo mantendo um relacionamento comigo e com Christine antes de optar por ela. E o que Powell fez comigo... Eu posso querer você, mas, sinceramente, não tenho certeza se vou conseguir sentir alguma coisa de novo.

— Shhh — fez ele, tocando com delicadeza os lábios dela com os seus. — Você já está sentindo, ou não estaria aqui — disse em um murmúrio.

— *Quiero que me abraces. Para amarme durante la noche.* — Quero que você me abrace, para me amar a noite toda.

Um sorriso se abriu devagar no rosto de Mike.

— Nada do que eu falei foi um segredo, foi?

— *Nada* — respondeu ela em espanhol.

Mike riu baixinho.

— Bem-feito para mim. Eu não sabia que você falava espanhol — disse ele. — *Te mereces sentir manos amorosas sobre ti.* — *Você merece sentir mãos carinhosas em você.*

— *Deja a que sean sus manos.* — *Que sejam, então, suas mãos.*

— Brie, tem certeza de que está pronta para isso? Tem certeza de que quer que seja comigo?

Ela sacudiu a cabeça.

— Eu só tenho certeza de que quero tentar, me sentir completa, me sentir como uma mulher de novo, antes que seja tarde demais, antes que aquele filho da mãe seja levado a julgamento e que eu vire pedra de novo ao encará-lo. Mas você? *Sí. Te quiero mucho.* — Sim, eu desejo demais você.

— Você viu Jack? — perguntou ele, com a mão embaixo do cabelo dela, segurando sua nuca e fazendo uma leve massagem ali.

Ela fez que não com a cabeça de novo.

— Eu nem sequer entrei no bar. Acho que ele vai entender rapidinho o motivo de eu estar aqui quando ele for embora mais tarde e vir meu carro aqui.

— Você quer que eu vá com você até ele? Para estar lá quando você contar que voltou?

Mais uma vez ela negou com a cabeça.

— Eu vou vê-lo amanhã. — E dando uma risada nervosa, continuou: — Eu não sei muito bem o que tenho a oferecer. Tenho certeza absoluta, e, mesmo assim... Talvez você deva me dar uma cerveja — sugeriu ela.

— *Tu no necesitarás esto. Nada malo te pasara mientrás estés en mis brazos.*

Você não vai precisar disso. Enquanto você estiver nos meus braços, nada de ruim vai acontecer. E, usando a mão que estava na nuca dela, ele a puxou para ainda mais perto.

— E se eu já estiver morta por dentro? — sussurrou ela.

— Você sabe muito bem que não está. Nunca esteve morta, só assustada. Você teve força de vontade para vir aqui, deixe o resto comigo. — Ele tocou os lábios dela bem de levinho. — Você precisa saber de uma coisa antes, enquanto ainda tem tempo de mudar de ideia. Eu não sou um bom samaritano, Brie. Não sou apenas um homem querendo ajudar uma boa amiga a entrar em contato com seus sentimentos de novo. Eu estou apaixonado por você — admitiu ele, pairando sobre os lábios dela. Ela sentiu em seu rosto o hálito dele, quente e doce, e, bem devagar, Mike foi descendo, cobrindo a boca da jovem com um beijo que foi, ao mesmo tempo, forte e sensual, um beijo que queimava e demandava. Os movimentos que ele fez sobre os lábios semiabertos de Brie foram vorazes, e ela se agarrou a ele com um gemido. — Eu estou tão apaixonado por você.

Quando ele soltou os lábios dela, ele a puxou para dentro do motor home e trancou a porta. Ela tirou a jaqueta e perguntou:

— Ele vai vir bater na porta?

Mike deu uma risada rouca.

— Sem chance. Acho que até o Jack sabe quando estaria arriscando a própria vida.

E, com as mãos no rosto dela, ele trouxe seus lábios para junto dos dele, devorando-a. Ele a beijou de novo. Depois mais uma vez. Segurando-a com braços que, durante muito tempo, quiseram segurá-la daquele jeito. Ele sentiu a pequena língua dela em sua boca, e isso fez com que seus joelhos fraquejassem de tão gostoso, tão doce que aquilo era. Tudo que ele desejava era fazer com que seus toques fossem confortáveis, que fossem suaves o bastante para que ela pudesse aceitar mais. Mike queria que ela reaprendesse, em seus braços, a beleza do que poderia acontecer entre um homem e uma mulher. A alegria e o êxtase. Depois do que ela tinha passado, Brie deveria saber que naquilo, no amor que ele sentia por ela, nunca haveria medo ou dor, apenas prazer. Um prazer tão selvagem e maravilhoso que preencheria a vida dela por muitos dias e muitas noites dali em diante. Aqueles pensamentos, combinados com a sensação que o corpo dela contra o dele causava, fizeram com que ele despertasse em uma ereção repentina, que cresceu dolorosamente dentro da calça jeans. Com a mão na bunda de Brie, ele a puxou contra seu corpo, para lhe mostrar o efeito que tê-la em seus braços provocara, e um gemido profundo escapou de dentro dela.

— Está tudo nas suas mãos, Brie — disse ele. — Se você quiser mudar de ideia...

— Não — murmurou ela contra os lábios de Mike.

— Não precisa ter pressa, meu amor. Você me avisa quando eu precisar ir mais devagar, quando eu precisar parar...

Ela balançou a cabeça.

— Eu confio em você. Eu preciso de você.

Ele a conduziu pelo motor home, passando pela cozinha completa e por um chuveiro que era grande o bastante para que coubessem duas pessoas, e entrou em um pequeno quarto. Sobravam apenas alguns centímetros de cada lado da cama queen e as paredes eram forradas de armários, gavetas e prateleiras, mas era tudo lindo e moderno, além de grande o suficiente.

Ele levou as mãos até a parte de baixo do suéter macio que ela usava e o retirou, devagar, deixando-a apenas de sutiã. A seguir, ele voltou à boca dela, roçando seus lábios com a paixão de um beijo. Ele retirou as mãos dela de seu pescoço e as colocou, olhando-a nos olhos, sobre os botões de sua camisa. Ele não precisava dizer nada a Brie, que puxou a camisa dele para fora da calça e começou a desabotoá-la com rapidez. Então, com as mãos sobre o peito dele, ela abriu a camisa e a despiu, passando-a pelos ombros e deixando seu torso nu. Ela tocou a cicatriz no ombro direito de Mike, e depois acariciou seu peito com suas mãos macias.

— Adoro o toque da sua pele — sussurrou ele. — Você é tão suave, tão macia.

Ela beijou o espaço vazio na base do pescoço dele.

Com um movimento ágil, o sutiã desapareceu e ele a puxou para junto de si, os seios dela sobre o peito dele. Carne com carne. Os braços dela o envolveram, apertando mais o abraço. A sensação que ele sentia com as pequenas mãos dela subindo e descendo em suas costas atiçaram seu sangue, assim como sentir os mamilos dela contra seu peito o consumia de calor. Uma de suas mãos tomou um dos seios dela, segurando-o por completo, o polegar acariciando o mamilo ereto, estimulando-o. Depois, ele levou seus lábios até ali, sugando com delicadeza aquela região enquanto ela gemia baixinho e com doçura, sussurrando o nome dele.

Mike se doía por ela. Ele levou a boca de volta à dela e, enquanto a beijava, empurrou-a devagar e com muito cuidado até que a parte de trás das pernas delas encostassem na cama. Então as mãos dele desceram para abrir a calça jeans da jovem.

— Tudo bem? — perguntou ele, com os lábios colados aos dela. — Você precisa de um pouco mais de tempo?

Ela fez que não com a cabeça.

— Estou pronta — murmurou.

Ele abriu a calça com cuidado, devagar. A seguir, deslizando as mãos ao longo de seus quadris, puxou a peça de roupa para baixo. Ele a colocou sentada na cama e se ajoelhou para retirar seus sapatos e sua calça jeans. Quando ele se levantou e colocou as mãos na fivela do cinto, hesitou, esperando que ela dissesse que aquilo era demais, que estava indo muito rápido. Mas ela afastou as mãos dele, substituindo-as pelas suas, e desafivelou o cinto, abriu o botão e puxou o zíper para baixo, despindo-o da calça na sequência. Enfim livre, seu pênis se projetou na direção dela, que arregalou um pouco os olhos, mas depois olhou para Mike e, fechando os olhos, se debruçou sobre ele. Ele, porém, impediu que ela continuasse, pondo as mãos em seus ombros.

— Outra hora, *mi amor*. Hoje é tudo para você.

E ele a puxou com muita delicadeza de volta para a cama, enquanto descalçava as próprias botas e se desvencilhava da calça, para se deitar ao lado dela.

Estando os dois nus, ele a tomou nos braços. Ela era tão pequena e compacta em comparação a ele. Mike fechou os olhos e, em sua imaginação, conseguiu ver eles dois sobre o lençol branco, o corpo alvo dela contrastando com as mãos escuras como bronze dele, pousadas no quadril dela, e as mãos pálidas dela sobre o quadril dele. Ele encheu as mãos com a pele acetinada de Brie, cobrindo o corpo dela de carícias longas, suaves e tranquilizadoras, que percorriam seu corpo desde os ombros até os joelhos. Enquanto a acariciava, ele a beijava com intensidade. Permaneceu assim por vários minutos, dando a ela tempo para se acostumar com a sensação de seus corpos nus juntos, enroscados. Ela deslizou uma das pernas sobre a dele e suas mãos, que se encontravam pousadas no corpo dele, ficaram mais ousadas, descendo pelas costas e agarrando sua bunda, puxando-o mais para perto, com mais força contra o corpo dela. Ele deslizou a mão entre seus corpos e foi descendo, vencendo cada centímetro da barriga chapada dela, avançando e descobrindo, com alguma surpresa, que ela abrira as pernas para ele. Encontrou, então, aquela pequena intumescência e deu a ela um pouco de atenção, esfregando-a com gentileza e arrancando dela um gemido profundo e sensual. A seguir, ele desceu ainda mais e penetrou um dedo nela, com delicadeza, só para descobrir que ela já estava pronta — ela estava em chamas, tinha passado muito tempo sem que um homem a amasse. Ele, porém, não iria apressá-la; ele iria fazer as coisas com doçura, bem devagar. O último toque que ela havia sentido fora brutal. Ele apagaria isso com gentileza e amor, de modo que ela jamais sentiria medo outra vez.

Ele a virou com muito cuidado, posicionando-a com as costas sobre a cama, e se ergueu sobre ela.

— Deixe-me olhar para você, Brie — sussurrou ele.

Bem devagar, correu a mão no corpo dela, indo do pescoço até o púbis e então além, deixando seus dedos mergulharem em sua maciez molhada por um mero segundo, o que a fez se contorcer, movendo-se na direção dele.

— Eu acho que nunca vi nada tão lindo assim — murmurou ele.

Ele pousou as mãos na cintura dela e apertou com carinho. Ela era suave e deliciosa. Ele começou a beijá-la, de levinho, partindo do pescoço, passando pelo ombro, peito, seio e chegando à barriga. Então, ele voltou para beijá-la de novo no pescoço e, com os lábios grudados na orelha dela, ele sussurrou:

— Confie em você, Brie.

E recomeçou a beijá-la, com cada vez mais intensidade conforme ia descendo, até chegar ao centro de seu corpo. Ele abriu as pernas dela e colocou a boca ali, primeiro de um jeito delicado, depois com mais pressão. Ela mexeu o quadril, pressionando-se contra a boca dele; ele escutou quando ela gemeu e gritou, depois sentiu as mãos dela em seus ombros, agarrando-os com força, e ele a sugou com cuidado, usando os lábios, massageando-a com a língua até começar a senti-la tremer, se abrir, se apertar e vibrar contra ele. Foi glorioso o modo com Brie deixou a coisa fluir, permitindo que ele a levasse aos altos píncaros e depois além. Isso o surpreendeu e lhe agradou; ele tinha se preparado para precisar persuadi-la a sentir prazer, ter um orgasmo, mas ela foi rápida e sensual, consumindo-o, afundando os dedos em seus ombros. Conforme ela relaxou, ele se afastou, erguendo-se devagar, beijando sua barriga, seu peito, seu pescoço, sua boca.

— Brie, você é maravilhosa. Deliciosa. É uma honra.

Foi difícil para ela recuperar o fôlego, disse apenas:

— Ah, Deus. Ah, meu Deus.

— Acho que não vai ser difícil para você sentir...

— Meu Deus — sussurrou ela, fraca e exausta nos braços dele.

— Assim é melhor, não é? — murmurou ele, dando beijinhos bem de leve nos lábios dela.

— Eu quero mais de você — disse ela.

— Tem certeza? — perguntou ele.

— Tenho — sussurrou ela.

Mas ele de novo não se apressou, permitindo que ela se recuperasse, provocando-a com carinhos lentos e lábios doces. Havia um forte desejo dentro dele, que o fazia querer penetrá-la e experimentá-la bem rápido, para que pudesse se aliviar, mas ele ignorou esse sentimento e se concentrou nas respostas que ela dava, confiante de que ela estava prestes a atingir aquele prazer supremo mais uma vez. E então, porque ele estava dedicado ao prazer, ele sussurrou na orelha dela:

— Brie... eu tenho uma camisinha.

Ela ficou imóvel.

— Não — disse ela, de maneira enfática, balançando a cabeça. — Por favor, não.

— Certo, meu amor.

— Desculpe, eu não consigo...

— Está tudo bem, Brie. Vamos fazer sem...

Ele deu a ela um pouco mais de tempo para que esquecesse o assunto, espalhando beijos sobre seu corpo uma vez mais, demorando-se nos seios, no pescoço e nos lábios da mulher. Então, enfim colocou-se em cima dela de novo e, com um dos joelhos posicionados com muito cuidado entre as pernas dela, separou-as com um movimento delicado. Olhou para o rosto de Brie: seus olhos estavam fechados e a cabeça, voltada para longe dele, ela também mordia o lábio inferior, tensa. Com uma das mãos no queixo dela, ele virou sua cabeça para ele e a beijou com ternura e suavidade. Em seguida, com mais intensidade, abrindo seus lábios com os dele. Ela levou as mãos até o quadril dele, um gesto que poderia ser tanto para afastá-lo quanto para trazê-lo para dentro dela, não sabia muito bem. Ele se abaixou um pouco, chegando bem perto dela, e no instante em que a tocou, ali onde poderia penetrá-la, ela se contraiu. Ficou tensa.

— Brie, olhe para mim — pediu ele, baixinho. — Olhe para meu rosto, querida. Sou eu. Diga meu nome, *mi amor*.

A voz de Brie saiu em um suspiro:

— Miguel.

— Coloque sua mão em mim, Brie. Mostre qual é o caminho, você está no controle.

Ela o envolveu com sua pequena mão e, diante daquele mero toque, ele esteve a ponto de se perder. Ele não sabia muito bem se conseguiria se segurar o bastante para satisfazê-la de novo, mas estava disposto a tentar. Devagar, com cuidado, ela o guiou para dentro de seu corpo.

— Meu amor, Brie, concentre-se no meu rosto — disse ele. — Somos eu e você, e eu te amo. Tudo que eu vou dar é amor.

— Miguel — chamou ela, baixinho.

— Brie — repetiu ele, em um sussurro.

Ele deslizou para dentro dela bem devagar, preenchendo-a, e ela jogou a cabeça para trás, erguendo a pelve. Com as mãos de novo sobre o quadril dele, ela o puxou, trazendo-o mais fundo dentro dela. Aquilo era tão bom que ele achou que fosse morrer por estar dentro dela daquele jeito. Ele se apoiou nos joelhos da mulher e balançou-se em cima deles, movendo-se com ela, em um vaivém ritmado, fazendo questão de manter a fricção que, por sua experiência, ele sabia funcionar, ao mesmo tempo que se enterrava mais fundo dentro dela, o que também funcionava. Aquilo foi tão maravilhoso que ela recuperou o prazer. Não se tratava de apenas sentir de novo, mas de sentir bem em seu âmago; sentir que aquilo era tão devastador que a deixaria esgotada. Ela estava se esfregando nele, arremetendo seu corpo contra o dele, deixando-se levar pelo momento, alcançando mais um orgasmo, que dessa vez viera com a temida penetração. Era isso que ele queria dela, que ela conseguisse naquela hora, daquele jeito, com um homem que só queria lhe dar prazer, com um homem que a adorava, respeitava e amava mais do que a própria vida. Ele sabia que ela precisaria confiar totalmente nele para que se libertasse.

Quando o orgasmo dela veio, ela se fechou ao redor dele com um aperto poderoso e ele sentiu as unhas da mulher se enterrarem em sua bunda. Ele gemeu, gostando muito daquilo, enquanto investia com mais força contra ela e mais fundo dentro dela. Ela o agarrou e gritou. Ele a segurou com mais firmeza e mais perto, imóvel, seu corpo era o corpo dela, como um só.

— Brie — arfou ele. — *Dios*.

E quando ele sentiu que ela estava quase terminando, que o furacão tinha quase acabado para ela, a penetrou de novo, bem fundo, forte e rápido, e isso bastou para fazê-la atingir de novo o auge. Ela arfou e se ergueu contra o corpo dele, mais uma vez pulsando em volta dele. Quando a sensação tirou mais uma vez o fôlego dela e ela estava no clímax, ele se liberou. E disparou feito um foguete dentro dela. A força daquilo o subjugou, fazendo-o tremer.

— Meu Deus — murmurou ela, espantada com ele. Consigo mesma. — Ah, Deus.

Ele quase desabou, mas se sustentou, para não pesar sobre ela. Eles estavam cobertos por uma fina camada de transpiração. Levou um bom tempo até que conseguissem se recuperar; ela permaneceu deitada, fraca e exausta debaixo dele, seu cabelo espalhado em desalinho sobre a cama, seus olhos fechados e um leve sorriso curvando seus lábios.

— Brie — disse ele, enfim, de um murmúrio. — Você está sorrindo.

— Hum — respondeu ela, sem abrir os olhos, seus lábios se curvando um pouco mais.

Ele deu uma risadinha.

— Eu acho que a gente recuperou seu sentimento, amor.

Ela sacudiu um pouquinho a cabeça, ainda de olhos fechados.

— Não, a gente não recuperou — disse ela, com a voz grogue.

— Não?

Ela balançou a cabeça de novo, negando.

— Eu nunca senti nada assim antes...

Mike deu uma gargalhada, tirando o cabelo da testa dela.

— Você é incrível. Parece uma estrela cadente.

— Hum. — Os braços dela estavam abertos sobre a cama, frouxos, acima da cabeça. — Obrigada — murmurou.

Ele a beijou com ternura, puxando os lábios dela contra os seus.

— Está se sentindo melhor? — E ele a beijou de novo, beijinhos delicados. — Você parece estar bem relaxada — provocou.

— Hum. Eu nunca dei muito crédito a um bom sexo — disse ela. — Você não colocou um Valium dentro de mim, colocou?

— Não, Valium, não. — Ele deu uma gargalhada. — Eu queria que você se sentisse bem. Eu não sabia que você ia responder tão bem assim.

— Hm, nem eu.

Ele chupou de leve o lóbulo da orelha dela.

— Eu não sabia que podia ser assim — sussurrou ele. — Você não virou pedra.

— Sem brincadeira — respondeu ela, baixinho. — Eu estava esperando que fosse me sentir bem. — Ela abriu os olhos, mas só um pouquinho. — Confortável e acolhida. Feminina. Eu não sabia que você ia me fazer pirar duas ou três vezes...

Ele levantou uma sobrancelha preta.

— Duas ou três?

Ela deu de ombros.

— Eu não tenho certeza, mas tudo bem... Estou bem agora. Melhor do que bem. Você acha que consegue se lembrar de como fez isso?

— Eu posso anotar tudo.

— Eu só queria me sentir como mulher de novo...

— Ah, querida. Você fez tudo certo, pode acreditar. Parabéns. Não dá para se sentir mais mulher do que isso. Agora, eu estou ferrado — disse ele. — Não vou conseguir viver sem você.

— Tudo bem, então — disse ela, dando um risinho fraco. — Eu vou ficar por aqui um tempo. — Ela passou a mão no cabelo que crescia na têmpora dele. — Obrigada. Eu não teria conseguido sem você.

Ele se virou, deitando-se de costas.

— Bom, se você descobrir como se faz isso sem mim, a gente registra uma patente. Se aposenta nos Alpes Suíços. Come caviar no café da manhã.

Ela deu uma risadinha de novo.

— Sério, isso foi tão bom...

— Sério. Eu sei.

— Eu acho que você resolveu tudo. Parece que está tudo em ordem.
— Hum — respondeu ele. — Isso nem chega perto. Não há palavras...
— Você disse que estava apaixonado por mim — ela o lembrou.
— Eu estou feliz da vida, de tão apaixonado por você. Mas, neste momento, depois de um sexo desses, isso pode soar pouco sincero. Porque nunca fiz um sexo como esse em toda a minha vida.

Ela rolou na cama, deitando-se de lado, e se apoiou em um cotovelo.
— Sério? Nunca? Como pode isso? — perguntou ela.
— Posso me preocupar com isso amanhã? — pediu ele. — Eu não quero estragar o que estou sentindo.
— Se você insiste.
— A gente vai tentar repetir isso antes de amanhã. Para ver se a gente sabe mesmo o que está fazendo...
— Se você insiste — repetiu ela, rindo.
— Eu quero ter você de novo — disse ele. — Já. Acho que você exerce um efeito mágico sobre mim.
— Ah. — Ela deu uma gargalhada. — Coitadinho de você.
— Pode ser que você se arrependa disso pela manhã.
Ela suspirou.
— Aposto que não...
E ele começou a enchê-la de beijinhos na boca...

Quando Jack chegou em casa, o bebê estava dormindo e Mel estava sentada, usando uma das camisas dele, com o notebook pousado nos joelhos, pesquisando alguma coisa na internet ou escrevendo e-mails. Vê-la daquele jeito sempre o fazia sorrir. Ela dizia que gostava de vestir as camisas dele logo depois de tomar banho, sentir o aroma almiscarado que havia nelas. Ele gostava de usar no dia seguinte a mesma camisa que ela havia usado, uma lembrança do corpo dela ali dentro, uma vaga memória do aroma fresco dela.
— Tenho uma surpresa para você — anunciou ele.
— O quê?
— A Brie voltou para a cidade. Ela está com o Mike.
— Sério? — disse Mel, de repente voltando toda a sua atenção a ele.

Ela fechou o notebook e o colocou de lado.

— Eu ainda não a vi. Quando eu estava saindo do bar, o Jeep dela estava parado perto do carro do Mike. Ela veio para ficar com ele. Não com a gente... com o Mike.

Ela deu de ombros.

— Bom, isso faz sentido. Ele a ama.

— Como você sabe disso? — perguntou Jack.

— Como você pode não saber? — rebateu ela.

Jack se sentou e se recostou no sofá.

— Eu achei que ele só estava tentando transar.

— Isso é bem irrelevante — disse ela, gargalhando. — Todos vocês estão tentando transar. Só que alguns de vocês realmente amam as mulheres de quem estão tentando se aproximar.

— Você age como se todos nós fôssemos um bando de touros sendo guiados pelos nossos pintos.

Ela deu uma gargalhada, bem alegre para uma mulher que estava chateada por estar grávida e também mau humorada.

— É mesmo? Eu me pergunto por que será?

— Então você acha que isso faz sentido?

— Muito sentido. Isso me faz até ficar nostálgica.

Isso provocou nele um sorriso malicioso.

— Nostálgica o bastante para me levar para a cama?

— Diga uma coisa... você vai parar com essa coisa esquisita de querer controlar a Brie?

— Vou — respondeu ele, de um jeito quase cansado. — Não é como se eu não quisesse que ela vivesse uma vida completa. Eu achei que ela teria isso com Brad, aquele merda. Foi o Mike que me preocupou... Ele era um tremendo galinha. — Ele deu uma olhada para a esposa, que trazia no rosto uma expressão de desaprovação. — Tá, tá, não vamos falar disso de novo. Todos nós demos as nossas voltinhas.

— Eu duvido que ele tenha dado mais voltinhas do que você — argumentou ela.

— O que me irrita são os casamentos — admitiu ele. — Então, que Deus me ajude, se ele se casar com ela e a deixar, vou matar ele.

— Para mim, parece que ele está caidinho — disse ela. — Bastante perdido.

— Certo — disse Jack, laconicamente. — Estou fora dessa agora... Brie demarcou seus limites. — Então, ele esticou uma das mãos, enroscando-a embaixo do cabelo dela, segurando sua nuca e puxando-a na direção dele. Ele a beijou com intensidade. — Como você está se sentindo?

— Apreciada. Como você está se sentindo?

— Sortudo.

Capítulo 11

Na luz fria da manhã, Mike se apoiou sobre o cotovelo para admirar o lindo corpo pálido de sua amada. Brie dormia de bruços e a curvatura de suas costas e de suas nádegas pequenas e redondas era perfeita. Irresistível. Ele não queria perturbá-la, ela estava dormindo plácida, mas não conseguiu se controlar — e a tocou. Ele passou a mão no corpo dela com ternura, desde o pescoço, descendo pela coluna, por cima das nádegas dela. Ela resmungou, semiacordada, e ele pousou um beijo delicado na parte de baixo de suas costas.

Houve uma batida suave à porta. Ela levantou a cabeça; o cabelo caindo feito uma cascata sobre o rosto dela.

— Shh — pediu ele. — Não se mexa. Eu já volto.

Enquanto Mike se sentava na beirada da cama para pegar sua calça jeans do chão, ela viu a tatuagem que ele tinha nas costas pela primeira vez — um desenho bem grande de raios de sol que ocupava todo o espaço entre as omoplatas dele. Aquilo era bem sexy naquelas costas largas e de pele escura. Ela havia visto outra mais cedo, uma braçadeira em forma de corrente. Ele vestiu a calça, cobrindo sua bunda compacta e firme.

Quando Mike abriu a porta, ele viu que alguém, Jack ou Preacher, tinha deixado uma bandeja com o café da manhã no chão, logo em frente à porta. Olhou ao redor; não havia ninguém ali. Levou a bandeja para dentro do trailer. Havia dois pratos cobertos e uma garrafa térmica com café. Depositou tudo isso em cima da mesa. A cozinha era toda equipada, com pratos, utensílios, panelas e frigideiras, mas ele mal a tinha usado, pois fazia todas as refeições no bar.

Então, percebeu que algo mais estava faltando: ninguém tinha cortado lenha naquela manhã, apesar de o tempo estar perfeito para isso. Jack estava dando a eles mais do que privacidade — ele estava evitando que sua presença fosse notada no local.

Mike tirou a calça jeans de novo, deixando a peça cair no chão. Voltou para a cama e continuou o prazeroso estudo das costas macias e suaves de Brie. Ele reuniu o cabelo embaraçado da mulher em uma das mãos e o beijou. Ela murmurou, contente.

— Quem era na porta?

— Serviço de quarto — respondeu ele, dando uma risadinha. — O café da manhã foi entregue.

— Você está com fome? — perguntou ela.

— Não de comida — respondeu ele.

Ele se esticou por cima das costas dela, com muito cuidado para não deixar todo o seu peso recair sobre ela, tirou o cabelo da frente de seu pescoço e, beijando-a ali, começou a crescer com firmeza contra as nádegas macias da mulher.

— O café da manhã pode esperar — argumentou ela, sem fôlego, arrebitando seu quadril e rebolando devagar contra ele.

Mike se deu conta de que tinha feito muito sexo na vida, mas nunca havia sido daquele jeito. Havia uma intimidade que ele partilhava com Brie que ultrapassava a mera relação sexual; eles tinham passado por tantas coisas juntos, em termos emocionais, antes de se amarem. Ele sentia como se nunca tivesse tido outra mulher antes dela; nenhuma mulher jamais o havia recebido dentro de seu corpo do jeito livre, selvagem e confiante como ela tinha feito. Depois daquele primeiro toque hesitante e provocante, ela não escondeu mais nada e ofereceu seu corpo por inteiro, insaciavelmente. Ela aceitou com prazer as mãos, os lábios, cada pedacinho dele, confiando que ele a respeitaria, enchendo-o de prazer repetidas vezes.

Mike quase se esqueceu de que passara boa parte do ano acreditando que não aproveitaria mais aquele aspecto da vida. Satisfazê-la, reconstruir a alegria e a segurança do sexo para Brie tinha feito com que ele afastasse da mente seus próprios fardos, de modo que ele nem chegou a se preocupar se conseguiria realizar o ato sexual. Não só tinha funcionado bem, como funcionara várias vezes. Ela despertou um fogo dentro dele que Mike não conseguia apagar. E, levando-se em conta a reação, a resposta dela, Brie também tinha seu próprio fogo. Por ele. Ela não era a única que precisava da rendição de um passado conturbado; Mike também precisava ser trazido de volta à vida. Até aquele instante, ele tinha se concentrado apenas em ajudá-la a se curar, sem perceber que ela havia feito o mesmo por ele.

Mike deslizou uma das mãos por debaixo do corpo dela, escorregando a mão por sua barriga e levantando um pouquinho sua pelve. Então, usando o joelho, ele abriu as pernas dela com delicadeza.

— Está tudo bem? Assim? — sussurrou ele, pressionando-se contra ela.
— Meu Deus — respondeu ela. — Ah, está.

Ele deslizou para dentro dela, movendo-se, balançando-a, penetrando até comprimir devagar uma região erótica e profunda. Um movimento lento e contínuo de seu quadril arrancou suspiros profundos da mulher; ela se movia contra ele, indo a seu encontro a cada estocada. Mike sabia que existia uma região especial, secreta e sensível, e ele tinha estudado o corpo de Brie, sabendo exatamente aonde ir para encontrar esse lugar. Ele investiu contra esse ponto secreto, mantendo o ritmo e de um jeito delicado, porém firme, e fez isso sem parar. Enfim, ela foi ao encontro dele, ávida por sentir a pressão que ele aplicava, desejando muito aquilo com suspiros e gemidos. Depois de um tempo, ela deixou escapar um arfar de surpresa e se arremessou contra o corpo dele, com força. Ele a segurou contra seu corpo ao mesmo tempo que ela foi alçada a um prazer tão sensual e intenso que parecia, por um instante, que ela não conseguia respirar. Ele gostou de ver que fora bem-sucedido: sentiu os espasmos quentes ao redor de seu membro, um jorro de calor líquido que fluiu dela e o encharcou, e então ele se juntou a ela no momento de satisfação que os deixou fracos e contentes.

Quando ela começou a se recuperar, ele escorregou para fora dela e, com cuidado, virou-a, deitando-a de costas.

— Misericórdia — disse ela, arfando. — Nunca senti nada assim antes na minha vida…

Ele se apoiou em um cotovelo para olhar para o lindo rosto dela, com lábios cor de carmim por causa do amor, as bochechas também coloridas.

— Você gostou disso?

— Meu pai eterno! — respondeu ela, com a voz ainda trêmula. — O que foi que você fez?

— Mágica — provocou ele. — Um agrado. Para nós dois. O ponto G.

Ela olhou para ele, em um momentâneo e maravilhado assombro, e, a seguir, o surpreendeu com uma gargalhada.

— Eu achei que isso fosse um mito! Uma lenda!

— É real — respondeu ele. — É claro.

— Como é que você pode saber mais sobre o meu corpo depois de uma noite do que eu mesma sei depois de uma vida inteira? — perguntou ela.

— É você — disse ele, passando a mão no ombro e descendo pelo braço dela, entrelaçando, depois, os dedos nos dela. — É o jeito como você confia em mim. Como você me deixa entrar.

— Você pode fazer isso de novo?

Ele riu e respondeu:

— Lamento informar que não por um tempo.

— Você me deixa maravilhada. — Ela fez um carinho no peito dele, e continuou: — As coisas que você sabe.

— Eu estive com mulheres demais, Brie. Peço desculpa, não posso desfazer isso. Mas nunca me senti tão próximo de uma mulher como me sinto com você. Não consigo explicar melhor.

— Hum — disse ela, deixando os olhos se fecharem.

— Isso me deixa confuso. Você se sente assim também? — perguntou ele.

Ela deu uma gargalhada.

— Eu sinto, Miguel. O que é que a gente vai fazer em relação a isso?

— Será que as pessoas vão achar ruim se nós apenas ficarmos aqui, pelados, com algumas refeições entregues na porta por, digamos, um ou dois meses?

Brie deu uma risadinha.

— Por quanto tempo você de fato acha que Jack vai ficar sem se meter na nossa vida?

Ele deu de ombros e sorriu.

— Acho que a gente vai precisar se vestir em algum momento...

— Você se lembra de quando eu vim aqui, depois que David nasceu? Eu ouvia você tocar seu violão de manhã cedinho.

— Eu não sabia que você estava perto.

— Eu fingia que você estava tocando para mim. A música me tocava tanto, eu imaginava você tocando para mim tarde da noite. Já naquela época você me atraía.

Ele deu um risinho.

— Eu nunca soube. Naquela época, você não me dava trela.

— Eu tinha plena certeza de que todos os homens eram uns cachorros.

— Nós somos. Não merecemos nada, mas a gente implora mesmo assim. — Ele tocou o rosto dela. — Desde que você entrou na minha vida, não sou o mesmo homem.

— Eu não tinha certeza de que um dia conseguiria fazer amor de novo — confessou ela, baixinho. Então, sorrindo, continuou: — Agora, não tenho certeza de que consigo parar.

— Me fala uma coisa — sussurrou ele. — Na noite passada, da primeira vez… você ficou imóvel, tensa. Você não queria usar camisinha.

Ela fechou os olhos e balançou a cabeça. Então, abriu os olhos, encarando os dele, e disse:

— Eu não conseguiria. Não conseguiria sentir aquele látex dentro de mim porque ele…

— Entendo, meu amor — consolou Mike, com doçura. — Está tudo bem. Um pequeno flashback?

— Por um segundo, mas você me trouxe de volta ao presente e ficou tudo bem. — Ela sorriu. — Muito melhor do que tudo bem.

— Tem uma coisa que você precisa lembrar — disse ele com gentileza, fazendo um carinho no cabelo dela. — Não importa o quanto as coisas estejam perfeitas, você pode se encontrar…

— Eu sei. De volta àquele momento horripilante — completou ela. — Eu tenho feito muita terapia. Eles tentam preparar você para isso. Aconteceu uma vez comigo, naquela noite no chalé. A coisa me invadiu sorrateiramente. — Ela passou o dedo na orelha dele e depois foi descendo por seu pescoço. — Isso é que é bagagem…

Ele sorriu, olhando-a nos olhos.

— Todo mundo tem alguma coisa, Brie. Todo mundo tem uma assombração, um fantasma incansável. O melhor jeito de assustá-lo é olhando bem na cara dele.

— Você é tão bom — murmurou ela.

— Não tem risco de doença — garantiu ele. — Eu não saio com uma mulher desde antes do tiroteio, e eles vasculharam cada célula do meu corpo no hospital. Mas tem uma outra questão... Você está tomando pílula?

Ela negou com a cabeça, mas os olhos dela estavam límpidos.

— Ah — disse ele. — Mel pode ajudar você com isso. Tem uma coisa que ela pode dar para evitar um bebê.

— E se eu não quiser isso? — perguntou ela. — E se eu não quiser ir falar com a Mel?

Isso fez com que Mike se endireitasse um pouco.

— Imagino que você tenha passado na aula de introdução à biologia — respondeu ele.

— Não dá para dizer o que vai acontecer. — Ela deu de ombros antes de completar: — É provável que não aconteça nada.

— Se a quantidade de prazer estiver ligada à concepção, então vamos ter cem bebês até o fim da semana.

— Se você quiser que eu vá falar com a Mel, eu vou. É provavelmente uma loucura. Eu não pressionaria, apressaria você.

— Brie, você não pode me apressar. Eu quero dar tudo para você. Se você quisesse um bebê, eu morreria tentando, mas só se fosse o nosso bebê. Juntos. Talvez você devesse pensar um pouco mais sobre isso, até ter certeza.

Ela sorriu para ele.

— Ah. Eu sabia que tinha me esquecido de alguma coisa. Esse é o motivo de eu ter vindo aqui, até você... Não era só porque eu precisava do seu toque para me ajudar a me sentir mais forte. Foi muito mais do que isso. Eu não conseguiria ficar nem mais um segundo longe de você. Acho que você é o melhor amigo que eu já tive. Na verdade, nós ficamos tão próximos nos últimos seis meses que nem achei que pudéssemos nos aproximar ainda mais. — Ela pousou os dedos nos lábios dele. — O feitiço virou contra o feiticeiro... Isso ultrapassa as minhas mais loucas expectativas. Se você está fingindo, então você é um ator muito talentoso.

— Não estou fingindo, Brie. Eu te amo. Infinitamente.

— E eu te amo.

Ela admitir seu sentimento despertou nele os desejos mais profundos.

— Você quer dizer isso mesmo?

— *Sí*, Miguel. Eu não consigo imaginar ficar sem você. Não agora. Você tem sido tudo para mim há meses. Eu te amo muito.

— *Nunca soñé que podría tener esto en mi vida.* — Eu nunca sonhei que poderia ter isso na minha vida.

— Eu nem sabia que isso existia.

— E é isso que você quer? Deixar a natureza seguir seu curso?

— Apostar na natureza não deve ser muito arriscado. Antes de eu saber... — Brie respirou fundo. — Eu parei de tomar pílula enquanto estava casada com o Brad. Nós estávamos conversando sobre ter um bebê e pensei em fazer uma surpresa para ele. Eu não sabia que ele estava engatando um romance com minha melhor amiga... Há bastante tempo... Bom — disse ela. — Não foi só um ano antes de ele me deixar. Já tinha mais tempo.

— Foi isso que ele contou para você ontem? — perguntou Mike. — Na mesma hora que ele estava explicando que Powell tinha sido encontrado?

— Acho que ele deixou isso escapar — disse ela. — Minha aposta é que ela deu o pé na bunda do marido usando a desculpa de que eles brigavam muito por pequenas coisas, mas o verdadeiro motivo era que ela estava apaixonada por Brad. E ele sabia disso.

— Ah, cara... — disse Mike em um só fôlego.

— Mas ele nunca parou de transar comigo. Eu não fazia ideia, tentando surpreendê-lo com um bebê. Mas nada aconteceu. Não fiquei grávida.

— Ah, querida — consolou ele, fazendo um carinho no braço dela. — Talvez tenha sido melhor assim, dadas as circunstâncias. Mas isso pode ser diferente. Eu manteria os olhos bem abertos. Dizem que você não pode confiar na água deste lugar aqui. Pode ser esperto planejar um pouco, para seu próprio bem. Eu moro em um trailer em Virgin River.

— Detalhes. — Ela sorriu. — Eu nunca me senti tão em casa. — Ela tocou o lindo rosto dele. — Se nós fizemos um bebê na noite passada, vai ser um bebê lindo. Não quero que a Mel me dê nada que vá impedir esse filho de ficar aqui. Se ele estiver aqui, é seu... e eu o quero.

— Então é assim que vai ser — disse ele, beijando-a com paixão e intensidade. — O que você quiser.

— Eu não quero que isso acabe.

— Não tem fim à vista, *mi amor*. Confie em mim.

Jack não ficara vigiando o motor home durante a manhã, embora tivesse ficado com isso na cabeça. Foi por puro acaso que ele viu a porta se abrir e Brie sair de dentro do veículo. Ele deu uma olhada no relógio — onze da manhã. Quase hora do almoço. Logo atrás dela estava Mike. A irmã parecia tão pequena e infantil usando calça jeans, mocassins, jaqueta de camurça com franjas e com todo aquele cabelo castanho-claro descendo pelas costas até quase a cintura.

Ela ficou de pé em frente a Mike e ele levantou o queixo dela, pousando um beijo íntimo nos lábios dela. Mesmo de longe era fácil de ver que eles não estavam com pressa para se separar. Mas em pouco tempo Mike se afastou e entrou em seu SUV, enquanto Brie caminhou na direção da porta dos fundos do bar.

Jack foi correndo para trás do balcão, para não ser flagrado observando os dois. Ele pegou um copo limpo e começou, mesmo assim, a limpá-lo com um pano de prato. A porta do bar se abriu, Brie entrou e ele quase deu um passo para trás. Ele nunca a vira daquele jeito. Estava radiante. Havia uma expressão em seu rosto, um brilho em seus olhos, um sorriso discreto em sua boca que eram muito significativos. Ela não hesitou: foi até a parte de trás do balcão, direto nele, e o abraçou pela cintura. Ele deixou o copo e o pano de prato para lá e a abraçou de volta, bem apertado.

Tudo que Jack queria desde junho era ter a irmã de volta, bem e inteira, recuperada. Feliz e viva, sem aquela mácula confusa de medo e incerteza em sua aura, como se fosse uma fumaça de poluição. Ele queria sua Brie de volta, renovada e, de novo, uma força no mundo. Jack não tinha conseguido lhe dar isso — ninguém da família conseguira. E, ainda assim, a mulher que o abraçava quase vibrava de alegria. Não era apenas como se a velha Brie estivesse de volta, mas como se fosse uma nova Brie — uma mulher renascida. Uma mulher experimentando o amor e a vida como se fosse a primeira vez.

Às vezes, ele demorava muito tempo para aceitar coisas que, no fundo, já sabia. O que Brie precisava na vida, o que todo mundo precisava, era de um amor perfeito. Ele tinha encontrado isso com Mel, Preacher havia encontrado com Paige e agora... Ele beijou o topo da cabeça dela.

A jovem ergueu a cabeça para olhar para ele. Com um tom de voz suave e sincero, ela disse:

— Você nunca mais vai duvidar dele. Nunca mais.

Ele fez um carinho no cabelo da irmã e sorriu com ternura, olhando-a nos olhos. Em seguida, balançou a cabeça de leve. *Nunca mais*, era o que ele estava dizendo a ela. Brie havia escolhido seu parceiro. E, a despeito de todas as dúvidas prévias de Jack, parecia que ela escolhera bem.

Jack tinha resistido quando deveria ter confiado que a irmã sabia do que precisava em sua vida, e ele deveria ter confiado que Mike, um amigo tão bom quanto Preacher, trataria Brie como a joia preciosa que ela era. O que quer que tenha acontecido entre eles, era claro que tinha superado a satisfação física.

Minha esposa, pensou Jack, *está sempre certa a respeito de tudo.*

Quanto à Mel, um pesadelo virara realidade na forma de Sophie Landau, uma adolescente de 16 anos. Ela achava que alguma coisa tinha "acontecido com ela". Mel sentiu um peso no estômago antes mesmo de tomar conhecimento do resto da história.

— Eu e minha amiga, Becky, fomos a uma festa que não deveríamos ter ido... Eu disse que ia passar a noite na casa da Becky e ela disse que ia ficar na minha. Brendan Lancaster nos convidou. Brendan é mais velho... Ele se formou uns anos atrás — contou ela, com os lábios vermelhos, como se os tivesse mordido repetidas vezes.

— Certo — disse Mel, encorajando-a.

Sophie se sentou na mesa de exames, ainda vestida, enquanto Mel se apoiou no armário, escutando, temerosa. Sophie era mais curvilínea, com cabelos lisos e castanhos que escorriam sobre os ombros. Tinha um pequeno problema de acne, os dentes eram tortos e era claro que estava nervosa, de um modo geral — as unhas roídas, um hábito de enroscar o cabelo no dedo, a bochecha repuxando uma ou outra vez.

— Então você foi a uma festa. Era grande? — perguntou Mel.

— Pequena. Seis ou sete pessoas.

— Brendan mora sozinho?

— Não, ele mora com a mãe, mas ela viaja bastante. Ela estava fora durante o fim de semana. E como ele está fora da escola agora... você sabe... trabalhando em Garberville, em uma construção com o tio. Então, não tinha mais ninguém lá, só os jovens.

— Certo...?

— Então, tinham uns garotos e a gente bebeu cerveja, fumou uns baseados. Ficamos bêbados e um pouco chapados. Eu apaguei. Becky acha que ela também.

— Becky acha que apagou também?

— Ela não sabe, porque ficou muito bêbada, foi se deitar no quarto da mãe de Brendan e acordou às três da manhã. Só que devo ter apagado, porque só fui acordar já de manhã, no quarto do Brendan. Ainda tinham uns garotos lá... Becky, Brendan, uns outros dois que estavam dormindo na sala de estar.

— E...

— E eu me senti péssima. Como se alguém tivesse batido com um tijolo na minha cabeça, e eu também estava mal do estômago. Eu mal podia esperar para chegar em casa e dormir para melhorar. Quando cheguei em casa, disse para minha mãe que achava que tinha ficado gripada enquanto estava na casa da Becky e fui me deitar. Quando fui trocar de roupa, vi que minha calcinha estava do avesso e ao contrário.

Ai, pensou Mel. *Mais uma.*

— Então... eu não achei nada demais... achei que eu mesma tinha feito aquilo enquanto estava bêbada.

— Você bebe muito?

A garota deixou a cabeça tombar.

— Na verdade, não — admitiu. — Eu fui a algumas festas com aqueles garotos, umas três talvez. Eu nunca fiquei tão mal assim antes.

— Você já desmaiou e colocou a calcinha do avesso e ao contrário antes?

— Não, nada assim. Mas eu percebi que eu estava muito bêbada.

— Mas você achou que isso não era nada de mais? Deixe-me perguntar uma coisa: você está sentindo dor em algum lugar? Tem machucados ou alguma coisa assim?

— Eu estava um pouco dolorida lá embaixo — disse ela, olhando para o colo. — Eu só achei que era impossível. Sabe? Porque pensei que, se qualquer coisa tivesse acontecido, eu teria acordado. Mas depois, quando escutei uma garota no vestiário durante a aula de ginástica falando para uma das amigas para nunca ir a uma daquelas festas... daquelas chopadas. E ela disse alguma coisa tipo "Eu não vou nem contar o que foi que aconteceu comigo! Você não iria acreditar!". E na mesma hora eu soube. Não me pergunte como... Só soube.

— Você acha que você pode ter sido estuprada?

— Talvez, sim. Eu não sei. Só não parece que um daqueles caras... Eles são só amigos. Eles não parecem o tipo de gente que...

— Você está com a menstruação atrasada ou alguma outra coisa?

— Estou tomando pílula. Eu tomo por causa da menstruação, sabe? A minha é bem difícil. Eu menstruei certinho, mais ou menos uma semana depois, mas agora eu estou começando a ficar preocupada com outra coisa. E se alguma coisa aconteceu comigo e eu peguei uma doença?

— Pensamento correto, garota. Podemos fazer todos os exames, para deixar você tranquila. Mas, Sophie... eu escutei uma história parecida com a sua antes e eu estou preocupada. Não faço ideia se aconteceu alguma coisa com você além do porre de cerveja, mas preciso muito que você converse com um amigo meu, um policial que...

— Espere aí — interrompeu ela. — Eu não quero me meter em problemas.

— Sophie, você não está encrencada. Meu conselho é que você pare de ir a festas com álcool e baseado, sem nenhum adulto tomando conta, mas isso é só um conselho. Meu amigo pode querer perguntar quem estava lá, só para ver se tem alguma semelhança entre o que aconteceu com você e... E outras coisas que eu descobri só conversando com pessoas.

— E se tiver? As pessoas que estavam na festa vão ter problemas? Porque não quero que isso aconteça.

— Sophie, garanto a você que ninguém vai ter problemas por beber cerveja. Não estou nem interessada na maconha. Tudo que você contar vai ser mantido em sigilo. Mas, sério... a gente precisa saber o que é que está acontecendo, se está acontecendo alguma coisa, tipo um ataque.

— E se não estiver acontecendo nada?

— Então nada vai sair dessa história — garantiu Mel. Mas, no fundo, ela sabia. — Esse meu amigo tem muita experiência como detetive, ele trabalhou com um monte de garotos, e já está investigando essa situação. Ele estaria muito interessado em conversar com você. E ele nunca vai divulgar como obteve as informações, a não ser que você permita. Você conversaria com ele, Sophie? Se isso for ajudar a evitar que isso aconteça com mais alguém?

— Pode ser — disse ela, abaixando a cabeça, envergonhada. — Tenho que pensar sobre isso.

Mel fez o exame pélvico necessário, testou a garota para ISTs e convenceu Sophie a conversar com Mike. Mel pediu que ela esperasse um pouquinho na clínica, só o bastante para ver se ela conseguia encontrar Mike. Eles poderiam conversar em particular lá; era o lugar mais seguro no qual ela conseguia pensar, longe dos amigos e dos pais de Sophie. Se Mike não estivesse por perto, ela pediria a Sophie para voltar no dia seguinte, e torceria para que a menina de fato voltasse.

Mel se sentia muito mal. Ela odiou escutar a história de Sophie, porque estava convencida de que havia um cara usando encontros amorosos para estuprar as garotas, talvez até um grupo de meninos, jovens, possivelmente usando drogas em garotas inocentes.

Era começo da tarde quando ela deixou Sophie na clínica e foi até o bar. O lugar estava calmo, como sempre acontecia naquele horário. A caminhonete de Jack não estava ali — ela presumiu que ele estava na casa, dando pitaco em tudo. Ela encontrou Paige e Preacher na cozinha, preparando as coisas para o jantar.

— Ei, pessoal. Alguém viu o Mike?

— O carro dele está lá fora, mas acho que ele está trancado com a... Você sabe que a Brie está na cidade, não é? — perguntou Preacher.

— Sei — respondeu ela, pegando o telefone da cozinha. Ela ligou para o número fixo de Mike. — Oi, Mike. Eu odeio fazer isso, mas preciso de você. É sobre uma situação que a gente discutiu tem um tempo... É trabalho. — Então, completou: — Obrigada. Fico devendo uma.

Ela foi para trás do balcão do bar e se serviu de uma água com gás, esperando por Mike. O fato de ele ter aparecido tão rápido a deixou um pouco mais tranquila. Mel não havia interrompido nada muito complicado ou íntimo, e ficou agradecida por ser assim.

— O que houve? — perguntou ele.

— Vamos dar um pulo ali na varanda — pediu ela.

Quando estavam do lado de fora, ela explicou, aos sussurros, o que acabara de escutar e que a garota estava disposta a conversar com ele. Em seguida, ela o levou para o outro lado da rua e o apresentou a Sophie. Mel já imaginava que Mike seria um profissional, mas, ainda assim, ficou positivamente surpresa com a ternura e sutileza que ele demonstrou ao lidar com a menina, logo a deixando tranquila, ganhando sua confiança e seu respeito. Ele a levou até a cozinha da clínica, já que não havia pacientes no lugar. Alguns instantes depois, ele saiu, pedindo emprestados um bloco de papel e uma caneta, e então voltou para dentro e fechou a porta.

Mel queria muito ir ver Brie, mas sentiu que precisava ficar ali na clínica enquanto Mike conversava com sua paciente. David estivera dormindo na área da recepção, dentro de seu cercadinho, e ela escutou quando ele começou a acordar. Não demorou muito para que ele desse um sinal e ela precisasse pegá-lo, trocar sua fralda e aconchegá-lo para que ficasse calmo. Mais de uma hora se passou antes de Mike sair com Sophie da cozinha. Uma das mãos dele estava pousada nas costas da garota, acompanhando-a de um jeito solícito, agradecendo com a voz suave por ela tê-lo ajudado tanto.

Considerando o olhar embevecido que Sophie dedicava a Mike, não apenas ele a conquistara, como ela o tinha adorado. Confiado nele por completo.

Quando Sophie foi embora, Mike olhou para Mel e aquiesceu sombriamente.

— Nós temos um cara malvado à solta, não temos? — perguntou ela.

Ele fez que sim com a cabeça.

— Ou uns caras. Agora eu tenho nomes. Posso ir conversar com alguns dos jovens, um dos quais eu suspeito que seja o mesmo das suas outras garotas... porque o nome não veio de você.

— O que você vai fazer?

— Entrevistas. Agora mesmo. E vou ter que buscar algum tipo de ajuda para Sophie... ela vai precisar conversar com um profissional.

— A clínica de planejamento familiar pode ajudar com isso. E o condado tem um equipe de combate a estupros.

Mike balançou a cabeça, quase triste.

— Quando aceitei este emprego, essa era a última coisa que eu esperava enfrentar.

— Brie mal chegou aqui — disse Mel, demonstrando empatia.

— Ela vai entender, Mel. Na verdade, vou precisar conversar com ela sobre isso.

— Eu nunca contei para Jack...

Ele assentiu com a cabeça.

— Vou pedir a ela para ser discreta com isso, mas, depois do que ela passou, preciso ser honesto em relação a isso. Ela vem sendo enganada sobre... coisas não vêm sendo ditas a ela. Não posso esconder uma coisa dessas dela. É realmente importante. A gente mal começou...

Mel ergueu uma das mãos.

— Você sabe o que pode ou não fazer... e que nós não podemos expor esses adolescentes. — Ele aquiesceu. — Eu quero ver Brie. Quando é que vou poder? — perguntou ela, segurando David.

— Acho que em dez minutos. Posso ir na frente?

— Claro. Pelo menos isso.

Alguma coisa maravilhosa aconteceu com o coração de Mike quando a mão dele tocou na porta de seu motor home, apenas por saber que ela estava ali. Tudo que dizia respeito àquilo parecia certo. Quando ele entrou no veículo, lá estava ela, esperando. Brie tinha arrumado o lugar, recolhido suas roupas e feito a cama. Estava sentada na mesinha com um bloco de papel na sua frente, escrevendo, e olhou para ele com aqueles olhos meigos e brilhantes.

Mike não conseguiu se conter — a primeira coisa que fez foi ir até ela, se abaixar e beijá-la.

— O que é que você está fazendo? — perguntou, sentando-se no lado oposto ao que ela estava.

— Escrevendo minha carta de demissão para o escritório da procuradoria — respondeu ela. — E fazendo uma lista. Eu vou começar a procurar um escritório. Se for para ficar aqui, vou trabalhar. E eu vou ficar aqui.

— Um escritório?

— Aham. Ainda não sei o que vou fazer, mas sou uma advogada. Eu não posso trabalhar aqui, no motor home, porque vou precisar das minhas coisas: meu computador, meus livros etc.

— Como é bom escutar isso. Nós temos certeza de que queremos fazer de Virgin River o nosso lar?

— Para mim, é possível, embora eu não ache que vá encontrar um escritório nesta cidadezinha. Para falar a verdade, quem sabe onde vou encontrar trabalho? Posso precisar me deslocar para uma das cidades maiores, ou quem sabe aceitar qualquer trabalho que tenha em uma dessas cidadezinhas aqui. Mas, Mike... você quer morar em Virgin River? Porque eu acho que você sabe... eu vou a qualquer lugar com você.

Ele segurou as mãos dela.

— Eu amo este lugar. A melhor parte da minha vida aconteceu aqui. Tenho uma sugestão: em vez de procurar um escritório, pense em procurar uma casa. Uma que seja grande o bastante para ter um escritório dentro dela, ou uma com espaço para construirmos um. Você poderia trabalhar de casa.

— Você acha?

— Se a gente vai seguir o curso natural das coisas, algo me diz que não vai demorar muito para precisarmos de mais espaço. O que você acha disso?

Ela sorriu para ele.

— Acho que quero seguir em frente com você.

— Estou dando um passo à sua frente? — perguntou ele. — Isso é rápido. Seu irmão, seu pai, suas irmãs... Eles vão dizer como estamos indo rápido. As pessoas vão dizer que estamos loucos.

— Não ligo — respondeu ela, balançando a cabeça. — Faz um ano que não me sinto tão bem assim. Estou precisando de um pouco de felicidade louca. Quando você acha que a gente vai colocar os pés no chão?

— Mais cedo do que você imagina. Eu tenho um trabalho para fazer. Trabalho policial. Isso vai me prender um pouco, mas é muito importante.

— Você pode me contar sobre ele?

— Eu quero conversar com você sobre ele, mas é muito delicado. Pode ser incômodo.

— Certo. Eu sou boa com assuntos delicados. E vou tentar encarar o incômodo.

— A Mel não compartilha esse tipo de coisa com ninguém, nem mesmo com Jack. Ela espera que eu possa ajudar na investigação. Eu disse a ela que ia falar com você por uma série de motivos, mas você precisa ser discreta em relação a seu irmão. Sem dúvida ele é completamente confiável, mas esse é um acordo que eles têm e eu não quero me intrometer nisso.

— Tudo bem — concordou ela.

— Mel tem algumas jovens pacientes que ela suspeita terem sido vítimas de um estuprador em série. Pelo que ela descreveu, acho que ela está certa. Eu consegui enfim descobrir uns nomes e agora vou fazer umas entrevistas. Ver se a gente consegue descobrir o que foi que aconteceu e quem pode ser esse cara. Depois, vou pegá-lo. Ou pegá-los.

Brie não pôde evitar — um tremor de repulsa percorreu seu corpo. Meu Deus, odiava pensar em qualquer pessoa passando pelo que ela havia passado. Mike deu um instante para que ela se recuperasse e, enfim, ela apenas balançou a cabeça, triste por ouvir a história.

— Que horror. Você já trabalhou antes com estupro? Você está pronto para enfrentar isso?

— Eu não trabalhei em uma unidade que lidava com estupros, mas trabalhei com alguns detetives especialistas nisso em casos que envolviam o assunto, e eu ganhei um pouco de experiência. E trabalhei com um monte de garotos e garotas, o que me dá certa vantagem nessa situação. Posso começar sem a sua ajuda, mas tenho certeza de que vou pedir seus conselhos. Você consegue lidar com isso?

— Posso tentar. Eu conheço muito sobre o assunto… e não só por causa da minha experiência pessoal. Preparei várias vítimas de estupro para os julgamentos.

— Eu estava esperando que você estivesse disposta a ajudar. Estou indo conversar com umas pessoas — disse Mike. — Mel está louca para ver você.

— Ela está na clínica?

— Neste exato momento ela deve estar bem aqui fora.

Ele abriu a porta e a viu de pé ao lado da porta dos fundos do bar, balançando David nos braços para mantê-lo feliz, dando aos dois o tempo e o espaço de que precisassem. Mike gesticulou, sinalizando para que ela se aproximasse, mas Brie se levantou e foi cumprimentá-la. Ela abriu os braços para dar um abraço em Mel e no bebê, como uma irmã faria com a outra.

Mel colocou David na cadeira ao lado dela em frente à mesinha da cozinha enquanto Brie pegava um refrigerante para elas.

— Como você está se sentindo aqui na minha cozinha? — perguntou Brie à cunhada.

Mel sorriu.

— Finalmente.

— Eu precisava pensar no assunto...

— Você está linda — disse Mel. — Não existe nenhuma dúvida em seus olhos.

— Você acha que eles conversam? Os homens?

— Não do jeito que a gente conversa. Mike não vai conversar com Jack sobre você, eu tenho certeza. Jack tem sido um verdadeiro idiota sobre você e Mike.

— Agora ele já superou isso — afirmou Brie. — Alguém trouxe café da manhã para nós e deixou aqui do lado de fora do trailer, e acho que foi Jack.

— Que bom. Já era hora de ele aceitar e apoiar. Eu me desculparia pela teimosia do seu irmão, mas acho que você o conhece há mais tempo do que eu. — Ela deu uma gargalhada. — Alguém deveria ter me avisado de como ele se mete na vida dos outros. E o jeito mandão? Senhor. — Ela inclinou a cabeça. — Basta olhar para você para saber que essa é a coisa certa para você. Para vocês dois. Mike está com uma espécie de auréola.

— Ele deveria estar mesmo. Ele é um anjo. Eu nunca fui tratada com tanta bondade e ternura. Nunca. Ele passou meses conversando comigo para me ajudar a superar os dias mais sombrios sem insinuar que queria algo a mais. Quantos homens você conhece que estão dispostos a esse tipo de investimento sem garantia de que tirariam algum proveito da situação?

— Mike é um bom homem — afirmou Mel. — Ele não deixaria uma mulher de que gosta em uma posição difícil.

— Eu não tinha certeza se sequer conseguiria responder a um homem outra vez, Mel. Você não pode imaginar como eu estava nervosa.

Mel apenas aguardou, em silêncio; se Brie quisesse ser mais específica, ela poderia. Quando certo tempo se passou sem que Brie falasse mais nada, Mel disse:

— Eu sou tão grata por você ter enfim resolvido isso, e que isso a trouxe de volta para nós.

Brie olhou para cima por um instante, balançando a cabeça, ainda maravilhada. Era em momentos como aquele que ela mais sentia falta das irmãs, mas, com Mel ali, sentia que tinha a conexão feminina de que precisava. Aquela conversa secreta que as mulheres compartilhavam.

— Eu tive que considerar, pensar em muita coisa, mas, no fim das contas, estou aqui porque algo aconteceu em Sacramento.

Mel ergueu as sobrancelhas.

— Você quer conversar sobre isso?

— Ainda não consegui contar para Jack... mas Mike sabe de tudo. O motivo pelo qual eu vim para cá de repente e sem avisar foi porque Brad foi me ver. Jerome Powell foi encontrado na Flórida e o promotor assistente do distrito está trabalhando na transferência, para trazê-lo de volta ao estado para o julgamento.

Mel esticou a mão e cobriu a da cunhada.

— Meu deus, Brie — disse ela em um fôlego só. — Como você está?

— Vou testemunhar contra ele. Claro. Mas vou ficar aqui até isso acontecer.

— Ah, querida. Você sabe que todos nós apoiaremos você.

— Foi bizarro... receber essa notícia pelo Brad. Ele foi até a minha casa para contar. Mas, antes de falar sobre Powell, ele me pediu uma segunda chance, para ver se a gente conseguiria recuperar alguma coisa do que a gente tinha. Ele não está mais com Christine.

— Uau — disse Mel, recostando na cadeira com o choque. — E como você se sente a respeito disso?

Um sorriso discreto se espalhou nos lábios de Brie.

— Eu mostrei a ele onde estava a porta e, então, fiz as malas na mesma hora. Já chega dessa parte da minha vida. — Em seguida, o sorriso sumiu e ela completou: — A outra parte, o julgamento, isso vai levar um pouco mais de tempo. Vai ser um pouco mais difícil. Ah, a quem eu estou enganando? Vai ser muito mais difícil.

A primeira oportunidade que Mike teve para apresentar oficialmente seu cartão de visitas surgiu na Colégio Valley, na sala da orientadora educacional. A sra. Bradford era uma mulher cautelosa e séria que, apesar de cordial, não estava disposta a entregar nenhum de seus estudantes àquele homem sem ter certeza de que deveria fazê-lo. Ele sugeriu que ela verificasse quem ele era junto ao escritório do xerife, se ela duvidasse de sua autenticidade, e contou um pouco sobre como tinha se tornado o novo agente de segurança da cidade, mostrando a ela o distintivo que recebera de Hope. Ele tinha estado na escola antes, conversado com o diretor e com alguns dos professores, mas apenas para se conhecerem, nunca como parte de uma investigação. Ele explicou que, com suas competências, não faria qualquer tipo de prisão, mas que as entrevistas poderiam ajudar a resolver o problema.

Ele garantiu à sra. Bradford que os estudantes com os quais queria conversar não estavam, de modo algum, com problemas, mas, sem sequer saber, eles poderiam ter informações que o ajudariam.

— Pense nisso como uma testemunha de um acidente... Alguém pode ter informações que ajude a resolver a questão, sem sequer se dar conta disso.

A sra. Bradford desapareceu por cerca de vinte minutos e, quando voltou, estava pronta para chamar alguns estudantes em sua sala, para que conversassem com Mike. Ele presumiu que ela telefonara para o xerife.

Mike conversou com algumas garotas que forneceram a ele nomes dos adolescentes que elas tinham visto nas festas. Em menos de uma hora, Brenda Carpenter tinha sido encaminhada para a sala da orientadora educacional e deixada sozinha com Mike. Ele conhecia os pais de Brenda, mas, durante os meses que tinha estado em Virgin River, nunca tinha encontrado a garota. Ele apresentou mais uma vez seu distintivo.

— Qual é o assunto? — perguntou ela.

— Você não está encrencada — garantiu ele. — Você não tem qualquer obrigação de conversar comigo, mas torço para que você faça isso. Quero perguntar algumas coisas sobre uma reunião de adolescentes, uma festa na qual você pode ter ido. Talvez há pouco tempo, talvez há mais tempo.

— Eu não vou a festas — disse ela.

— Seu nome apareceu em uma lista que eu tenho, com os garotos e as garotas que foram em uma ou mais festas que estou verificando. Pode ter sido até no ano passado. O que estou tentando descobrir é sobre uma festa na qual pode ter tido presença de drogas.

— Eu não uso drogas.

— Eu não estou falando de maconha. Você pode não ter ficado sabendo que havia drogas sendo usadas na festa.

— Então como é que posso ajudar você?

— Vale a pena verificar. E o que você tiver a dizer, se disser alguma coisa, não sai daqui. Conheço seus pais por causa do Jack, mas prometo que não vou falar disso com eles, nem com mais ninguém. Estou atrás de informações a respeito de uma festa em que as pessoas desmaiaram ou perderam a consciência.

As pupilas da menina se contraíram de repente e ela estreitou os olhos.

— Do que é que você está falando?

— Você já esteve em uma festa em que isso aconteceu? Em que as pessoas... que talvez estivessem bebendo... desmaiaram ou perderam a consciência? Porque essa informação pode me ajudar.

Brenda quase pulou da cadeira.

— Quem foi que contou isso para você? Ninguém nem podia contar a respeito disso.

Ele fez questão de deixar os braços abertos, para parecer que estava acessível a ela, mesmo que apenas em um nível subconsciente.

— Uma estudante que entrevistei disse que esteve em uma festa em que isso aconteceu com ela. Eu não posso dizer quem é... isso é informação confidencial. Eu não sei se você estava ou não presente, por isso que estou perguntando.

— Você tem certeza? Não foi um adulto que contou para você?

— Não — garantiu ele, balançando a cabeça. — Com certeza não foi um adulto. Você tem alguma informação para mim, Brenda? Isso é muito importante.

— Por quê? Por que é tão importante?

— Porque esse tipo de coisa tem acontecido, e preciso muito impedir que se repita antes que alguém... Bom — disse ele, balançando a cabeça de um jeito solene. — Sejamos sinceros: as pessoas que estão passando por essa situação podem morrer. Se eu soubesse de alguma coisa, não ia querer isso me assombrando.

— Morrer? Como? Por ficar bêbada e apagar?

— Se alguma droga foi usada para fazer a pessoa perder a consciência, então, sim.

Ela cruzou os braços sobre o peito.

— O que você quer que eu diga?

— Vamos voltar um pouco. Você já esteve em uma festa em que isso aconteceu?

— Eu fui a uma festa, uma vez, muito tempo atrás, e as pessoas beberam demais. Eu não acho que é isso que você quis dizer.

Ele deu de ombros.

— Pode ter parecido que foi assim que aconteceu, mesmo se alguém colocou alguma coisa na cerveja.

Ela respirou fundo.

— Como eu disse, foi há muito tempo.

— Você se lembra de quem estava lá?

— Por quê?

— Porque seu nome apareceu uma vez, embora tenham tido muitas festas em que isso aconteceu — explicou ele. — Agora, eu não sou um gênio, mas imagino que você talvez tenha ido uma vez e percebeu que não gostava muito desse tipo de festa. Eu não estou tentando entender o porquê — disse ele, levantando as mãos. — Tudo que quero é que você me passe uns nomes, confidencialmente. Assim eu posso ver se esses mesmos nomes aparecem em uma dessas festas. Com frequência.

Uma expressão de assombro surgiu no rosto dela, que, então, aos poucos se transformou em fúria. Ela estava juntando as peças. Agora ela sabia. Ela não era a única. Um ou mais caras estavam indo atrás das garotas.

Mike virou na direção dela um bloco de papel com uma caneta em cima.

— E qualquer coisa específica ajuda, por exemplo, se certa pessoa estava lá só por um tempo, por muito tempo, se era o anfitrião da festa, se levou cerveja, esse tipo de coisa. Isso seria importante. Obrigado.

Quando Mike se sentou em seu carro quarenta minutos depois, dando uma olhada naquelas listas, ele desconfiava que Brenda fosse a paciente que ficara grávida na festa sem nem fazer ideia de como isso tinha acontecido. Então, algo saltou à vista dele, significando ao mesmo tempo uma oportunidade e um alívio. Havia ali um nome que ele reconhecia. Ele aparecera na lista de Sophie — aquela festa tinha acontecido cerca de um mês atrás. Um jovem que ela se lembrava de ter visto por lá durante um breve período. O nome se destacou mais uma vez — em uma chopada no posto de gasolina, de novo por um breve período. Mas o nome não apareceu na lista de Brenda, da festa a que ela tinha comparecido na primavera passada, nem em nenhuma outra. Tom Booth. Tom poderia conhecer os garotos que estavam na festa em que Sophie desmaiou.

Mike poderia ter voltado à escola e pedido para a sra. Bradford chamar Tom em sua sala para uma entrevista, mas, antes que ele tivesse tempo para pensar nisso, o último sinal tocou e ele viu os estudantes esvaziarem o prédio e irem até seus carros e ônibus no estacionamento. Paul tinha mencionado que Tom estava o ajudando no canteiro de obras da casa de Jack depois da escola, e ele se perguntou se encontraria o jovem por lá.

Mike também encontraria Jack na obra. Pensando bem, ele conseguiria resolver duas situações delicadas ao mesmo tempo. Brie tinha passado a última noite na cama dele, em seus braços — isso tinha sido muito mais íntimo do que um passeio até a praia, ou uma dança em um festival. Se Jack tivesse um problema com isso, era melhor que eles resolvessem o assunto sem a presença de Brie. Ele estava ciente de que ela tinha estado com o irmão pela manhã e tinha dito que o encontro acontecera sem percalços; Jack não parecia ter qualquer assunto para passar a limpo. De qualquer modo, isso não abarcava o território que compreendia os dois homens que amavam Brie — o irmão superprotetor e o amante.

A pequena caminhonete vermelha de Tom não estava lá quando Mike chegou ao canteiro de obras, mas o lugar estava em plena atividade, com muitos barulhos vindo da parte de dentro da estrutura. A caminhonete de Jack estava estacionada perto da casa.

Do lado de dentro, Mike encontrou uma porção de homens trabalhando e Jack ajoelhado na cozinha, colocando no lugar os rodapés ao redor dos armários recém-instalados. Ele observou o amigo trabalhando por um instante antes de dizer:

— Está ficando muito bom lá fora, Jack.

Jack se inclinou para trás, se sentando nos calcanhares, e olhou para cima, para Mike. Ele puxou de dentro do bolso um trapo para secar o suor e limpar a serragem do rosto. Em seguida, levantou-se. O rosto de Jack demonstrou uma série de expressões: teve a cara do bom amigo, do camarada, do assassino com olhos de aço e teve uma que ele parecia reservar para seu papel de comandante e líder. Era uma expressão não muito diferente da que um pai faria diante de um pretendente de sua filha — não muito fatal, não muito amigável, mas alguma coisa entre uma e outra. Intencionalmente impossível de se ler, para não transparecer qualquer emoção.

— Obrigado — disse ele apenas.

— Achei que, se você tivesse alguma coisa para falar comigo, eu deveria dar a chance de fazer isso enquanto Brie está ocupada com outras coisas.

— É — disse Jack. — É, tenho algo a dizer. A gente já conversou sobre isso, mas vou repetir mais uma vez, para você me entender. Ela é muito especial para mim e eu já a vi machucada. Jesus, pior do que machucada. Você sabe do que estou falando.

Mike deu um breve aceno com a cabeça.

— Eu sei.

— Eu fiquei me debatendo com isso que está acontecendo entre você e minha irmã. A coisa me deixou apavorado, de fato me irritou...

— Eu sei — repetiu Mike. — Eu enten...

— Porque eu sou um idiota — interrompeu Jack. E, balançando a cabeça de frustração, continuou: — Jesus amado, Valenzuela... Quantas vezes você me apoiou? Você teria lutado ao meu lado em um piscar de olhos, se colocado em situações de risco para proteger a mim ou a qualquer membro do nosso esquadrão. Não sei por que empaquei nisso do jeito que eu fiz. Quando uma mulher da sua família é machucada daquele jeito... você só quer colocá-la em uma caixinha acolchoada com um cadeado na tampa para ninguém nunca mais conseguir machucá-la de novo, mesmo que isso seja a pior coisa que você possa fazer. — Ele sacudiu a cabeça de novo, e dessa vez a expressão em seu rosto era fácil de ler. Ele estava aberto. — Me desculpa, cara. Eu considerava você um irmão antes de você sequer olhar para Brie. Eu sei que ela está segura com você.

Mike se pegou dando uma risadinha.

— Cara — disse ele. — Mel deve ter prendido você e batido na sua cabeça. Então, a expressão de Jack se tornou rabugenta.

— Eu queria saber por que Mel sempre recebe a porra do crédito quando começo a parecer uma pessoa sensata. O que faz vocês acharem que eu não pensei sobre o assunto e...

— Deixa para lá — disse Mike, estendendo uma das mãos. — Obrigado. — Jack aceitou a mão do amigo e o sorriso de Mike desapareceu. A expressão em seu rosto se tornou séria. — Jack, dou minha palavra para você. Pretendo fazer tudo que estiver em meu alcance para fazer sua irmã feliz. Vou protegê-la com a minha vida.

— É melhor você fazer isso mesmo — respondeu Jack, severo. — Ou então eu juro que...

Mike não pôde deixar de sorrir.

— E, por um instante, nós estávamos indo tão bem.

— É, bem...

— Eu não vou desapontar você — garantiu Mike.

Jack ficou calado por um momento, então disse:

— Obrigado. Eu sabia disso. Só demorei um pouco. Caras como nós...

— É — respondeu Mike, rindo. — Caras como nós. Quem poderia imaginar, hein?

Jack passou a mão em seu pescoço suado e disse:

— É, bom, fique esperto. Cuidado para não dar mole feito eu e de repente estar aí, tendo um time de futebol.

— Vou tomar cuidado com isso — respondeu Mike. — Agora me mostre a casa, Jack. Parece que a construção está indo muito bem.

— Pois é, vamos achar o Paul para ele fazer um tour com a gente. Eu estava fazendo uma casa boa... ele está fazendo uma obra de arte.

Depois de cerca de meia hora olhando cada detalhe do trabalho de Paul, Mike viu a caminhonete de Tom Booth chegar. Tom estacionou, saiu do veículo e começou seu trabalho de limpeza e retirada de lixo. Mike esperou para se aproximar; ele jogou conversa fora com Jack e Paul conforme o sol se punha. Jack enfim saiu para tomar um banho rápido para que pudesse ir ajudar a servir o jantar no bar e Paul voltou para dentro da casa para verificar como as coisas estavam indo com a equipe à medida que eles iam terminando.

Mike foi até Tom.

— Ei — chamou ele. — Você pode conversar um minuto?

— Claro — respondeu o jovem, largando os entulhos a seus pés e retirando as luvas que usava. — Tudo certo?

— Eu conversei com você sobre umas festas um tempo atrás e...

— Escute, já disse para você, Mike... Eu dei uma passada em algumas delas, só por curiosidade. O que está acontecendo por lá?

— Estou procurando uma coisa — disse ele, dando de ombros. — Drogas.

— Drogas? — perguntou Tom. — Eu vi as pessoas passando uns baseados. Eu caí fora. Você conhece meu pai. Eu estaria em alguma escola militar se tivesse sido flagrado por aí com uma coisa dessas. Talvez em uma penitenciária. Eu estaria frito. Ele não é um cara liberal.

— É — concordou Mike, dando um sorriso. — Eu percebi isso sozinho. Na verdade, eu estava procurando outra coisa. Uma coisa que você não vê todos os dias.

Tom olhou para baixo.

— Eu não vi nada — disse o garoto.

— Filho. Olhe nos meus olhos e diga isso.

Ele ergueu o olhar.

— Sério, fui embora quando vi os baseados. Eu fiquei de castigo por ter ido a um lugar onde estavam servindo cerveja. Meu pai não é o pai mais rigoroso que existe... Eu já bebi uma cerveja com ele. Mas foi uma cervejinha inocente, sem dirigir, sem sair para uma chopada no meio da floresta. Só que...

Mike esperou.

— Só que? — perguntou, enfim.

— Eu já estava de saída quando desconfiei que tinha alguma coisa acontecendo. — Ele deu de ombros. — Umas pessoas estavam se afastando do pessoal, fazendo alguma coisa às escondidas, não demoravam muito. Sabe?

— E você suspeitou do quê? — perguntou Mike, com o radar acionado.

— Eu não faço ideia. Ecstasy talvez? Metanfetamina? Sei lá. Alguma coisa proibida. Cara, eu não queria nada mais pesado do que uma cerveja, ver um baseado de longe, a uma distância segura. Eu estaria...

— Frito — completou Mike pelo rapaz. — Quem deu as festas nas quais você viu isso?

Tom baixou o olhar de novo, balançando a cabeça. Então, antes que Mike pedisse para que ele o olhasse nos olhos, ele mesmo fez isso e disse:

— Olha, eu não me importaria de colocar aquele merdinha em maus lençóis... eu adoraria fazer isso. Mas, sério... não faço a menor ideia do que poderia estar acontecendo. Se eu soubesse de alguma coisa e achasse que alguém poderia se machucar, eu contaria tudo para você, mas eu não posso dedurar que um cara estava usando drogas quando ele poderia estar só trocando números de telefone. Sabe?

Mike ficou em silêncio por um longo momento. Então, disse:

— Eu sei. Vamos só repassar quem estava nessas festas, tá?

— Isso eu posso fazer — concordou Tom.

Capítulo 12

De todas as pessoas em Virgin River que Mel poderia ter imaginado tendo uma mamografia positiva para câncer, Lilly Andersen, que tinha dado à luz e amamentado sete filhos, era a última delas. Lilly, de quem Mel gostava tanto. Mas ali estava — o radiologista telefonara e avisara que o raio X era expressivo. Lilly deveria ver um especialista imediatamente.

Mel não gostou do fato de que, além daquele provável diagnóstico, Lilly tivesse perdido bastante peso nos últimos tempos. Ela estava torcendo e rezando para que a perda de peso fosse por correr atrás da pequena Chloe, de 1 ano.

Chloe. Apenas quatro pessoas sabiam a verdade — Mel, o doutor Mullins, Lilly e Buck Andersen. Todo mundo achava que Chloe era uma recém-nascida abandonada que Lilly vinha cuidando desde que a garotinha tinha três semanas. Mas Chloe era sangue de seu sangue, a própria filha de Lilly.

Agora Mel precisava contar à mulher que ela talvez tivesse câncer de mama.

— Eu sinto muito, Lilly. Mas pelo menos a gente pegou e, se não for boa notícia, você pode se concentrar no tratamento. Eu marquei uma consulta para você amanhã, em Eureka.

— Tão cedo assim? — perguntou ela, nervosa.

— Quanto mais cedo, melhor. Buck pode levar você lá, ou você precisa de mim?

Lilly, como era típico de sua parte, deu aquele sorriso gentil e reconfortante, tocou a mão de Mel e disse:

— Não se preocupe, Mel. Eu vou pedir para Buck tirar um dia de folga.

— Quer que eu fale com ele? Porque isso é importante.

— Não, consigo lidar com Buck. Mas eles não vão fazer nada como me operar na mesma hora, vão?

— Não… mas eles vão fazer uma biópsia. Eles podem tentar aspirar um nódulo ou fazer mais raios X e um exame de sangue. Só que, se você precisar de cirurgia, acho que eles vão marcar logo. O radiologista descreveu o achado como expressivo. Você sentiu algum nódulo?

— Na verdade, não… mas eu sou grande e meio cheia de nódulos mesmo.

— Lilly, você vai precisar de ajuda com Chloe. Eu acho mesmo que você deve contar para sua família a verdade sobre Chloe. Seus filhos.

— Nós vamos dar conta, Mel. Não quero que você se preocupe.

— Eu não estou preocupada. O tratamento agora é bom… As taxas de sobrevivência para câncer de mama são ótimas. Só que, se você precisar fazer o tratamento, pode ser que não se sinta bem. Parece que eles merecem saber. E eles são todos maravilhosos, cada um deles. Não vão guardar rancor.

Lilly deu uma risada e disse:

— Se você não guardou rancor, acho que ninguém vai!

— Você precisa lembrar… Se houver uma reação, é só uma reação. E é temporária, até a poeira baixar. Não tenha medo deles, Lilly. Eles amam você.

— Eu sou sortuda assim — constatou ela.

Mas foi ali que a sorte de Lilly terminou. O câncer de mama estava em estágio avançado, era agressivo e tinha se espalhado para o sistema linfático e para os pulmões. Depois de uma mastectomia bilateral radical, feita menos de uma semana depois de sua visita ao cirurgião, seu novo oncologista a colocou em um regime bastante forte de radiação e quimioterapia. Chloe estava morando com a irmã mais velha, Amy, porque Lilly estava fraca e doente.

* * *

Infelizmente, era comum no trabalho policial perceber logo quem eram os caras malvados, ainda que não houvesse o tipo de causa provável ou as evidências necessárias para um mandato de busca ou de prisão. Mike tinha se iludido, acreditando que seria mais simples em uma cidade tão pequena, onde todo mundo parecia saber de tudo que estava acontecendo. No entanto, ele enfrentou em Virgin River os mesmos tipos de problema que tinha encontrado em Los Angeles.

Depois de conversar com Tommy e outros vinte adolescentes, ele tinha uma lista de nomes espalhados pelas muitas festas que tinham acontecido desde maio do último ano até os meses mais recentes. Talvez tivessem acontecido até mais festas, de que Mike não tomara conhecimento. Ele foi até Garberville, para conversar com Brendan Lancaster, de 19 anos, que, com o ex-amigo de Tommy, Jordan Whitley, era o único garoto que tinha estado em todas as festas. Os outros poucos nomes que se repetiram mais do que duas vezes eram, talvez, meros figurantes — garotos que estavam na festa, mas que não faziam ideia do que estava acontecendo. Mike teve essa impressão durante as entrevistas: os figurantes respondiam com uma confusão que parecia autêntica, enquanto a suposta confusão de Whitley e Lancaster era evidentemente fingida. O nome de pouquíssimas garotas apareceu mais de uma vez.

Contudo, o ponto que deixou Mike confuso foi a combinação de drogas que fazia com que as pessoas — sobretudo as garotas — apagassem e talvez outras drogas que as estimulavam. Era uma combinação esquisita. Será que poderia haver Boa noite, Cinderela, ecstasy e metanfetamina na mesma festa? Parecia um banquete — um bastante mortal, por sinal.

Mike logo se convenceu de que Tom Booth não tinha qualquer envolvimento com aquele grupo. Ele tinha ido a uma festa no posto de gasolina só por curiosidade, ficado lá menos de uma hora e visto que a coisa não estava indo por um bom caminho. Decidira cair fora bem rapidinho antes que a coisa ficasse feia. Tinha ido à casa do amigo algumas vezes antes de conhecer e começar a sair com sua namorada; sempre havia cerveja disponível, mas ele nunca vira alguém desmaiar em nenhuma daquelas ocasiões, provavelmente porque ele nunca ficava por muito tempo. Ele não conhecia muita gente, mas forneceu os nomes que sabia, e esses nomes apontaram, mais uma vez, para Whitley e Lancaster.

— Eu vou dar uma pista — contou Mel a Mike. — Seu menino tem clamídia. Se tiver mais de um menino com clamídia, eles estão espalhando a doença.

— Mas eu não posso chegar nisso — argumentou ele.

— Então talvez você tenha que pegá-los no flagra.

— Talvez — disse Mike.

A imagem dele vigiando uma festa de adolescentes, esperando que um daqueles meninos drogasse e estuprasse uma menina que não teria a menor ideia do que estaria acontecendo, bastou para fazê-lo querer vomitar. Ele achou que provavelmente precisaria de alguma ajuda, o que significava que tinha de ir falar com o xerife de novo, embora tudo que ele tivesse fosse uma lista de nomes de adolescentes que vinham bebendo e fumando um pouco de maconha, nada mais além disso. Até que ele encontrasse algo mais significativo, ele não tinha nada para reportar a alguém. Ele só precisava continuar conversando com aqueles jovens, pedir para Zach Hadley, o professor, ficar de ouvidos atentos na escola e, quem sabe, dar sorte.

O Dia de Ação de Graças estava se aproximando e Mike estava às voltas com essa situação quando Paul convidou ele e Brie para um jantar na casa do general. Foi Vanessa quem teve a ideia de receber Brie na comunidade — um pensamento generoso, típico dela. Enquanto o general — que comandava a cozinha — e os outros estavam ocupados, Paul e Mike foram até o curral com algumas cervejas, observando a neve que caía em flocos finos como poeira no fim da tarde. Eles tinham acabado de conversar sobre como Tommy estava trabalhando duro no canteiro de obras da casa de Jack, de fato fazendo valer o dinheiro pago para ele manter o lugar limpo de lixo da obra, quando o jovem apareceu montado em um cavalo em uma das trilhas que ficavam na parte de trás da casa com uma garota montada a seu lado, em outro animal.

— Aí está o Romeu — disse Paul.

— Namorada nova? — perguntou Mike, estreitando os olhos para enxergar de longe.

— A maravilhosa Brenda. Faz tempo que ele está atrás dela. Acho que os cavalos colocaram enfim uma rédea na situação.

Ai, Jesus, pensou Mike. *Isso vai deixar a garota apavorada.*

— Ah... escute, temos um problema. Eu vou tentar explicar depois, mas você pode me fazer um favor? Quando eles chegarem aqui, tire Tommy daqui. Diga que você precisa da ajuda dele... com a lareira ou algo assim. Eu cuido do cavalo dele. Preciso de um minuto com a garota.

— Está tudo bem? Porque ela é uma garota legal...

— É, ela é muito legal. Mas tenho que falar uma coisa com ela... Ela não está metida em nenhum tipo de problema, juro. Se eu não der um jeito de convencê-la de que nunca falei com ninguém a respeito dela, pode ser que Tommy perca sua querida namorada por causa de uma coisa idiota como nervosismo. Nervosismo causado por um policial.

— Você tem exibido aquele distintivo por aí, parceiro?

— Na escola, sim.

— Ah, droga — disse Paul. — É melhor você resolver isso, porque Tommy acabou de se endireitar depois de ter um probleminha com o pai, e isso pode ter a ver com a garota.

— É — disse Mike. — Deixe comigo. Não se preocupe.

Então, de fato, como Mike tinha esperado, Brenda pareceu ficar abalada ao ver o policial no curral. Ela puxou as rédeas e diminuiu a velocidade de sua montaria. Mike tentou fazer um sinal para ela, estreitando os olhos e balançando a cabeça bem de leve, mas ela estava um pouco perdida. Assustada. Não queria de jeito nenhum que seu novo namorado soubesse pelo que ela havia passado. Não queria de jeito nenhum se sentar e tremer de nervoso durante todo o jantar com o policial.

— Tommy, cara, você pode me ajudar um segundo? — perguntou Paul. — Preciso de uma mãozinha para pegar um monte de lenha. Mike vai cuidar do seu cavalo.

— Tem certeza? — perguntou ele, apeando de sua montaria. — De repente Mike pode pegar a madeira enquanto eu ajudo Brenda com os cavalos.

— Ah, o braço dele, você sabe... ainda não está firme. Vamos.

— Você vai ficar bem com o cavalo, Mike?

— Com certeza — respondeu ele. — Sua garota pode me mostrar o que fazer.

— Ah, Mike... essa é Brenda. Brenda, Mike Valenzuela, um amigo da família.

— Muito prazer — disse Mike, estendendo a mão para a jovem.

Ela aceitou o cumprimento com um aperto fraco, em silêncio, seu rosto ainda sulcado pela surpresa e preocupação.

Mike olhou por cima do ombro enquanto Paul levava Tommy embora, um dos braços por cima do garoto à medida que eles subiam a colina em direção à casa. Brenda desceu do cavalo e conduziu o animal até o estábulo.

— Brenda, não entre em pânico. Ninguém sabe que eu conversei com você a respeito de alguma coisa. Certo?

— Certo — respondeu ela, nervosa.

— Fique tranquila — encorajou ele. — Tommy é um bom partido. Não dê o fora nele por minha causa. Não vou contar nada para ninguém. Desde que a gente se falou, eu já vi seus pais no bar umas dez vezes e nunca deixei escapar uma palavra sequer. Eu já disse, nossa conversa foi confidencial.

— Certo, mas você virou a escola de ponta-cabeça. As pessoas estão comentando.

— Estão — confirmou ele. — E elas estão falando comigo também. Escute, tem uma coisa que eu quero que você saiba sobre esse seu namorado... Eu o conheci e acho que ele é íntegro. Se você está preocupada que ele possa descobrir alguma coisa, é melhor que você conte... mas essa é só a minha opinião. Eu acho que ele é um garoto firme e justo. Ele não vai tirar nada de mim.

Ela parou enquanto conduzia sua montaria para o estábulo.

— Você sabe mais do que está contando, não sabe?

— Sei — confirmou ele.

— Você sabe quem foi? — perguntou ela, sem dar a ele qualquer informação específica. Mas ele já sabia. Ele podia continuar se fingindo de bobo para ela ou podia arriscar e torcer para que aquilo lhe trouxesse algum proveito.

— Sei.

— Você vai me contar?

— Não.

— Por que não?

— Eu não tenho uma vítima. Não posso prender alguém ou instaurar um processo criminal sem uma vítima. E, assim como não estou contando para ninguém o que você me disse...

— Tem mais de uma pessoa que pode ser essa tal vítima? — perguntou ela.

Ele olhou firme dentro dos olhos dela.

— O que você acha?

— Ah, não. — Lágrimas encheram os olhos da menina, provavelmente quando ela se deu conta de que havia a possibilidade de que mais garotas terem passado pelo que ela passou. — Ah, meu Deus.

— Pois é, não é legal, né? A qualquer hora que você queira conversar sobre isso, esclarecer as coisas, você sabe como me encontrar. Não estou pedindo para você fazer nada, mas quero que você tente confiar um pouco em mim. Vou dar um pouco de espaço para você, e nunca vou contar uma palavra sobre sua vida pessoal ou nosso relacionamento, a não ser que você me autorize a fazer isso, ok? Vamos cuidar dos cavalos. E aja como se a gente tivesse se dado muito bem. Certo? Amigos instantâneos...

— Eu não sei como fazer isso — disse ela, emotiva.

— Claro que sabe. Nós vamos ter um ótimo jantar, uma visita à família Booth. Eu vou apresentar você à Brie... Você vai adorá-la — afirmou ele, dando um sorriso. — Aposto que ela era bem parecida com você quando tinha 16 anos. Boas notas, bons namorados, ótima família. — O sorriso dele se alargou. — Você vai ficar bem. Você tem que confiar um pouquinho em mim, Brenda. Eu nunca dedurei alguém.

— E se você nunca conseguir encontrar uma vítima para prender o culpado?

— Eu vou pegá-lo de qualquer maneira — garantiu ele. — Estou tentando pensar em ideias que não envolvam você.

Eles retiraram as selas e as rédeas dos animais, em seguida, começaram a escová-los. Depois de cerca de dez minutos, ela disse:

— Obrigada, Mike.

— Ei, Brenda, acho que nós estamos do mesmo lado. Nós só queremos que mais ninguém se machuque.

Mal fizera duas semanas que Brie estava em Virgin River, mas para Mike parecia que eles estavam juntos desde sempre. Não importava o que a noite trazia, se era jantar no bar ou uma breve caminhada pelo quintal onde estava o motor home, quando eles enfim ficavam sozinhos, a porta mal se fechava e eles já estavam nos braços um do outro. Eles não dormiram com uma única peça de roupa desde que Brie chegara, e provavelmente nunca mais dormiriam vestidos de novo. Mike pensava nela o dia todo e fazia amor com ela de maneira longa, vagarosa e deliciosa quase todas as noites. Depois, havia as manhãs...

— Ninguém faz tanto sexo assim — sussurrou ela, sem fôlego e satisfeita.

— Nem eu jamais fiz tanto sexo assim — admitiu ele, também sem fôlego.

— É uma lua de mel, isso é o que é — disse ela.

— Eu já estive em duas luas de mel e elas não foram nada parecidas com isso.

— Bom, eu já estive em uma, e ela não foi nada se comparada a isso. — Ela deu uma risadinha. — Você é incrível, Mike.

Ele se colocou em cima dela e olhou no fundo dos olhos de Brie.

— Você é uma mulher apaixonante, Brie. Você tem uma libido poderosa. Que bom que você me escolheu. — Ele deu um sorriso malicioso. — Tenho a fama de saber lidar com mulheres como você.

— Você consegue lidar comigo, certo. Você acha que isso vai arrefecer em breve?

— Se a natureza seguir seu curso, sim. É por isso que estou tirando vantagem de você agora. Eu sei o que vem pela frente, nos dias de gravidez.

— Eu mal posso esperar pelo fim do dia — confessou ela. — Estremeço só de pensar, o dia inteiro...

— Abalos secundários — disse ele, rolando na cama e deitando-se de costas. — Eu também sinto. — E dando uma risadinha, continuou: — É um milagre, isso sim. Eu nem tinha certeza de que eu ia conseguir fazer amor.

— Hein?

Ele se virou, ficando de lado, e olhou para ela.

— Eu saí do coma com algumas coisas faltando. Uma delas era a ereção.

— Sério? — perguntou ela, de olhos arregalados. — Porque você com certeza está tendo mais do que sua cota agora.

— Levou quase um ano para que eu voltasse a ter uma ereção, e mesmo então era completamente imprevisível. Quando levei você para a cama naquela primeira vez, eu não sabia se a coisa ia funcionar, se ia funcionar muito bem, se ia continuar funcionando...

— E mesmo assim você decidiu arriscar?

Ele deu de ombros.

— Eu já tinha respondido a você antes... Eu estava esperançoso.

— Em Mendocino — disse ela, dando um sorriso.

— Você percebeu. Eu fiquei me perguntando se você tinha percebido.

— E se não tivesse funcionado naquela primeira noite?

Ele passou a mão no ombro nu dela, descendo até o quadril.

— Tudo que eu queria era ajudar você a se sentir confortável com um toque amoroso. A única coisa importante era dar prazer para você. Eu estava pronto para compensar você por isso. De muitos jeitos maravilhosos.

Brie fechou os olhos.

— Você tem mesmo os seus jeitos — sussurrou ela.

Ele gargalhou, um som profundo, vindo de sua garganta, e ficou muito satisfeito de usar um pouco de sua mágica. Até então, nada em sua vida se comparava à felicidade que ele sentiu quando ela reagiu a ele, quando ela se deixou levar pelo prazer que ele podia proporcionar a ela. E ainda mais doce foi abraçá-la depois, sussurrando de noite, ou falando baixinho na primeira luz da manhã. Fossem palavras de amor — que em geral apenas os atiçava de novo — ou só uma conversa entre companheiros planejando seus dias, suas vidas. Então, havia as conversas sobre crianças, uma casa na colina, sobre a vida que eles levariam juntos até ficarem velhos. Tudo isso o preenchia, dava a ele a substância que faltava em sua vida. Mike tinha tido mulheres, mas era a primeira vez que tinha uma companheira de verdade.

Brie se levantou, apoiando-se no cotovelo, o cabelo caindo sobre os ombros, e encontrou os olhos sorridentes dele.

— Já é quase Dia de Ação de Graças — disse ela. — Você tem certeza de que quer ficar aqui?

Ele deu de ombros.

— Mel e Jack não podem sair daqui... Ela tem algo no forno. Preacher e Paige estão aqui... isso é família. Se você quiser ir para a casa do Sam, eu vou com você. Mas ainda não quero ir a Los Angeles.

— Você não está me escondendo dos Valenzuela, está?

— Meu Deus, não. Eu contei a todos eles, a cada um deles. Eu até disse para eles ficarem espertos... Você é bilíngue e ardilosa. Mas não estou pronto para dividir você. Na casa católica de minha mãe, ficaríamos em quartos separados porque não somos casados. Mesmo eu tendo 37 anos e com ela sabendo que estamos morando juntos… é o lar católico dela. Nós poderíamos ficar em um hotel, mas acho que seria melhor deixar a visita para mais tarde. Só me dê mais um tempinho. Nunca estive tão feliz em minha vida e passo o dia todo ansioso pelo momento em que ficaremos enfim juntos, só nós dois. — Ele brincou com o cabelo que caía no ombro dela. — Eu sou ganancioso. Minha vida nunca esteve melhor.

— E quanto ao Natal? — insistiu ela.

— O que tem?

— Sua família vai ficar chateada se a gente for para a casa do meu pai no Natal? Porque minha família inteira, junto com a irmã e o cunhado de Mel e as crianças vão estar lá… E eu quero estar com eles.

— Então estaremos lá. Nós podemos nos juntar à família Valenzuela em outro momento. Você precisa se lembrar, *cariño*… Minha família é tão grande que meu pai e minha mãe não esperam receber todos os filhos e suas famílias ao mesmo tempo todos os anos. Nós podemos passar o Natal com eles outro ano.

O Dia de Ação de Graças caiu na última quinta-feira do mês e Preacher fez o jantar do bar. O general Booth e sua família foram convidados, mas eles seguiram de carro pela costa, até Bodega Bay, para ficar com a irmã e a sobrinha do general. Muitos moradores de Virgin River estavam incluídos no Dia de Ação de Graças do bar, pessoas que havia muito tempo eram cuidadas por Preacher e Jack, e era uma tradição servir a refeição no bar. Havia o doutor Mullins e Hope McCrea, Connie e Ron, da loja da esquina, Lydie, a avó de Ricky, Joy e Bruce, que moravam no fim da rua. Agora que tanto Preacher quanto Jack estavam casados, eles fechavam o bar durante o Natal, mas Preacher gostava de fazer o banquete de Dia de Ação de Graças, mantendo o bar aberto para o caso de alguém estar sozinho desgarrado.

Quando Mel, Jack e Davie chegaram para o jantar, ela telefonou para suas duas pacientes que estavam próximas da data provável do parto para ver como elas estavam se sentindo e, quando constatou que estava tudo na mesma, ela pediu sua taça de vinho do trimestre.

— Uma das minhas meninas está um pouquinho atrasada, enquanto a outra costuma se antecipar — explicou ela, erguendo o copo para Brie. — A qualquer instante agora, nós vamos ter não apenas um, mas dois bebês.

— Você deve estar tão animada.
— Eu ainda fico um pouco tensa, esperando. Eu vivo para os bebês.
— E você está se sentindo bem?
— Tenho ficado muito enjoada com este aqui, mas estou segurando as pontas. Jack me prometeu que não vai fazer isso comigo de novo. E estou pensando em fazer um procedimento cirúrgico enquanto ele estiver dormindo.

O peru foi um dos melhores que Preacher já fizera e os acompanhamentos estavam perfeitos. As tortas tinham sido feitas por Paige, que desenvolvera habilidades culinárias incríveis desde que chegara a Virgin River. Preacher tinha provado que não apenas era um chef incrível, mas também um ótimo professor. E ela era uma aluna muito competente, que parecia ter encontrado seu lugar na cozinha com ele.

Mel e Brie ajudaram com a arrumação depois e Jack ajudou levando o lixo embora e varrendo o chão enquanto balançava David apoiado em um dos lados do quadril. Mike limpou o balcão do bar e as mesas, mas, mesmo assim, Preacher ficou tanto tempo ocupado limpando tudo que perdeu a hora de ler a historinha para Christopher dormir, um hábito depois do banho do menino. Mesmo assim, ele subiu para dar um beijo de boa-noite no garoto, porque achava que o menino não teria uma boa noite de sono sem isso. Em seguida, desceu as escadas para fechar o bar e ir para seu apartamento, onde se deitaria tranquilo ao lado da mulher de seus sonhos, esperando pelo convite indicando que se passara tempo o suficiente. Todos os dias ele se perguntava quando teria permissão para deixar a coisa fluir. Ele esperava muito pelo dia da ovulação, quando não precisava se conter, mas, pelo cálculo dele, ainda faltava cerca de uma semana. E Paige era tão regulada que ele chegava a quase decifrar o minuto em que acontecia.

Quando entrou no quarto, viu que Paige estava sentada na cama, com travesseiros em suas costas, o lençol puxado até em cima, sobre seus seios nus, e um sorriso misterioso no rosto. Ele franziu a testa e entortou a cabeça, e ela puxou um teste de gravidez de debaixo do lençol.

— *Tcharam* — disse ela. — Nós conseguimos, papai.

Preacher quase caiu duro. Seus olhos se encheram de lágrimas. Colocou as mãos na frente do rosto, para tentar recuperar o controle, mas estava sobrecarregado pela emoção. Três meses de resguardo, esperando a ovulação, e ele tinha começado a perder as esperanças de que eles teriam um bebê. Mas Mel estava certa! Era daquilo que eles precisavam! E ele poderia fazer isso de novo, quantas vezes fosse preciso! *Mas, calma,* disse ele a si mesmo. *Um bebê de cada vez!*

Ele foi até a cama e caiu de joelhos ali, agarrando o teste de gravidez.

— Ah, meu Deus! Ah, meu amor! Você está mesmo?

— Parece que estou, sim.

— Ah, meu Deus — repetiu ele, agarrando-a, puxando para dentro de seus braços e apertando-a contra seu peitoral imenso. — Ah, meu Deus!

— Devagar, John — pediu ela, rindo.

Ele a largou na mesma hora.

— Eu estou machucando você?

— Não. — Ela deu uma risada. — Claro que não. Mas, John, se esse teste é confiável, você não precisa mais economizar nada.

— Paige, você acha mesmo? — perguntou ele, muito sério.

— Acho, sim, John. Pela primeira vez estou atrasada, e o teste deu positivo.

— Ah, meu Senhor. Ah, meu Senhor. Como você está se sentindo? Você está bem?

— Na verdade... eu estou com muito tesão.

— É mesmo? — disse ele, atordoado.

— Ah, é mesmo. Esse negócio de se poupar... imagino que você ache que é o único que sentiu falta, né?

— Bom... Você ficou um pouco irritada durante um tempo...

— Bom, John, você contou para todo mundo que eu estava ovulando! Você vai ter que aprender a ser um pouco mais discreto no futuro.

— Qualquer coisa que você quiser, meu amor. Qualquer coisa.

— Ótimo. Tire suas roupas. Venha para cá comigo. Faça aquela coisa que você faz...

Mike foi até onde a casa de Jack estava sendo construída; era a primeira semana de dezembro — estava úmido e frio. Preacher tinha recebido uma ligação no bar e pedira a Mike para ir dar a notícia. Preacher se ocuparia de fechar o bar e a cozinha.

Jack e Paul estavam instalando armários; a equipe de Paul já tinha terminado o expediente naquele dia e estavam no trailer, jantando juntos. O sol se encontrava baixo no céu e Tommy Booth ainda estava recolhendo restos de obra e arrastando-os até a caçamba de entulhos. Mike saiu do carro e esperou que Tom se aproximasse.

— Preciso levar você para casa, cara. São más notícias. É sobre o Matt. Houve uma explosão. Em Bagdá.

A expressão no rosto de Tom era de puro horror. Ele ficou imóvel por um segundo e, então, ele gritou:

— Paul!

Aquilo soou mais como um pedido de ajuda do que um grito, e bastou para que Paul e Jack viessem correndo até a varanda da casa, além de alguns funcionários, que apareceram na porta do trailer.

Tom olhou de novo para Mike.

— Ele morreu? — perguntou, em um sussurro aterrorizado.

Mike aquiesceu e as lágrimas brotaram na mesmíssima hora dos olhos de Tom. Mike segurou o braço do garoto.

— Deixe a caminhonete. Eu vou levar você no meu carro. A gente pega a caminhonete depois. Você precisa estar em segurança… sua irmã já está passando por muita coisa agora. Ela não vai aguentar se alguma coisa acontecer com você.

Tom se conteve, com coragem.

— É — disse ele em um fiapo de voz. — Eu estou bem.

— Você precisa segurar sua onda por ela. Mais tarde, nós podemos nos encontrar e desabar juntos, cara.

Em vez de usar a tábua que servia de rampa no lugar onde os degraus da varanda seriam construídos em algum momento, Paul deu um pulo para sair da casa. Ele foi correndo até Mike, Jack em seu encalço, os dois se perguntando o que estava acontecendo.

— O Corpo de Fuzileiros está na casa, Paul. É sobre o Matt. Um carro-bomba em Bagdá. Ele morreu.

— Jesus — disse Paul, baixinho. — Vanni! — A palavra explodiu de seus lábios, e ele disparou para sua caminhonete antes que Mike tivesse a chance de impedi-lo.

— Jack, eu pedi para Mel ir para a casa por causa da gravidez da Vanni. Acho que você vai querer ir até lá. Brie vai levar Davie daqui a pouco.

Tom, Mike e Paul chegaram poucos segundos antes de Jack na casa, mas, quando ele chegou à porta e olhou para dentro, o que encontrou foi um soldado do Corpo de Fuzileiros Navais e um capelão sentados de maneira desconfortável na sala enquanto Walt estava de pé ao lado da filha. Tommy se apoiava no pai e Paul se encontrava ajoelhado ao lado do pufe no qual Vanessa estava sentada, abraçando-a. Antes que Jack sequer conseguisse entrar na casa, Mel chegou de carro, estacionou e foi andando rápido na direção dele. Jack a fez parar na porta.

— Você consegue lidar com isso?

— Eu estou bem, Jack. Eu preciso ver a Vanni.

— Claro.

Então, ele assistiu à esposa, com a maleta de materiais médicos na mão, ir até sua paciente. Mel colocou uma das mãos no ombro de Vanni e disse:

— Eu estou aqui, Vanni. Só quero estar presente.

O que ela não disse, porém, foi: *eu estou aqui para garantir que você não tenha qualquer problema com a gravidez por causa da notícia.*

Pouco tempo depois, a casa se encheu ainda mais. Preacher e Paige com Christopher, Brie com David. Preacher trouxe a comida que tinha preparado para o jantar daquela noite, mais algumas garrafas de bebida de boa qualidade.

No tempo devido, o contingente da Marinha conversou com o general a respeito das providências tomadas e informou a Walt que um destacamento parecido com aquele tinha ido até a casa dos pais de Matt, em Oregon, assim que Vanni fora informada. Eles estariam disponíveis para ajudar com o enterro, quando as decisões referentes a isso fossem tomadas.

Paul levou Vanni para o quarto dela, dando uma olhada para Mel, por cima do ombro, indicando que ela deveria segui-los. Lá dentro, Vanni se deitou de costas na cama e chorou indefesa. Paul se sentou ao seu lado, fazendo um carinho de leve nas costas dela. Mel logo verificou os sinais vitais, auscultou o batimento cardíaco do feto e deu a ela um calmante leve, que não afetaria o bebê.

Foi a primeira vez que Mel percebeu o vínculo de fato especial que existia entre Paul e Vanni, muito embora ela tivesse os visto juntos uns meses antes e tivesse ouvido Matt pedir a seu melhor amigo que cuidasse da esposa. Naquele exato momento, Vanni dependia completamente de Paul. Não de seu pai ou irmão, mas de Paul, que mantinha pelo menos uma das mãos sobre ela, quando não a estava abraçando.

— Paul, se você puder e Vanni estiver de acordo, deite-se ao lado dela e fique perto por um tempo. O contato amoroso é bom — explicou ela.

— Vanni? — perguntou ele.

Ela se virou dentro dos braços dele, concordando com um aceno de cabeça e soluçando, e ele subiu na cama ao lado dela, puxando-a mais para perto enquanto ela chorava.

— Ligue para mim se você precisar. Vou estar por perto — disse Mel.

Demorou um longo tempo até que os soluços cessassem. Os olhos de Vanni estavam inchados e avermelhados, sua respiração soava entrecortada. Ela se virou para olhar para Paul e perguntou:

— Ele sabia?

— Sabia do quê, querida?

— Ele sabia que ia morrer? Eu ouvi quando ele pediu para você cuidar de nós caso acontecesse alguma coisa. Foi quase como se ele soubesse...

— Ele não sabia. Quando a situação fica tensa, você pensa nesse tipo de coisa. Foi só isso que aconteceu. Você sempre imagina. Além disso, ele sabia, sem nem precisar pedir, que eu cuidaria de você.

— O que é que eu vou fazer? — E ela recomeçou a chorar.

— Nós vamos passar por isso, Vanni. Você tem um monte de gente por perto que te ama.

— Ele nunca vai ver este bebê. O filho dele.

— Claro que ele vai. Você acha que ele não vai ficar de olho? Eu conheço o cara... Ele vai ficar de olho.

Eles se deitaram juntos na cama e Paul a abraçou. Ninguém os incomodou; ninguém foi ver se eles estavam bem. Paul conseguia escutar um suave murmúrio de vozes vindo do outro cômodo, mas a única coisa que importava naquele momento era Vanni e o bebê. Ela se virou de frente para ele, apoiando a cabeça no braço dele, a barriga pressionada contra a dele, e ele sentiu o bebê se mexer. Então, foi inundado por uma sensação de alívio. Já era ruim demais que Vanni estivesse passando por aquilo — Paul não suportaria se algo acontecesse com o bebê. O bebê de Matt.

O quarto estava escuro. Havia um brilho suave vindo do corredor, das luzes acesas no salão principal e na cozinha que se infiltravam ali. A respiração de Vanni foi ficando ritmada e mais calma — ela dormiu, provavelmente devido ao calmante. Ele se desvencilhou dela, relutante; Paul sabia que não encontraria uma nova desculpa para voltar a se deitar com ela, a seu lado, seus braços em volta dela, por isso era tão difícil deixá-la.

No salão principal, ele encontrou todos os seus amigos aguardando.

— Ela está dormindo — informou ele. — Mel, eu consegui sentir o bebê mexendo, então acho que ele está bem. Não está?

— Ela está no último trimestre… o bebê está bem forte. Resiliente. Estou confiante de que ela vai conseguir lidar com isso, embora vá enfrentar um monte de dores emocionais.

— Você quer ligar para os pais dele? — perguntou Walt a Paul.

— Eu posso fazer isso, sim. Alguma ideia do que Vanni vai querer fazer a respeito do enterro?

— Tenho, mas não sei como isso vai soar para eles — respondeu Walt. — Se alguma coisa acontecesse no Iraque, eles tinham decidido juntos que ele viria para cá. Não para Virginia, onde ela nunca vai morar. Nem para o Oregon, onde o filho deles não vai ser criado. Você acha que consegue conversar com o pessoal dele a respeito disso, ou acha que é melhor que eu faça?

— Eu posso falar — garantiu Paul. — Quando você diz aqui, você quer dizer…?

— Nas minhas terras — esclareceu o general. — Eu vou estar sempre aqui, que é um lugar que vai, pelo menos, servir de base para Vanessa. Tem um tipo de… o bebê precisa ter um vínculo com o pai.

— E eu — disse Tommy. — E comigo.

— Claro — disse Paul.

Ele estava começando a ansiar pelo momento em que estaria sozinho e poderia sofrer pela morte de seu melhor amigo. Mas isso não aconteceria tão cedo. Ele sabia que aquelas pessoas precisavam que ele fosse forte.

* * *

Foi preciso obter uma permissão especial para realizar um enterro em uma propriedade privada, e uma equipe de escavação de um cemitério em Fortuna teve de ser contratada. Eles escolheram um lugar que poderia ser visto da casa, em cima de uma pequena elevação que ficava debaixo de uma grande árvore, um local de onde uma pessoa poderia ver muitos acres das terras do general Booth. Um destacamento do Corpo de Fuzileiros trouxe o corpo, um corpo que não pôde ser visto. Ninguém falou disto e ninguém de fato sabia se era uma prática rotineira dos Corpo de Fuzileiros apresentar uma guarda de honra e vinte e uma salvas de tiros em um rancho do interior, ou se um general três estrelas podia arranjar esse tipo de coisa com um ou dois telefonemas.

Cadeiras dobráveis foram posicionadas ao redor do túmulo; Vanni se sentou entre o pai e o irmão, bem na frente da cova, Paul se sentou ao lado de Tom, e ao lado do general se sentaram os pais de Matt. Na reunião, além de Preacher, Paige, Jack, Mel, Mike e Brie, estavam também Joe, Zeke, Josh Phillips e Tom Stephens. Eles estavam ali mais por Paul do que por qualquer outra pessoa, porque quando um deles precisava de apoio, os fuzileiros chegavam.

A bandeira foi retirada do caixão, dobrada com precisão e apresentada a Vanni, que a abraçou com amor contra o peito. Os rifles dispararam; o clarim tocou.

Mel segurou a mão de Jack e a trouxe para a barriga. Algo se agitou ali dentro e ela olhou para ele com um pequeno sorriso. Ele se inclinou, para ouvir o sussurro da esposa:

— Querido, você nunca mais vai me escutar reclamar deste bebê de novo. Nunca mais. Sou grata a Deus por ter você... e os nossos bebês.

Capítulo 13

A despeito de tudo, ou talvez por causa de tudo, o Natal em Sacramento foi repleto de alegria e gargalhadas. Mel teve muitas mãos disponíveis para cuidar de David, o que permitiu que ela relaxasse. A casa de Sam Sheridan vibrava com barulho, comida, amor e celebração. Mike foi acolhido com entusiasmo pelo grupo, pois a alegria que brilhava nos olhos de Brie fez com que todos se sentissem gratos e aliviados.

A irmã de Mel, Joey, seu marido, Bill, e os três filhos do casal se juntaram aos cinco irmãos Sheridan, seus cônjuges e, contando David, nove pequenos Sheridan, totalizando vinte e cinco pessoas na festa, onze dos quais estavam acampando na casa de Sam, usando cada quarto, sofá-cama, saco de dormir e pufe.

A primeira noite na cidade foi relativamente calma, com as irmãs e cunhados de Brie e Jack passando para dar um alô e recebê-los, depois voltando para casa cedo, mas na véspera de Natal tudo ficou mais intenso, com todo mundo presente ao mesmo tempo. A rua do lado de fora parecia um estacionamento, o jantar foi grande e bagunçado e demorou um tempão para que os pratos fossem limpos, mas a noite era uma criança.

— Nós temos algumas tradições por aqui — explicou Bob, o mais velho dos cunhados, a Mike. — Começa no pátio.

— Para o pátio! — entrou Ryan na conversa, o terceiro mais velho.

— Sempre vamos ao pátio depois do jantar — informou Jack ao amigo. — Primeiro bebemos, depois vêm os charutos e, enfim, o conhaque... depois do qual, em geral, as mulheres ficam bravas da vida com a gente.

— Parece que estou em casa — disse Mike.

Enquanto as mulheres se reuniam, como de costume, na sala de estar, Sam ligou os aquecedores externos do pátio.

— As pessoas fazem isso na casa da família Valenzuela... ficam segregadas de acordo com o gênero? — perguntou Sam a Mike.

— Fazem, sim, mas na casa da minha mãe os homens ocupam a garagem, onde tem uma mesa de sinuca e uma geladeira. Dentro dela, nós temos *cerveja*. É uma espécie de sede de clube.

— Hum. Eu podia comprar uma mesa de sinuca — disse Sam, pensativo.

Do lado de dentro, as mulheres estavam concentradas em torta, café e David, que estava se movimentando muito bem e tentando se levantar se apoiando nos móveis. Ele engatinhava de pijama, pronto para ser colocado na cama assim que o barulho da casa diminuísse um pouco. Ninguém pareceu notar quando a campainha tocou. Donna, que estava sentada mais perto da porta, foi quem atendeu. Quando voltou para a sala de estar, ela se inclinou e sussurrou na orelha de Brie.

— Jura? — perguntou Brie. — Hum. Você pode chamar o Mike para mim?

— Claro, querida.

Brie foi até a porta e encontrou Brad no vestíbulo, segurando uma caixinha embrulhada e uma grande cesta com vinho, carnes e queijos enfeitada com fitas vistosas.

— Oi, Brad — disse ela. — O que você está fazendo aqui?

— Eu achei que talvez você tivesse tido tempo de esfriar a cabeça e pensar nas coisas. Trouxe algo para você. Isto é para você, isto é para a família.

Ele espera ser convidado para entrar, pensou ela. *Ele ainda acha que nós vamos nos beijar e fazer as pazes. Ele está louco de pedra.*

— Eu aceito isso — disse ela, esticando a mão para alcançar a cesta, depositando-a na mesa do hall de entrada atrás de si. — Mas pode levar o presente de volta. Eu vou dizer à família que você mandou lembranças.

— Qual é, Brie. Me dê uma chance.

Ela balançou a cabeça, com tristeza.

— Brad, você está muitíssimo atrasado.

Mike apareceu atrás dela. Ela conseguiu perceber sua presença antes de sentir a mão dele encostar em seu ombro.

— Brad — saudou Mike, dando um aceno com a cabeça.

Brie esticou a mão para segurar na de Mike. Ele escorregou o outro braço com delicadeza ao redor da cintura dela, segurando-a junto a seu corpo. Ela se lembrou do último Natal, que Brad passara com a outra mulher e as crianças dela e Brie ficara ali, sozinha e machucada naquela imensa multidão familiar. E agora, com o calor de Mike junto de seu corpo, seu braço em volta dela, a jovem não conseguia se lembrar de ter se sentido mais segura.

Um olhar esquisito surgiu no rosto de Brad, e ele soltou uma risada sem fôlego.

— Sem chance — disse ele.

— Melhor você ir embora, Brad — pediu ela.

— Qual é — respondeu ele, sem acreditar. — Você não está com esse cara.

— Feliz Natal, Brad — disse Brie. — Boas festas.

Brad deu uma gargalhada.

— Meu Deus, eu devia ter percebido. Ele estava no hospital. É por isso que...

Brie se virou para olhar para Mike. Ela sorriu para ele. Até parece que ela explicaria qualquer coisa a respeito do relacionamento deles para Brad.

Brad olhou para baixo, desconfortável. Em seguida, encontrou os olhos de Brie e disse:

— Você tem certeza?

— Ah, tenho — respondeu ela. — Mais do que qualquer coisa na minha vida.

Ele respirou fundo e, devagar, se virou, deixando o casal sozinho no vestíbulo. Ela se encostou no corpo de Mike e o sentiu respirar em seu pescoço.

— Meu Deus, sinto pena dele — disse Mike.

— Sente?

— Sinto. Deve ser uma tortura para ele, saber o que perdeu.

— Você acha que ele sequer percebe isso? — perguntou ela.

— Qual é, Brie... Ele pode ser um monte de coisas, mas não é burro. A essa altura já percebeu que abriu mão de uma mulher incrível. O tipo de mulher forte, apaixonada, que é capaz de se comprometer com aquela história de "para sempre" uma vez que tenha escolhido. Um homem não encontra muitas oportunidades assim. Acredite em mim... eu sei.

— Pode ser que ele não entenda isso — argumentou Brie. — Nesse curto período em que estamos juntos como casal, você já me tocou em lugares que eu nem sabia que existiam.

— Hum — disse ele, abraçando-a. — Não é por eu ter algo especial. É porque você está se entregando. Você não se perguntou o que havia dentro da caixa?

— Não fiquei nem sequer curiosa. E você tem um monte de coisas especiais. O que você quer de Natal, Mike? — perguntou ela.

— Você. — Ele a virou para encará-la. — Você está bem?

— Ele não tem mais tanto efeito sobre mim, Mike.

— Sem mais perguntas sobre o que deu errado? — quis saber ele, passando um dedo no rosto dela, bem de levinho.

Ela balançou a cabeça, negando.

— Seis meses atrás, eu não conseguia pensar em muitas razões para continuar vivendo. Eu não tinha ideia de que encontraria esse tipo de felicidade com você.

— Eu não achava que tinha uma chance.

— Você foi tão bom comigo. Tão paciente e amoroso, esperando até que eu estivesse pronta. E tão apaixonado... Eu não pude resistir.

— Seu irmão fica preocupado por causa do meu passado.

Ela deu uma risada.

— E o passado dele deixou toda a família preocupada. Ele deveria se preocupar com as próprias transgressões. — E, dando um beijinho nele, continuou: — Eu vou me preocupar com as suas.

— Você não está preocupada? Com algum medo de que eu não conheça meu coração?

Ela balançou a cabeça de novo.

— Quando eu estou com você, eu não me preocupo com nada.

— Você arriscaria comigo? Seria capaz de me fazer prometer coisas à Virgem Maria?

Ela riu do que ele disse.

— Você quer envolver a Virgem Maria nisso?

— Antes que os bebês venham, *cariño* — disse ele. — Porque nós teremos bebês.

— Tem essa história a respeito da água de Virgin River...

Ele beijou-a com intensidade, abraçando-a com mais força.

— Com a gente, o problema não é com a água, *mi amor*. Se nós desaparecermos um pouquinho, será que vão sentir a nossa falta?

— Vão — respondeu ela, rindo.

— Quando eu acordei no hospital, pensei comigo mesmo: por que eu sobrevivi? Quando recebi alta e lutei para dar cada passo, sem conseguir pegar um copo do armário, eu vivia me perguntando se tinha desperdiçado minha vida... farreando, vivendo o momento, agindo de maneira descuidada. O que todo homem quer, o que meus amigos encontraram, a mulher por quem eles largariam tudo, isso tinha me escapado por completo. E quando você apareceu... com raiva por causa do seu divórcio e determinada a nunca mais dar uma chance a um homem, sobretudo a um homem como eu, eu soube que estava fadado a viver um inferno, porque estava sentindo aquilo por você. — Ele a beijou. — Como foi que isso aconteceu? Sei que não mereço isso.

— Tudo começou comigo fazendo a promessa de partir seu coração — disse ela. — De algum jeito, eu acabei me distraindo.

— Você quer casar comigo, Brie? Eu quero que você seja minha esposa. Quero ser seu marido, seu parceiro de vida. Você confia em mim?

— *Sí*, Miguel. Eu confio em você para tudo.

Foi o primeiro Natal em muitos anos que Paul Haggerty não passava em Grants Pass com seus pais, irmãos e respectivas famílias — porque Vanessa precisava dele. Ela perguntou se ele poderia ficar; disse que a presença dele tornaria o Natal um pouco mais fácil. Ela não precisava pedir — ele moveria céus e terra por ela.

Outra pessoa que também precisava de Paul, e talvez até mais do que Vanessa, era Tommy. O garoto ficou arrasado com a perda. Ele amava a irmã mais do que um garoto de 17 anos ousaria admitir, mas também tinha começado a admirar Matt de uma maneira heroica. Ele estava encantado por sua bravura e seu patriotismo, e o considerava como um irmão de verdade.

Era típico que os filhos escolhessem caminhos opostos àqueles escolhidos pelos pais, mas, ainda que Tom e seu pai se desentendessem com frequência, era bastante claro que Walt tinha criado um jovem soldado. Tom fora admitido em West Point, Academia Militar dos Estados Unidos, e estava pronto para, pelo menos, servir durante um bom e longo período no Exército, e quem sabe até chegar a fazer carreira. A perda de Matt foi devastadora para ele.

Paul tentou passar o máximo possível de tempo com Tom. Ele ajudava o rapaz a cuidar dos cavalos e, antes do Natal, ele o levou à casa de Jack, para que o garoto o ajudasse aqui e ali durante algumas horas. Na manhã de Natal, caiu uma linda neve, polvilhando os pinheiros e as trilhas, e eles pegaram dois cavalos para darem uma volta.

— Você acha que ele ficou com medo? — perguntou Tom, do nada, mas estava bem claro sobre quem ele falava.

— Talvez não naquele momento, já que a explosão foi uma surpresa total. Mas naquela situação, todo mundo fica com medo. Você quer se encolher dentro do seu capacete e esperar tudo passar. Mas, cara, é eletrizante, Tom. O treinamento, o desafio físico, colocar tudo isso à prova quando importa de verdade. Quando tudo está em jogo. Não um aumento no salário, não um dia extra de férias... mas sua liberdade. A liberdade da sua esposa, do seu filho, de seus pais. Você pensa nisso quando está enfrentando aquilo... Existe um propósito no que você está arriscando. Um grande propósito. E é isso que faz com que homens feito Matt voltem. Homens feito Jack. Jack serviu por vinte anos. Se Matt tivesse chegado a vinte, ele teria sido tão condecorado como Jack.

— Eu não sei se tenho o que é preciso — disse Tom. — Eu quero ser bem-sucedido, mas...

— Não é uma boa ideia ir por esse caminho se você não sente que é o certo. A coisa tem o seu poder. O poder da convicção. É cheio de adrenalina, de agitação. E já é difícil o suficiente mesmo quando você sente isso.

— Como é que você sabe?

Paul deu de ombros.

— Eu não posso responder isso, filho. Eu não tinha certeza até estar lá. Para nós, Matt e eu, foi o Iraque na primeira vez, e nem chegou perto disto agora. Mas assim que cheguei lá, eu soube que era lá onde eu deveria estar. Foi quando a gente conheceu Jack Sheridan, Preacher e Mike.

— Mas você saiu.

— A reserva era o suficiente para mim, mas aquilo terminou em Faluja, que foi onde eu levei um tiro e tirei o baço. Por mim, tudo bem... Eu queria servir, mas não queria seguir carreira. Eu tenho a carreira que quero. Adoro construir casas. A coisa mais importante de que você precisa se lembrar é que você não tem que decidir nada agora. Você tem alguns anos antes de precisar fazer isso.

— Você acha que Vanni vai ficar bem? — perguntou ele.

— Não agora. Ela vai ficar de luto por ele. Mas, em algum momento, vai precisar seguir em frente com a vida porque ela tem aquele dom, aquele amor pela vida. Eu nunca conheci uma mulher tão viva quanto Vanni. E ela vai ter um filho para criar. Ela vai ficar bem. É só uma questão de tempo.

— Eu a escuto de noite. Chorando.

— É, eu também — respondeu Paul.

Eles conduziram os cavalos por um caminho que corria junto ao limite mais estreito do rio que cortava a propriedade do general e Paul puxou as rédeas.

— Tommy — sussurrou ele. — Ali.

Na beira da água estava o cervo mais magnífico que Paul já tinha visto. Bebendo água do rio, o animal tinha uma galhada com doze pontas, um seis por seis, com um pescoço grosso e branco e um focinho longo e bonito, com o nariz preto. *Meu Deus, ele é lindo.*

— Temos aqui um cara velho. Ele se desviou dos caçadores por alguns anos.

— Olha só para ele — disse Tom. — Eu nunca conseguiria atirar nele.

— A carne dele pode ser um pouco dura mesmo — respondeu Paul.

— Nós vamos precisar começar a trazer uma câmera.

Eles permaneceram em silêncio e admiraram o cervo adulto. Um dos cavalos relinchou e o animal levantou a cabeça. Ele farejou o ar e, então, se virou e correu para entre as árvores.

— Você acha que ele sentiu dor? — perguntou Tom.

E Paul sabia que mais uma vez eles estavam falando sobre Matt. Paul esticou o braço, vencendo a distância que os separava, e pousou uma mão firme no ombro do jovem.

— Filho, ele não sentiu nada. Ele pode estar andando pelo paraíso agora, se perguntando o que foi que o atingiu. Nenhuma dor. E eu não estou só especulando... Seu pai entrou em contato com o comandante do pelotão dele.

Enquanto eles voltavam para casa, Tom disse:

— Conte para mim sobre Jack. Sobre esses caras...

— Jack — começou Paul. — Quando Matt e eu o conhecemos, ele já era um atirador de elite, um *sniper*, um fuzileiro condecorado, e nós éramos crianças. Eu servi sob o comando dele de novo quando minha unidade de reserva foi convocada... esse é o grupo que ainda é bem próximo. Quando Jack se aposentou, eu nem conseguia contar todas as medalhas que ele tinha. Ele salvou muitas vidas, serviu em cinco zonas de combate. Foi para lá um menino, mas, nossa, ele deve ter algum instinto para isso, porque foi um imenso sucesso, um verdadeiro herói de guerra. Então, quando a gente saiu, ele veio para Virgin River e reconstruiu aquele chalé, transformando no bar e restaurante, se casou com a Mel quando ela chegou aqui e agora parece um cara bem normal de uma cidadezinha.

A seguir, continuou:

— Mas ele não é um cara normal de uma cidadezinha... Ainda é um fuzileiro combatente. Houve um incidente... Um cara saiu da floresta no meio da noite, procurando drogas lá na clínica. A Mel estava dormindo lá. Ele invadiu o lugar, colocou uma faca na garganta dela e ameaçou matá-la por causa das drogas. O doutor ouviu alguma coisa e chamou Jack, que estava dormindo no bar, do outro lado da rua. Ele pegou a pistola, uma 9 milímetros, e correu. Conseguiu vestir uma calça jeans, e só. Estava seminu, descalço, com aqueles braços imensos e tatuados que ele tem, e eu não sei se você já viu o olhar mortal que ele consegue fazer... devia estar parecendo um louco. Chutou a porta da clínica e ficou cara a cara com aquele maluco que estava segurando a mulher dele, com uma faca grande e serrilhada na garganta dela, e Jack tinha um alvo bem pequenininho. — Paul uniu o polegar e o indicador, mostrando um pequeno espaço entre os dedos, para ilustrar a medida. — Um alvo que estava ao lado do rosto de Mel. Agora, você vê como ele é com a Mel... Ele idolatra aquela mulher. Não arriscaria a vida dela de jeito nenhum. Mas precisou de só um segundo para tomar a decisão e agir. Ele eliminou o cara. Atirou na cabeça dele, matou o homem.

— Que isso.

— Foi, sim. Ele é o tipo de cara que nunca hesita. Mas sabe o que está fazendo, sabe o que pode ou não fazer. Sabe o que tem que fazer. E, quando faz alguma coisa, é de consciência limpa.

— Que homem — comentou Tom. Paul deu uma gargalhada. — E quanto a Mike? Valenzuela?

— Mike? Depois da primeira vez que nós servimos, ele foi para o Departamento de Polícia de Los Angeles e ficou na reserva, feito eu. Nós fomos convocados ao mesmo tempo. Tivemos umas lutas difíceis no Iraque, mas ele saiu com algumas medalhas. Conteve insurgentes em Faluja e salvou o esquadrão inteiro. Joe e eu estávamos sangrando bastante, assim como outros também estavam, mas Mike manteve todo mundo afastado de nós até Jack e o resto do pelotão conseguir realizar o resgate. Só que um ano atrás, em Los Angeles, trabalhando como sargento em uma unidade especializada em gangues, ele foi atingido, em um parquinho, por um membro da gangue de 14 anos. Levou três tiros que quase o mataram. Ele se aposentou do DP de Los Angeles e veio para cá, se recuperar... Mel o ajudou com fisioterapia. Agora ele é o policial da cidade... Aposto que ele nunca imaginou que isso fosse acontecer. E você já sabe sobre a Brie, não é?

— O que tem ela?

— Bom, não é nenhum segredo e você vai ouvir a história mais cedo ou mais tarde. Brie era uma promotora assistente do distrito. Ela prendeu vários criminosos perigosos, mas, então, processou um estuprador em série e perdeu o julgamento. O cara estuprou um monte de mulheres e ficou livre. E então estuprou e espancou Brie.

— Qual é... você está me zoando? — perguntou Tommy, chocado.

— Não, foi o que aconteceu. Mike me contou que eles acharam o cara e que ele vai ser julgado. Brie está determinada a testemunhar contra ele e colocá-lo na prisão, assim ele não vai poder nunca mais fazer isso com outra pessoa.

— Jesus — comentou Tommy.

— Pois é — respondeu Paul.

— Bem aqui. Essas histórias. Este lugarzinho cheio de árvores grandes e rios bonitos e cervos vistosos, e as pessoas estão fazendo coisas heroicas e sobrevivendo a esses dramas imensos. Todos os dias. — Paul deu uma risada. — E eu ainda nem contei sobre Preacher. E Paige.

O jantar de Natal na casa da família Booth foi servido às seis da tarde — uma refeição pequena e melancólica. Paul e o general limparam a cozinha e não muito depois Vanni foi para a cama. Paul sabia que ela não vinha dormindo muito bem, pois conseguia ouvi-la durante a noite, mas ela continuava a ir se deitar cada vez mais cedo. Ele suspeitava de que ela queria ficar sozinha, para viver o luto, para chorar sem abalar o restante da casa.

Quando restava apenas os homens, Paul pediu licença para ir até a cidade, fazer uma ligação para Paige e Preacher, e Tom seguiu pela mesma direção em sua caminhonete vermelha, para ir visitar Brenda.

Quando Tom chegou à casa da namorada, tudo ainda estava aceso e parecia que tinha um monte de gente ali dentro. Ele sabia que deveria ter telefonado antes, mas ele não vinha pensando muito claramente nos últimos tempos. Quando tocou a campainha, a garota atendeu.

— Ei — saudou ele.

— Tommy! Oi! Quer entrar?

— Hum... eu estava pensando se você poderia sair. Só um pouquinho.

— Vou perguntar para minha mãe — disse ela. — Aqui, entre. Vamos.

E ela puxou a mão de Tom, que se deixou arrastar para dentro da casa.

No momento em que a mãe de Brenda o viu, ela se levantou de seu lugar à mesa, junto ao pai e irmãos de Brenda, além da avó, do avô e mais algumas outras pessoas. Ela foi direto até ele e o envolveu com seus braços.

— Como você está, Tommy? — perguntou ela, dando um abraço maternal nele. — Está levando?

— Eu estou indo bem — respondeu ele, dando de ombros. — Desculpe. Eu deveria ter ligado.

— Está tudo bem, querido. Como está Vanessa?

Ele torceu para não se engasgar com a emoção.

— Hum. Ela está passando por um momento bem difícil. Acho que vai levar um tempo. Sabe?

— Mãe? — chamou Brenda. — Tudo bem por você se eu sair um pouquinho com Tommy?

— Claro, querida. Não chegue muito tarde. Tommy... fique de olho no horário — advertiu ela.

— Certo, eu vou ficar, sra. Carpenter. — Ele segurou o casaco de Brenda para que a menina o vestisse. Em seguida, segurou a mão dela enquanto a conduzia pela escada da varanda e até sua caminhonete. Uma vez que estavam dentro do veículo, ainda parados em frente à casa e de mãos dadas, ele disse: — Desculpe, Bren. Eu não liguei, não tenho te dado atenção.

— Na verdade, eu não estava esperando nada, Tommy. Eu entendo... é um momento muito difícil. Você está se sentindo melhor?

— Neste exato minuto, aqui, com você, eu me sinto bem melhor. Podemos ir até a floresta de carro? Quem sabe até a casa que Jack está construindo. Brenda, eu só preciso abraçar alguém. — Ele sorriu. — Você é minha primeira e única opção.

Ela apertou a mão dele.

— Claro.

Ele engatou a caminhonete e seguiu para fora da cidade.

— Sabe... Você é a melhor coisa que aconteceu comigo desde que cheguei aqui. Se eu não estivesse com você, esse ano seria... seria horrível.

Ela riu um pouquinho.

— Eu sinto a mesma coisa. Meu ano também não começou muito bom. Não chega nem à metade da dificuldade do seu, mas ainda assim foi bem ruim.

— Você tem sido tão boa para mim — disse ele.

— Você também tem sido muito bom para mim.

— É sério. Tem um monte de garota que é bem complicada. Desde que a gente começou a conversar, sair, você tem sido incrível. Você não se preocupa com coisas pequenas, você não fica toda mau humorada, você é só... Brenda, você é a melhor garota que eu já conheci.

— Obrigada. Você é praticamente o melhor garoto que eu conheço. Até onde eu saiba, só tem uma coisinha errada com você.

— É? — disse ele, sem conseguir segurar um sorriso. — O que é?

— Você está indo embora ano que vem.

— É, tem isso. Pode ser um longo ano. Mas eu vou ter folgas... e vou voltar para visitar. E, quando chegar sua vez, você sempre pode escolher uma universidade que não fique muito longe de West Point. As pessoas fazem isso, sabe. Namoram de verdade por um longo tempo. Ficam firmes por um tempão. Claro, só se você quiser... eu não espero nada.

— Mas estaria tudo bem se você pedisse isso — afirmou ela.

— Eu não prenderia você no seu último ano de escola — respondeu ele.

— E talvez você não queira ficar preso em seu primeiro ano de faculdade? — perguntou Brenda.

— Epa — disse ele. — Primeiro de tudo, não acho que eles deixam os calouros saírem muito de West Point no primeiro ano. E segundo, se eu soubesse que você é minha namorada, eu sequer pensaria nisso. Ficar preso a você... Isso valeria meu tempo, sem brincadeira. — Ele saiu da estrada, indo para o topo da colina onde a casa estava sendo construída. Ele parou a caminhonete, deixando o motor ligado, e acendeu a luz da cabine. — Eu tenho uma coisa para você. — E, abrindo o porta-luvas, tirou lá de dentro uma caixinha embrulhada. — Eu comprei isso antes... antes do Matt... Eu tinha planejado uma coisa grande para entregar este presente para você, sair e ter uma noite bem legal, alguma coisa especial. Com certeza não era ficar sentado na minha caminhonete no meio da floresta. Pode abrir, vai.

— Você não precisava me dar nada.

— Claro que eu não precisava. Mas você acha que eu não queria?

Ela rasgou o embrulho e encontrou dentro da caixa uma pulseira de identificação em ouro, com o nome dela na parte de cima e, na parte de baixo, a frase "Com amor, Tom". Ela leu em voz alta.

— Meu Deus, é lindo. É simplesmente lindo.

— Você gostou?

— Amei. Aqui, coloque no meu braço.

Uma vez que a pulseira estava afivelada, ele colocou a mão no cabelo macio dela.

— Eu sinto isso, sabe. Eu te amo.

— Tom...

— Você não precisa dizer que também me ama. Eu sei que estou apressando você um pouquinho. Mas quem sabe valha um beijo?

— Pelo menos — disse ela, com um sorriso. Ela se inclinou na direção dele, por cima do console, as mãos dela por cima dos ombros dele enquanto as dele buscavam a cintura dela, e o beijo foi bom. Sensual e de boca aberta. Ela fez barulhinhos enquanto o beijava, e ele adorou isso. No fim, ela disse: — Obrigada. É a coisa mais linda que alguém já me deu.

Tudo que ele queria era sentir o calor da jovem em seu corpo, e aquilo não estava acontecendo. Os amassos que eles vinham dando tinham sido muito mais confortáveis do que o que eles estavam tendo no momento — tanto na casa da garota, quando todos saíam e eles ficavam sozinhos, quanto em cima do feno fresco e limpo, no estábulo.

— Eu tenho uma ideia — disse ele, desligando o motor da caminhonete.

Ele deu a volta no veículo, indo para o lado dela, em seguida, abriu a porta e pediu:

— Venha comigo. Vamos torcer para que o tio Paul não tranque as coisas muito bem.

— No que é que você está pensando? — perguntou ela, rindo e indo com ele.

Ele a levou até o trailer de Paul e, abençoado fosse o homem, a porta se abriu. Ele entrou no veículo e a puxou para dentro de seus braços, cobrindo a boca da garota com um beijo apaixonado. Depois, ele a empurrou sobre a cama de Paul e a segurou ali, junto a seu corpo. Bem junto.

— Meu Deus, assim está melhor. Muito melhor.

— Tommy... Você não está achando que eu vou, você sabe, fazer aquilo...?

— Eu espero que a gente faça, Bren. Mas não hoje à noite. Eu não estou mentindo... só quero sentir você perto de mim. Tenho me sentindo tão vazio. E sozinho. Eu só quero abraçar você. Muito.

— Mas aposto que você tem uma camisinha no bolso.

Ele deu uma gargalhada e enterrou o rosto no pescoço dela.

— Eu tenho 17 anos. O que você acha?

— É isso que eu acho.

— A camisinha vai ficar no meu bolso, não se preocupe. Nós, garotos de 17 anos, nem queremos andar por aí com camisinhas. Mas é a lei.

— Você é muito engraçadinho...

— É, assim está dando certo — disse ele. — Chegue mais perto, linda. É tão bom sentir seu corpo. Hmm.
— Tommy? — disse ela.
— Sim?
— Eu também te amo. De verdade.
— Ah — respondeu ele, trazendo-a mais para perto. — É tão bom ouvir isso.
— E se nós dormirmos aqui, estamos fritos.
— Jura? — Ele deu uma risada. E, então, deslizou uma das mãos para o seio dela, que cobriu a mão dele com a sua. — Nós não vamos dormir, Brenda. Nós só vamos curtir um pouquinho.
— É, eu sei — respondeu ela, contra os lábios dele.

Preacher destrancou a porta do bar e deixou Paul entrar. Eles trocaram um firme aperto de mãos e um abraço.
— Ei, cara — disse Preacher.
— Feliz Natal, meu amigo. Como foi o seu dia?
— Foi bom. Entre. Paige pediu que eu a chamasse quando você chegasse aqui, assim todos nós poderíamos tomar algo. Que tal?
— Exatamente do que eu preciso — respondeu Paul, indo até o bar.
Preacher telefonou para o apartamento, depois foi para trás do balcão.
— Como estão as coisas lá na casa do general?
— Bem difíceis — respondeu ele. — Bem difíceis mesmo.
— É, eu nem consigo imaginar. — Ele tirou dois copos. — E Vanni?
— Ela está aguentando firme, mas eu consigo ver a dor em cada respirada que ela dá. Meu Deus, Preach… Aquela garota está com dor da cabeça aos pés. Ela está tentando tanto ser corajosa, sobretudo nessa época de festas, mas olhar para ela me mata. E ela está ficando cada vez maior.
— Mas isso é bom, que ela tenha o bebê dentro dela. É um pedaço dele. Isso deve servir de algum consolo. — Ele virou uma garrafa sobre os dois copos. — E é bom que você esteja lá. Eu sei que ela precisa de você.
— Eu não sei se é uma ideia muito boa. Nós passamos muitíssimo tempo falando sobre o Matt, e nós temos umas coisas engraçadas para lembrar, mas sempre acaba com ela aos prantos.

— Eu não sei como você pode resolver isso, cara. Ela vai chorar. Pelo menos ela tem um bom amigo para abraçá-la enquanto está fazendo isso. — Preacher tocou o copo de Paul com o seu. — Se alguma coisa acontecer comigo e eu deixar Paige com um bebê meu dentro dela, eu espero que um dos meus rapazes dê apoio a ela.

— Nem precisa falar, Preach — disse Paul, bebendo.

Paige entrou no bar e foi direto para os braços de Paul, dando um grande abraço nele.

— Como você está indo? — perguntou ela.

— Estou indo bem, Paige. Obrigado. E vocês? Como foi o Natal? Eu aposto que aquele rapazinho teve um dia cheio.

— Ah, você sabe que sim. Agora ele tem tudo, menos um carro.

— E você? — perguntou ele. — Este homem a está mimando como você merece?

— Você não faz ideia — respondeu ela. — Nós temos uma novidade: vamos ter um bebê.

— Caramba, uau! — disse Paul. Ele olhou para Preacher e deu um sorriso malicioso. — Você enfim chegou junto no dia da ovulação, hein, amigão?

Ele deu uma bufada.

— Eu consegui, sim — disse ele, estufando o peito.

— E John prometeu que, no futuro, quando nós tivermos assuntos pessoais, por exemplo, que vamos fazer sexo o dia todo e eu vou ficar de pernas para o alto entre uma rodada e outra, ele não vai contar para toda a cidade. Ou a todos os rapazes do Batalhão 192.

— Ah, eu acho que todos nós levamos isso numa boa — disse Paul, mas ele não pôde conter um sorriso. — É uma novidade incrível, Paige. Estou muito feliz por vocês.

— Sabe, não é tão fácil assim — disse Preacher. — Ser casado com alguém feito Paige e esperar pela ovulação. Eu acho que fiz um ótimo trabalho, deveria ganhar mais crédito por isso.

— Imagino que deva ser bem difícil. — Paul deu uma risada. — Sabe, eu precisava disso. Uma excelente notícia, uma boa risada. Parabéns para vocês dois. — Ele ergueu o copo. — Este último ano foi bem duro. Os últimos meses foram uma merda completa. Vamos brindar ao novo ano, com coisas novas, coisas boas. Um brinde ao novo bebê.

— Eu brindo a isso — respondeu Preacher.

— E eu só vou dizer "viva" e deixar vocês cuidarem de suas vidas, rapazes. — Paige ficou na ponta dos pés e deu um beijo na bochecha de Paul. — Nós sabemos que você está lidando com um luto, Paul. Você meio que se perdeu no tropel, com a Vanni passando por um momento tão horrível assim, mas se algum dia você precisar conversar, dar uma escapada, desabar ou desabafar, nós estamos aqui.

Ele aquiesceu, grato.

— Obrigado.

Paul e Preacher conversaram um pouco mais, depois deram boa-noite. A ideia na cabeça de Paul era ir a algum lugar onde ele pudesse ficar sozinho e bater em alguma coisa, chorar ou gritar, e ele não conseguiu pensar em outro lugar a não ser no canteiro de obras. Então, dirigiu até lá. No entanto, quando entrou na clareira, viu a caminhonete de Tommy. Ele desligou os faróis na mesma hora, presumindo que eles estavam estacionados. Tom e Brenda. Foi quando ele viu que a caminhonete estava vazia.

Ah, droga, pensou. Tommy também estava sofrendo muito. Estava carente e vulnerável, tinha 17 anos e estava ou no trailer dos trabalhadores, ou no trailer de Paul com a namorada. Paul sabia que Tommy não tinha visto Brenda muitas vezes nas últimas semanas, dado o que tinha acontecido. E naquela noite, entre todas as noites, ele estava não apenas com ela, mas também estava sozinho com ela. Tinha uma porcaria de cama naquele trailer.

Paul engatou a ré, deu meia-volta e não acendeu os faróis até estar virado para o outro lado do trailer. Ele voltou para a casa do general, entrou e encontrou Walt dormindo na cadeira, a TV ligada e o jornal pendendo de seu colo. O homem despertou quando escutou Paul se mexendo por ali.

— Boa noite, senhor — saudou Paul.

— Humph — respondeu o general. — Eu devo ter cochilado. Como foi o Natal para Paige e Preacher?

— Foi bom — disse Paul. — Eles têm uma ótima notícia. Paige está grávida.

— Ah, ele conseguiu — comentou Walt, dando uma risadinha. — Ele marcou presença no dia da ovulação.

Paul deu uma gargalhada.

— Ele ficou em maus lençóis por ter contado a tanta gente sobre isso.

— É, imagino que sim. Mas isso é bem típico dele, não acha? Ele é tão transparente. — O general se levantou e se espreguiçou. — Eu vou me deitar.

— O senhor se incomoda se eu me sentar? A televisão não vai incomodá-lo?

— Fique à vontade. — E, ao dizer isso, o general estendeu a mão para Paul, que aceitou o cumprimento. — Obrigado por ficar aqui. Eu sei que é bem duro para você, filho. E sei que você está aqui porque a Vanni pediu.

— Eu vou fazer qualquer coisa que ela precise que eu faça, senhor. Eu dei minha palavra a Matt. E gosto muito da Vanni.

— Você é um bom homem — disse ele, dando um tapinha no braço de Paul.

E foi embora pelo corredor, com o passo um pouco mais demorado.

A morte de Matt o envelheceu muito, pensou Paul. *Ele enterrou alguns soldados, mas esse está pesando.*

Às dez da noite, Paul colocou no canal de notícias nacionais. Às onze, ele viu as notícias de São Francisco. À meia-noite, ele começou a pensar em dirigir até o canteiro de obras, mas quando deu meia-noite e meia, a porta da frente enfim se abriu. Tommy ficou claramente surpreso ao encontrá-lo ali acordado.

— Ei — disse o garoto. — Você está acordado!

— Estou — respondeu Paul, ainda sem saber muito bem como lidar com a situação.

Mas ele precisava lidar com aquilo enquanto ainda havia a possibilidade de salvação, e nem o general, nem Vanni estavam podendo cuidar do assunto.

— Que bom. Eu preciso conversar com você sobre uma coisa, cara. Vou pegar um refrigerante. Quer alguma coisa? — perguntou o garoto.

— Não, vá lá.

Tom voltou para o salão principal com um refrigerante, sentou-se diante de Paul e escorregou para a beirada do assento. *Um pouco nervoso*, pensou Paul.

— Você não quer tirar seu casaco? — perguntou Paul.

— Ah. Sim — respondeu ele, pousando o refrigerante e tirando a peça de roupa. — Escute, eu preciso contar uma coisa para você. Eu meio que peguei seu trailer emprestado hoje de noite... espero que você não fique bravo. — Paul levantou as sobrancelhas, esperando. — Foi uma emergência. Eu teria pedido sua permissão, mas juro que não planejei nada. Foi mesmo de repente. Mas, ei, deu tudo certo.

— Você quer tentar me explicar?

— Claro. Quero. Eu tinha um presente de Natal para Brenda. Eu comprei antes... antes de tudo acontecer. Eu tinha esse grande plano de levá-la para um lugar legal... como talvez até a costa, para jantar ou alguma coisa assim, mas aí o caos se espalhou. Então, eu a levei até a obra, para poder estacionar em um lugar onde eu poderia dar a ela uma pulseira linda que comprei. — Ele deu um sorriso. — Com seu dinheiro, à propósito.

— E o que aconteceu? — perguntou Paul, de um jeito reservado.

— Bom, deu bastante certo. Ela adorou o presente, o que me valeu um monte de beijos, se você quer saber. Mas aquela caminhonete é pequenininha, sabe? Então eu tive a ideia... eu vi seu trailer e resolvi entrar. Juro por Deus, Paul, eu teria perguntado... mas nem sequer pensei nisso antes de fazer.

— Então. Vocês estavam transando no meu trailer? — perguntou o homem.

— Ah, de jeito nenhum! — respondeu Tommy. — Nossa, cara, não transo com a Brenda! — Na sequência, sorriu. — Mas nós estávamos dando uns bons amassos.

— Escute, Tommy... acho que a gente precisa conversar...

— Ah, não precisa gastar sua saliva. Eu já tive essa conversa um milhão de vezes. Eu não estou transando, para minha decepção. Eu adoraria estar, não me leve a mal. Mas a Brenda é uma boa garota, e ela não vai rápido... que é uma coisa que eu gosto, por falar nisso. E, além do mais, eu ainda sou virgem. Se contar isso para alguém, mato você.

Paul sentiu que sorria.

— Então, o que você fez no meu trailer?

— Ah, qual é, Paul. Você não acha que está sendo meio intrometido?

— Diante das circunstâncias...?

— Cara, eu só queria sentir alguma coisa macia junto ao meu corpo, sabe? Esse mês tem sido tão ruim. Tão horrível. Hoje foi bem legal. Nós só ficamos lá, abraçados, curtimos demais e... — Ele ficou com uma expressão no rosto de quem está sonhando bem longe. — Ela disse que me ama.

— Uau! Sério?

— Tenho certeza de que foi a pulseira.

— Você merece algum crédito, vai — disse Paul.

— Eu estou me dando o crédito de ter tido a ideia da pulseira. Nossa, ela é tão gostosa.

— Você não pode usar meu trailer para dar uns amassos — disse Paul. — Vocês vão acabar fazendo sexo. Consigo farejar isso. E eu me sentiria um cúmplice ou alguma coisa assim.

— Eu espero que você esteja certo — rebateu o garoto, gargalhando. — Mas acho que não está. Pelo menos não tão cedo. Brenda é muito preocupada com esse tipo de coisa. Então... quando foi que você perdeu de verdade? Você sabe.

— Eu tinha mais de 17 anos — respondeu Paul, sorrindo. — Eu acho que isso já diz muito. Você tem camisinha, para o caso de...

— Ah, cara — disse ele. — Faça essa pergunta a você mesmo. Será que o general deu camisinha ao garoto? Cacete, Paul... Ele ficou me olhando pôr camisinhas em bananas. Eu fiquei surpreso de ele não me ter feito experimentar uma. Talvez ele esteja contando as camisinhas todos os dias quando vou para a escola. Meio que tenho vontade de jogar umas fora só para dar um susto nele. Sim, eu tenho camisinhas. E... não pretendo confiar só em camisinhas, tudo bem? Não vou transar com ninguém que não tenha também seus próprios métodos contraceptivos... e nós não conversamos sobre isso, Brenda e eu. Está feliz agora?

— Quase.

— Eu não vou me aproveitar de Brenda. Eu me importo de verdade com ela. Nada que seja arriscado assim vai acontecer entre nós até que seja o momento certo para ela. E, quando for o momento certo para ela, ela vai estar segura e eu vou fazer com que ela fique ainda mais segura. Ela é importante para mim, cara. Eu não vou tratá-la mal.

Caramba, pensou Paul. *O garoto não está de brincadeira.*

— Você não pode usar o meu trailer para dar uns amassos — repetiu ele, mas deu um sorriso ao dizer isso, porque, meu Deus, o garoto era muito fofo. Aquilo o deixava nostálgico. Ele se lembrava de um certo baile de formatura, quando ele teve certeza absoluta de que seria o momento dele. Não foi. Aconteceu mais tarde, quando ele menos esperava. Paul se pegou quase torcendo para que o garoto tivesse sorte. — Você entende, não é?

— Claro. Mas você não está bravo por hoje à noite?

— Que nada, eu posso superar isso. Você tem certeza de que nada assustador aconteceu? Porque se aconteceu, mesmo que tenha sido com camisinha, nós ainda podemos dar um jeito.

— É, eu sei disso também. A pílula do dia seguinte. Acredite em mim, a única coisa que eu não sei sobre sexo é quanto é bom fazer sexo.

Capítulo 14

Aconteceu cedo demais — o julgamento de Jerome Powell por estupro. Na terceira semana de janeiro Brie e Mike voltaram a Sacramento para que ela testemunhasse contra seu agressor. Eles foram um pouco antes, assim Brie poderia ser preparada. Quando a data do julgamento chegou, Jack estava determinado a estar presente, mas Mel não poderia deixar suas mulheres — Lilly tinha piorado muito e Vanni estava avançada na gravidez e em luto. Paige e Preacher prometeram que dariam suporte a ela, John Stone também, mas, ainda assim, foi muito difícil para Jack deixá-la.

Enquanto acontecia a seleção do júri e as considerações preliminares eram apresentadas, Brie ficou sentada na mesma sala onde estava seu estuprador. Estavam ali com ela seu parceiro, seu irmão e suas irmãs. Ela estava, sem dúvida, amparada, mas o fato era que ela poderia ter toda a banda marcial do Corpo de Fuzileiros Navais sentada a seu lado, e ainda assim teria se sentido abalada e vulnerável. Ela revivia o crime em sua mente, repetidas vezes. Todos eles estavam esperando que aquele tormento acabasse logo.

Havia um bom caso contra Powell. Muito embora ele tenha usado camisinha para não deixar rastro de DNA, os exames pós-estupro feitos em Brie no hospital recuperaram um pelo, além de a arma de Brie ter sido encontrada na posse do criminoso. Ele alegou ter encontrado a arma num lugar qualquer.

No entanto, a defesa tinha conseguido impedir que houvesse qualquer testemunho que citasse prisões ou julgamentos anteriores, o que impediu Brie de poder explicar que ela identificara seu agressor porque o processara. E, já que ela não conseguira condená-lo, ela não poderia falar sobre isso. A defesa sugeriu que ela poderia acusá-lo em falso por ter ficado furiosa ao perder o caso contra ele.

Brie não precisava ir ao tribunal com tanta frequência quanto ela costumava ir — ela poderia ter esperado para ser chamada a prestar testemunho. Mas ela queria se acostumar a vê-lo, queria se fortalecer antes de dar seu testemunho, e queria que ele a visse, para saber que aquilo iria acabar. O promotor não aceitaria um acordo sob aquelas circunstâncias, sendo o crime uma represália contra uma funcionária do tribunal.

Mas vê-lo todos os dias não tinha feito com que ela se sentisse fortalecida ou mais calma. Agora, ela sabia exatamente como suas testemunhas se sentiam. Brie mal dormia, tinha problemas para comer e sentia como se estivesse vibrando sob a pele. Era difícil aceitar aquela reação ilógica, puramente emocional. Afinal de contas, ele estava preso sob custódia; não podia atingi-la. E bem ao lado dela estavam dois homens muito fortes, que, caso precisassem mantê-la em segurança, não hesitariam. Ainda assim, apenas a visão dele a deixava enjoada.

Jerome Powell tinha pouco mais de um metro e oitenta, estava bronzeado depois da temporada que passara na Flórida, tinha um cabelo loiro volumoso e desmazelado e seu queixo era anguloso. Tinha mãos muito grandes, braços fortes por trabalhar na construção civil e uma compleição física poderosa. Os olhos eram escuros, próximos um do outro e afundavam sob sobrancelhas espessas.

Ele olhava para Brie. Às vezes, ele sorria para ela, o que fazia com que o estômago dela se revirasse. Todas as vezes que ele virou a cabeça para olhar para ela, Brie sentiu Jack e Mike ficarem tensos a seu lado. Ela olhava para eles, seu amor e seu irmão, e observava os tiques perigosos e a tensão na expressão deles. Eram homens completamente destemidos — Jerome Powell deveria estar tanto com medo de ser liberto quanto de ir para a prisão. Contudo, ele se sentava calmo, destemido e arrogante.

Durante a noite, a conversa na casa de Sam era contida e superficial. Mike, Jack e Sam iam até o pátio depois do jantar enquanto uma ou duas irmãs de Brie davam um pulo na casa para passar um tempo com ela, dando apoio. E na hora de dormir, na cama, Mike se enroscava nela, de um jeito protetor, sussurrando que a amava, que estava orgulhoso dela, que não acreditava no tanto de coragem que ela possuía.

— Eu não conseguiria passar por isso sem você — disse ela a Mike.

— Eu acho que você conseguiria, você é forte. Mas estou feliz que você não precise. Você não precisará passar por mais nada sozinha.

Quando enfim chegou o dia de Brie prestar seu testemunho, ela se dirigiu à área reservada às testemunhas para fazer seu juramento. O promotor não podia aceitar qualquer testemunho a respeito do processo que movera contra ele por causa dos crimes anteriores, então só restava a ela descrever os detalhes do estupro que sofrera. Enquanto tomava seu lugar, Brie olhou para a sala do tribunal e viu Brad ao fundo. *Bom*, pensou ela, *ele fez parte disso tudo, goste disso ou não*. Talvez todos pudessem dar uma conclusão àquilo e seguir com suas vidas.

— Eu precisei trabalhar até tarde e só cheguei em casa depois da meia-noite. Abri a porta da garagem, mas estacionei em frente à casa, porque a garagem estava cheia de tranqueiras, que já fazia meses que eu pretendia jogar fora. Eu não havia fechado ainda a porta do carro quando fui agarrada por trás, pelo cabelo. Ele bateu minha cabeça no teto do carro. Depois passou um braço pelo meu pescoço, me sufocando. Eu deixei cair minha pasta e tentei pegar minha bolsa. Eu tinha uma arma, mas a bolsa foi jogada para longe... Eu não tenho certeza se foi ele quem fez isso ou se eu perdi o controle durante a luta.

— Você lutou, sra. Sheridan?

— Lutei com todas as minhas forças, e ele me bateu, três ou quatro vezes no rosto. Eu apaguei durante um tempo. Quando recuperei a consciência, estava no chão e ele estava deitado em cima de mim. Sorrindo. Era tão diabólico, tão apavorante, que eu fiquei imóvel. Foi quando ele enfiou a mão por debaixo da minha saia e puxou minha meia-calça e minha calcinha. Mas não tirou, só abaixou. Ele segurou meu pescoço com uma das mãos, para me manter parada enquanto ele desabotoava a calça com a outra mão. Eu estava sendo sufocada.

Ela olhou para o irmão e para Mike. Jack franziu o cenho e olhou para baixo, mas Mike sustentou o olhar dela. Com firmeza. Ela sabia que, por dentro, ele estava sofrendo muito, ouvindo tudo que ela havia passado, mas, em nome dela, estava mantendo uma fachada forte, com o queixo erguido e sem baixar os olhos.

— Ele disse alguma coisa? — perguntou o promotor.

— Protesto. Meritíssimo?

O juiz cobriu o microfone com a mão e se inclinou na direção de Brie.

— Você consegue responder à pergunta sem apresentar qualquer informação proibida?

— Claro que sim — respondeu Brie. Ela precisou se concentrar nos rostos dos advogados. — Ele disse: "Olhe para mim. Quero que você veja a minha cara. Eu não vou deixar nenhuma evidência. Não vou matar você. Quero que você fique viva".

— E isso fez com que você se sentisse segura? — perguntou o promotor.

— Ele estava colocando um preservativo quando falou isso. Quando terminou, ele me estuprou, me segurando pelo pescoço. Eu achei que fosse morrer estrangulada. Parecia que eu estava sendo rasgada ao meio. Quando ele terminou, puxou a calça para cima e eu vi... que o preservativo tinha ficado com ele, dentro da calça. Depois, ele ficou de pé e me chutou uma porção de vezes. Eu desmaiei.

Ela prosseguiu com a descrição das injúrias que apresentou enquanto as fotos tiradas no hospital eram passadas entre os jurados. A voz dela estava firme, suas palavras foram bem escolhidas e claras, mas as lágrimas corriam por seu rosto e pingavam em suas mãos, que estavam dobradas em cima do colo. E seu estômago se revirava com violência. Quase o bastante para fazê-la se dobrar.

— Ele disse mais alguma coisa?

— Protesto! Meritíssimo?

— Mantido — disse ele.

— É o que temos por enquanto — anunciou o promotor.

O advogado de defesa se levantou e começou a interrogá-la a respeito da hora, se ela estava cansada, se ela usava óculos, se a parte da frente da casa estava escura ou iluminada, todas as perguntas cujo objetivo era levantar dúvidas sobre a capacidade que ela teria de identificar o homem. O tribunal oscilava diante de seus olhos e ela perdeu um pouco do equilíbrio. O juiz se inclinou na direção dela e perguntou se ela conseguia continuar.

— Você está um pouco pálida — destacou ele.

— Só vamos acabar com isso — sussurrou ela de volta.

A defesa levou uma hora fazendo perguntas sobre sua agenda, sua saúde, estabilidade mental, mesmo sobre seu divórcio. Enfim, ele disse:

— Você identificou o suspeito a partir de uma lista com possíveis suspeitos?

— Não. Ele fugiu.

— A polícia mostrou fotos a você?

— Eu olhei as fotos, sim.

— E isso foi há quanto tempo?

— Há sete meses — respondeu ela, e seu rosto reluzia de suor.

— Você está vendo o homem que você identificou neste salão? O homem que você identificou para a polícia como sendo o seu estuprador?

— Bem ali — disse ela, apontando. — Jerome Powell.

— E você tem certeza de que o homem que você identificou a partir de uma foto há sete meses atrás é esse homem?

Ela levantou a cabeça de repente, os olhos arregalados, atenta. A promotora dentro dela tinha entrado em cena.

— Sim ou não, sra. Sheridan?

Ela se inclinou para a frente.

— Não — respondeu ela.

Pela expressão no rosto do promotor, o advogado de defesa soube na mesma hora o que ele tinha feito.

— Meritíssimo, podemos nos aproximar? — pediu o advogado de Brie.

Os advogados foram até a mesa do juiz para discutirem, e Brie conseguiu ouvir tudo. O promotor argumentava que ele estava autorizado a explorar aquela última resposta enquanto a defesa argumentava que, no fim das contas, isso a levaria a apresentar testemunhos de evidências que não eram permitidas. Por fim, o juiz advertiu o advogado de defesa, dizendo que ele abrira a porta e a promotoria poderia prosseguir.

— Sra. Sheridan, por que você não está certa de que o homem que você identificou na foto é esse mesmo homem?

— Porque eu olhei as fotos, mas eu não o identifiquei a partir disso.

— E como foi que você identificou seu estuprador?

— Eu dei o nome dele à polícia. Eu o conhecia.

— E como você o conheceu?

— Eu trabalhava como promotora assistente do distrito quando ele me estuprou. Eu tinha acabado de processá-lo pelo estupro em série de seis mulheres... e perdi o caso.

O barulho que se fez no lugar foi tão alto que o juiz precisou bater o martelo diversas vezes e ameaçar esvaziar o tribunal.

Quando os murmúrios enfim diminuíram, o promotor perguntou a ela:

— Ele disse alguma coisa para você, sra. Sheridan?

— Sim. Ele disse: "Eu não vou matar você. Eu quero que você tente me pegar de novo, e que me veja outra vez ir embora livre".

O lugar ficou uma loucura com o ruído de gente ofegando e murmurando enquanto o juiz batia o martelo repetidas vezes. Mas foi neste momento que Brie se permitiu olhar de novo para Mike. Os lábios dela se curvaram em um sorriso bem discreto enquanto cruzava seu olhar com o dele. Mesmo tão de longe ela conseguia ver o orgulho nos olhos dele. Amor, orgulho e compromisso. Ele sorriu para ela e acenou com a cabeça de um modo quase imperceptível. Ela conseguira. Ela o pegara. Era para isso que tinha vindo.

— Isso é tudo que tenho para perguntar à sra. Sheridan — disse o promotor assistente.

A defesa tentou ganhar a causa perguntando a Brie se havia qualquer chance de ela estar perseguindo aquele cara, já que falhara em condená-lo antes. Com a voz clara e forte, mesmo tendo ciência de que tal possibilidade constaria nos argumentos finais do advogado de defesa, ela declarou:

— E deixar mais um estuprador à solta? O cara que me estuprou? Fazer com que a polícia nem sequer fosse atrás dele por acharem que tinham pegado o suspeito? De jeito nenhum.

— Talvez você não tenha conseguido identificar seu estuprador, sra. Sheridan, e viu nisso sua última oportunidade de ir atrás do acusado.

— Protesto — gritou o promotor. — Meritíssimo!

O juiz ergueu o olhar para onde estava a defesa.

— Isso foi uma pergunta ou o senhor está apenas me testando para ver a partir de que momento vou considerar que houve desacato? — E, para Brie, ele perguntou: — Isso é possível, sra. Sheridan?

— Não é — respondeu ela. — Eu o vi, eu o conhecia, eu o identifiquei.
— Você pode descer, sra. Sheridan.

Ela se levantou, com as pernas trêmulas e grata por ter concluído, por ter chegado ao fim segura. Agora, não tinha como eles o deixarem escapar. Agora que a porta da motivação de Powell para estuprá-la tinha sido aberta, eles poderiam olhar o passado dele, as prisões anteriores.

Ela desceu do tablado e começou a ir na direção de Mike. Então, ela desabou.

Quando Brie fez sua última declaração, Mike viu seu rosto ficar pálido e, depois, branco. Ao ver ela descer do tablado onde estivera prestando depoimento e caminhar em sua direção, ele notou que os olhos de Brie ficaram turvos e que ela não estava caminhando em linha reta. Ele tinha começado a se levantar quando ela desmaiou.

— Brie! — gritou ele.

O meirinho o parou até que o promotor o identificou como o marido de Brie, embora ele não o fosse.

Mike correu até ela. Quando ergueu a cabeça dela, Brie já estava abrindo os olhos.

— Eu consegui, querido.

— Alguém pode chamar uma ambulância? — gritou Mike.

— Está a caminho, senhor — disse uma pessoa qualquer.

— *Lo siento mucho* — sussurrou ela. — Sinto muito que você tenha precisado passar por tudo isso.

— Shh, está tudo bem, meu amor. Agora acabou. Acabou tudo.

— *Te amo*, Miguel. Eu te amo.

— *Te amo mucho* — respondeu ele. — Acabou, meu amor.

Toda tarde, quando era quase hora da soneca de David, Mel pegava o carro e ia até o rancho da família Andersen. Doutor Mullins ia até lá todas as manhãs e quase todas as noites. Eles vinham fazendo isso desde a segunda semana de janeiro, quando a quimioterapia e a radioterapia de Lilly foram suspensas. Há um momento da vida em que a cortina se fecha, e, quando essa hora chega e é impossível atrasar o relógio, a melhor resposta é oferecer dignidade e paz.

Quando Mel chegou ao rancho, cumprimentou os membros da família e colocou David deitado no berço de Chloe com sua mamadeira da tarde, para que dormisse ali por cerca de duas horas. Em seguida, foi até o quarto de Lilly, verificou a dose de morfina e deu um beijo na testa da mulher.

— Como está a minha garota hoje? — perguntou.

— Eu acho que é um bom dia para conversar com as crianças — disse Lilly, fraca. — Eu não quero perder essa oportunidade.

— Certo — respondeu Mel.

— Você me ajuda?

— Claro que sim. Vamos ver quem a gente consegue reunir.

Mel foi até a sala de estar e cozinha. As filhas de Lilly estavam ali, seus filhos se encontravam lá fora, no celeiro, com o pai.

— A mãe de vocês quer conversar sobre uma coisa importante. Vocês podem chamar seu pai e irmãos?

— Eu vou — prontificou-se Sheila.

De volta ao quarto, sentada mais uma vez ao lado de Lilly e segurando sua mão, Mel disse:

— Vai ficar tudo bem, você sabe.

— Eu sei. Eu devo tanto a você, Mel.

— Ah, é o contrário. Se eu não tivesse encontrado Chloe na varanda da clínica, teria ido a Colorado Springs sem jamais ter conhecido meu marido, sem ter tido meus filhos.

Apenas cinco dos sete filhos de Lilly estavam presentes, mas era o suficiente para que ela tirasse aquilo do peito. Buck ficou na cozinha com Chloe, balançando-a no colo, como tinha feito com outras seis crianças antes dela.

— Isso vai ser um choque para vocês — disse Lilly para suas crianças agora crescidas. — Eu espero que vocês consigam encontrar em seus corações motivos para me perdoar. Eu menti para vocês. Eu estava um pouco doida — disse ela, e então teve um acesso de tosse e precisou descansar um pouco, seus filhos se entreolhando, confusos.

— Ufa — exclamou quando se recuperou. — Eu preciso pôr um fim nisso. Chloe não é adotada — confessou ela, a voz fraca. — Ela nasceu de mim, bem aqui, nesta cama. Escondi minha gravidez com roupas grandes e largas e coloquei Chloe na porta da clínica do doutor Mullins. Mel? — disse ela, olhando para a enfermeira.

— Vou tentar ajudar — disse Mel. — A mãe de vocês estava muito cansada. Lilly ficou perturbada com a ideia de ter mais uma criança para criar aos 48 anos de idade, já sendo avó sete vezes. Ela pensou que um casal jovem e bacana, desesperado por um bebê, poderia querer adotar Chloe, e que todo mundo ficaria melhor assim... que a irmãzinha de vocês teria pais jovens. Mas quando ninguém apareceu, Lilly a pegou de volta.

— Eu me arrependo tanto de ter feito isso — admitiu Lilly. — O pai de vocês achou que eu estava louca, mas ele estava com mais medo do que eu poderia fazer se não seguisse com a ideia. Eu estava bem fora de mim. Então, fingi que dei a ela um lar temporário e que, depois, eu a adotei... mas ela é sangue do nosso sangue. Eu não posso morrer sem que vocês saibam disso.

A filha mais velha de Lilly, Amy, se sentou ao lado dela na cama. Ela tomou a mão da mãe, beijou-a e sorriu:

— Bom, isso com certeza explica por que ela se parece tanto com os outros membros da família Andersen. — Ela se inclinou para beijar o rosto da mãe. — Você não deveria ter se preocupado tanto. Está tudo bem.

— Eu sinto muito por ter mentido para vocês todos.

— Mas você fez a coisa certa quando trouxe a Chloe de volta para casa. Nós teríamos cuidado dela para sempre de qualquer maneira...

— É importante que vocês saibam de onde ela veio — disse Mel. — Não só por razões médicas, mas para que ela também conheça sua herança. A família biológica. Nós não podemos deixar nossa menina correndo pelo norte da Califórnia para tentar descobrir quem é a família dela.

— Se algum dia vocês precisarem contar isso para ela, por favor digam que eu a amava muitíssimo. E que sinto muito — pediu Lilly. — Nossa. Estou tão cansada. Espero que isso não dure muito mais.

Mel se levantou e ajustou o soro, para dar a ela um pouco mais de morfina.

Um por um, os filhos de Lilly se debruçaram sobre a cama para beijar a mãe.

— Está tudo bem, mamãe. Está tudo bem e eu te amo.

— Obrigada por ter nos dado outra irmã, mamãe.

— Nós vamos cuidar de tudo, não se preocupe com nada.

— Ninguém está chateado com você, mamãe. Você é a melhor mãe e avó do mundo.

E, enfim, Lilly disse a seu filho mais velho:

— Harry... tome conta do seu pai. Você sabe como ele é.

— Pode deixar, mamãe. Ele vai ficar bem.

Quando Lilly e Mel ficaram a sós de novo, Lilly disse:

— Pronto. Faz muito tempo que eu queria fazer isso. Obrigada.

— O mérito não é meu. Você criou uma família maravilhosa. Eles são as pessoas mais amorosas que conheço.

— É muito mais fácil ir embora sabendo disso. Estou deixando um bom trabalho. Sério, uma mulher não pode querer mais da vida do que ter uma família com esta. Eles me deixam tão orgulhosa.

— Uma mulher não deveria partir sem saber que eles também sentem orgulho dela.

Quatro dias depois, Lilly Andersen fechou os olhos pela última vez neste mundo e foi colocada para descansar com amor na terra da família que ficava entre o pomar e o prado, tendo quase toda a cidade presente para se despedir dela. Mel não pôde contar com Jack a seu lado e lamentou por isso, mas experimentava uma grande sensação de paz e alívio ao saber que a amiga já não sofria mais.

Jack voltou a Virgin River quando sentiu que poderia deixar Brie, embora ela e Mike tenham ficado em Sacramento. A jovem advogada queria saber como o julgamento terminara e qual seria o veredito. Mas Jack estava louco para voltar para sua família e, ainda que conversasse várias vezes por dia com Mel, ele detestava o fato de ela ter precisado enterrar uma boa amiga sem tê-lo por perto. E estava bastante confiante de que deixara Brie em boas mãos. Mike era mais do que apenas atencioso — era devotado.

Ao entrar na cidade, Jack viu Mel, toda agasalhada, com David enfiado dentro do casaco que ela usava, atravessando a rua em direção ao bar. Ele parou em frente ao estabelecimento e foi encontrá-la na porta da frente, dando um abraço tanto nela quanto no filho.

— Nossa, como senti saudade. Estou ficando mole... não consigo mais dormir sozinho.

— Eu não dormi sozinha — disse ela. — Alguém ficou a noite toda na minha cama.

Ela levantou o bebê e David virou a boca molhada de baba na direção do pai, para beijá-lo.

— Blulululu — brincou Jack. — Quando é que você acha que ele vai parar de babar?

— Como estava todo mundo quando você foi embora?

— Descansando. Brie está indo muito bem. Vai demorar um pouco para ela se recuperar... o julgamento foi mais traumático do que ela esperava.

— Todos estão esperando por notícias.

— Mullins já está no bar?

— Está, por quê?

— Talvez eu possa contar as coisas só uma vez. Mas deixa eu te dar um gostinho: adivinha quem estava lá? No julgamento?

— Quem?

— Brad. Sentado lá no fundo. Quando Brie desceu do tablado, ela desmaiou e Mike foi correndo até ela, então Brad baixou a cabeça e foi embora do tribunal. Ele se ferrou muito feio. E sabe disso. — Ao falar isso, deslizou uma das mãos por baixo do bumbum do filho para pousá-la sobre a barriga de Mel. — E como este aqui está indo?

— Bem. Parece que meus dias sombrios de vômito do primeiro trimestre acabaram e eu estou navegando pela zona de conforto do segundo trimestre, a pleno vapor rumo a um corpo imenso. Precisamos fazer uma ultrassonografia, para ver o que você fez em mim dessa vez.

— Estou torcendo para ser uma menina — admitiu ele.

— Está?

— Desconfio que você possa querer me podar depois dos dois.

— Eu não acho o máximo vomitar ou andar feito uma pata, mas com certeza eu amo carregar por aí um pedacinho de você. Você tem razão: você faz bebês maravilhosos.

— Todos nós temos um talento especial — disse ele.

Brie e Mike ficaram mais duas semanas em Sacramento, aguardando o fim do julgamento. Enquanto esperava, Brie sentiu-se de novo assombrada pela violência que tinha sido cometida contra ela. Às vezes revivia o cheiro bolorento daquela noite de junho; outras vezes era o cheiro do suor dele. Os olhos do estuprador se cravavam nela enquanto dormia. A pressão das mãos dele ao redor da garganta dela invadia seus sonhos e ela acordava arfando, se perguntando se era o fim. O efeito disso foi deixá-la fraca e doente.

Mike nunca a deixava. Quando Brie não conseguia manter a comida no estômago, ele a segurava enquanto ela passava mal no banheiro. De noite, ele a abraçava de um jeito protetor, transmitindo segurança e delicadeza. Quando um pesadelo a acordava e ela arfava ou quase gritava, ele estava bem ali para, com jeitinho, trazê-la de volta à realidade na segurança de seus braços. Se ele a sentia estremecer ou suar no meio da noite, ele a acordava com ternura e conversava até que ela se sentisse bem de novo. Em poucos dias Brie ficou mais forte, calma e perto de conseguir encerrar o capítulo daquela experiência horrorosa.

Quanto a Mike, a crise de Brie fez crescer nele um senso de propósito mais forte; ele tinha um problema em Virgin River que precisava ser resolvido. Ele odiava pensar que qualquer mulher pudesse estar passando por aquele tipo de trauma, e se havia na cidadezinha dele um cara que estava caçando meninas inocentes, ele iria encontrá-lo e levá-lo à justiça, nem que precisasse usar toda a sua energia para isso. Por ironia, depois de todos aqueles anos de trabalho na polícia, ele estava revivendo as emoções que o motivaram a entrar na força policial — uma energia que o levava a manter as pessoas boas a salvo das ruins. Servir e proteger.

Quando os dois voltaram a Virgin River, trouxeram também o veredito de culpado e anéis de noivado. Eles agora estavam prontos para seguir com a vida.

Jack estava ajudando Paul a dar os últimos retoques na casa enquanto Brie ajudava Mel a encomendar os móveis e acessórios. Além disso, Mel visitava o racho da família Andersen com frequência, para garantir que todos ali estavam bem. Na maior parte dos dias, ela deixava David com Brie quando precisava fazer ligações. Ela também checava como Vanessa estava todas as semanas, já que a data do parto se aproximava.

Com a irmã prestes a dar à luz e a casa de Jack quase terminada, Tom precisou ficar por perto de casa, por isso teve mais tempo para andar a cavalo com a namorada depois da escola. Eles passeavam pela propriedade, ao longo do rio, dentro da floresta. O clima estava frio, porém límpido, o chão quebradiço sob os cascos dos cavalos. Ele adorava andar a cavalo com ela, conversando, beijando-a depois dos passeios.

— Você sabia dessa história... que Brie foi estuprada? Quero dizer, antes do julgamento e tal? — perguntou Brenda a Tommy, enquanto eles guardavam os animais.

— Sabia. Paul me contou pouco tempo depois da morte de Matt. Aconteceu ano passado.

— E isso não faz você se sentir esquisito em relação a ela agora? Sabendo que ela vivenciou aquilo e que alguém fez tudo aquilo com ela?

— Brenda, ela não fez nada errado. Na verdade, arriscou tudo para prender o cara, para garantir que ele ficaria atrás das grades, para que ele nunca mais fizesse uma coisa daquela com outra pessoa. Você faz ideia de como ela foi corajosa? Mike está tão orgulhoso dela, ele a idolatra. Eu acho que Brie deve ser uma das mulheres mais fortes que eu já conheci. Brie, Mel e minha irmã, com certeza.

Brenda desceu da montaria quando eles chegaram ao celeiro.

— Um cara não se sentiria de um jeito meio estranho se a garota dele tivesse sido estuprada? Tipo de repente não querendo... você sabe... Eu fico achando que ele não gostaria de tocá-la depois disso.

— Como se ela estivesse suja? Ah, qual é — disse ele, rindo. — Nem pense uma coisa dessa. Quando alguma coisa ruim acontece com uma garota que você ama, você só a ama ainda mais.

— Sério?

— Claro que é sério.

— Ela deve ter ficado muito assustada. A respeito do julgamento e tudo mais. Eu me pergunto se ela chegou a pensar em não fazer isso... em não prestar depoimento.

— Duvido — respondeu ele. — Custou muito para ela ir adiante, mas ela foi.

Tom pegou a rédea do cavalo de Brenda e conduziu os animais para dentro. Ele retirou as selas e afrouxou os bridões. Quando ela o seguiu até a sala dos arreios, ele se virou e a puxou para dentro de seus braços. Era a melhor parte do passeio. Ele a beijou. Caramba, como ele amava aquela garota.

— Quer procurar um fardo de feno macio e gostoso? — perguntou ele.

Mas ela estava chorando. Pequenas lágrimas silenciosas.

— Brenda? O que foi, linda? Hein?

— Desculpe — disse ela. — Eu preciso contar uma coisa que você não vai gostar.

Ele enxugou as lágrimas do rosto da jovem.

— O que é? — perguntou ele, baixinho.

— Eu não sou virgem — disse ela, fungando.

— Ah, Brenda. — Tommy riu, abraçando-a com mais força. — Por que você está preocupada? Para mim, isso não é nada de mais. — Ele a afastou um pouco para olhar em seus olhos. — Você é engraçada... está aqui toda envergonhada porque não é mais virgem e eu aqui constrangido porque eu sou.

— Não foi com alguém que eu namorei — continuou ela.

— Do que é que você está falando?

— Eu tenho quase certeza de que fui estuprada.

Ele fechou o cenho.

— Quase certeza? — perguntou ele.

Agora que ela já falara e não poderia voltar atrás, Brenda desabou contra o corpo dele, soluçando. Tom não era um especialista em garotas, mas era inteligente o bastante para saber que não ouviria o restante da história até que ela se acalmasse um pouco. Ele se sentou no banco que havia ali e a puxou para seu colo, segurando-a enquanto ela chorava. Ele murmurou palavras de conforto, fez carinho nas costas da jovem e a abraçou bem apertado. Demorou um tempo até que ela conseguisse falar mais uma vez.

— Eu menti para você, Tommy — disse ela, limpando o rosto com as costas da mão. — Eu fui a uma daquelas festas no posto de gasolina. Uma. Com umas amigas e um cara com quem eu estava saindo... um cara com quem eu saí só aquela vez. A gente leva sacos de dormir, sabe? Porque vamos precisar dormir, seja em carros ou no chão, por causa da bebida. Tipo acampar, não é? Eu fiquei muito bêbada muito rápido e apaguei. Quando acordei, eu tinha vomitado em tudo quanto era canto e uns caras disseram que eu fiquei muito bêbada e que tinha sido muito engraçado... mas eu não me lembro de nada. Dois meses depois percebi que estava grávida.

— Puta merda — disse ele.

— Pois é — concordou ela, deixando escapar uma risadinha constrangida. — Eu estava prestes a abortar quando perdi o bebê. Quem quer que tenha sido, me deu uma tremenda infecção. Eu espero que ele morra disso. Pronto... falei. Agora você já pode terminar comigo.

— Por que eu faria isso? Eu já disse que te amo. — Ele fez um carinho no cabelo dela. — Quem foi que fez isso?

— Não sei. E não quero saber. Tinham seis caras naquela festa... Eu passei os nomes para o Mike. Ele quer que eu conte a história para o xerife, mas como isso pode ser útil? Não sou como a Brie, Tommy... Não faço ideia de quem foi que fez isso. Além do mais, eu não sou corajosa o suficiente para fazer isso. E não quero que a escola inteira saiba que fiquei grávida. E, sério, nem sequer quero saber quem foi, porque, meu Deus, e se foi mais de um? Ai, meu Deus — disse ela, caindo em um choro desamparado outra vez.

— Certo, Brenda, meu amor. Está tudo bem...

— O que é que você vai pensar de mim?

— Eu disse... não é sua culpa e eu te amo.

— Não consigo ir adiante com isso. Desde que percebi o que tinha acontecido, tudo que eu queria era que isso acabasse. Não tem a menor chance de eu colocar a culpa em alguém, testemunhar contra alguém.

— De repente eles conseguem pegar o cara sem fazer você passar por tudo isso.

— E se na verdade eu não fui estuprada? E se eu só fiquei bêbada feito uma idiota e deixei um cara qualquer...

— Não, você não fez isso — interrompeu ele. — Nós estamos juntos há cinco meses. Você não é assim. Nós já bebemos uma ou duas cervejas juntos... Você não é assim. Não foi isso que aconteceu.

— Pode ter tido alguma droga envolvida — disse ela.

Tommy a abraçou de novo. Foi difícil, mas ele tentou se concentrar nas emoções de Brenda em vez de se enfurecer pelo que fizeram com ela, mesmo que tenha acontecido antes de ela ser sua namorada. Claro que ele se lembrou da briga que teve com Whitley. A ideia de que aquele safado poderia ter drogado sua namorada e depois abusado dela fazia seu estômago se revirar. Mas ele ainda não podia se permitir pensar naquilo. Precisava manter seus braços em volta de Brenda, convencê-la de que ele jamais usaria aquilo contra ela.

— Pode — concordou ele. — Pode ser que tenha tido.

— Desde que isso aconteceu, eu me sinto um lixo. Sabe quando você começou a falar comigo na escola? Quando eu disse a você que estava doente? Eu não estava doente. Eu engravidei enquanto estava apagada.

— Você não é um lixo — sussurrou ele, em um tom suave, sem confiar na própria voz. — Você é um anjo. Tão pura quanto ouro. Você não fez nada de errado.

— Não é assim que me sinto, Tommy — respondeu ela, de um jeito miserável. — Eu saí com outros garotos antes e não cedi... estava me guardando para alguém de fato especial. Alguém feito você, alguém que eu amasse de verdade. E agora eu não posso.

— Ninguém jamais vai poder tirar isso de você, Brenda. Quando... se... se rolar entre nós e nós soubermos que chegou a hora e que é a coisa certa a se fazer, vai ser especial. Eu prometo.

— Como pode ser? A primeira vez deveria ser tão especial. Agora nem vai ser a primeira vez!

Ele afastou o cabelo dos olhos dela.

— O que posso fazer para mostrar que eu te amo do mesmo jeito? Que respeito você? Hein?

— Eu não sei...

— Eu sei. Venha, nós vamos cuidar destes cavalos. Depois, vamos encontrar um belo fardo de feno bem macio e eu vou abraçar você. Abraçar e beijar você até você acreditar em mim quando digo que você é a melhor coisa que já aconteceu na minha vida. Vai ficar tudo bem.

— Eu estava com tanto medo de contar para você.

— Eu sei, Bren. Está tudo bem agora. Eu quero que você nunca mais se preocupe com isso. Certo?

Uma hora depois, deitado no feno fresco do estábulo, Tommy abraçou a namorada, beijou-a e a tocou com carinho nos lugares que ela permitia. Ele fez questão ainda de falar quanto se importava com ela. Tommy foi cuidadoso para não tentar fazer nada a mais ou fazer qualquer coisa de menos e, depois de um tempo, ela se encostou nele do jeito como eles faziam, confiando nele. Caso ela estivesse se perguntando se ainda o deixava excitado, não foi preciso qualquer esforço da parte dele para demonstrar que ele seguia tão estimulado por ela quanto antes. Em seguida, quando ele a levou para casa, ele a beijou na varanda e disse que, para ele, ela era perfeita. Pura e perfeita.

Ele ficara um pouco calado durante o jantar, o que, nos últimos meses ali naquela casa, era algo que passava completamente despercebido. Um pouco mais tarde disse ao pai que daria um pulo na cidade e que voltaria dali a mais ou menos uma hora. Walt provavelmente presumiu que ele iria ver Brenda.

Tommy estacionou a caminhonete atrás do bar, caso os Carpenter estivessem tomando seus drinques da noite, que era o que faziam de tempos em tempos com seus amigos, os Bristol. Ele voltou a pé até o motor home de Mike e bateu à porta. Mike a abriu.

— Você pode falar um minuto?

— Claro. Quer entrar?

— Que tal a gente conversar aqui fora? — sugeriu Tom.

Mike pegou o casaco e saiu.

— Lembra daquelas festas sobre as quais você estava perguntando? — começou Tom, que estava de pé ao lado de Mike, mas olhando para a frente.

— Lembro — respondeu Mike.

— Você acha que alguém pode ter usado uma droga que fazia as pessoas apagarem?

— É muito provável — disse Mike.

— Pode ter acontecido coisas com as pessoas enquanto elas estavam desmaiadas? Coisas que elas não queriam que acontecessem? — perguntou ele, ainda olhando para a frente, sem desviar o olhar.

— Pode ser.

Tom, enfim, se virou para encarar Mike.

— Eu aposto que sei quem tem um pouco. E que posso fazer com que ele me venda um pouco.

— E como é que você sabe disso? — perguntou Mike.

Tom deu de ombros.

— Sou apenas um gênio da investigação.

— Você faria isso? Compraria? Teria que ter a polícia presente, sabe.

— Eu sei — respondeu Tom. — Na verdade, vou ver se consigo mais coisas. Se eu vou fazer isso, vou fazer isso certo. Pode ser metanfetamina, ecstasy ou alguma coisa. Você tem interesse nisso? — perguntou Tom.

— Amigo, eu me interesso em tirar das ruas qualquer coisa que possa machucar as pessoas. Se você acha que pode me ajudar a fazer isso, eu com certeza agradeço.

— Era disso que você estava indo atrás, fazendo todas aquelas perguntas?

— Era.

— Então vamos nessa — disse Tom.

Capítulo 15

Vanessa perguntara a Paul se ele poderia ficar até o bebê nascer, ao que ele respondeu que sim, se ela quisesse. Pelos seus cálculos, a casa ficaria pronta mais ou menos na mesma época que Vanni daria à luz. Jack e Mel ainda teriam de fazer uma ou duas coisinhas — carpete, eletrodomésticos, pintura, mas nada que precisasse de um empreiteiro. E a construção estava indo muito bem: os pisos de madeira lixados e envernizados, o banheiro principal completo, encanamentos e instalações elétricas no lugar, as paredes texturizadas e prontas para receber a pintura, a varanda pintada e encerada. As entregas dos móveis estavam agendadas. Mel passava as noites embalando louças e coisas do chalé.

E Vanni estava ficando enorme.

Ela não chorava tanto nos últimos dias. Parecia que grande parte de sua atenção estava concentrada na preparação para o parto. Ah, havia momentos em que ela ficava um tanto chorosa, o que, sem dúvidas, era esperado. Mas ela era tão forte... Paul a admirava muitíssimo.

Certo dia, ao chegar em casa, vindo da construção, ela o encontrou no vestíbulo.

— Venha comigo — pediu. — Preciso conversar com você a respeito de uma coisa.

— Seria melhor eu tomar um banho antes.

— Não, só venha.

Ela pegou a mão dele e o guiou para dentro do grande salão. Sentou-se em uma das poltronas de couro e indicou a outra para Paul. Ele não a via animada assim fazia bastante tempo. As bochechas estavam radiantes; seus olhos cintilavam.

— Paul, falta muito pouco tempo para o bebê nascer.

Ele sorriu.

— Isso está ficando bem óbvio.

— Você é meu melhor amigo, Paul.

— Obrigado, Vanni — disse ele, mas uniu as sobrancelhas, desconfiado.

— Eu quero que você esteja comigo na hora do parto.

— Como assim, com você?

— Eu quero que seja você a pessoa que vai me encorajar, me guiar, me dar força. Que vai segurar minha mão e me dar suporte.

— Hmm... Esse não é o trabalho da Mel?

— Mel vai me incentivar, sim, mas ela também vai ser minha enfermeira obstétrica e vai estar ocupada com outras coisas. Sobretudo quando o bebê estiver saindo. Eu preciso que você faça isso.

— Vanni — começou ele, chegando para a frente em sua poltrona. — Eu sou um cara.

— Eu sei. Caras fazem isso.

— Eu não posso... Vanni, eu não devo... Vanessa, escute. Eu não posso ver você daquele jeito. Não seria... adequado.

— Bom, na verdade, eu tinha pensado no meu pai ou no meu irmão e, vou ser sincera, a ideia não me agrada. Por isso — disse ela, pegando um DVD da mesinha a seu lado —, eu peguei emprestado com Mel um vídeo sobre nascimentos.

— Ah, não — disse Paul, de um jeito suplicante.

Ela se levantou e colocou o vídeo dentro do aparelho, em seguida voltou a se sentar com o controle remoto na mão.

— Jack fez o parto do próprio filho — comentou ela.

— Eu sei, mas caso seja do seu interesse, na época ele não estava superanimado com isso. E ele se recusa a repetir a dose... ele está irredutível em relação a isso. E, Vanni, este não é o meu filho. É o filho do meu melhor amigo.

— É claro que eu sei disso, Paul. Mas já que é o filho do seu melhor amigo, ele ficaria muito grato a você. — Ela começou a reproduzir o vídeo. — Agora, quero que você se concentre no que o parceiro está fazendo. Não se preocupe com a mãe. Você vai ficar atrás de mim durante quase todo o trabalho de parto, ou vai me ajudar a caminhar e agachar, para usar a gravidade a meu favor durante a dilatação, ou então vai ficar me lembrando de respirar do jeito certo. Não é como se você precisasse enfiar a cara lá onde vai acontecer o nascimento.

— Estou começando a me sentir meio fraco — comentou ele. — Por que você não pede isso a Brie ou a Paige, já que você precisa de alguém?

— Eu poderia fazer isso, mas, sendo sincera, sou muito mais próxima de você. E você está aqui... bem aqui. Você consegue fazer isso. Nós vamos assistir ao filme juntos e, se você tiver alguma dúvida, é só me perguntar.

Ele olhou para a TV com as sobrancelhas unidas. Em seguida, estreitou os olhos. Aquela era uma mulher nada atraente, dando à luz. Quer dizer, ainda não; ela estava se preparando para dar à luz. A imensa barriga protuberante não era o que a tornava sem graça. Era o cabelo grudado, a monocelha, meias largas e marrons em seus pés e...

— Vanni, ela tem pernas bem peludas.

— Se isso o preocupa, eu ainda consigo depilar minhas pernas, embora eu deva admitir que perdi a vontade de fazer isso.

A camisola do hospital estava dobrada sobre a barriga da mulher e as pernas ficaram de tal jeito que, quando ela começou a se erguer, se colocando em uma posição mais sentada, abrindo as coxas e puxando-as para fazer força, ela ficou coberta. Na sequência, o médico ou a enfermeira obstétrica ou quem quer que fosse o encarregado arrancou a camisola, para tirá-la do caminho, e lá estava, bem na cara de Paul, o topo da cabeça de um bebê surgindo de dentro do corpo de uma mulher.

— Ah, cara — gemeu ele, colocando a cabeça nas mãos.

— Eu disse para prestar atenção no acompanhante... não se preocupe com a mulher — instruiu Vanni.

— É bem difícil não olhar para isso, Vanni — argumentou ele.

— Concentre-se.

Então, ele olhou para cima e viu que por trás daquela mulher, dando apoio, havia um homem — provavelmente seu marido — segurando os ombros dela e sorrindo enquanto dizia a ela para empurrar. Mas o olhar de Paul desceu, porque como ele poderia evitar? E ali estava, de novo, a cabeça do bebê.

— Isso é cruel e esquisito — murmurou ele.

— Você vai para a guerra e atira em animais da floresta... Você com certeza consegue fazer isso — disse Vanessa, em um tom bastante mandão. — Animais grandes... você atira em animais de grande porte. Isso aí no vídeo é muito melhor.

— Depende muito daquilo com que você está acostumado — rosnou ele.

Ele observou enquanto o homem na tela pedia para a mulher arfar, arfar e então fazer força, força, força. Bom, quão difícil era aquilo? E a mulher estava suando como se tivesse acabado de correr uma maratona. Ela agarrou as próprias coxas de novo, puxou-se para cima e fez força com um grunhido e um rosnado como se estivesse levantando um peso de cento e sessenta quilos, e *puta merda! A cabeça saiu de dentro dela!*

— Ah, cara — gemeu ele de novo, abaixando e balançando a cabeça, levantando-se da cadeira e virando-se de costas para a televisão. — Vanessa, onde está o seu pai?

— Eu pedi que meu pai fosse com o Tommy até o estábulo para podermos assistir a esse filme juntos.

— Vanessa, não posso fazer isso. Não é como se eu tivesse passado um tempão esperando para fazer uma coisa dessas. Ou como se você fosse uma estranha de repente parindo dentro do meu táxi, ou algo assim...

— Olhe, Paul — disse ela, apontando.

Ele voltou a espiar a televisão, por cima do ombro, e viu o bebê escorregando para fora, todo nojento e pegajoso, direto para as mãos do médico. E o cordão, ainda preso, mergulhava dentro da mulher.

Paul se sentou e colocou a cabeça entre os joelhos, porque seria vergonhoso desmaiar e precisar ser acordado.

— Vanessa — disse ele, com o tom de voz miserável. — Você está cometendo o maior erro da sua vida.

A mão dela pousou no joelho dele.

— Nós podemos assistir ao filme várias vezes, até você se acostumar. Dessensibilizar, sabe como é.

— Por favor, meu Deus, não...

— Bom, se for necessário...

Ele ergueu a cabeça bem a tempo de ver o cordão ser cortado e o bebê ser colocado no colo da mãe, ao mesmo tempo que aquela coisa horrorosa que Paul sabia ser a placenta saía de dentro da mulher, parecendo uma gelatina. Ele pensou: *eu vou morrer. Bem aqui, agora mesmo.*

Vanessa fez um barulho terrível e ele pensou: *está vendo? Nem ela consegue aguentar!* Mas, quando olhou para ela, percebeu que aquele não era o problema. Com uma das mãos na imensa barriga e uma careta no rosto, parecia que eles tinham passado bem rápido à vida real.

— Ah não — disse ele.

— Pois é — respondeu ela. — Ufa. Está tudo bem... nós temos bastante tempo. Podemos assistir ao filme várias vezes, se você precisar.

— Não — disse ele, firme. — Eu nunca mais vou assistir a esse filme!

— Então você está preparado? — perguntou ela.

— Não, eu não diria isso.

— Certo — disse ela, sem dúvida ignorando-o. — Acho que você deve ir tomar um banho. Se limpar. Eu passei o dia todo em trabalho de parto, mas as contrações estão ficando mais fortes agora e eu vou ligar para Mel, para deixá-la a par.

— Você está de sacanagem comigo?

— Nós vamos fazer isso, Paul. Eu sei que você não vai me abandonar.

— Eu aposto que vou — rebateu ele. — Se eu conseguir ficar de pé em um troço como esse, vai ser um milagre. Eu estou falando de um milagre!

— Eu preciso de você — insistiu ela. — Se Matt não pode estar aqui comigo, eu preciso que você esteja. Por favor?

Ai, droga, pensou ele. Ela está jogando a carta do Matt.

— Por favor?

— Vanni, eu faria qualquer coisa por você, querida. Mas isso é um erro. Um erro.

— Ahhhhh — disse ela, segurando a barriga.

Vanessa olhou para ele com os olhos arregalados, cheios de pavor, enquanto tentava passar por aquela contração.

Então fora aquilo que ele viu nos olhos dela ao entrar pela porta. Agora ela estava tendo o bebê e o resto fora passado para o fim da lista de prioridades. Ela estava concentrada, como a mãe lobo protegendo o lobinho — não era uma viúva de luto, mas uma mãe. E ela estava levando aquilo a sério. Paul achou incrível como uma coisa daquelas simplesmente começava a funcionar. Quando a contração acabou, ela olhou para ele com aqueles olhos azul-esverdeados límpidos, porém impetuosos, e disse:

— Para o banho.

Então, ela se levantou, segurando a barriga por baixo, e foi até o telefone.

Paul foi para o quarto, pegou roupas limpas e seguiu pelo corredor até o banheiro. Ele tomou um banho rápido, mas procurou se limpar bem. Fez a barba. Em seguida, pensou: *eu estou fazendo a barba... por quê? Para desmaiar com o rosto macio?* Quando saiu do banheiro, levando consigo as roupas sujas de volta para o quarto, escutou vozes. Vozes masculinas vindas do corredor e femininas vindas do quarto de Vanni. E gargalhadas — como se houvesse algum motivo para rir!

Ele seguiu pelo corredor, para onde os homens estavam, onde haveria alguém solidário à sua situação e que poderia livrá-lo. Ali, ele encontrou Jack com David no colo, Walt e Tommy.

— Ei — disse Jack. — Como é que você está?

Paul se aproximou do amigo, se colocando bem a seu lado.

— Escute, Jack, você não faz ideia do que ela quer que eu faça — disse ele, bem baixinho.

— É, eu faço ideia, sim. Ela contou para todo mundo. Mel vai aparecer para buscar você assim que Vanni estiver pronta.

— Você seria melhor nisso do que eu — disse ele.

— É, provavelmente eu seria. — Jack sorriu. — Mas ninguém pediu que eu fizesse isso.

— Não consigo fazer isso — sussurrou Paul.

Jack deu um tapa nas costas do amigo.

— Claro que consegue. Você vai ficar bem. Veja só que sorte... pelo menos você tem uma enfermeira obstétrica lá dentro com você. — Jack sorriu de novo. — Vai ser uma boa experiência.

— Eu tenho certeza de que você está errado.

— Paul! — chamou Mel. — Nós estamos prontas.

— Ai, Jesus.

Jack se inclinou na direção dele.

— Coragem, cara. Ou elas nunca mais vão largar do seu pé.

Relutante, Paul caminhou pelo corredor. Mel, sorrindo radiante, encontrou-o do lado de fora do quarto de Vanni.

— Como estamos? — perguntou.

— Não muito bem, Mel. Eu tenho certeza de que não estou pronto para isso. Sou muito inexperiente.

— Certo, Paul, não se preocupe. Vai demorar um pouco até o bebê sair, e neste exato momento Vanni precisa muito de alguém para fazer massagem nas costas dela, ajudá-la a se lembrar de respirar quando vierem as contrações. Colocar um pano úmido na testa ou na nuca dela de vez em quando pode ajudar. Só isso.

— Isso eu consigo fazer.

— Que bom. Se você não conseguir chegar até o fim, tudo bem. Só fique com a gente até lá, certo?

— Vou fazer o que eu puder — respondeu ele. Ao entrar no quarto, ficou bastante aliviado de ver Vanni com uma camisola que não mostrava nada, sentada na cama, de pernas cruzadas, sorrindo. Ele devolveu o sorriso. — Como você está se sentindo?

— No momento, bem, obrigada.

— Vanni, você deveria ter me contado há muito tempo que era isso que você queria. Eu estou completamente despreparado.

— Não se preocupe, Paul. Você vai ficar bem.

— Não tenho tanta certeza. É bem provável que eu não fique...

Ele parou de falar assim que percebeu que ela não estava mais prestando atenção. Vanni estava com o olhar perdido, passando a mão na barriga em movimentos circulares, respirando com longas expirações. Logo em seguida, o rosto dela se contorceu e a respiração ficou mais acelerada, mais pesada. Foi quando ela grunhiu, ao ser atingida pela dor. Assim que o ápice foi atingido, tudo começou a diminuir, e ela voltou a exalar devagar e a passar a mão na barriga em movimentos circulares, até que enfim tudo passou e ela olhou para ele e sorriu.

Mel voltou para dentro do quarto carregando toalhas.

— Como estão as costas?

Ela colocou a mão na região lombar e disse:

— Muita pressão aqui, mas está tudo bem.

— Aqui — disse Paul. — Tente se inclinar um pouco para a frente. — Ele pressionou a ponta dos dedos na lombar de Vanni. — Isso ajuda?

— Ah, isso é bom. Muito bom. — Ele massageou a área, depois subiu até os ombros. — Ah, isso é ótimo — murmurou ela.

Mel manteve-se ocupada no quarto, preparando as coisas — instrumentos, cobertores, luvas, bacia. Enquanto Vanni passou por mais uma contração, Mel apenas organizava seus apetrechos, deixando que Paul cuidasse de Vanni. Quando a mulher já não conseguia mais se inclinar para a frente durante as contrações e ela se recostou sobre os travesseiros, Paul concentrou-se em massagear os ombros, braços e pescoço dela. Ele se pegou falando:

— Relaxe e respire, Vanni... Para dentro e para fora, devagar. Bom, bom. Que tal?

— Uh — respondeu ela. — Uh, uh, uh! Ahhhhhh.

— Mel? — perguntou ele.

— Sim, Paul.

— Você pode dar alguma coisa a ela?

— Não, Paul. Ela está indo muito bem. — Mel olhou o relógio em seu pulso. — Elas estão vindo em intervalos mais próximos. — Quando a contração passou, ela disse: — Vamos colocar você de pé, Vanni. Fique de pé para mim... para a gravidade ajudar um pouco. Paul, vamos ajudá-la.

Vanni passou as pernas para a lateral da cama e, com a ajuda de Paul, se levantou. Quando a próxima contração veio, ela precisou se sentar na beirada da cama, o que fez com que ficasse um pouco mais fácil para Paul massagear suas costas. Mel saiu de mansinho do quarto, fechando a porta ao sair. Assim que a contração passou, Paul a encorajou a se levantar de novo e eles ficaram nessa durante um tempo, senta e levanta, senta e levanta. E, então, assim que Mel voltou para dentro do quarto, Vanni deu um gemido bem forte e a bolsa se rompeu, jorrando uma grande quantidade de água no chão, que molhou o sapato de Paul e encharcou o carpete.

— Ótimo, esse é um bom sinal. Aqui, deixe-me espalhar umas toalhas para eu poder ver como você está, como estamos indo. À propósito, lá fora está rolando uma festa para comemorar o nascimento.

— É mesmo? — perguntou Vanni.

Então, ela gemeu e se dobrou, arfando.

— Tenho certeza de que foi totalmente não planejado, mas quando Jack deixou escapar que você estava em trabalho de parto, Preacher e Paige vieram... Christopher estava vendo TV, mas agora está dormindo no sofá. Mike e Brie estão preparando uns petiscos na cozinha, fazendo companhia para Tommy e seu pai. Jack está dando a mamadeira da noite de David e...

Ela parou de falar para ajudar Vanni a voltar para cama, onde ela se deitou com os pés apoiados e os joelhos para cima. Mel calçou as luvas, uma de suas mãos sobre a barriga da grávida enquanto a outra desaparecia entre suas pernas. Em seguida, disse:

— Bom, vamos lá. Vanessa, você nasceu para isso. Você está fazendo um ótimo progresso. Fique assim, se você conseguir... Eu quero ver, na sua próxima contração, se posso abrir você um pouquinho. — Ela olhou por cima da barriga. — Segura a mão de Paul e respire... Não vai ser agradável, mas pode ser que acelere o processo.

Paul se ajoelhou ao lado da cama e segurou a mão de Vanni, olhando nos olhos dela.

— Você está bem? — perguntou ele, baixinho.

— Eu estou dando um duro danado — respondeu ela, sem fôlego.

— Eu sei. Meu Deus, Vanni... eu queria poder fazer mais por você.

— Você está fazendo muito, Paul. Ah! Lá vem! Arghhhhh.

— Isso aí — incentivou Mel. — Muito bom, muito bom. — Uma das mãos enluvadas estava sobre a barriga de Vanni, a outra desapareceu mais uma vez entre as pernas dela. — Respiração cachorrinho — instruiu Mel.

Vanni fez uma série de respirações curtas e superficiais, arfando, mas, então, não conseguiu se conter e gemeu por causa da dor, ao que, por instinto, Paul respondeu pousando os lábios na testa dela e mantendo-os ali.

— Certo, Vanessa — disse Mel, retirando a mão de entre as pernas dela. — Você já está quase pronta para começar a empurrar.

Mel retirou as luvas.

Paul percebeu que havia sangue nelas.

— Está tudo bem? — perguntou ele, indicando com um aceno de cabeça a luva.

— Perfeitamente normal — respondeu a enfermeira. — Nós vamos ver um pouco mais de sangue. Está aguentando firme aí?

— Estou — garantiu ele. Então, pensou: *me enganaram direitinho. Não é como se eu pudesse deixá-la agora.* — Ótimo. Vou pegar um pano úmido, Vanni, já volto.

Ele atravessou o hall para ir ao banheiro e, primeiro, jogou água fria no próprio rosto, molhando e espremendo a seguir uma toalhinha, que ele logo levou de volta para o quarto. Já não tinha mais volta — ele estava dentro agora. Deu uma olhada no relógio em seu pulso e ficou abismado ao constatar que tinham se passado três horas desde que saíra da obra. Ouviu o som de uma televisão no fim do corredor e um riso que veio da cozinha. Uma risada baixa e educada.

Quando entrou no quarto de novo, notou que Vanni estava mostrando sinais de que estava passando por um trabalho de parto árduo — sua pele brilhava de suor, o cabelo estava molhado e escorrido, seu rosto parecia estar retorcido pela dor. Ele se ajoelhou outra vez; Mel tinha espalhado algumas toalhas em cima do carpete encharcado, mas os joelhos da calça dele já estavam molhados. Ele não se importava. Paul enxugou o rosto de Vanni e segurou sua mão durante mais algumas contrações. Mel, então, deu o sinal.

— Certo, Vanni... nós vamos fazer isso. Se você sentir vontade, faça força na próxima contração.

— Graças a Deus — disse ela, com a voz fraca.

— Paul, quero que você dê sustentação a ela por trás, ajudando a levantá--la um pouquinho. Vanni, você já sabe o que fazer.

Paul começou a levantá-la e Vanessa disse:

— Ainda não.

Então, logo na sequência, ela se levantou um pouco da cama, dando um urro terrível para fazer força e, para sua surpresa, Paul não precisou que alguém falasse que era hora. Ele a segurou por trás enquanto ela deu um grunhido imenso e fez força, prendendo a respiração, empurrando com toda a força. Quando ela desabou na cama, ele perguntou:

— Ele saiu?

— Que nada. Vai levar um tempo.

— Mas naquele filme...?

— Aquele não era o primeiro filho — explicou Mel. — Ele saiu muito fácil. Os primeiros bebês demoram.

— Demoram quanto?

— O quanto eles quiserem. — Mel posicionou o fetoscópio nas orelhas, levantou um pouco a camisola de Vanni e escutou. Depois colocou a camisola de volta no lugar e disse: — Ele é forte. Vai manter você acordada de noite.

Paul fez seu trabalho: enxugou a testa de Vanni, segurou sua mão, encorajando-a, dando apoio. O processo continuou por quase uma hora e ele viu Vanni ficar mais e mais cansada e Mel se preparar para pegar o bebê. Enquanto Paul dava suporte a Vanessa, ele escutou Mel dizer:

— Segure um pouco mais… bem aí, onde você está sentindo a pressão… Certo, respire e empurre de novo… Isso mesmo! — Mel abriu a toalha do bebê em cima da cama, pegou suas pinças, a pera de sucção e tesoura, colocando tudo na cama também. — Eu acho que nós vamos ganhar na loteria na próxima, Vanni. Faça uma força boa.

— Faça bastante força, querida — Paul escutou a si mesmo falar. — Agora, força. Força, força, força.

Mel passou um cobertor para Paul.

— Coloque isso aberto em cima da barriga de Vanni, Paul. Quando o bebê nascer, é para aí que ele vai. Nós vamos secá-lo e depois embrulhá-lo de novo em um cobertor limpo e quente. Certo?

— Certo — disse ele, hipnotizado.

Vanni se ergueu de novo, fazendo força para empurrar o bebê. Paul fez seu trabalho, do jeitinho que tinha sido instruído a fazer.

— Isso aí! — comemorou Mel. — Estamos quase lá! Eu acho que nasce na próxima força que você fizer, Vanni. Vamos lá.

— Certo, querida, vamos lá — disse Paul.

Ele não pôde evitar de se inclinar para a frente, assistindo àquilo, querendo ver aquele bebê nascer, querendo agora estar de corpo e alma ali. Ele escutou o bebê chorar, escutou Mel exclamar feliz. Ele agarrou o cobertor, fez seu trabalho e, de dentro do útero, saiu aquele recém-nascido gosmento e chorando. Ah, nossa, ele não parecia feliz.

— Uau — disse Paul, dando uma risada. — Ele está bem irritado!

Vanni riu, emocionada.

Paul ficou olhando, maravilhado com a nova vida, encantado com o que ela havia feito. Encantado por ter estado ali. Então, se lembrou de que havia coisas que ele precisava fazer. Juntos, ele e Mel secaram o bebê e, enquanto ele ajudava a enfermeira a fazer isso, não se conteve e contou os dedinhos da mão e do pé do bebê. Ele observou Mel clampear e cortar, em seguida ele embrulhou o bebê em um cobertor novo e seco e, com muito cuidado, segurou-o. Vanni estava lutando para se levantar um pouco, tentando colocar os travesseiros nas costas. Paul segurou o bebê em um dos braços e ajudou a mulher com o outro. Depois, ajoelhou-se ao lado da cama e assistiu enquanto Vanni abraçava o bebê, beijando sua cabecinha. E Paul, sem estar plenamente consciente do que fazia, colocou os lábios no ombro de Vanni.

Ela se virou para olhá-lo nos olhos. Vanni esticou a mão e limpou as lágrimas que estavam na bochecha de Paul. Lágrimas que ele não fazia ideia de que estavam ali.

— Nós conseguimos — disse Mel. — Bom trabalho. Excelente trabalho.

Paul estava exausto. Ele baixou a cabeça até o ombro de Vanni e apenas ficou ali por um instante, tentando imaginar pelo que ela havia acabado de passar. Ele sentiu os dedos dela em seu cabelo.

— Ah, Vanni — sussurrou, depois levantou a cabeça. — Olhe o que você acabou de fazer.

Ela começou a sorrir, mas então seu rosto pareceu se transformar em uma careta conforme seus olhos se encheram de lágrimas, que desceram por seu rosto. Ela olhou para Paul e murmurou:

— Eu queria que ele pudesse ver o filho.

Paul passou a mão no rosto dela, secando as lágrimas.

— Ele está vendo, querida. De camarote.

— É — disse ela, as lágrimas escorrendo. — É, acho que sim.

Paul passou o braço por cima dos ombros dela e ficou ali, abraçando-a, enquanto ela chorava baixinho. Sem perceber, ele derramou as próprias lágrimas sobre o cabelo dela.

— Vamos colocar esse bebê no seio, Vanessa. Ruivas têm muita hemorragia.

— Vamos — concordou a mulher, trêmula. — Certo, entendi.

Ela começou a puxar a camisola, mas parecia que estava presa e as mãos delas tremiam. Paul deu um puxão na camisola, que se soltou e expôs um dos seios, só que ele não percebeu aquilo como um seio. Para ele, parecia mais uma etapa do nascimento de um bebê. Ajudou Vanni a posicionar o bebê, que chorava feito um louco. Então, de repente, ele parou e começou a procurar o alimento. E pimba, encontrou.

— Ahhhhh — disse Vanni. — Isso mesmo. Uau.

A seguir, ela olhou para Paul e sorriu. E o bebê mamou, fazendo barulhinhos encantadores.

Foi só quando Mel voltou ao quarto que ele reparou que ela tinha saído dali. Ela trouxe uma bacia com água, que pousou em cima do trocador. Examinou Vanni rapidamente, cobrindo-a de novo, e disse:

— Certo, deixe-me limpar este rapaz para dar uma olhada nele. Como você está, Vanni?

— Bem — respondeu ela, enxugando os olhos. — Estou bem.

Paul beijou a testa da mulher.

— Você foi incrível, Vanessa.

— Você também — sussurrou ela, e fechou os olhos.

Ele permaneceu de joelhos ao lado da cama enquanto Mel pegava o bebê, e, durante todo o banho do bebê, Paul ficou olhando para o rosto de Vanessa, vendo-a cair, devagar, em um sono exausto. Ele beijou com delicadeza as lágrimas na bochecha dela. Alguns minutos depois, Mel tocou o ombro dele. Ela estava segurando um bebê embrulhadinho e disse:

— Pronto. Leve ele até o avô e o tio. Eu vou cuidar do quarto e da mamãe aqui.

— Tem certeza?

— Absoluta — respondeu ela, entregando-lhe o bebê. — Você fez por merecer esse direito.

Walt e Tommy, assim como todos que estavam ali, ficaram muito impressionados com o novo membro da família. Alguém puxou uma câmera e tirou fotos, eles tiraram o cobertor para ver o recém-nascido chutar as perninhas e se admiraram com o tamanho do pé.

— Aposto que você precisa de uma bebida — sugeriu Preacher a Paul.

— Uau, parceiro, você nem pode imaginar — disse ele, esfregando a nuca com uma das mãos.

— Que isso aí na sua calça, cara?

Paul olhou para baixo.

— Acho que é líquido amniótico. O carpete vai precisar ser lavado.

— Sem dúvida. — Preacher virou a garrafa dentro de alguns copos. — Eu vou fazer isso, sabe. Vou ficar com a Paige quando o bebê chegar. Estou louco para fazer isso.

— Bom, espero que você esteja mais preparado do que eu estava. Isso realmente me pegou de surpresa.

— Mas você não se arrepende, não é?

— Não. Foi incrível — disse ele.

— É o que eu sempre escuto — comentou Preacher. — Os caras não querem fazer isso, mas depois acham que foi ideia deles. Zeke, você sabe, ele fez isso quatro vezes. Ele diz que faria mais quatro vezes, mas acha que a esposa vai dar um tiro nele antes que isso aconteça.

— Zeke é um paramédico — argumentou Paul. — Isso deve dar a ele certa vantagem.

— É verdade — concordou Preacher, dando um golinho. — Também é um tarado, acho. Um tarado que ama ter filhos.

Jack se juntou a eles.

— Então… você conseguiu.

— Jack, você é meu herói. Que desafio é só estar lá dentro, não sei como foi que você fez o parto do David. Sinceramente, não sei.

— Eu recebi instruções — disse ele, erguendo o copo. — Mas eu não vou repetir a dose. Vou ficar de olho bem aberto da próxima vez. Quero assistir, mas só isso.

Foi uma festa, embora uma festa calma e controlada, de modo que o bebê não chorasse ou Vanessa acordasse, pois ela merecia descansar um pouco. Christopher estava totalmente apagado no sofá e David dormia na cama de Walt, com almofadas empilhadas em volta dele. Não demorou até que Mel surgisse e fosse cumprimentada pelo bom trabalho que fizera. Todo mundo segurou o bebê um pouquinho e, enfim, ele foi levado de volta para o quarto da mãe.

Todos se reuniram na sala de jantar com suas bebidas, os petiscos que tinham sobrado ainda estavam em cima da mesa. Paul ficou na porta que dava para a cozinha. Brie se sentou no colo de Mike, Paige se encostou em Preacher, que passou seu grande braço por cima dos ombros dela. Jack ficou atrás de Mel, fazendo uma massagem nos ombros da esposa. Walt tinha dado uma cerveja a Tom, que a estava bebendo com muita naturalidade.

— Então, quando é que os Valenzuela vão assumir a responsabilidade? — perguntou Walt.

— Estamos trabalhando nisso — respondeu Mike, dando um sorriso. Em seguida, deu um beijo no rosto de Brie. — Não estamos, querida?

— Mike está trabalhando muito.

Ela deu uma gargalhada.

— Ah, é melhor tomar cuidado com isso — disse Preacher. — Pergunte a Mel. Por incrível que pareça, fazer sexo todos os dias não é um bom jeito de engravidar.

— John! — repreendeu Paige.

Antes que ela pudesse continuar sua reprimenda, três pessoas perguntaram, em uníssono:

— Todos os dias?

— Bem, nossa, não é ilegal, é? — perguntou Preacher, fazendo todos rirem muito.

— Preacher, você é meu herói, cara — disse Tommy. — Eu quero ser que nem você quando crescer!

Walt bagunçou o cabelo do filho.

— Meu filho é um péssimo mentiroso. Ele quer ser como você para ontem!

— Isso é verdade — admitiu Tom. — Não estou tão a fim dos bebês, mas o resto parece bem legal.

Não demorou muito para que as pessoas começassem a comentar que estavam prontas para ir embora, buscando Paul para se despedir. Parecia que ele tinha saído de fininho. Jack foi até o corredor e espiou dentro do quarto de Vanessa, que dormia ali placidamente.

Jack pediu aos convidados da festa que aguentassem firme enquanto ele ia ver se Paul tinha dado um pulo lá fora para tomar ar. Vestiu a jaqueta e deu a volta na casa, descendo até o estábulo e o curral. Ele não precisava ser vidente para adivinhar onde o amigo estava. Aquele tinha sido um longo e emocionante dia para Paul. Ele estava de pé naquela pequena colina que ficava não muito longe da casa. Aquela de onde se podia ver boa parte das terras do general.

Paul olhou por cima do ombro ao escutar o chão congelado estalar debaixo das botas de Jack. Em seguida, olhou de volta para a linda lápide. Estava escrito ali: "Matt Rutledge, marido, pai, filho, irmão e amigo amado". Jack colocou a mão no ombro de Paul.

— Ele ficaria feliz por você estar aqui, fazendo isso por ele.

— Eu só estava contando a ele sobre o que aconteceu e eu pensei, merda, eu nem sei o quanto dele tem aí dentro.

— Nada — respondeu Jack. — Ele seguiu em frente.

Paul bateu no peito com o punho.

— Eu ainda o tenho aqui dentro.

— Claro. Todos que o amavam ainda o têm aí. Acho que esse é o ponto.

— Não deveria ter sido eu lá, hoje à noite. Deveria ter sido ele. Ela sente tanta saudade dele.

— Olhe, todos nós temos caminhos diferentes, Paul. O dele o levou até lá, o seu leva você até aqui.

Paul fungou e enxugou o rosto.

— A casa está quase pronta — disse ele. — Vanni vai estar de pé e ativa rapidinho, e eu não posso ficar mais por aqui. Tenho que voltar. Para Grants Pass.

— É — disse Jack. — Mas você vai voltar logo. Você tem fortes ligações com este lugar.

— Eu não tenho tanta certeza disso…

— Dê tempo a ela, Paul. Ainda é tudo muito recente, mas vai mudar.

— Do que você está falando? — perguntou ele, olhando para o amigo no escuro.

— Ah, Jesus, eu fiquei me perguntando… Você não se lembra. Você ficou um pouco bêbado e… Não, você ficou muito bêbado e meio que deixou escapar como você a viu primeiro.

— Não. Não posso ter feito isso.

— Fique tranquilo. Foi só para mim. Você teve a discrição de apagar antes de contar para mais alguém. Então, me escute pelo menos uma vez, certo? Porque isso é importante. Você já sabe disso, mas, neste exato momento, você acha que é o único homem que já esteve nessa posição. Eu me casei com uma viúva, lembra? Não foi fácil. E nem rápido… superar aquela chateação longa e horrorosa de me perguntar onde eu me encaixava. Foi uma tremenda lição de humildade, se você quer saber a verdade. Mas, Paul, valeu cada noite em claro que tive. Só leva o tempo que vai precisar levar.

Paul pensou por um minuto. Ele apertou os lábios com bastante força, como se estivesse lutando.

— Eu tenho que voltar para Grants Pass.

— Mas logo você volta para cá — disse Jack. — Volte com frequência. Estou falando, se você não fizer isso, vai se arrepender.

— Mas não posso ficar muito mais tempo, Jack. Está acabando comigo. Preciso cair fora daqui. Ele é meu melhor amigo, e ele morreu, e eu ajudei o filho dele a nascer, e...

— E você deseja a mulher dele. Eu sei que esse é um caminho difícil, Paul, mas se você é o tipo de cara que dá o fora rápido, ah, meu amigo, você vai se odiar.

Paul deixou a cabeça tombar.

— Vamos lá — disse Jack. — As pessoas querem dar boa-noite. Eles querem dar uns tapinhas nas suas costas mais uma vez.

— Você não pode só me deixar aqui fora?

— Não — respondeu ele, afastando Paul do túmulo com a mão na nuca dele. — O general quer contar uma coisa... Matt escolheu um nome. Eles fizeram umas adaptações depois que ele morreu... adaptações que foram ideia da Vanessa. Matt queria chamá-lo de Paul. Mas eles bateram o martelo com Matthew Paul. Eu acho que você deveria brindar a isso. E pensar no assunto.

Capítulo 16

Tom estava quieto enquanto escovava os cavalos com Brenda, mas isso não importava muito porque ela estava falando sem parar. Ele a convidara para conhecer o novo bebê, que tinha apenas uma semana de vida, e ela ficou toda empolgada. Então, eles foram dar uma voltinha a cavalo e ele a ouviu falar sem parar sobre os testes de seleção para líder de torcida em seu último ano na escola, que estavam chegando. Ele já tinha concordado em levá-la ao baile de formatura, embora estivessem apenas em fevereiro, e ela tinha um milhão de coisas para falar sobre o assunto. Quando os cavalos foram guardados, ele agarrou a mão dela e a levou até a sala dos arreios. Sentou-se no banco, puxou-a para cima de seu colo e a beijou com intensidade e amor. Em seguida, disse:

— Preciso contar uma coisa para você.

— O que é?

— Eu te amo. Eu sei que você acredita nisso. E quero você feito um louco, coisa em que você precisa acreditar. Mas eu vou fazer uma coisa... mesmo que essa coisa possa me custar tudo. Você e a nossa relação.

— O quê? Do que é que você está falando?

— Eu conversei com a polícia — disse ele.

Ela deu um pulo, saindo do colo dele.

— O quê? — perguntou ela, sem acreditar, balançando a cabeça para tentar fazer aquilo desaparecer. — Não.

Ele tentou puxá-la de volta para seu colo, mas ela se desvencilhou e saiu do alcance dele. O olhar no rosto dela era de puro horror. Então, ele se levantou e a encarou.

— Não só com Mike. Outra polícia. Uma unidade especial de investigação, como fiquei sabendo depois. Eu vou ajudá-los a pegar o cara que deu a droga para você... porque tinha um cara lá e tinha uma droga.

— Não — repetiu ela, sacudindo a cabeça. — Você não tem como saber disso mais do que eu.

— É, nós dois sabemos. A coisa pode até voltar para você, mas não sei muito bem como. Pode ser que eles perguntem a você o que você sabe sobre o assunto, e você vai dizer o que quiser. De repente não vai falar nada. Mas eu precisava fazer isso, Brenda.

As lágrimas escorreram na mesma hora pelo rosto dela, e ela se afastou mais um passo.

— Não, você não precisava!

— Eu precisava, sim. E vou contar por quê. Porque eu quero dormir à noite. Porque não quero ficar tentando imaginar que, em algum momento, nesse verão ou no ano que vem, algum pobre coitado feito eu vai estar segurando a garota que ele ama enquanto ela chora por ter sido estuprada. Eu não quero pensar em uma pobre garota... uma boa garota, que queria que a primeira vez fosse especial... acordando grávida quando ela não deveria nem estar de ressaca! Não vou ficar deitado, acordado de noite, me perguntando se tem um casal que nem eu e você, apaixonados e tomando muito cuidado, fazendo tudo certinho, que vai ser dilacerado por esse babaca. Eu vou tentar impedi-lo, mesmo que você nunca mais fale comigo de novo.

— Mas eu disse que não sei o que aconteceu! Eu não posso fazer nada! E mesmo se pudesse, não quero! Meu Deus, Tommy, não quero que ninguém saiba!

— Eu não a culpo. Eu não contei à polícia sobre você, mas isso vai ser irrelevante. Em algum momento eles vão querer falar com cada garoto e cada garota que foi em cada uma daquelas festas e chopadas, para saber o que foi que aconteceu com eles. E sinto muito por isso... Você vai lidar com isso do jeito que você quiser, mas eu não vou deixar esse cara fazer isso com mais nenhuma garota. Eu sinto muito se você estiver brava, mas não me arrependo de ter feito isso.

— Eu te odeio!

— Eu precisava fazer isso.

— Eu te odeio!

— É — disse ele, abaixando a cabeça, mas levantando-a em seguida. — Bom, eu te amo, e sinto muito que isso a deixe chateada. Espero que algum dia, tipo daqui a um milhão de anos, você se lembre disso e, mesmo ainda me odiando, quem sabe me respeite um pouco por eu ter feito a coisa certa.

Ela começou a soluçar, sacudindo a cabeça até que seu lindo e sedoso cabelo castanho-claro caísse sobre seu rosto.

— Por que foi que você fez isso? Por quê? Agora isso vai se espalhar. Eu não deveria ter contado para você... Achei que pudesse confiar em você! Agora todo mundo vai achar que eu sou uma puta! — Ele esticou o braço para tocá-la, mas ela se afastou. — Não toque em mim! Nunca mais toque em mim!

No entanto, mesmo assim, ele a puxou para junto de si e a segurou enquanto ela chorava. E, ah, nossa, ela chorou tanto que ele pensou que ela fosse vomitar. Ela começou a ter ânsias de vômito, na verdade, mas ele se manteve firme até que ela ficou exausta. E ele continuou ali, firme.

— Por quê? — ela repetia para ele. — Por quê? Não era para você fazer isso... Era para eu fazer, se eu quisesse.

— É? E se isso acontecer com mais alguém porque você não falou nada? E se alguém morrer? — perguntou ele, mas de um jeito delicado enquanto a abraçava. — Não estou nem aí se você não vai falar nada a respeito disso. É escolha sua. Sabe de uma coisa? Vá em frente e me odeie. Você pode me culpar, se quiser, quando nós dois sabemos que o cara mau de verdade não sou eu. O fato é que preciso viver em paz comigo mesmo.

Ela se desvencilhou dos braços dele.

— Bom, espero que você consiga.

Ele a encarou por um longo tempo.

— Eu consigo — disse ele. — Vamos, vou levá-la para casa.

No dia seguinte, depois da escola, Tom pegou sua caminhonete vermelha e foi até a casa de Jordan Whitley. Ele subiu até a varanda e bateu à porta. Jordan atendeu e Tom disse:

— Ei, você está com as minhas coisas?

— Estou, cara — respondeu ele, rindo. — Você vai amar isso. — Então, enfiou a mão no bolso e tirou de lá uma bolsinha e um envelope. Quando Tom esticou a mão para pegar, ele disse: — Ei, não está esquecendo nada?

— Ah, sim. Quanto foi que você falou?

— Só cenzinho, cara. Você vai ficar tão feliz.

— O que é que tem aqui? — perguntou Tom.

— Boa noite, Cinderela, ecstasy, metanfetamina. Feitos sob medida.

— Eu mudei de ideia sobre a metanfetamina — disse ele, e Jordan pegou de volta a bolsinha. — Então ganho um desconto, não é?

— Desculpe, cara. Nós não trabalhamos com reembolso.

— Ah — disse Tom. — E você usa muito essas coisas? — perguntou. — O Boa noite, Cinderela?

Jordan deu de ombros.

— Algumas vezes. Só por diversão, sabe.

— Sei — disse ele, sorrindo. — Só por diversão.

Tom entregou ao outro garoto um maço de notas, aceitou as drogas e saiu do caminho.

Chegaram dois detetives à paisana, um de cada lado da casa, mostrando seus distintivos para Jordan. Um deles era uma jovem mulher de boné com um rabo de cavalo passado pelo buraco de trás do boné — ela parecia não ser muito mais velha do que Tom. Passaria fácil por uma universitária, de aparência jovem e pequena. O outro policial disfarçado era um cara grandalhão usando calça jeans e uma jaqueta. Ambos tinham pistolas, algemas e armas de choque em seus cintos.

— Polícia! — disse a mulher. — Jordan Whitley, você está preso. Nós temos um mandado de busca. Vire-se, mãos contra a parede da casa.

O olhar no rosto dele foi impagável. Quase fez Tom sorrir. Jordan estava em choque e horrorizado.

— Ei! — gritou ele. — Ei, que isso!

Mas antes que ele sequer terminasse a frase, aquela garota pequenininha o tinha virado, chutado suas pernas para abri-las e estava fazendo a revista enquanto o grandalhão ficava em cima dele, desafiando-o a se mover.

Enquanto os policiais colocavam as algemas nele, Jordan deu uma olhada para Tom por cima do ombro.

— Você vai se arrepender, cara.

— É, bem provável — respondeu ele. — Mas não por causa disso.

Então, ele entregou o envelope para o detetive grandalhão e desceu os degraus da varanda, rumo a sua caminhonete, na mesma hora que um carro de patrulha parou e um policial uniformizado saiu de dentro dele. Descendo a rua, havia um SUV escuro com os vidros também escuros, um veículo policial não identificado. Do lado de dentro, assistindo à prisão, estavam o detetive Delaney e Mike. Tom foi para casa, para contar à família o que tinha feito.

O trailer de Paul estava preso à traseira de sua caminhonete e suas malas estavam feitas e esperando por ele na parte da frente da casa do general. Antes de ir embora, ele envolveu Vanessa em seus braços, puxando-a para perto de si, com o bebê e tudo, e beijou o rosto dela.

— Volte logo, por favor — pediu ela, em um sussurro. — Eu nunca teria conseguido passar por isso sem você.

— Eu também não teria conseguido passar por isso sem você — respondeu ele. — Você vai ficar bem agora, Vanni. Se precisar de mim, é só me ligar.

— Eu vou sentir sua falta mais do que você imagina. Você tem sido como uma pessoa da família — disse ela.

— Eu sei — respondeu ele, e pensou: *é por isso que preciso ir agora. Porque eu não posso mais ser desse jeito. Como se fosse um irmão. Está me matando.* — Obrigado por me fazer sentir tão bem-vindo, tão parte de tudo.

— Foi natural, Paul. Me pareceu muito certo ter você aqui. Agora que a casa está pronta, estou com medo de que você não venha muito mais vezes, e isso vai ser horrível.

— Não, eu vou aparecer. Venho com frequência, para encontrar os rapazes, para caçar, pescar ou jogar pôquer. Mesmo se não tiver construção nenhuma para fazer aqui, eu sempre tenho isso.

— Eu vou levar o bebê até Grants Pass, para ver o pessoal do Matt. Vou ligar para você, certo?

— É melhor mesmo — disse ele. Ele a beijou na testa, depois se inclinou para beijar a testa do bebê. — Vou falar com você em breve, tenho certeza.

Ele saiu, indo para a frente da casa, onde o general e Tom o aguardavam, e Vanessa foi atrás. Ele apertou a mão de Walt.

— Obrigado por tudo, senhor.

— Não seja ridículo — disse ele. — Nós estamos em débito com você.

Paul ofereceu a mão a Tom, depois o puxou para um abraço.

— Estou muitíssimo orgulho de você, filho — disse ele. — Foi uma coisa difícil, aquilo que você fez. Espero que dê tudo certo.

E, conforme Paul dizia isso, o general dava uns tapinhas nas costas do filho.

— Obrigado — respondeu Tom, mas disse isso olhando para baixo. Em seguida, erguendo a cabeça, completou: — Vou sentir saudade de você, cara.

— É, eu também, amigo. Quem sabe eu apareço aqui para a formatura ou algo assim.

— Você sabe que é bem-vindo a qualquer hora. Reserva permanente — disse Walt.

Paul aquiesceu, pegou sua sacola de viagem e a mala, caminhou até a rua e jogou a bagagem no assento traseiro de sua caminhonete de cabine estendida. Deu um aceno e uma buzinadinha ao sair dirigindo. Observou pelos espelhos retrovisores Walt passar o braço por cima dos ombros de Tom e levá-lo embora. Vanessa ficou, dando tapas bem levinhos no pequeno embrulho que ela pressionava contra o ombro, observando enquanto ele ia embora.

Quem sabe um dia, ele pensou. *Quem sabe um dia.*

Jack colocou a última caixa que viera do chalé na parte de trás de sua caminhonete e se inclinou para dentro da cabine para buzinar. Mel saiu da casa e simplesmente ficou parada na varanda, girando em círculo. Ela tirou o pó imaginário que havia no braço de uma das espreguiçadeiras de madeira da varanda. Ele balançou a cabeça e sorriu. Mel estava com muita dificuldade de ir embora, mesmo tendo agora uma casa nova linda e grande.

— Mel, vamos — chamou ele.

— Estou indo — respondeu ela.

Mas ela ficou ali um pouco mais. Estava ficando com uma bela barriguinha. E, naquele momento, usava calça jeans, botas e um suéter amarelo cobrindo a barriga, seu cabelo dourado caindo em ondas grossas por cima dos ombros e descendo pelas costas. Ela era tão pequena; poderia ser confundida com uma adolescente grávida, de pé ali daquele jeito. Mas Jack sabia muito bem que ela não era uma menina. A mulher dele era uma mulher da cabeça aos pés.

Já que ela não se movia muito rápido, ele foi até lá, buscá-la. Ele venceu os degraus da varanda em uma passada comprida, ergueu o queixo de Mel e viu que havia lágrimas em seus olhos.

— Você vai chorar de novo?

— Não — insistiu ela.

Ele deu uma risadinha.

— Agora, nós somos donos do lugar, Mel. Você não está abrindo mão daqui.

— Estou só me lembrando — disse ela. — Lembra daquela noite que você me trouxe para casa e me colocou na cama depois de eu beber uns uísques de estômago vazio?

— É, lembro.

— E você deixou o material de pesca, para quando eu acordasse de manhã?

— Lembro — disse ele, feliz de revisitar em sua memória a imagem de Mel usando o macacão impermeável novinho em folha e lançando o anzol sentada na espreguiçadeira. — Eu achei de verdade que eu ia me dar bem naquela noite.

— Não consigo nem contar quantas vezes você se deu bem nesse chalé — disse ela. — David nasceu naquela cama.

— Isso sim é que é se dar bem. — Ele deu uma gargalhada e a puxou para os seus braços. — Sempre que você quiser fugir e vir para cá relembrar o passado, eu sou seu cara.

— Estou me lembrando de como era este lugar da primeira vez que cheguei aqui... tinha um ninho de passarinho no forno. — Ela olhou para o marido. — Você reconstruiu o chalé inteiro para mim... para tentar me fazer ficar.

— No segundo que eu vi você, eu estava condenado. Não sei o que teria sido de mim se você não tivesse ficado.

— Você teria menos filhos, acho. Jack, eu vivi dias e noites tão felizes neste chalezinho. Minha vida inteira mudou aqui.

— E a minha. Agora vamos, meu amor. Nós temos uma casa nova esperando.

— Você acha que nós seremos tão felizes na casa nova quanto fomos aqui?

Ele deu um beijo no nariz dela.

— Eu garanto. Agora, vamos.

Com um suspiro pesado, ela desceu os degraus da varanda com ele e entrou na caminhonete. Enquanto eles atravessavam a cidade e entravam na rua da nova casa, ela ficou olhando pela janela, sonhadora, sentindo-se melancólica e nostálgica, como se estivesse se mudando para outro estado, quando, na verdade, aquela era uma viagem de menos de vinte minutos. Ela suspirou de novo ao sair da caminhonete e caminhar na direção da nova varanda, da nova casa.

Jack agarrou a mão dela e a puxou. Então, pegando-a no colo, ele a carregou para dentro de casa e ficou de pé na porta, segurando-a. O lugar era fabuloso — estava claro que Paul tinha se superado. Os pisos de madeira brilhavam, o teto do salão principal abobadado e ornado com vigas, os móveis novos cor de bronze e forrados de couro que circundavam a lareira de pedra eram luxuosos e convidativos. Ele caminhou um pouco mais para dentro de casa, atravessando uma cozinha linda, imensa e moderna, que Jack acreditava que seria o centro de muitas futuras reuniões. Eletrodomésticos prateados, bancadas de granito preto, armários de carvalho escuro e polido e uma longa mesa da mesma madeira, na qual podiam se sentar dez ou mais pessoas.

— O que é que você está fazendo? — perguntou ela.

Ele a carregou até o espaçoso quarto principal, onde havia uma cama tamanho king e cômodas do tamanho de um homem.

— Estou fazendo um pequeno tour. — Ele apontou para ela a grande cama nova. — Gostou do seu cercadinho novo?

— Jack — disse ela, rindo e abraçando o pescoço dele com mais intensidade.

Ele a beijou, um beijo demorado, profundo e sensual.

— Eu acho que nós temos tempo de batizar a nova casa antes que Mike e Brie tragam David.

— Ah, Jack, nós temos coisas para fazer por aqui.

— Com certeza temos — disse ele, colocando-a deitada com muito cuidado e se inclinando para retirar as botas dela. — E como temos.

Os detetives do departamento do xerife foram muito cooperativos ao deixarem Mike escutar algumas das entrevistas que eles conduziram com Jordan Whitley, Brendan Lancaster e estudantes que poderiam ou não terem sido vítimas dos suspeitos. Ele considerou que era muita sorte o fato de, ao que tudo indicava, apenas três garotas de Virgin River tivessem sido vitimadas, porque havia no Colégio Valley outras meninas que tinham muitas chances de também terem sido drogadas e estupradas. E, como Tom suspeitara, havia mais drogas envolvidas, conhecidas como drogas brancas. Apenas duas semanas depois de esses jovens terem sido apreendidos, uma cascata de informações e pilhas de relatórios surgiram, e estavam chovendo confissões para o promotor assistente do distrito.

A reputação de Brie como promotora se estendia para além dos limites do vale de Sacramento e, quando ela ofereceu seus serviços como consultora para o promotor local, ele aceitou a ajuda de bom grado. A única coisa que ela nunca pensara que conseguiria fazer foi a que ela fez melhor: ajudar a entrevistar as adolescentes que, provavelmente, tinham sido estupradas. Ela demonstrava habilidades impressionantes, mas foi sua compaixão e delicadeza que ajudaram a preparar pelo menos uma das garotas para um eventual julgamento. Carra Jean Winslow sabia muito bem o que tinha acontecido com ela, e quem a estuprara.

O fato mais interessante para Mike — e que também não o surpreendia em nada — era que aqueles garotos, Whitley e Lancaster, não eram nada impressionantes. Não eram nem espertos, nem inteligentes; eram apenas dois idiotas com acesso a drogas perigosas e com a oportunidade de usá-las. Lancaster tinha estado presente em algumas raves que aconteceram em uma cidade maior, no litoral, onde ele encontrara e comprara GHB, dividindo sua riqueza com Whitley. Ele também trabalhava com um traficante local de maconha, que era trocada por ecstasy e metanfetamina. Ele tinha as drogas e estava vendendo. Aquilo tudo se resumiu a adolescentes em busca de diversão e o azar de terem acabado se envolvendo com aqueles dois perdedores.

Não demorou muito para que Lancaster mudasse de ideia e entregasse seus fornecedores. Aquilo deixou Delaney felicíssimo, já que ele vinha procurando muito por traficantes de drogas brancas. Ele também queria fazer Whitley mudar de lado, já que ele era quase a única testemunha dos estupros. Infelizmente para Whitley, a única pessoa que ele poderia entregar era Lancaster — então, parecia que as acusações de estupro iriam vingar.

Nenhum dos nomes das adolescentes foi publicado nos jornais locais, mas isso não impediu que a notícia se espalhasse. Em Virgin River, Mike encontrou alguns vizinhos querendo agradecê-lo por seu trabalho. Ele recebeu uma caixa de um bom vinho, meio cordeiro fatiado, uma dezena de vidros com tomates enlatados feitos no último verão. Ele separou algumas garrafas da caixa de vinho para Brie, mas levou o restante para Preacher. Desde que Mike assumira aquele trabalho, Jack e Preacher se recusavam a receber qualquer pagamento pelas refeições que ele fazia no bar. Era assim que as coisas funcionavam por ali. Um por todos, todos por um…

Mike se encostou no SUV, esperando do lado de fora do escritório do xerife por uma jovem que tinha acabado de completar sua terceira rodada de perguntas com os detetives. Quando Brenda Carpenter saiu, uma esbelta garota de calça jeans com uma bolsa de livros pendurada no ombro, ele se desencostou do carro.

— Ei — chamou ele.

— Ei — respondeu ela.

— Eu pedi autorização para seu pai para dar uma carona para você até a sua casa. Achei que talvez nós pudéssemos ter uns minutinhos.

— Para quê? — perguntou ela, dando de ombros. — Não pode haver mais nada que você possa querer me perguntar. Não agora.

Ele abriu a porta do lado do passageiro para ela.

— Não, nada de perguntas. Mas eu posso querer contar umas coisas.

Ela suspirou fundo, mas, precisando da carona, entrou. Mike se apressou para entrar pelo lado do motorista, porque, assim que eles estivessem a caminho da casa dela, a garota não poderia se recusar a ir com ele.

— Brenda, o que você fez foi muito corajoso — começou ele.

— Eu não tive muita escolha — rebateu ela.

— Bom, mas você fez isso mesmo assim. Você poderia ter mentido, ter se recusado a falar com qualquer um, poderia ter fingido que estava doente... Eu consigo pensar em mil cenários em que você poderia ter sido pouco cooperativa... mas você seguiu em frente. E sabendo o que isso significa para você, eu queria apenas agradecê-la.

Ela olhou para Mike.

— Por que me agradecer? — perguntou ela.

— Bom, esta é minha cidade... Vocês são minha família, minha gente. Se eu estou fazendo meu trabalho, tento garantir a segurança de vocês. Acredite em mim, sei por experiência própria como é difícil responder a algumas daquelas perguntas.

— É. Sua esposa — disse ela. — Você deve achar que eu sou uma tremenda de uma covarde por ter segurado por tanto tempo aquilo que sua esposa foi corajosa o bastante para fazer.

— De jeito nenhum, Brenda. Primeiro, minha esposa tem 31 anos. Segundo, ela não é só uma promotora, mas sim uma promotora com experiência em processar criminosos perigosos. Terceiro... ela teve muito apoio, meu, de Jack e de muitas outras pessoas. Você é só uma criança que nunca teve certeza do que tinha acontecido de verdade. Você estava enfrentando muita coisa.

— Obrigada. Eu acho.

— Sério, garota. Para mim e para Brie... nós passamos por umas coisas assustadoras e a essa altura já temos casca grossa. Agora, tudo que a gente quer é uma vida em paz em uma cidadezinha pacata. — Ele gargalhou. — Jesus, espero que isso não seja pedir demais.

Ela ficou em silêncio por um longo momento.

— Sinto muito que vocês tenham passado por tudo isso. Sei como é.

— Obrigado, eu sei que você sabe — disse ele. — Se Deus quiser, vamos deixar isso tudo para trás agora. Nós queremos formar uma família, sabe. Na minha idade, você não quer perder muitas chances nesse sentido.

— Você sentiu orgulho dela? Da sua esposa?

— Ah, garota — disse ele em um só fôlego. — Ela foi incrível. Ela estava com tanto medo, tão enojada por dentro, tão vulnerável... Mas uma coisa que você aprende com a idade é que em geral é melhor enfrentar a ameaça e o medo do que tentar escapar dessas coisas. No fim das contas, o mais importante é não ter arrependimentos.

— Porque a coisa nunca é tão ruim quanto você pensa? — complementou ela.

Ele riu.

— Alguém disse isso a você? Porque às vezes é tão ruim quanto você pensa, ou mesmo pior. E às vezes você precisa fazer isso de qualquer jeito, porque o tipo de vida que você vai levar se não fizer não tem o mesmo valor. Brie é um exemplo perfeito disso. Ela foi atrás daquele cara por ele estuprar mulheres, sabendo que, se não conseguisse pegá-lo, ele estaria livre para machucar mais mulheres e até livre para ir atrás dela. Mas, se ela o ignorasse, não só não teria o mesmo efeito, como ela ainda experimentaria a sensação de nunca ter tentado fazer a coisa. Dor em dose dupla. Arrependimento duplo também. Não há qualquer vergonha em tentar o seu melhor e não conseguir. Agora, não fazer nada? Acaba sendo mais difícil de se conviver com isso.

— O detetive disse que não sabe o que vai acontecer com aqueles caras... Ele nem sabe se vai ter um julgamento.

— Eles nem sabem se vão cumprir pena. Acho que quase todas as acusações relacionadas a drogas vão ser trocadas por informações que ajudem a polícia em casos maiores. Não acho que eles vão se safar de nenhuma acusação de estupro, mas, se eu fosse o advogado de Whitley, eu o aconselharia a fechar um acordo em vez de ir a julgamento. Se ele for a julgamento, está muito ferrado.

— Não vão cumprir pena?

— Não se preocupe, Brenda... Ele acabou de fazer 18 anos. Ele vai sair daqui... não vai voltar para a mesma escola em que você está. E, desde que pagou a fiança, está em outra cidade com o pai. Ele não vai voltar aqui. Ele seria execrado em público.

— E se...? — Ela se interrompeu e pensou por um instante. — E se eu tivesse denunciado antes? Eu teria salvado alguém?

— Não sei — respondeu ele. — Mas, querida, quando seu número foi chamado, você se levantou, disse a verdade e ajudou a fazer o trabalho. Você tem que se sentir muito orgulhosa de si mesma. Eu estou muito orgulhoso de você. Todos nós estamos.

Na tarde seguinte, por volta das dezesseis horas, Mike foi até a casa do general. Ele estacionou na frente, mas viu que tinha alguém no curral, com os braços apoiados na tábua superior da cerca, um pé calçado com bota pousado na tábua mais baixa. Era quem Mike estava procurando, então ele desceu a pequena colina.

— Tom — chamou.

O garoto se virou, viu que era ele e disse:

— Como você está?

— Bem. E você? — perguntou Mike, juntando-se a ele na cerca, imitando sua pose, um pé em cima da tábua inferior, os braços apoiados na de cima.

— Indo — respondeu Tom.

— Está tendo problemas na escola? — perguntou Mike.

— Não — disse ele. — Tem muita conversa, mas não estou respondendo a nenhuma pergunta.

— Que tipo de conversa?

Tom deu de ombros.

— Algumas pessoas acham que sabem que fui eu que fiz ele ser preso, mas ninguém tem certeza. Bom, a não ser a Brenda.

— Você fez um bom trabalho, Tom. Eu sei que foi difícil.

Tom deu uma risadinha sem graça, quase um muxoxo.

— É, mas ao mesmo tempo não. Sinto como se tivesse duas escolhas: entregá-lo ou enfiar a porrada nele.

— Eu teria me sentido exatamente do mesmo jeito.

— E a coisa está funcionando? Vocês pegaram aquele safado?

— Sim, ele está preso. Ele começou a cuspir as coisas quase na mesma hora. Durante um tempo, ele achou que poderia colocar toda a culpa no Lancaster, mas no fim das contas aquele Lancaster gostava de ficar bêbado e doidão, enquanto o plano de pegar as meninas era do Whitley.

Tom fez uma careta de desgosto.

— Que beleza. Eu deveria ter matado ele.

— Não teria caído bem em você. Então, você está aguentando firme?

Ele deu de ombros.

— Estou indo para o treinamento básico com o Exército logo depois de me formar. Depois vou para a West Point. Vou dar conta.

— Muita coisa vai acontecer até lá. Baile de formatura e tal...

— Não, eu só estou esperando. Vou embora antes que você perceba.

— E quanto a Brenda? — perguntou Mike.

— Não tem garota, cara. Eu a traí. Ela terminou comigo.

— Você tem certeza disso?

— Ah, tenho — respondeu ele. — Nós não nos falamos mais. Ela não quer nem olhar na minha cara.

— Eu a vi lá no departamento do xerife... Ela ainda está usando a pulseira que você deu. Aquela bonita, com o nome dela.

— Eu sei. Eu acho que ela está me punindo com aquilo, me dando falsas esperanças.

— Talvez não seja bem isso — disse Mike. — De repente ela só está com raiva e com medo, mas não está tudo acabado.

— Quem me dera — disse o garoto, apoiando-se na cerca e olhando para baixo. — Não, ela disse que me odiava. E está agindo como se me odiasse mesmo.

— Você se arrepende do que fez?

— Não, não chega a tanto — disse ele. — Alguém tinha de parar aquele cara. Esse tipo de coisa não pode acontecer. É errado. — Ele tossiu. — Eu sabia que teria um preço.

Mike colocou a mão sobre o ombro de Tommy.

— Tom, um homem faz a coisa certa mesmo que pague um preço por isso, é um homem que eu quero ter me dando cobertura quando houver algum problema. Você fez a coisa certa.

— Claro — concordou ele, inconsolável. — Que bom que você tem esse homem — acrescentou.

— Eu trouxe alguém que quer ver você — disse Mike.

Tom se endireitou.

— É? Quem?

Mike inclinou a cabeça por cima do ombro e Tom se virou. Atrás do homem, a cerca de seis metros de distância, estava Brenda, com as mãos entrelaçadas na frente do corpo. Tom olhou para a menina, para Mike e de volta para ela.

— Ah, meu Deus — disse Tom. — Brenda?

Ele deu alguns passos em direção a ela, que correu para encontrá-lo. Mike se afastou e observou a cena com um sorriso melancólico no rosto. Tom a segurou nos braços, levantando-a muitos centímetros do chão. Ela o abraçou pelo pescoço enquanto ele a apertava firme, e Mike escutou um som que parecia uma mistura de gargalhada com choro. E, claro, o som foi abafado, porque foi enterrado por beijos desesperados e emocionados.

— Acho que você pode dar uma carona para ela depois — disse Mike, embora não tivesse certeza de que eles tinham escutado.

Ele balançou a cabeça, dando uma risada silenciosa, e voltou a subir a colina. Ao se aproximar da casa, ele olhou para cima e viu a figura do general emoldurada por uma das grandes janelas. Walt ergueu uma das mãos bem devagar e prestou uma continência para Mike.

Mike retribuiu o gesto.

Quando Mike voltou para a cidade, já era hora do jantar. Ele estava louco para tomar uma cerveja, mas, primeiro, foi até o motor home, para ver se Brie já tinha voltado da nova casa do irmão e da cunhada, onde estivera ajudando o casal — um trabalho ainda em progresso, com aplicação de papel de parede, desempacotamento, limpeza e arrumação. Ele viu que ela estava lá, de roupão, secando o longo cabelo com uma toalha. Todas as vezes que seus olhos pousavam nela, Mike se sentia encher de orgulho por ser o escolhido dela.

Haviam se passado longos seis meses desde o julgamento em Sacramento. A cor tinha voltado às bochechas dela, assim como o brilho em seu olhar. Prestar assistência ao promotor assistente do distrito de Humboldt era uma coisa gratificante para ela, que se sentia orgulhosa por poder contribuir. E ela estava gostando de ajudar Mel e Jack, e divertindo-se com seu sobrinho. Era tão bom saber que Brie se sentia segura e em paz de novo. Tê-la em sua vida, abraçá-la e dizer a ela que a adorava... aquilo bastava para que Mike se sentisse como um rei.

— Você voltou — disse ele, indo beijá-la.

— Eles já estão quase estabelecidos. Eu coloquei o papel de parede no quarto do novo bebê, sem ajuda alguma de Davie, devo acrescentar.

— Você está com fome?

— Morrendo. E você?

— Foi um longo dia — admitiu ele.

— E todo aquele caso? Ainda está indo bem para o caso do promotor?

— Melhor do que eu esperava, já que estava agindo sozinho. Eles estão fazendo um trabalho incrível, e você foi fundamental para isso. Logo aquelas pessoas vão superar a situação.

— O que significa que nós também vamos superá-la — disse ela.

Ele enroscou a mão por debaixo do cabelo comprido de Brie, massageando com delicadeza o pescoço da mulher.

— Haverá mais casos para você, *cariño*. Suas habilidades são muito valiosas aqui. Obrigado por isso.

— Nós temos outras coisas para fazer, Miguel. Primeiro, tem o bebê. Nós precisamos trabalhar nesse bebê.

Na mesma hora, ele abriu um imenso sorriso.

— Eu achei que estivesse trabalhando nisso — disse ele.

— Você tem dado seu melhor, tenho certeza, apesar de ter ficado um pouco distraído com o trabalho. Agora que tudo isso está resolvido, nós podemos dar atenção de verdade ao assunto.

— Que tal se a gente buscar comida para comer em casa?

— Excelente ideia — disse ela, levantando-se para afrouxar o cinto do roupão.

Um ano e meio atrás, Mike Valenzuela estava em coma, em um hospital de Los Angeles, e sua família se perguntava se ele sobreviveria. Brie, por sua vez, estava tentando sobreviver à realidade de ter sido abandonada pelo marido, que decidira ficar com outra mulher, e alguns meses depois, tentava se recuperar de um crime violento. Nenhum dos dois ousara ter a esperança de que superariam todos esses traumas mantendo saúde e sanidade, muito menos que fariam isso encontrando um amor que parecia ser eterno. Um amor tão gratificante e infinito que, diante dele, qualquer coisa parecia possível. E, para ambos, havia nascido algo que superava as mais loucas fantasias.

— Você tem ideia do quanto eu te amo? — perguntou Mike a Brie.

— Essa é a melhor parte — respondeu ela. — Eu tenho ideia, sim.

Este livro foi impresso pela Assahi, em 2021, para a Harlequin. O papel do miolo é pólen soft 70g/m², e o da capa é cartão 250g/m².